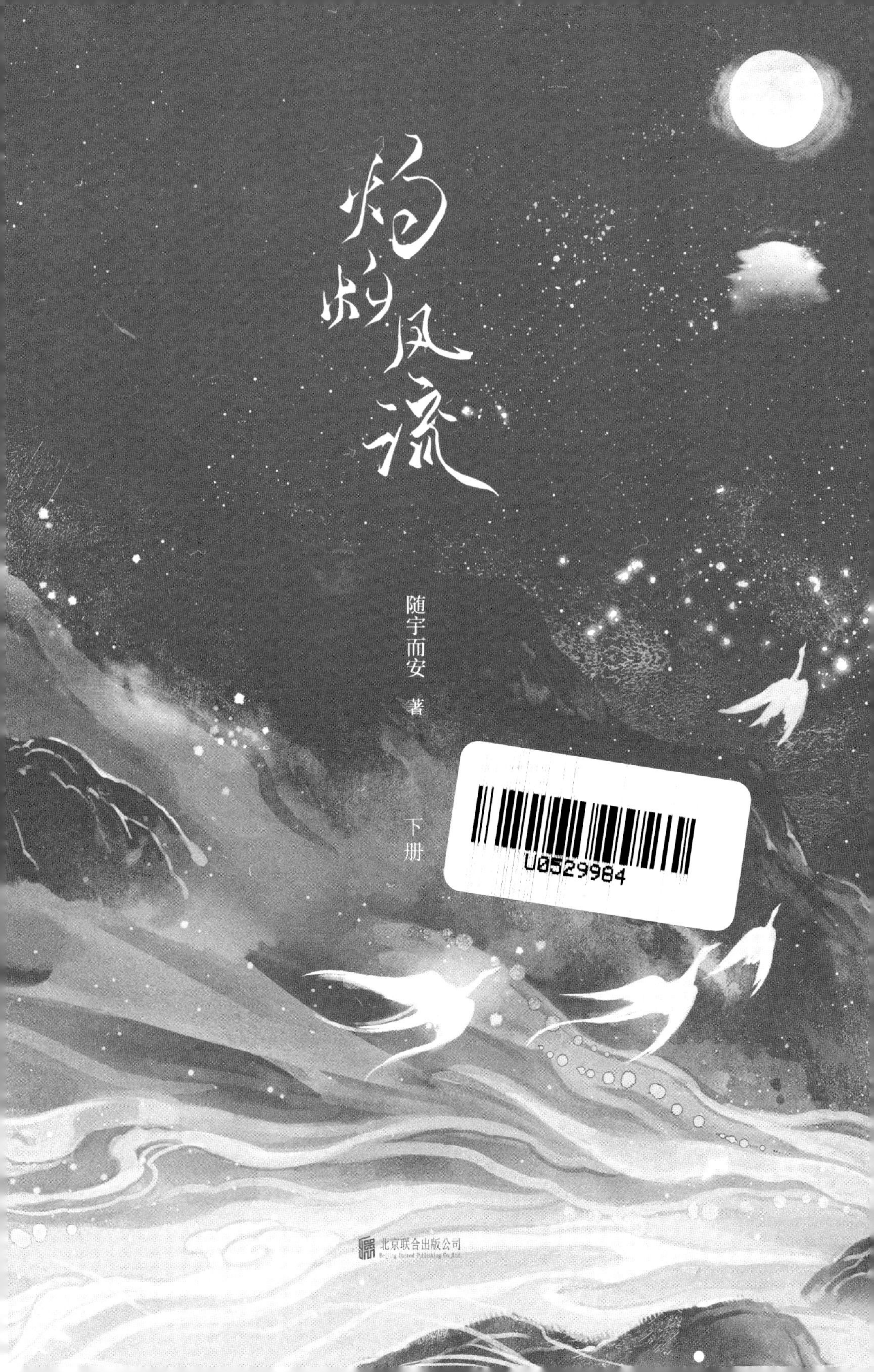
灼灼风流
随宇而安 著
下册
北京联合出版公司
Beijing United Publishing Co.,Ltd.

第十四章·宝剑入鞘

议政王，位高于丞相，统领国事，只手遮天。

刘衍病了许多日。

慕灼华看着窗外的天，一片枯黄的树叶不知从何处被风吹来，落在她的掌心。

竟然一下子就入秋了啊……

她不自觉地缩了缩脖子，隐约感觉到一股寒意。

"你觉得冷吗？"背后传来男人低沉的声音。

慕灼华转过身，看向倚在榻上看书的刘衍。刘衍披着件青色长衫，手中握着一卷书，柔顺乌黑的长发倾落在肩上，眉眼温柔，唇角含笑地望着她。这模样让人全然想象不到他在朝堂上力压群臣时的慑人气势。

慕灼华有些失神地看着刘衍放下书卷，从榻上下来。他走到慕灼华身旁，伸手关上了窗户。

"既然怕冷，就不该逞强。"

两人靠得近，刘衍感觉到了慕灼华身上的凉意，随手解下自己的外袍披在她肩上。他的衣服对她来说实在大了些，往她身上一罩，便垂到了她脚踝，外衫不厚，却带着淡淡的暖意和沉郁的熏香，让人蓦地心安。

刘衍修长的十指勾着领口的系带，停在慕灼华的锁骨处，灵巧地打了个结，指尖似乎无意中扫过她锁骨处细嫩的肌肤，让她猛地心室了一瞬。

刘衍似乎没有察觉，已经转过身离开了。

慕灼华攥着柔软的布料，盯着刘衍的背影看了片刻才收回目光，若无其事地笑道："下官是奉旨来照顾王爷的，没想到反让王爷照顾了。"

刘衍坐回榻上，重新拾起书卷，微笑着道："你若能照顾好自己，便不用本王费心了。"

强撑着协助刘琛稳住朝局后，刘衍终是倒下了。

那日是在理番寺，好在慕灼华便在左侧，她急忙为他施针急救。刘琛闻言也匆匆赶来，听慕灼华说了一番，才知道刘衍受了不轻的内伤，一直都是吃药维持着。刘琛不忍刘衍再操劳，立刻下旨让刘衍回府休息。

慕灼华对刘衍的病情最为熟悉，便也奉旨看顾他的身体。因此慕灼华每日从理番寺回来，便要去定王府看看刘衍，若遇上旬休，更是整日待在定王府不出去了。

刘衍的身体在她精心的调养下一日日好转起来。

慕灼华走到一旁，端起刚好放温的药碗递给刘衍，缓缓道："下官惜命得很，王爷才是要保重自己才对。"

刘衍含着笑接过药碗，面不改色地喝下苦涩的汤药，这时慕灼华细白的指尖捏着一块蜜饯送到他唇边。

刘衍笑道："本王不怕苦。"

慕灼华叹了口气："是下官怕王爷苦……"

刘衍一怔，心弦微动，垂下眉眼看着那颗色泽漂亮的梅子。他总是不忍心辜负她的一番心意，于是接过那颗梅子放入口中。

三分酸七分甜，正好。

慕灼华心满意足地收拾汤碗。执墨敲了敲门进来，走到刘衍跟前行礼，说道："王爷，衣服和东西都收拾好了。"

刘衍点了点头道："知道了，你先下去吧。"

执墨听罢便退了出去。

慕灼华狐疑地看了执墨一眼，又看向刘衍，猛然想起这几日在街上听到的流言。

皇宫失火，先帝驾崩，刘琛登基，那段日子朝局风云变幻，稍有不慎便会分崩离析。最终还是刘衍镇住了场面，精兵入城，宵禁戒严，让所有心怀叵测之人都不敢妄动，刘琛因此得以顺利登基，接掌大权。

刘衍如此行事终究是太过，难免惹来非议。原本就有传言说刘衍功高盖主，如今他一力扶持刘琛，软禁刘瑜，更是落人口实。定京酒楼、茶楼中日日有人在议论，说刘衍大权在握，扶持刘琛为傀儡，可谓只手遮天。又过了两日，茶楼又出了新的流言，说刘衍要回江南封地，还政于刘琛，以示清白。

慕灼华目光有些闪烁，咬了咬下唇问道："王爷收拾行李，是要去哪里吗？"

刘衍眼神一动，偏转过头看向慕灼华，温声道："为何这么问？"

慕灼华哑声问道："王爷是不是也听到了外面那些流言，担心对陛下造成伤害，所以才想回封地的？"

还有另一个原因，便是昭明帝的死。

慕灼华最清楚昭明帝的死对刘衍造成的创伤有多大，她费了极大的心力和时间才将他的身体调养过来，执墨先前还偷偷找她要了安眠香，说王爷时常梦魇。刘衍心里还是对昭明帝的死感到愧疚的，他总以为若是自己早日回江南当个安分守己的王爷，昭明帝也不会遭遇不测。慕灼华微微抿着唇角，下意识地捏住了自己的袖口，等待他的回答。

刘衍凝视着慕灼华乌亮而濡湿的杏眼，她的眼中流露出些许忐忑和担忧。他轻叹了口气，道：“所有人都盼望着我离开——”

"才不是！"慕灼华立刻否认道，迎着刘衍探究审视的目光，她又顿了一下，才缓缓说道，"陛下……一定不会让王爷离开的。"

刘衍唇角微翘，怅然道：“陛下年至弱冠，该独当一面了。”

慕灼华咬了咬唇，嗓子有些发涩，辩道：“陛下初登大宝，最是需要亲近之人帮扶，这满朝文武，只有王爷是他最信得过的。王爷若是离开，朝中大臣自恃年高德劭，于国有功，恐怕会为难陛下，陛下便会寸步难行……”

刘衍凝望着慕灼华有些郁郁的小脸，不禁喉头一紧，哑声道：“那你呢……”

"啊？"慕灼华一怔，"我怎么了？"

"我若不在定京……你自己也要多加小心。"刘衍把真正想问的话藏起，轻声道。

慕灼华的心口仿佛被人拧了一把，酸得跟咬了青李子似的，却强迫自己露出一个灿烂的笑脸，道：“有劳王爷费心了，下官如此会逢迎拍马、见风使舵，官场上定然是人见人爱。更何况，现在陛下如此信重我，将来君臣一心，必然是官运亨通。”

刘衍想到往日慕灼华对他百般讨好、千般柔顺的乖巧模样，一想到她要以这副姿态去对待其他人，心中便仿佛生了根刺。

慕灼华却没有察觉到刘衍的不悦，她兴高采烈地说道：“沈惊鸿被擢升为吏部侍郎了，这从龙之功果然能让人一飞冲天。昨日我见到沈惊鸿，他偷偷告诉我，陛下也打算提拔我，只是还没想好合适的位置。沈惊鸿让我去吏部共事，我可不想去，和他在一起容易被宫女敌视，没有饭吃。”

刘衍想到沈惊鸿曾经与慕灼华传出过流言，虽然他知道是误会，但沈惊鸿惊才绝艳，俊美不凡，两人年纪相当，同朝共事，确实……

刘衍心里又多了根刺。

慕灼华的小嘴还在叭叭说着，说得刘衍心头长满了荆棘……

夜已深，定王府书房的灯火依然亮着。

刘衍认真听完执剑的回报，疑惑地敛起眉："如此说来，那三人也不是太后派去的，反倒是北凉人的嫌疑最大……"

慕灼华遇袭一事在刘衍心中始终是个结。他本是怀疑昭明帝，后来昭明帝的嫌疑洗清了，便是太后嫌疑最大。事后刘衍经过一番推敲，觉得仍有疑点，便让执剑继续追查，不想竟有了意外的发现。

北凉使团访京的时候，有人见过那三人与北凉人接触过。

刘衍认为这不是巧合，定京潜伏着不少北凉细作和刺客，这是毋庸置疑的，就是北凉王都也有陈国的情报组织，这是两国之间心照不宣的事。

一个情报组织需要的是各种各样的人，有渗入上层的高级细作，也有埋伏在民间的棋子。那三人就算是北凉细作，恐怕地位也不高，一是身手一般，二是对定京街道不熟，而且才进京一年，恐怕是新棋子。

执剑对北凉之事分外上心，皱眉道："难道是耶律璟要对慕灼华不利？"

刘衍了解耶律璟，他摇头道："不，如果是耶律璟出手，一定会派出最精锐的刺客，务求一击即中。"

"王爷，"执墨出声提醒，"定京还有一个北凉人。"

"你是说……"刘衍眉梢一挑，"静安公主。"

执墨道："静安公主如今便住在柔嘉公主府中。"

刘衍脸色沉了下来，缓缓说道："那日，她便是从柔嘉公主府离开后遇袭。码头离公主府不远。"

"若是临时起意伤人，便会就近召集可用棋子。"执墨道，"静安公主的嫌疑最大。"

刘衍认可执墨的判断，只是暂时想不通静安公主这么做的动机。

"执剑，让人盯紧耶律真。"刘衍吩咐道。

执剑道："属下领命。"

执剑说完，欲言又止地看着刘衍。刘衍察觉到他神色异常，开口问道："执剑，你还有话要说？"

执剑憋不住问道："王爷，偷换遗诏之事真的是北凉人做的吗？"

刘衍曾经打着这个幌子镇压了支持刘瑜的赵家一派，还清洗了一番京中的北凉细作。执剑对北凉素有深仇大恨，他抓了好些北凉细作，严刑拷打之下也没问出个究竟。

刘衍听执剑这么问，淡淡一笑，说道："目前来说，这个罪名，他们背最合适。"

执剑道："王爷觉得不是他们？"

刘衍摇了摇头："证据不足，难以确定，这也是本王执意留京的原因之一。

太后已死，但许多事仍有疑点。

"第一，上元夜向我们的情报组织透露云想月下落的人是谁？他为什么这么做？

"第二，太后是怎么死的？

"第三，皇宫是怎么烧起来的？

"第四，矫诏是谁换的？"

刘衍一一数下来，几人的脸色不约而同地凝重起来。

"皇宫这场大火没有烧掉过去的一切，反而留下了更多的迷雾。"刘衍心事重重，眉心蹙起，"有人想逼本王离京，但这些疑点没有查清，本王不放心陛下安危……"

还有她……

隐藏在重重幕后的人是谁，是一个人，还是许多人……

御书房里猛地传出重物落地之声，外面的侍卫、太监吓了一跳，扭头看向紧闭的门扉。

总管太监轻轻摇头，众人这才收回视线。

新帝刘琛正在发火，好在有定王在，帝王之火总是能平息的。

刘琛的手重重拍在紫檀木的桌案上，将奏章扫落一地。他剑眉拧起，黑曜石般的瞳孔中燃烧着怒火。

"这群老匹夫！"刘琛气得咬牙，"朕说什么，他们都有一百个借口来驳回！"

刘衍上前，捡起其中一封奏章。

前两日刘琛在朝上提出要修缮失火的宫殿。工部尚书和户部尚书算计了一番，有理有据地上了一份奏章。一是说国库空虚，库银有限，要缩减开支；二是说历代国君后宫空虚，许多宫殿本就荒废，无人居住，修新的宫殿纯粹是浪费，这么算来算去，只同意翻修两三处宫殿。

刘琛怒道："太后寝宫不修，他们让太后住到哪里去！说什么库银有限，这些年没有战争和天灾，国库充盈得很，他们这些当官的有钱盖别院，朕要给太后修寝宫难道都不行吗？"

刘琛的提议合情合理，但工部尚书和户部尚书的奏章更是言辞恳切、为国为民的忠臣之言，刘琛若是不允，便要被骂昏聩、奢靡。他不过是个年方弱冠的青年，怎么比得上这些会打官腔的老狐狸？

"皇叔，此事你要帮朕！"刘琛求助地看着刘衍，"只要你发话，他们便不敢多言。"

刘衍轻轻将奏章放在桌上："修建太后寝宫确实刻不容缓，但两位尚书所言也非全然狡辩。大火烧了后宫二分之一的宫殿，还有另外二分之一可挪用，修缮也不急于一时。他们知道陛下急切想要修缮宫殿，却以后宫空虚作为推托之由……"刘衍轻笑一声，"他们不过是想着法子逼陛下选秀罢了。"

国丧已过，他们便耐不住要往新帝后宫塞人了。

刘琛眉头一皱，这事太后也跟他提过几次，但如今他满脑子都是朝堂上的事，对选妃立后毫无心情。

"陛下已经弱冠，确实该慎重考虑此事了。"刘衍道。

刘琛烦躁地捏了捏眉心，道："此事再议吧，还有另外一事更为要紧。皇叔如今身体已然复原，朕打算明日便下旨，封皇叔为议政王。"

刘衍一怔，道："陛下不必如此。"

议政王地位尊贵，位置还在丞相之上，见君不拜，殿上赐座，统领国事……

刘琛心意已决，没有理会刘衍的推辞，他说道："如今外界议论纷纷，朕并非没有耳闻，他们都说朕是皇叔扶持的傀儡。"刘琛冷笑一声，"恐怕是那些老臣想将朕当成傀儡，才制造这等谣言逼皇叔离京。朕偏偏不让他们如愿，他们想你离开，朕就要你坐得更高！"

刘衍看着刘琛骄傲倔强的年轻脸庞，想起昭明帝曾说，刘琛若是登基，必然封他为议政王，果然知子莫若父……

刘琛说完又有些担心地看着刘衍："皇叔，朕听慕灼华说……你在收拾行李，该不会是真的要离京吧？……"

刘衍低笑一声，道："还未到离京之时。是她误会了，不过是下人见天气转凉，将夏衣收拾起来而已。"

刘琛闻言失笑，暗自松了口气，道："慕灼华那么聪明，居然也会闹这种误会，朕得好好笑话她。"

听起来，二人情谊已是超越了君臣，更似好友了。

刘衍掩在袖中的十指不自觉地攥了一下袖口，面上若无其事地问道："陛下打算将慕灼华调至何处？"

刘琛不假思索道："户部。沈惊鸿在吏部，慕灼华在户部，这最重要的两个部门交给朕最信任的两个臣子，朕才能放心。"

刘衍思忖片刻，轻轻点头："也好。"

刘衍走后不久，刘琛便召见了沈惊鸿。刘琛登基之后，依然让沈惊鸿兼任天子经筵。如今沈惊鸿的地位尊贵更胜从前，不仅是朝中百官，就是民间百姓也知道刘琛有多看重这位惊鸿才子。

刘琛把奏章扔给沈惊鸿，将他的满腹牢骚又发了一遍。

沈惊鸿一看奏章，微微一笑，道："陛下为此事忧心吗？不过小事而已。"

刘琛眼睛一亮，笑道："你有什么好主意？"

"陛下若想修成宫殿，便将此事交给工部尚书负责，他必然会尽职尽责给陛下修宫殿，而户部也不会在银两上为难他。"

"他？"刘琛想起工部尚书孙汝的脸，立即摇了摇头，"朕信不过他，此事还是交给文孝礼，朕才放心。"

沈惊鸿笑道："户部、工部两位尚书劝谏陛下效仿先帝节俭行事，看似大忠无私，实则……意图谋私。不修宫殿真是因为库银不足吗？呵，不过是因为陛下选了文孝礼。枢密使文孝礼颇有才干，对先帝也是忠心，陛下用他是知人善任。但文家兴起于元徽朝，而周、孙两家自恃是百年世家，并不怎么看得上后起的文家。如今执掌户部的周次山、工部的孙汝与文家关系不善，若是文孝礼主持修殿之事，户部和工部定然诸多刁难。更何况修缮皇宫，其中诸多油水，他们怎么可能让一个与之关系不睦的人来主持，自己却无法插手？"

刘琛眼中闪过锐利的冷意，他有些不屑地勾了勾嘴角，道："打着忠义的旗帜，无非是为了谋取私利罢了，还要陷朕于不义。这些老臣实为老贼，欺朕年少！"

沈惊鸿淡淡一笑，道："人之常情罢了。周次山是周太后的侄子，与陛下有血缘关系在；工部尚书孙汝乃江左世家当代的家主。这两人背景深厚，世家皆以他们为首，陛下的指令得不到两人的首肯，便难推行下去。"

江左多世家，多的是百年的世家。流水的皇帝，铁打的世家，这些世家屹立百年不倒，底蕴难以估量，便是皇帝，对他们也多有忌惮。周太后便是当年周家最出色的贵女。如今周家在朝中的势力最是树大根深，与孙家为世家之首，故与孙家联手，势力几乎能与刘衍抗衡。

刘琛皱着眉道："若此事从了他们的意愿，朕日后岂非更要受他们掣肘？朕决意封皇叔为议政王，朝堂之上有他在，那群匹夫说话做事就得多斟酌了。"

沈惊鸿有些诧异地挑了下眉梢，随即明白了刘琛的想法。刘琛性子刚直，最不耐文官那些迂回心思、魑魅手段，主张以武服人，但如此并非长治久安之计。沈惊鸿叹道："陛下，如此一来，岂非让定王满朝皆敌了？他能镇得住一时，难道还能镇得住一世吗？这天下终究是陛下的天下，臣子也该是陛下的臣子，不能让他们都只畏惧定王一人。"

刘琛眼神一动，盯着沈惊鸿含笑的凤眸，心头莫名沉了几分，道："你说得确有道理……"

沈惊鸿拱手作揖，俯首道："臣大胆妄言，陛下暂时可倚靠定王制衡世家，长久之计还是要培养真正忠于自己的势力。"

"你有何良策？"刘琛紧紧盯着沈惊鸿，喉头发紧。

"今年要进行三年一次的外官考绩，而明年就要京察了。"沈惊鸿徐徐道，"陛下擢升臣为吏部侍郎，这正是我报效陛下的好时机，可借此机会一步步拔除那些尸位素餐的世家子弟，将新科进士提拔上来。陛下是他们的主考官，他们便是您的门生，也是可以相信和栽培的人。"

刘琛闻言，眼睛顿时放出光来，拊掌笑道："好，好，好！就依你之言。"

"修殿之事，陛下尽可以交给工部尚书去做。他们得了好处，陛下再提由臣主持外官考绩之事，便不会再有阻碍。"

沈惊鸿一番话让刘琛豁然开朗，心情大悦。他笑着走上前，拍了拍沈惊鸿的肩膀，大笑道："还是你的主意好，明日朝上朕便宣布此事。"

沈惊鸿微笑道："为陛下分忧是臣分内之事。"

刘琛笑了一会儿，眉头又皱起来："既然你主意多，那再帮我想想另一件事。"

沈惊鸿好奇地看了一眼刘琛的脸色，问道："陛下请讲。"

刘琛叹了口气，苦恼烦躁起来："太后要选秀充塞后宫。朕看了名单，都是世家贵女，朕看到这些名字便想到了前朝那些老匹夫，实在没有兴致。太后以为用此举可以拉拢大臣，让世家对朕尽忠，但如此一来，岂非也是让朕出卖自己，去应付那些贵女？"

沈惊鸿无奈道："陛下的家事，臣就无能为力了。再者说，陛下男大当婚，陈国基业寄于您一身，哪有不立后封妃的？世家贵女，都是才貌兼备，陛下兴许看一眼就喜欢了。"

刘琛叹道："朕一眼都不想看，贵为天子，却不能婚事由心。"

沈惊鸿暗自打量刘琛的神色，缓缓道："臣也是好奇，从未见陛下与任何女子亲近过……"沈惊鸿说着顿了一下，脸色有些古怪，"除了慕灼华，难道……陛下心悦她？"

刘琛瞳孔一缩，似乎受到了惊吓，急切地摆手否认道："荒谬，你怎会有如此想法？！"

沈惊鸿弯了弯唇角，笑道："只是见陛下与她相谈甚欢。"

刘琛羞恼道："朕也与你相谈甚欢，难道就有断袖之癖了吗？朕不过是觉得她谈吐有趣、见解不俗罢了。倒是你，先前还有传言你在小秦宫和她……"

"是误会。"沈惊鸿笑着摇头，"都是同僚传的谣言，陛下是智者，自然不会信那些谣言的。"

刘琛点了点头："朕想你的眼光应该不限于此……"

慕灼华虽然是朝堂上唯一的女官，但平日里做派端庄自持，除了与沈惊鸿的那一回，从未传出过其他流言蜚语。这也是刘琛看重她的原因之一。

只是有时候也会有个念头闪过脑海——她和皇叔似乎挺熟稔的。

再一想，虽是皇叔主动讨了慕灼华去理番寺，但也是因为她的那篇策问。之后两人说话做事都是客套有礼，慕灼华近来时时去定王府，是因为他知道慕灼华医术了得，让她多去关照的……

刘琛心道，皇叔不至于对这样一个相貌清秀的小女子感兴趣，便抛开了多余的念头。

❖ ❖ ❖

雨越下越大了，刘衍的马车里铺着厚厚的毛毡，燃着银丝炭和伽罗香，外间的寒气丝毫没有渗进车中。他倚着软垫，正闭目思索着，忽然听到外面执墨在敲门。

"王爷，慕灼华在路边檐下避雨。"

刘衍眼睑微微一颤，他缓缓睁开眼，道："让她上来。"

马车停了下来，刘衍听到外面执墨与慕灼华谈话的声音，不多时，车门打开，一张带着湿意和笑容的小脸探了进来。

"下官参见王爷。"慕灼华脆生生地喊了一句，随即打了个喷嚏。

一缕寒意随着车门的开阖悄悄蹿了进来。

慕灼华将发冠摘了下来，头发湿了大半，几缕碎发贴在颊边，身上的衣袍也打湿了，一大片都呈深色。她本就怕冷，被淋湿后冷意钻进了骨缝，她嘴唇泛白，显得虚弱又可怜。

刘衍的马车里东西齐全，只见他拉开一旁的格子，从里面取出一条棉巾，递给慕灼华："赶紧擦擦。"

慕灼华笑着接过，赶紧擦干了头面和脖颈上的雨水。

"把王爷的马车都弄湿了。"慕灼华缩在靠门的地方，不好意思地抿了抿嘴，"还请王爷恕罪。"

刘衍自然不会计较这点儿小事，他看着慕灼华白得有些发紫的嘴唇，微微皱起了眉头："怎么淋成这样了？"

"今日旬休，几位同僚约了赏菊。不料天公不作美，突然下起了雨，下官忘了带伞，好在跑得快，没有淋湿多少。"慕灼华解释道。

这样下去非伤了身子不可。

"把湿了的外袍脱掉吧。"刘衍说着解开了自己的外氅，"将这件披上。"

慕灼华有些惊诧，还在犹豫着，刘衍又催促了一声："听话。"

慕灼华抿了抿嘴，手按住了腰带，又抬头瞥了刘衍一眼。刘衍倒是正人君子，放下衣服便背过身去了。

背后传来窸窸窣窣脱衣服的声音，不多时，刘衍便听到慕灼华轻声道："下官换好了……"

刘衍这才转过身来。

打湿的外袍被折起堆放在门边，刘衍宽大的外氅将慕灼华整个人包裹得严严实实，只露出巴掌大的小脸，一双乌黑湿润的杏圆眸子闪烁着，小巧的鼻头微红，脸颊上还有抹淡淡的红晕。

"多谢王爷。"刚打了喷嚏，慕灼华说话带着淡淡的鼻音，仿佛呢喃，又像是撒娇。

她偷偷抬眼打量今日这辆马车，与刘衍之前乘坐的不同，这辆更加奢侈舒适。垫着的毡子也都是价值不菲的好料子，而且一垫就是好几层。车壁两侧还做了不少暗格，想必是用来放置各种器具和食物的，说不准还有兵器、暗器。角落里摆放着两只雕花绞丝暖炉，里头烧的是最好的银丝炭，没有一丝烟火气，却让整个车厢都暖烘烘的。此刻炭炉上正烧着一壶牛乳，散发出淡淡的奶香味。

刘衍伸手提起那壶牛乳，从格子里取了一只小碗倒了八分满，递到慕灼华手边。

"暖暖身子。"

慕灼华接过，轻轻说了声"谢谢王爷"，这才小口小口喝了起来。

牛乳热得有些发烫，慕灼华一边吹着，一边小口喝着，热流进了肚子，整个人也暖和不少，唇上渐渐有了些血色。

刘衍见她双手捧着碗小口喝牛乳的样子，不知怎的想起了王府里的那只奶猫。不知是哪只野猫跑来生下它，之后就再也不见了踪迹。刘衍见那巴掌大的猫咪喵呜叫着，不忍心见它饿死，便让下人倒了些牛乳给它。那只小猫喝牛乳的样子也是这样，小口小口地喝着，舒服得眯起眼，又伸出粉色的舌头舔了舔唇……

刘衍看得目光一沉，慕灼华却毫无知觉。她慢慢喝下一碗热乎乎的牛乳，下意识地舔舔嘴唇，这才放下碗，欣欣然道："谢王爷赏赐。"

嘀，这一脸讨好的模样，与那只猫也有几分像。刘衍喂了它几个月，那只猫似乎就认了他当主人。有一次他走出书房，看到它从屋檐上落下来，冲着他轻轻摇晃尾巴，喵呜喵呜地叫唤。刘衍一看，顿时哭笑不得——那笨猫不知从哪儿抓了只老鼠，咬死了放在他门前。

"投我以木瓜，报之以琼瑶"，笨猫把它自以为最好的东西送来讨好他，却把下人们吓了一跳，挥起扫帚要赶走它。它急忙逃窜，轻盈地跳上屋檐，大眼睛巴巴地看着刘衍，喵呜喵呜地叫着，似乎有些委屈。

慕灼华除了多了股聪明劲儿，瞧这模样，与那笨猫别无二致，让人忍不住有些手痒，想揉揉她的脑袋，挠挠她的下巴。

"王爷，这马车，之前从未见您乘坐过，"慕灼华抿了抿嘴，眼睛亮亮的，轻声问道，"您是不是要升官啦？"

刘衍的思绪被她的声音拉了回来，他轻轻笑道："你倒是敏锐，这是陛下赏赐的。"

慕灼华估摸着是前阵子刘衍病倒，刘琛担心他，这才专门打造了一辆这么贴心舒适的马车，也是昭显定王的殊荣。

慕灼华眼珠子骨碌转，嘴角笑意藏不住："王爷不回封地了吧？"

刘衍含笑道："本王不回去，你倒是开心。"

"自然是开心的。"慕灼华鼻头微红，眼睛濡湿发亮，因着心情好，说话声音又甜又软，"下官总归和王爷是一条船上的人，王爷若在定京，下官也好背靠大树乘凉嘛。"

刘衍恍然笑道："若本王不在定京，你就另找靠山，择木而栖？"

慕灼华干笑两声，道："下官一片忠君爱国之心，王爷千万不要误会，汲汲营营不过是为了更好地报效朝廷，报答王爷！"

"忠君吗？"刘衍似笑非笑看着她，"在你心中，是陛下更重要，还是本王更重要？"

慕灼华心口一颤，头皮发麻，这叫她怎么回答嘛，简直是必死题。刘衍饶有兴味地看着她皱起小脸，一脸为难的样子，倒想知道这个油嘴滑舌的小姑娘还能说出什么谄媚之词来。

慕灼华抽了抽鼻子，小心翼翼地看向刘衍，压低了声音，轻轻问道："王爷……是希望下官将陛下看得更重要，还是将王爷看得更重要？"

刘衍一怔，随即失笑，伸手敲了下她有些濡湿的脑袋："越来越放肆，本王问你话，你反过来为难本王。"

慕灼华委屈地撇撇嘴："王爷也知道这种问题是在为难人……王爷和陛下是一条心，下官是对陛下尽忠还是对王爷尽忠不都一样吗？"

刘衍心中轻轻一叹——那自然是不一样的，他要的又不是忠……

"今日陛下召见，说要将你调至户部，你可高兴？"刘衍问道。

慕灼华有些意外："户部……那王爷呢？"

刘衍随意地说道："陛下已拟旨加封本王为议政王，明日早朝宣旨。"

慕灼华倒抽了口凉气，议政王的身份可太尊贵了，远在所有王爷之上，可以说是半个皇帝了。之前刘衍战事受挫，身体不济，便屈居理番寺任尚书，所领不过一部，而议政王尊贵，还在丞相之上，总领六部……不过刘衍如今的权势和半个皇帝也是差不多的，只是多了"议政王"之位，显得更名正言顺一些罢了。

外间流言蜚语太多，剑指定王擅权，刘琛偏偏把权力递到他手中，让他名正言顺地做事，让旁人不服都憋着。他们的叔侄之情不是旁人可以随意离间的。

慕灼华不禁有些羡慕这样的亲情。

刘衍见慕灼华低着头不语，便又说道："陛下让沈惊鸿进吏部、你进户部，是想逐步重用、提拔你们，日后让你们掌管最重要的两个部门。吏部掌官员任命，户部掌天下钱银，乃重中之重。"

慕灼华讪笑道："王爷说笑，这活可不好干。户部和吏部是最得罪人的衙门，沈惊鸿不怕，下官怕得很。"

"陛下说你处事圆滑，又出身富贾之家，对此必然得心应手。"刘衍笑道，"是不是知人善任？"

慕灼华笑得诚恳："陛下和王爷都是知人善任。"

刘衍暗自失笑，她拍马屁还真是滴水不漏，嘴比糊了蜜还甜，可惜啊……没有心。

"王爷，"马车忽然缓了下来，外面传来执墨的声音，"前方有屋子被雨水冲塌了，马车太大，过不去，恐怕得绕路。"

刘衍回道："那便绕路吧。"说着看向慕灼华："你可要急着回去？"

慕灼华摇了摇头，道："今日旬休，本就没什么大事。"

"既如此，便歇歇吧。"刘衍指了指火炉上精致的铁壶，"再多喝些热牛乳，免得受凉了。"

那牛乳里加了些蜂蜜，味道甜滋滋的，正好入口，慕灼华又倒了半碗，喝完后身上更暖和了。马车做了减震，不徐不疾地在雨中走着，轻轻的摇晃伴随沙沙的雨声，令人不由自主地犯困。马车里的熏香沉郁而安神，让人不知不觉放松下来，刘衍随意地挑了一本书看，心里却静不下来，便偷偷用余光看慕灼华，发现她斜斜倚着软垫，双眸疲倦地合上，不知何时睡着了。

刘衍怔了一下，便放下书倾身过去，担心她压麻了手臂，伸手穿过她微湿的长发，温暖的掌心托着她的后颈，轻轻将她抱起放在软褥上，又拉起宽大的外氅给她盖严实了，免得她着凉。

伽罗香价值千金，效果自然不同凡响，慕灼华沉浸在这沉郁的香味里，睡得舒适极了，不知道梦到了什么，嘴角微微翘着。刘衍低头看着她的睡颜，不自觉一丝笑意浮上眼底。她原本煞白的小脸此刻已恢复了血色，娇嫩的脸颊染上了粉粉的胭脂色，嘴角还沾着一丝干了的白色痕迹，应是先前喝了牛乳残留的。刘衍未及思考，已经伸出手抚上她唇角的白渍，待指腹触碰了温热柔软的唇瓣，他才意识到自己在做什么。

这已经算得上轻薄了……

他的手顿了一下，心口仿佛被猫爪子挠了几下，说不出的酥麻痛痒，这不是君子所为……但他终究没舍得收回手，呼吸不自觉粗重了几分。这张小嘴惯会说话讨他喜欢，只是他自己也知道，十句里怕是一句真话也没有，明知道是戏，看戏的人却动心了。

那个逼真的梦境又撞进脑海，他仿佛还能闻到她颈间传来的馨香，还有唇齿间湿软清甜的蜜意。

刘衍猛地回过神来，才发现身体早已随着自己的心思，不知不觉压下去，两人的唇瓣只差寸许的距离，鼻尖几乎相抵。她细密卷翘的睫毛掩住了机灵的眸子，轻缓的呼吸拂在他脸上，她就这样无知无觉地安睡在他面前，模样是难得一见的乖巧。

就这么相信他吗？

轻易地上车，在他身后脱衣，穿着他的衣服，身上沾染了他的气息，安心地在他面前沉睡……

他也是个男人，也会有男人的卑劣和欲望……

心口是难忍的酸软和绞痛，可这十分的酸痛之外还有一分甜意，仅仅这一分甜意，就能让他对那十分的折磨甘之如饴。

刘衍自嘲地一笑，终究没有去品尝她唇间的滋味，只怕惊醒了她，惊跑了她。他既想欺负她，看她委屈，看她哭，却又舍不得看她真的难过，怕她受伤……

他知道，她是不愿意跟他的，逼得狠了，她只会溜走。

刘衍咬破了舌尖，强迫自己闭眼，不去看那香甜的诱惑。

罢了，假的总比没有好。

再桀骜的猫，他也有耐心慢慢抚平她的刺……

慕灼华没想到自己会在刘衍面前睡着，她是个戒备心强的人，后来她仔细想了想，应该是那伽罗香太催眠了，牛乳也太甜了，麻痹了神经，让人昏昏欲睡。也不知道那马车绕了多远的路，慕灼华醒来时已经快到日落时分了，这才刚刚到定王府。

马车停在她的家门口，刘衍怕她着凉，命令她穿着暖和的外氅下车。

郭巨力看到慕灼华衣衫不整地从刘衍的马车上下来，整个人都惊呆了。她半天没缓过神来，脑中一阵风暴，半响才冲回屋里，这时慕灼华已经换上自己的衣服，把刘衍那贵重的外氅挂在了架子上。

"小姐，你你你……"郭巨力语无伦次地拉住慕灼华的手上下打量她，"你跟定王……"

"半路下雨，我淋湿了，他送了我一程。"慕灼华揉了揉眼睛，打了个哈欠，好笑地看着郭巨力，"你是什么表情？"

郭巨力松了口气，拧着眉道："我当然是担心小姐被人欺负了。小姐……你对定王……不不，应该是定王对你，是不是有点儿喜欢？他堂堂一个王爷，对你是不是太好了些？"

慕灼华轻笑一声，道："因为我会逢迎拍马，讨人喜欢？"

郭巨力支着下巴沉思："他看起来也不像会被轻易蒙蔽的笨蛋，怎么就一而再再而三地被你骗呢？"

"怎么叫被我骗呢？"慕灼华不高兴了，"是，我之前是骗他说我喜欢他，可后来我也澄清了不喜欢他，现在我们是纯粹的上下级关系。他看重我的才能，又喜欢听我吹捧他，我则需要他的庇护，各取所需而已。"

郭巨力撇了撇嘴，有些不以为然道："小姐，我虽然不聪明，可是也不傻，没吃过猪肉，却见多了猪跑，老爷是怎么对姨娘们的，我可看得真真儿的。定王分明就是在意你。"

慕灼华被郭巨力说得心口一跳，莫名心虚起来，转过眼不敢看郭巨力的眼睛，声音也发虚了："这本来就是我的目的啊……他要是不在意，我还怎么狐假虎威？"

郭巨力狐疑地看着慕灼华："小姐，你就不怕他真的爱极了你，对你用强吗？"

"那倒是不怕。第一，我是朝廷命官，如今还得陛下看重，他不敢对我用强。"慕灼华竖起手指，肯定地说道，"第二，他是个正人君子，不会做卑劣之事。"

郭巨力恍然大悟道："我懂了，小姐之前说过用什么方法欺负君子……"

慕灼华噎了一下，虚着眼说："君子可欺之以方……"

"所以你就是瞅着定王是个君子，被你欺负了欺骗了，也不会拿你怎么样，你就可着劲儿祸害他。"郭巨力啧啧两声，皱起眉头来，瞪着慕灼华道，"小姐，你真渣。"

慕灼华被郭巨力指控得后退半步，身体轻轻一颤，捂着嘴道："郭巨力，你有没有良心，我这么做，都是为了这个家啊！"

郭巨力看慕灼华做作的样子，以她对小姐的了解，知道她这分明是心虚的表现，便忍不住端起脸色教训她："小姐，不是我说你呀，王爷这么好的人，你就不要再骗他了。要是他喜欢你，你嫁给他当王妃，也是挺好的啊。"

慕灼华吓了一跳，戳了戳郭巨力的脑门，瞪着眼道："你疯啦，胡说什么呢，我教过你的道理都忘了吗？嫁了人，这辈子就完了，更别说是当王妃了。当了王妃，我肯定不能抛头露面做官了，下半辈子只能被关在深宅大院里等着

282

男人偶有兴致的宠幸。他要是喜欢上别的女人，一个个地接进府里，我也只能红颜枯等成白发了。我阿娘的教训，你都忘了吗？"

郭巨力捂着脑门，嘀咕道："王爷看起来不近女色，应该不会像老爷那样……"

慕灼华想起之前在刘衍身上闻到的脂粉味，冷笑一声："那可未必，男人逢场作戏、见异思迁的本事可不能小瞧了。我第一回见到他，还是在小秦宫呢。"

"小姐，你也挺会逢场作戏的。"郭巨力小声道。

"那都是生活所迫。"慕灼华振振有词，"小丫头，说了你也不懂，收起你那不该有的念头，别忘了咱们这么多年的努力都是为了什么。男人给你几分颜色，你就当了真，那这辈子苦头可有的吃了。"

郭巨力看着慕灼华淡漠的眼睛，心里暗自叹了口气。小姐太聪明，心眼也太多了，老爷的风流、姨娘的死给她的打击太大了，她是不会轻易相信男人了。

郭巨力知道自家小姐心眼多、主意多，她是说服不了小姐的，只能快快地去做饭，走到了门边却又顿住脚步，回过头看着站在窗边失神的慕灼华，轻声道："小姐，你说你不愿像三姨娘那样为情所苦，可也不要像老爷那样薄情寡恩啊！"

第二日早朝是刘衍病休多日后第一次朝议，百官隐隐感觉似乎要有大事发生，每个人的脸都绷得紧紧的，眉头微皱。

刘琛高坐殿上，居高临下，将每个人的表情都看在眼里。

"前些日子，朕下其议于六部，由六部会议讨论皇宫修建之事。户部尚书和工部尚书的奏章，朕看过了，说的确实是忠君谋国之言。朕慎重考虑之后，决定听从两位大臣的谏言，将修殿之事从简从快办理。"

众人听着刘琛的话，心中疑惑，不知道刘琛是什么意思，但都俯首道："陛下圣明！"

刘琛勾了勾唇角："只是修建宫殿之事，若要做得既快又好，还得是工部负责最合适。此事便交由工部尚书主持，户部协助，不知道诸位大臣可有异议？"

百官听了这话，各人心思不一，有人不悦，有人欢喜，而刘衍则是疑惑。

昨日刘琛已向他求助过，让他早朝之上助其力压两部尚书，让文孝礼主持修殿之事，怎么这时突然变了卦？

修建宫殿是必然要做的事，只是交给谁干系重大。文孝礼比孙汝更为可靠，若是交给孙汝来主持，固然能把宫殿修好，但恐怕要多出数百万两的开支。

刘衍暗自皱眉，但此事乃刘琛所言，而此刻工部尚书已然出列领旨，他若是贸然反驳，非但会伤了刘琛的面子，还会引起旁人猜测，以为叔侄失和……刘衍只能按下心中的疑惑。

刘琛解决完这件事，又宣布了外官考绩之事。此事三年一次，历来是吏部负责，沿用旧有惯例，倒没什么可议之处。刘琛只是提了一下新上任的吏部侍郎沈惊鸿才堪大用，让沈惊鸿负责此次外官考绩之事。一众官员知道沈惊鸿是刘琛眼前的红人，才华惊动定京，因此也没有反驳。

沈惊鸿立刻出列，领旨谢恩。

刘衍看了一眼沈惊鸿。他身着玄色官袍，面容俊美，仙姿秀逸，身形挺拔，劲如松柏，此时含笑俯首，不骄不躁，凤眸中一片平静。刘衍记得初见此人之时，他张扬肆意，恃才傲物，他还对刘琛说过此人桀骜难驯，不料短短一年时间，他竟然成长到如今这程度，其城府着实深不可测。

廷议了几件小事之后，刘琛最后颁下圣旨，封刘衍为议政王，可御前赐座、持剑上殿。

众人大惊，难以置信地看了刘衍一眼，只看到后者沉静俊雅的侧面。

议政王，位高于丞相，统领国事，只手遮天。御前赐座，尊贵至极，还让持剑上殿，这就是向天下人表明了皇帝对定王的信任！谁敢多说一句，他的剑就将落在谁的颈上！

如此大的一件事，无数人心中拼命反对，最终却无一人敢上前反驳。

刘衍缓缓走出队列，站在百官之前，俯首谢恩。

几名太监抬着沉重的紫檀木椅子上殿，椅子落在光可鉴人的地上，发出沉闷的一声巨响，仿佛砸在众人心上。

十年前，刘衍征战沙场，少年得志，名扬天下。

三年前，刘衍折戟沉沙，身受重创，退居朝堂。

这三年来，在很多人心目中，定王已经被那场败仗打折了脊梁，不足为惧了。在昭明帝骤然驾崩，朝堂混乱之际，他又站了出来，以一己之力压住了所有的躁动和阴谋。他还是他，是杀退北凉三千里的魔神，也是能稳住陈国数十年的战神。

从今日起，他不仅是定王，还是议政王。

一个统领六部文职还握着二十万精兵的议政王，谁能与他相抗？

刘衍缓缓落座，没有去理会身后那些惧怕、忌惮的目光，在他这个位置上，已经无须再畏惧什么了。

他本不贪恋权位，但只有在这个位置上才能保护他所在乎的一切。

昭明已成旧事，定京开始为新君忙碌起来。

为着翻修宫殿之事，工部忙成了一团。工部尚书孙汝一日跑了两次户部衙门，就预算之事与户部尚书周次山商议。

周次山是个脸庞圆润、笑容和气的中年男子，与他的堂兄、殿前司都指挥使周奎是性子截然相反的两个人。见了周奎的人都不由自主地心生畏惧，而周次山笑容可掬，让人心生亲近。只是真正亲近他的人都知道，周次山可比周奎难惹。周奎再凶恶，碍着陈国律法也不能当街杀人，周次山却有的是法子让你倾家荡产、株连九族。

孙汝庆幸，自己与周次山关系算是好的。孙家与周家都是有着百年底蕴的世家豪门，到了今日更可以说是世家之首的。朝中百官，世家过半，而周、孙两家更是把持了多部要职，紧紧扼住朝廷的命脉。如今刘琛能顺利登基，固然是刘衍起了决定性作用，却也离不开周家和孙家的支持。让二人比较头痛的是，刘琛这小皇帝不太上道，我行我素，意气用事，并不太顾及他们世家的脸面，丝毫不按套路出牌。

周次山微眯了下眼，对孙汝道："陛下突然改了主意，让你取代文孝礼主持修殿之事，着实有些古怪。"

以他对刘琛的了解，对方可不是轻易会屈服的性子。

孙汝面庞清瘦，身形瘦削，较周次山看起来严肃、冷峻了许多。周次山说的事，他也觉得有些古怪，虽然这本就是他们所求之事，但刘琛也未免转变得快了些，让他们准备好的许多后招都用不上了。

"今日议政王返朝，难道是他的主意？"孙汝琢磨了一下，"也就他能让陛下改主意了吧。"

刘琛最敬服刘衍，这事众人皆知。

"议政王是个有大局观的，此次若非他当机立断，把矫诏之事推到北凉头上，又带兵镇压了赵家，恐怕定京是会乱的。"周次山实事求是地品评了一番，又道，"陛下年少，难免有些事想得不周到，有议政王辅佐，也未尝不是一件好事。"

孙汝点点头："不错，议政王感念周太后的抚养之恩，对你们周家也素来是亲近的，日后恐怕还要周兄多提携关照了。"

周次山垂下眸子，敛去眼中的锐意。

周家对刘衍做的那些事，刘衍知道的可不多，可惜功败垂成，好在刘衍尚不知情，还是站在周家这边的。

"孙兄也无须这么说。"周次山笑眯眯道，"太后生前已应允了你们孙老太君，让议政王迎娶你们孙家的嫡女为王妃。今次孙兄能顺利拿下此职，多半是议政王看在你们孙家的面子上。"

周次山倒是说到孙汝心坎上了，他自己也有几分这个想法。

孙纭纭是孙汝的嫡长女，也是定京里数一数二的贵女，不是他自夸，孙纭纭的相貌才华在定京若称第二，便无人称第一。孙纭纭自七年前见了刘衍一面，便死心塌地地恋慕他一人。刘衍征战沙场多年，她便偷偷等着，任求亲之人踏破了门槛，她也不为所动，宁死不嫁。直到三年前刘衍战败重伤的消息传回定京，她忧伤成疾，家里人才发现了她的心事。当时刘衍重伤，生死难料，孙家怎么舍得把嫡女嫁给一个将死之人，便一直拖着，甚至不惜以尽孝的名义将孙纭纭带回江左，拖到如今二十岁，在定京已经是个老姑娘了。

三年前的刘衍是只病猫，如今成了今上最信重的议政王，所以孙汝早在半月前就修书回江左，让孙纭纭尽快来京。

"只怕议政王看不上小女。"孙汝淡淡笑道，面上却有几分自傲。孙纭纭这样既痴情又有才情和美貌的世家贵女，又有哪个男人能拒绝？他心里觉得这门亲事十拿九稳。

周次山岂能看不出他的心思，当下吹捧了两句，孙汝清瘦微黑的脸庞都焕发出光彩了。

孙纭纭马上就要进京了，他马上就能当上议政王的岳父了。

不久，慕灼华的调令也下来了。她从理番寺六品主事升迁至户部郎中，官阶正五品，虽然不及沈惊鸿一飞冲天，但也是让人望尘莫及。

离职后的第一个旬休日，慕灼华特地请理番寺一众同僚在文铮楼把酒畅饮。众人与慕灼华共事半年，亲眼见她聪敏好学，态度也从一开始的怀疑、轻视，到后来心悦诚服，只是早知道她非池中之鱼，没想到她这么快就跃了龙门。

"恭喜慕主事，哦，不，该称慕郎中了。"众人喝得半醉，冲她拱手笑道。

慕灼华起身举杯，道："这半年来在理番寺多谢诸位仁兄关照、教导，在下获益良多，这里敬在座诸位三杯！"

慕灼华说罢便倒了三杯酒仰头饮下，众人见她大方豪迈，便纷纷叫好。慕灼华虽然是女子，却没有姑娘家的娇柔，倒是保留了姑娘家的矜持、端庄，让人对她不由得生出几分敬重。

一人笑道："户部掌天下钱银，富得流油。慕大人，苟富贵，莫相忘啊。"

慕灼华失笑摆手道："大家说笑了，户部不生产钱，只是钱的搬运工。"

众人被慕灼华的说辞逗得大乐，借着酒兴说起朝中的一些趣事，一时间气氛十分融洽。

一墙之隔的地方，刘衍却在自酌自饮，执墨立在一旁偷偷看了半响，问道："王爷为何不过去？"

刘衍笑道："本王若去了，他们便不自在了，见她与同僚相处愉快，本王也为她开心。"

心里虽然有几分酸酸的,但慕灼华又不是他的私有之物,她在朝为官,总会有应酬,总要与男子打交道,难道他还能时时将她锁在身边吗?这杯醋也只有自己默默饮下了。

只是他心里放心不下,担心她喝醉了出事,便偷偷在旁边的房间里喝闷酒,听着隔壁欢声笑语。

执墨默默看着刘衍,心中又叹息了一声。

叫了一桌菜,筷子没动过一下,酒倒是喝了两壶。这清酒虽然不醉人,却会伤心哪……

隔壁的动静持续了一个多时辰才结束。执墨耳尖,听了一会儿,对刘衍道:"王爷,他们都走了,只剩下慕灼华。"

慕灼华最后留下来结账。文铮楼的菜品和环境注定了不便宜,想到第一回来只舍得买几个馒头和酱肉给郭巨力吃,现在都能敞开肚皮请客吃饭了,这还多亏了……多亏了刘衍的慷慨大方,不然光凭俸禄,她是奢侈不起来的。

今日除了一桌酒菜,她又点了文铮楼里的六道招牌菜,让人用食盒装起来,打算带回去给郭巨力加菜,自己在外面吃香喝辣的,总不能亏待了那个丫头。

"多少银子?"慕灼华喝了些许酒,说话舌头都捋不直了。

店小二笑眯眯道:"已经有人帮大人结过账了。"

慕灼华皱起眉头:"是谁啊?"

店小二没回答,而是恭敬地朝慕灼华身后弯下了腰。

慕灼华迟钝地感觉到身后传来一股熟悉而安心的香味,她一回头,便撞到了宽阔结实的胸膛,无须抬头,她便大着舌头喊了一声:"王……王爷……"

刘衍伸手扶住她的肩膀,看到桌上笨重硕大的食盒,失笑地对执墨道:"你帮她把食盒带回去吧。"

执墨点点头,上前提起食盒,眉头微不可见地一皱——那个瘦瘦小小的郭巨力,一个人能吃这么多菜?

执墨取了食盒便离开了。慕灼华呆呆看了一眼执墨的背影,抬起头望着刘衍,傻笑道:"多谢王爷,又让王爷破费了。"

刘衍将慕灼华轻轻一带,两人并肩出了文铮楼,徐徐走在河畔的青石路上。

已是万物凋敝的季节,却难得是个晴天,天空仿佛被浮云来回擦拭了几遍,湛蓝得耀眼。午后的阳光带着暖意,柔柔地落在慕灼华微醺潮红的眼上。她不自觉眯起了眼,然而不过片刻,便有阴影为她挡住了刺目的阳光。

刘衍站在她身侧,不着痕迹地打量她微红的脸庞,含笑问道:"喝了多少酒?"

"不记得了。"慕灼华歪着脑袋想了想，"十来杯？"

那有一壶多了。

不过慕灼华对自己的酒量有清楚的认识，她不会轻易让自己在外面喝醉，这样微醺的感觉正好，再多便难受了。

慕灼华说着忽地往刘衍胸前凑去，小鼻子嗅了嗅，仰起脸来看刘衍，好奇道："王爷也喝酒了。"

刘衍被她的动作惊了一下，心口微微一颤，面上却不露声色。

"喝了一些。"

慕灼华恍然道："王爷今日在文铮楼也有应酬吧。是了，您如今是议政王，六部高官以您为首，他们定是要巴结您，请您喝酒……"

刘衍笑而不答，反问道："那你为何不请本王？"

慕灼华噎了一下，纠结了片刻，缓缓道："不好意思……"

刘衍好奇问道："为何不好意思？"

慕灼华别过脸，看着湖畔光秃秃的树，心中也莫名萧瑟起来。巨力说了，"小姐不要像老爷那样薄情寡恩……"

她好几夜都没睡好，三省吾身："我错了吗？我错了吗？我没错呀……"

她不傻，能看出来刘衍对她的那些纵容和偏爱里已经掺杂了一些男女之情。她原以为，刘衍这样聪明的人明知道她目的不纯，是不会对她有多余想法的。如今是她失算了，刘衍给她的比她想要的还多，而多出来的那些实在不是她想要的，更是她要不起的。

火玩多了，难免会伤到自己。

清醒的时候，她能将一切算得明明白白，可喝醉了只剩下满腔纯粹的难受，让她控制不住自己的细微表情，藏不住心中的酸楚。

让她继续骗他哄他，她不好意思，让她真的离开他，她……舍不得……

慕灼华很小就没了阿娘，不知道被人疼是什么感受，后来遇到郭巨力，看她被人卖掉，有爹娘还不如没爹娘，便仿佛看到了自己。所以她疼巨力，看巨力开心，她便开心，就好像自己也有人疼似的。

刘衍是除了巨力之外对她最好的人，无论这里有多少真情、多少假意，被他那样护着关心着，她整颗心都暖了起来。她喜欢他含笑低头看着她，眼里不经意流露出的几分无奈和宠溺就足以让她飘飘然，在他眼前放肆，让她想变成他掌心里的猫，对他撒娇，让他焐热一颗冷了很久的心。

所以，她又失算了，他给了太多她不敢要的，她也开始贪求自己不该要的。

她的阿娘，就是贪求了不该要的感情和忠贞，最后郁郁而终。

慕灼华的步子不知不觉慢了下来，她的目光迟缓地落在眼前波光粼粼的水面上，秀气的眉峰微蹙，似乎陷进了忧愁的旋涡。刘衍也随着她的脚步停了下来，低下头凝视着她的双眸，忍不住想抬手抚平她眉心的褶皱。

慕灼华沉默了许久，刘衍也静静等着她，直到她再度开口。

"方才听他们说，王爷要成婚了。"慕灼华脸上微微泛着粉色，双眼没有焦点地望向湖面，"孙家小姐已经启程，要从江左回来了。她等了王爷七年，真是个痴情女子啊。"

孙纭纭痴恋定王，这事不知何时在京中流传开来。这种流言对一个女子的名声是极为不利的，除非男女双方早定姻缘。

"王爷为什么迟迟不成婚呢？"慕灼华抬起头，眼中焦点缓缓凝在他面上，"王爷也在等她，是吗？"

刘衍一怔，随即失笑，否认道："荒谬，本王根本没见过她。"

慕灼华狐疑地皱眉："那为什么呢？……我父亲说，男人没有不好色的，除非不能人道，王爷年纪这么大了……"

刘衍被她直白的话说得心中羞恼，觉得好气又好笑："你多少是个姑娘家，这话也是你该说的吗？"

还有，什么叫他年纪这么大了？敢情她还真觉得他"年老色衰"了？

慕灼华将手抄在袖子里，一副语重心长的样子缓缓道："下官也是个医者，关心一下患者罢了……下官知道王爷并非不能人道，但也怕您另有隐疾，正所谓有病治病，没病强身……"

刘衍深吸了口气，让自己心平气和地与一个醉鬼谈话。他凑近慕灼华，压低声音问道："你为何这么关心本王的终身大事？"

慕灼华抿了抿嘴，扯出一丝笑容，嗓音微微发涩，道："下官自然是希望王爷早日成婚，生活美满。"

如此，她就可以让自己的心收得更坚决一点儿了。

她却不知道自己的话如一把冰锥在刘衍心上挖了一个洞，冷风灌了进去，让他又酸又胀、又痛又麻。

刘衍冷笑了一声，刚想说出一句狠话，只见那双杏眼里闪过一丝湿意。他一怔，上前半步，将她抵在树上，微微俯身凑到她面前，那点儿泪光便无处遁形了。

刘衍温热的指腹抚上她湿润的眼角，刚刚冻僵的心又缓缓融化了。

"你啊——"男人低沉的声音轻轻一叹，却有了一丝淡淡的喜悦，"说的话里，十句有九句是在骗人，偏偏越是假话，说得越是真诚，让人明知是假的，也忍不住想要信你。"

"可这一句假话说得太拙劣了，"他的指腹轻揉着她眼角的湿意，缓缓落在她微抿的唇角，"让本王高兴得很。"

他低笑一声，望向慕灼华的眼睛里满满都是心疼和喜悦。

慕灼华的脸又烫又红，眼中染着醉意和湿意，覆在身上的气息本该是让人安心的，此刻却又让她悸动不安起来，一颗心狂跳着。她不自觉地想要逃避，但背后是树，两侧是他结实有力的臂膀，她无处可逃，脑子里混沌地想要砌词辩解，可酒劲让她迟钝了许多，混乱中找不出合适的话语，嘴唇刚微启，便被同样温热柔软的薄唇覆住了。

他的吻是克制而缠绵的，许是怕吓到她，圈着她的双臂不敢太过用力，他轻轻碾着她柔软的唇瓣，舌尖扫过她的唇角，缓慢而坚定地侵入口中，尝到了似曾相识的甜味，竟和梦中的如此相似。刘衍似乎想起了什么，眼神一暗，气息陡然炽热起来，圈着她的双臂也骤然收紧，似乎恨不得将她揉入自己体内，与她合而为一。

慕灼华被他忽然炽热的深吻吻得全身发烫，酥软无力，只能任由刘衍的双臂箍着自己纤细的腰身，双手无力地攀在他肩上，一滴泪自眼角滑落。

不知过了多久，他才意犹未尽地松开她红肿的樱唇，附在她耳边，低沉暗哑的声音含着笑意道："那一夜，在帐篷里的那个吻，原来不是梦……"

"你那时气恼我忘了，才与我疏远，是吗？"

慕灼华迷失的意识被刘衍的话骤然拉了回来，她瞪大了濡湿的杏眼望着刘衍，脸上的潮红褪了一半。

她为什么疏远他，是因为那个无意识的吻，还是因为从他身上闻到了小秦宫的脂粉香？

慕灼华缓慢而坚定地推开了刘衍。

"王爷说什么，下官没听懂。"她后退了半步，与刘衍拉开距离，"您是不是又想和别的女子缠绵，认错了人？"

刘衍拉住慕灼华的手腕，紧紧盯着慕灼华面上的表情，想弄清楚她每句话背后的真实心意。

"你为何不肯说实话？你心里分明——"

"王爷！"慕灼华皱着眉头打断了他的话，"今日你我都是酒醉失态，还请不要将此事放在心上。"

刘衍难以置信地看着慕灼华的面孔，她的话会骗人，身体却不会，他能感受到她的情动和意动，但此刻她说出来的话竟如此伤人。

慕灼华深吸了口气，坚定地向后退，与刘衍拉开了足够安全的距离，这才拱手弯腰，行了个大礼。

"还请王爷原谅，是下官失了礼数，这就回去醒酒。"

慕灼华说着便倒退了两步，转身离开。

"慕灼华。"身后传来刘衍冰冷而苦涩的声音。

慕灼华脚步一顿，没有回头。

"你在怕什么？你并非不喜欢我，难道是不相信我？"刘衍看着慕灼华的背影，一字字说道，"你怕我负了你？"

慕灼华闭上眼，咬破了舌尖，口中的铁锈味和刺痛让自己彻底清醒过来。

"王爷想多了，下官对王爷一片忠心，再无其他。"言罢，大步离去。

她慕灼华怕刘衍负了她吗？

唉，慕灼华在心里哂笑了一声。

她不怕，这世上本就没什么矢志不渝的感情，便是骨肉血亲，也不见得能真情实意，始终如一，她怎么还会在旁人身上要求不变和不负？

她不怕别人负她，只怕自己负了自己。她不怕失去刘衍，她怕的是失去自我。

女人一旦陷进爱情里，就会变笨，那样一来，离死也就不远了。

第十五章 · 一生一世

微臣以为，人各有志，若不违背良知和陈国律例，是否嫁娶都应由自己做主。

慕灼华一个人回到家。院子里，郭巨力摆了一桌酒菜，和执墨吃得正欢。郭巨力对执墨的印象很好，就是这个小哥哥经常买一品阁的糕点给她们，她客套地请执墨一同吃饭，没想到执墨居然不客套地答应了。

执墨本是想回去找刘衍复命，但想到刘衍对慕灼华的良苦用心，他又改变了主意，不想去碍事了，索性留在郭巨力这边，帮王爷打探点儿消息。没想到郭巨力看着鲁直，却是守口如瓶，他话又不多，便也问不出什么有用的消息，只是怔怔看着郭巨力横扫一桌的美食。他狐疑地看着对方瘦小的身材、扁扁的肚子，趁着对方不注意瞄了一下桌底——她是怎么变戏法把食物藏起来的？

执墨心头默默飘过了四个字——浪费粮食。

就是在这时，慕灼华走了进来。

执墨没看到刘衍，心中有些奇怪，但面上没有流露出不妥，立刻站起来告辞。走出院子不远，他便在拐角看到了刘衍有些落寞的身影，仿佛落在他身上的阳光都暗淡下来。

执墨心中一惊，走到他身前去，有些忐忑地喊道："王爷，可是出了什么事？"

刘衍苦笑一声，转过身朝着王府的方向走去。

"不过是被人嫌弃罢了。"

和刘衍近乎决裂的表态，让慕灼华心里难受了许久，所幸户部公务繁忙，再加上工部要在一年内完成宫殿的翻修，她被调派去协助，白日里就更是忙得脚不沾地，根本没有闲暇想起刘衍这个人。

只是到了晚上难眠一些罢了。

身为医者，对付失眠的办法有很多。她调制了些安眠香，睡前泡泡脚，让郭巨力帮她捏捏酸疼的肩颈，这一晚便熬过去了——若能不做梦就更好了。

她如今身居五品，每日早朝都要站在大殿之上，与刘衍隔着不短的距离。

刘衍佩剑上殿，御前赐座，众人都只能远远看着他，慕灼华也不例外。以前在理番寺，她是他的下属，每日见面的机会多。如今她在户部，而刘衍身为议政王，只在风华殿与六部高官议事，因此两人除了早朝的时候能看到一眼，平日里是没什么机会见面的。

慕灼华告诉自己，并非存心躲着他，不过是没有缘分罢了。

刘琛在早朝上宣布了镇国大长公主返京之事，着令礼部安排迎接之事，又令工部加紧在工期内把皇家别苑整修一番。

镇国大长公主乃崇光女帝与裴凤君的掌上明珠，是元徽帝的孪生妹妹，如今更是陈国皇室最贵重的姑奶奶，刘衍见了她，也得弯下腰恭恭敬敬喊一声"皇姑母"。能被封为镇国大长公主的，无一不是实权在握之人。崇光帝仅生下一对孪生兄妹，皇子刘熙从国姓，公主裴悦从凤君姓。女帝和凤君对他们极尽爱护，把江山传给了儿子刘熙，又将女儿裴悦嫁给了当时的武林盟主、桃源山庄庄主傅青凤，让他们夫妻二人掌控整个武林，等同于掌控了半壁江山。之后，裴凤君更令唐门铸造镇国神器诛邪剑，赐予镇国大长公主，凭此剑可号令天下，上斩昏君，下斩奸臣。

虽有此权柄，镇国大长公主却自知避讳。女帝和凤君过世后，镇国大长公主便离开定京，定居江南，若非大事，绝不进京。先前昭明帝和周太后葬身火海，国丧传到江南，镇国大长公主大病一场，进京一事便搁置了，直到近日身体彻底好转，她才由亲人陪同回到定京。

皇家别苑原就是镇国大长公主的居所，因为她离京数十年，便挪作他用，与民同乐，之前簪花诗会便是在此举办。如今镇国大长公主回京，自然是要将皇家别苑重新修整一番让她住得舒服。

此时正值外官进京考绩，定京人流多了起来，沈惊鸿为此忙碌，慕灼华也要为修殿之事奔走。柔嘉公主见刘琛为迎接之事焦虑，便主动将此事揽了过来。

"我是皇姑祖亲自抚养长大的，皇姑祖的喜好，没有人比我更了解了。"柔嘉公主微笑着说道，"陛下放心吧，我会将一切安排妥当的。"

刘琛闻言大喜，笑道："有皇姐在，朕还有什么不放心的？皇姑祖最疼你了，你这次回京太久，怕是皇姑祖也十分挂念你。"

柔嘉公主露出怀念的神色，轻声道："我也十分挂念她老人家呢。"

两人说笑着便到了永安宫。永安宫是太后临时的住所，是后宫最为气派的一座宫殿，但刘琛还是觉得自己的母亲住在这里有些委屈。

此时太后正和静安公主耶律真说话，面上露出笑意，似乎相谈甚欢。

刘琛和柔嘉公主向太后请安，耶律真也站起身来向两人行礼。

太后对刘琛笑道："方才静安正和哀家说话呢，她如今陈国话说得极好，宫中的礼仪也学齐全了。"

耶律真雪肤玉姿，容貌绝美，如今学了陈国礼仪，更显得娴静优雅，只是比柔嘉公主少了几分雍容尊贵。

"都是柔嘉公主教导得好。"耶律真轻声说道。

柔嘉公主看了她一眼，微笑道："也要你用心肯学。"

刘琛不耐烦听这些琐碎，对太后说道："皇姐刚和朕说了，此次皇家别苑的翻修监管之事，还有迎接礼仪，便由她负责了。"

太后闻言，点头道："她确实是最合适的，就是辛苦了。"

"为皇姑祖做事、为陛下分忧，谈何辛苦，这本就是我分内之事。"柔嘉公主笑着说道，"只是如此一来，我便不得空闲教导静安功课了。刚才见她与太后相处甚好，我便有个不情之请，想让静安在宫里住几日，让太后教导她礼仪。"

刘琛皱了下眉头。

柔嘉公主又道："太后的礼仪自然是这宫里最好的，由太后教导，更是事半功倍。而且难得静安与太后投缘，也能陪太后说话解闷。"

柔嘉公主说得太后也有些心动。如今宫里只有她一人，选秀还要等到开春，能有个人陪她说话解闷自然是不错的。她原对静安公主有些偏见，以为北凉人粗野无礼，不想柔嘉公主将其教得极好，举止不比定京的一些大家闺秀差，说话虽然带着北凉的口音，却显得质朴可爱。

"既然柔嘉这么说，哀家自然不会推辞。"太后稍一思索，便笑着答应下来。

几人又寒暄了一会儿，刘琛才和柔嘉公主走出永安宫。

"皇姐，她是北凉人，你把她送进宫做什么？"刘琛不悦道。

柔嘉公主笑道："有她陪着太后，太后便少去烦你了，有何不好？"

刘琛一听，无奈道："皇姐言之有理，希望母后不要再逼我相看那些贵女了……"

柔嘉公主眼波流转，若有所思道："听闻孙家小姐，就是那位心恋皇叔的孙纭纭，这回是同皇姑祖一起来的。"

刘琛颇感诧异："他们孙家竟请动了皇姑祖做媒？"

然而，柔嘉公主的下一句话更让他惊恐。

"江左与桃源山庄相近，皇姑祖这回带来的可不止一个贵女。"柔嘉公主同情又好笑地瞥了刘琛一眼，"一个是给皇叔的，十个是给你的。"

刘琛顿时如遭晴天霹雳。

耶律真站在檐下，看着刘琛和柔嘉公主远去的背影。她微微歪着脑袋，闪着一双偏蓝色的眸子，若有所思。

侍女兰珠站在她身侧，操着北凉话，不无担忧地说："公主，我们被困在宫里，就难对慕灼华下手了。"

耶律真轻笑一声："原先是我想岔了，我不该对慕灼华下手的。"

兰珠惊讶地看着耶律真："公主是什么意思？"

耶律真眸中颜色陡然深了几分，又有了一丝懊恼："那日是我冲动了，见慕灼华孤身一人，便起了杀机，临时喊了三枚棋子。没想到她如此狡猾，竟然逃脱了，折损了三枚棋子不说，恐怕还会留下痕迹。"

"那个女人对三皇子出言不逊，又是定王的意中人，公主杀她，没有错。"兰珠眼神坚定地说。

耶律真失笑摇头："不，我刚刚想到一件更有趣的事。记得哥哥离开时叮嘱我，要挑拨刘琛和刘衍的关系。"

"公主有办法了吗？"

耶律真笑吟吟地看着刘琛远去的背影："刘琛不肯选妃……你说，他们叔侄俩若是喜欢上同一个女人，岂不是很有趣？"

镇国大长公主回京之日，定京下了今年冬天的第一场雪。细雪如盐，落在掌心便消失于无形，但凉意骤然添了一丝又一丝。

刘琛率着百官在宫门迎接，身后便是刘衍。太后率着宫中女眷站在右侧，柔嘉公主身着鹅黄锦缎宫装，面上淡扫脂粉，更显得容光焕发。她看着缓缓而来的车马队伍，眼中是藏不住的欣喜和急切。

镇国大长公主回京，仪仗非比寻常，浩浩荡荡一队车马，前后足有两里，侍卫数百人，侍者数百人，此等仪仗足见镇国大长公主的尊贵地位。

待车马到了宫门口，百官俯身恭迎，齐声唱道："恭迎镇国大长公主回宫——"

声音飘出数里远，整个定京为之一震。

柔嘉公主行了礼，便走到那辆最宽敞华美的马车前，笑盈盈地喊了一声："皇姑祖，皎皎来接您了！"

车门被人从里面打开，一张被岁月偏爱的容颜含着几许慈祥的笑意看向前来迎接的柔嘉公主。镇国大长公主缓缓伸出手去，搭在柔嘉公主的掌心里，颤声道："皎皎——"

柔嘉公主眼眶不禁湿润了，她含笑道："皇姑祖，好多人看着呢。"

镇国大长公主收敛了情绪，就着柔嘉公主的手下了马车。她久居江湖，一切从简，已经很久没有动用过镇国仪仗了，但重归定京，她依然是那位手持诛邪剑、可与天子比肩的尊贵公主，举手投足中自然流露出让人敬畏的气势。

就是太后在她面前，也要恭恭敬敬地喊一声"皇姑母"。

镇国大长公主如今已是近六十岁的年纪，但长发依旧乌黑浓密，眉眼不减盛年时的艳丽，眼角的细纹更添了几许岁月的韵味，华贵至极的衣饰在她身上不显得累赘，却如绿叶一样恰到好处地衬托出她明珠般的光彩。她年轻时便是艳绝天下，如今风采亦不减当年。

刘琛、刘衍和太后上前向她请安。

刘琛对这位皇姑祖向来敬畏又孺慕，他见过镇国大长公主的次数屈指可数。在他童年的记忆里，这位皇姑祖权力大得很，脾气也不小，便是周太后和昭明帝在她面前也要乖乖认骂。

"多年未见皇姑祖，皇姑祖光彩一如从前。"刘琛真心实意地恭维道。

听说桃源山庄最是养人，又有武林中最适合女子修炼的武功心法，因此镇国大长公主驻颜有术，靠的是内修，而非奢养。她如今五十多岁的年纪，看起来仿佛四十出头，站在太后跟前，看着比太后还要容光焕发。

镇国大长公主细细打量了刘琛几眼，才笑道："陛下却是长大了，英姿勃发，气宇轩昂，确有帝王气度了。"说着目光扫过一旁含笑而立的青年，目光深沉了几分，"衍儿，我在江南听说了朝中的事，这段日子，你也辛苦了。"

刘衍含笑道："皇姑母言重了，侄儿受皇兄所托，自当殚精竭虑，不敢辜负。"

镇国大长公主轻轻点头。

刘琛笑着说道："皇姑祖，外面下雪了，咱们赶快进宫吧。"

镇国大长公主含笑点头。众人朝内走去，刘衍稍稍落后半步，目光扫过宫门外列队恭迎的百官。

慕灼华只是一个五品官，娇小的身形轻易地淹没在人群中，但刘衍还是一眼就找到了她。她双手交叠于身前，背脊微微弯着，低着头看着自己身前方寸之地，恭敬的姿态做得标准又好看，没有丝毫的不耐和晃动。

但刘衍心细，他知道她畏寒，细雪一层层地落，钻进了领口，还是带来了寒意。众人都是穿着官袍，不敢多添衣物，这对她来说显然是不够的，因此指尖冻得微微发红，嘴唇也有些发白。

刘衍远远看了一眼，又从她身边目不斜视地走过，脑海中挥之不去的是她冻红的指尖。他想将她冻红的手指握在掌心焐热，但那样一来她必然会逃走。

刘衍唇角扯出一丝苦笑，心口缓缓地泛起一股钝痛。

慕灼华回到衙署，喝了一壶热乎乎的红枣茶，又烤了一会儿手，整个人才缓过神来。晚上宫里还有一场盛宴，不过，以她的品级，是不能参加的，这倒是件好事。她现在只想回床上趴着，卷着被子好好睡上一觉。

　　冬日天黑得早，慕灼华出衙署的时候，天色已经昏昏了，她拢了拢外氅，还是有些冷。雪虽细，却下了许久，石板路上堆出了一层细密的白，一踩一个脚印。

　　慕灼华低着头没走几步，忽然被人拦住了，她抬起头看着眼前的人，有些惊讶地微张了嘴。

　　"执墨？"

　　执墨沉着脸，从怀里捧出一只精致的手炉。罩子做工极其精细，牡丹繁花纹栩栩如生，此刻手炉正微微散发着热气和芳香。

　　"给你的。"执墨没有多说其他，将手炉往慕灼华手中一塞，扭头便走了。

　　沉沉的暖意落在掌心，将指尖的寒意一点点地驱散了。

　　慕灼华低头看着手炉，眼眶莫名有些发酸。

　　刘衍出宫时已是明月高悬，执墨在宫外候着，扶着微醺的他上了马车。

　　"给她了吗？"刘衍问道。

　　执墨点头道："收下了。"

　　刘衍轻轻一笑："好。"

　　执墨看着刘衍的侧脸，欲言又止。

　　刘衍似乎知道他心中所想，笑着拍了拍他的肩膀："别埋怨她。"

　　执墨惊讶地眨了下眼，最后闷闷地点了点头。

　　"知道了。"

　　刘衍的情意，执墨看得分明。执剑脑子简单，性子冲动，刘衍的一些事并没有让他知晓，否则这会儿他就要去找慕灼华算账，替刘衍抱不平了。

　　但执墨不明白慕灼华在想什么，他家王爷到底哪里不够好，竟然要被她嫌弃？

　　镇国大长公主只在宫里住了一夜，第二日便搬到了皇家别苑。待她安置妥当，京中的贵女们就收到了邀请的帖子，让她们去别苑赏梅。世家的消息最是灵通，大家都知道镇国大长公主这次进京不是一个人来的，还带了许多江左世家的贵女，最为有名的便是孙家的嫡女孙纭纭。孙老太君最疼这个孙女，亲自将孙女托付给镇国大长公主，让她给孙纭纭和定王做媒。这本也是周太后和昭明帝在世时就允下的，因此镇国大长公主也没有推辞。这一路上观察了许久，她也认可孙纭纭是个难得的好姑娘，虽然出身名门，才貌双全，却没有贵女的骄矜，更难得的是对定王一片痴心。

众人心里都默认了孙纭纭是给定王相看的，而其他贵女便是给陛下相看的。这一场赏梅宴，说白了，就是变相的选秀罢了。

慕灼华没想到自己也会收到请柬，不过这请柬特殊一些，是柔嘉公主送来的。

蔓儿对慕灼华笑道："大人是公主最好的朋友，公主便想将您介绍给镇国大长公主，这是公主的好意，大人可千万要把握住啊。"

若能得了镇国大长公主的青眼，那对谁来说都是白日飞升、平步青云了。

慕灼华受宠若惊，心中十分感动，连声道谢。

蔓儿笑着又提点了慕灼华一句："那日是私宴，大人不需要穿得太过正式，穿常服来便好。不过……"蔓儿轻笑一声，意有所指道，"贵女们都收到了邀请，别苑怕是花枝招展的，大人也无须与她们争艳。"

慕灼华感激道："多谢公主指点了。"

她是官员，又不是贵女，不是去参与选妃的，又何必与她们抢风头呢？

这个道理，慕灼华自然是懂的，因此到了赴宴之日，她选了一套天青色的文士长衫，将头发盘起，用纱帽罩住，又仔细用易容膏化了装。看着镜子里自己俊秀端庄的模样，她满意地点了点头。

她这副打扮只显得书卷味浓郁，丝毫没有女子的脂粉气，断不会让那些贵女起竞艳的念头，也可以和选秀的女子们区分开来。

郭巨力帮慕灼华披上裘衣，柔软雪白的兔毛围脖裹住了纤细的天鹅颈，让她骤然感到温暖了许多。郭巨力又将手炉塞进她手中，满意道："小姐真好看，别到时候让那些贵女看上了。"

慕灼华失笑道："人家可是想当皇妃的，你家小姐不过区区五品，就算真是男子，人家也看不上。"

皇家别苑今日是难得的热闹。

镇国大长公主这日换了一身轻便不失华美的常服，撤下了繁复沉重的头饰，头发只用两支玉簪绾起，玉簪上两颗东珠散发出莹润的光泽，映着她端庄美丽的脸庞，让她看起来柔和了许多。

"上了年纪便喜欢看这些小辈在跟前热闹。"镇国大长公主笑吟吟说道。

今日受邀的贵女们都陆续到了，花园中鹅黄柳绿，烟粉梅红，肃杀的冬日里硬是开出了一片烂漫的色彩，让她的心情也不禁愉悦起来。尤其是那位北凉来的静安公主，容貌更是万中无一，轮廓深邃，眼眸微蓝，肤色如同细雪一般，让她忍不住多看了几眼。最为难得的还是她的仪态教养，听说柔嘉公主着实用心教导过，她也认真学，此刻端坐微笑，仪态不输世家贵女。

镇国大长公主悄悄打听，问刘琛不愿选妃可是看上了静安公主的美貌。柔嘉公主和太后日日看着这两人，自然知道两人无丝毫暧昧情愫，非但没有暧昧，刘琛对北凉人还极为不喜，静安公主也是怕他得很，在刘琛跟前话也不敢多说一句。加上她与刘琛名义上是兄妹，便时时注意保持距离避嫌，就是这一点让最看重礼仪规矩的太后更加喜欢她，连镇国大长公主也不得不给她几分好脸色。

柔嘉公主在一旁陪她，轻声撒娇道："皇姑祖还年轻着呢，您要是笑一笑，可把那些小姑娘都比下去了。"

年轻时，的镇国大长公主确实是艳冠群芳，如今又哪里能和这些娇嫩的少女比？她知道柔嘉公主是在哄她，但对于自己一手带大的孩子，不管对方说什么做什么，她看着都是高兴的。

柔嘉公主平日里端庄大方，只有在她的皇姑祖面前才会流露出女儿家的姿态。

围坐在旁的贵女们无不羡慕柔嘉公主能与镇国大长公主亲近，更让她们在意的是陛下今日到底会不会来。出门前，家中长辈都千叮咛万嘱咐，让她们在镇国大长公主和陛下面前要谨慎言行。世家贵女不愁嫁，但当今天子年少英俊，她们中不少人都是见过的，心中早已暗生情愫，不只是为了家族利益，也是为了自己心中的那点儿情思，所以都铆足了劲儿装扮自己，非但要好看，还得不显刻意，每一处点缀和装饰都充满了女儿家的心思。

众人各有所思，虽是谈笑，却有些心不在焉。这时下人忽然进来通传，众人不禁都打起了精神，紧张地绞起了帕子。

园中贵女来了二十多人，有些站得远的听不清，只见柔嘉公主朝下人微笑点头，那下人便碎步跑了出去，不多时就领了一个相貌俊秀的少年进来。少年外披一件白色裘衣，颈间围着一圈白色绒毛围脖，露出一张白净清俊的面容，眉眼间似乎天生含着三分笑意，乌亮的双眸温润清亮，让人望之心喜。行走间白色裘衣微敞，露出里面的天青色长衫，配上乌色的纱帽，给他平添了几分隽永的书卷气。

园中的少女们都偷偷打量着他，有些是跟着镇国大长公主从江南来的，先前未曾见过刘琛，便好奇地压低声音问道："那就是陛下？"

相貌是俊秀，只是似乎矮了一些？

京中贵女轻轻摇头，道："不是，是今科的探花，如今任户部郎中，叫慕灼华，是个女子。"

江左来的贵女们吃惊地捂住口，望着慕灼华的背影："原来是她？"

有些人听过她的名字，有些人没听过，便是听过也没往心里去。她们本以为慕灼华是个三十来岁的女先生，不想她这样年轻，看起来绝对不超过二十岁。

"陛下对她似乎很是看重。"有人轻声道,"陛下未登基时,她便是皇子们的讲师,后来不知何故被撤去了讲师一职。前些日子,陛下又下了旨,令她任户部郎中,兼领天子筵席的差事。"

此言一出,众人心里都沉了几分:"她今日来这里……难道也是……"

"应该不是,她穿的是文士服,若有那份心思,怎么可能不盛装打扮?我听说是柔嘉公主请她来的……"

众人议论的时候,慕灼华已经被领进内堂了。她恭敬地行了礼,便垂着手站在一旁,接受镇国大长公主的审视。

善意的目光自上而下将她看了个透,她唇角含笑,大方自若地任由场上诸人审视。片刻后便听到镇国大长公主的笑声传来:"难得皎皎有看重的人,确实是个风流人物,难得你身为女子,却有这样的才气和胆气。"

慕灼华含笑谢恩,又道:"今日得柔嘉公主邀请,下官不好意思空手而来,想着大长公主什么珍宝没有见过,便不敢献丑,只亲自做了一些梅花糕献上,既应了今日赏梅宴的景,又偿了公主的情。"

柔嘉公主轻笑道:"皇姑祖,灼华非但文章写得好,厨艺更是精妙,每一道菜都花了心思。"

镇国大长公主也被吊起了好奇心,笑道:"那我也沾你的光,见识见识。"

下人当即从慕灼华手中接过食盒,转交给侍女。侍女试了毒,这才肯送到两位公主案上。

那是三碟糕点,骨瓷盘子上分别盛着两白一红三色糕点。糕点被做成了梅花形状,虽然栩栩如生,却不算稀奇。镇国大长公主好奇地尝了一口白色的梅花糕,只轻轻一咬,便有一股清甜的酒意涌入口中,这酒香而不醉人,糕点糯软而不粘牙,清甜却不黏腻,各种滋味相辅相成,既有白雪的凉意,又有梅花的馥郁芬芳。

慕灼华解释道:"这道雪中红是采了新开的梅花酿酒、日出前的露水和面,因此能兼具雪香与梅香,最是爽口。"

镇国大长公主什么山珍海味没尝过,但这花了心思的精巧小点让她尤为喜欢,三色各尝了一块,连连点头道:"不错不错,皎皎夸你心思巧,确实没夸错。我会在京中住上几日,你若得了空,便和皎皎一起来陪我说说话。"

慕灼华受宠若惊,急忙俯首谢恩。

这便是得到镇国大长公主的认可了,能随意在皇家别苑走动,是莫大的殊荣。镇国大长公主固然是看着柔嘉公主的面子,但也确实是对慕灼华生出几分喜爱。满园的莺莺燕燕固然好看，但看多了，再见这样一抹淡青俊秀的颜色，便更觉得眼前一亮，难能可贵。

慕灼华被领着在柔嘉公主身侧的位置坐下，与镇国大长公主可谓离得极近。屋内地龙烧得正旺，她便脱了裘衣和围脖，跪坐在下侧陪着说话。

话没说两句，便又听到下人急切来报，说是陛下和定王来了，这一下便是慕灼华也惊到了。

不是陛下来相看吗，为什么刘衍也来了？

她站起来恭迎圣驾，头垂得低低的，跟着众人一起行礼。

"参见陛下，参见议政王！"

"平身吧。"刘琛的声音先传了进来，他快步走到屋内，对镇国大长公主道，"请皇姑祖安！"

之后才是刘衍的声音："皇姑母安。"

镇国大长公主含着笑意的声音响起："怎么来得这么迟，都等着陛下呢。"

刘琛脸色不太好看，他是不想来的，是刘衍押着他来的。走到门口看到那么多的马车，他都打算转身走了，刘衍按着他的肩膀笑得意味深长："陛下，又不是上战场，有什么好怕的？"

刘琛笑了一声，道："朕何时怕过？"

只是应付一群女人可比上战场可怕，战场上敌人来了，举刀杀就是了；女人贴上来了，他非但不能杀，还不好躲，实在是憋屈。

刘琛憋了口气进来，跟着镇国大长公主走了几步，便看到一抹与旁人不同的颜色，惊讶地喊了一声："慕卿家，你怎么也在？"

慕灼华躬身行礼："陛下。"

柔嘉公主代她答道："是我请她来的。"

刘琛蓦然想起沈惊鸿的话，脸色便有几分古怪，他不解地看着柔嘉公主，怀疑柔嘉公主的用心。

柔嘉公主笑道："我和皇姑祖说在京中交了一个好友，皇姑祖便让我把她请来赴宴。"

镇国大长公主落了座，笑着道："她今日来还带了亲手做的点心，难得心思精巧又有风雅，陛下也尝尝。"

刘琛坐在镇国大长公主另一侧，不客气地夹起一块雪中红送进口中，清甜的酒香在口中迸裂，唇齿间弥漫开梅花的香气，味道之美竟超出他的想象。

"确实是不错。"刘琛意犹未尽地笑道，"朕还不知道她有这本事。"

刘琛在镇国大长公主左手第一座坐下后，刘衍便顺势挨着刘琛坐下，如此一来，正好与慕灼华面对面。慕灼华低眉顺目谢恩，没有抬眼多看。

镇国大长公主今日这宴会目的明确，场面话说了一会儿，便有人上前道，为恭迎镇国大长公主回京，特意献上了贺仪。送礼也是表面，真实的意图便是通过这种方式展现自己的才艺，在陛下跟前露脸。

这事与慕灼华无关，她只管吃喝看戏。贵女们也都是身怀绝技，针织女红、琴棋书画，随便拎一样出来都是一流的水准，一屋子曼妙的少女献艺，着实赏心悦目。其他人都是各怀心思，反倒是慕灼华看得最为投入，目露赞赏，十分捧场。

刘琛皱着眉头瞟了慕灼华一眼，他可是满心烦闷，食难下咽。他本就不爱这种软绵绵的靡靡之音，偏偏要被迫坐在这里看，镇国大长公主和柔嘉公主还一唱一和地给他介绍这是哪家的贵女、父亲是朝中哪个大臣、今年几岁⋯⋯

他敷衍地嗯了几声，一个也没往脑子里去。

慕灼华其实早就察觉到了刘琛的不耐，心中失笑，这些贵女失策，只知道展现所长，却不知道投其所好。此时要是有人能给陛下来曲《十面埋伏》提提神，也许皇妃的人选就有了。

又一个贵女献艺完了，曲音刚落，便看到一个身着鹅黄软缎、披着狐裘的美貌女子款款走了进来。

"参见陛下、大长公主、议政王、柔嘉公主。"女子的声音轻柔温婉，悦耳动人，同样的万福礼，她做起来似乎比旁人更加好看。她容貌娴雅，一张妆容素净的鹅蛋脸，眉眼温软，云鬟香腮，美丽却不张扬，整个人站在那儿，便是一幅绝美的仕女图。

镇国大长公主笑道："纭纭，你过来。"

慕灼华听到这个名字，心头一跳，余光扫过刘衍面上。

刘琛也是瞳孔一缩，随即露出一丝促狭的笑意，看向刘衍。

孙纭纭走到镇国大长公主身前，恰恰站在慕灼华与刘衍之间。

❖❖❖

"纭纭是孙老太君托付我送到定京她父亲身边的。我与她一路陪伴，甚是投缘。"镇国大长公主笑着解释道。

刘琛朝孙纭纭和善地点了点头，对这个有可能成为他婶婶的姑娘，他还是要和气一点儿："这一路多亏你照顾皇姑祖了。"

孙纭纭侧身面对刘琛，屈膝行礼道："回陛下，大长公主不嫌弃，是纭纭的荣幸。"

孙纭纭说着，目光便旁落到刘衍面上，芙蓉香腮不自觉染上了胭脂色，说话的声音也轻了几分。

"祖父让纭纭给王爷带声好。"

刘衍淡淡地点了点头，似乎全然未察觉到身边怪异的气氛。

"孙老太爷身子可还安康？"

孙纭纭轻声道："一切都好，有劳王爷挂心。"

镇国大长公主见场面有些冷，便对孙纭纭微笑道："听你祖父说过你的琴技已得琴圣真传，不知我们今日有没有这个机会听到你奏曲。"

孙纭纭站起身来，笑容腼腆："是祖父过誉了，殿下若不嫌弃，纭纭便献丑了。"

镇国大长公主笑道："怎么会嫌弃？正好别苑有一把凤尾琴，琴声清越，品质极佳，你若弹得好，这把琴便送给你。"

孙纭纭微笑道："那便先谢过大长公主了。"

"你倒是十分自信。"镇国大长公主欣赏地点头，招手让人送上凤尾琴。

孙纭纭将琴放在桌上，闭目酝酿了片刻，这才抬起纤纤素手，落在琴弦上。

起手惊梅，挥弦落花。慕灼华本以为这娇娇柔柔的姑娘会弹奏一首婉转动人的曲子，没想到琴声竟是豪气干云，洒脱不羁，不禁对她刮目相看。

刘琛也觉得孙纭纭比想象中好，他转头去看刘衍，发现后者一副心不在焉的模样。

镇国大长公主生性豪爽，这首曲子正中她所好，她含笑点头，目露赞赏。

"这首《沧海笑》极少有女子能弹奏好，她这曲中意有七八分意思了。"镇国大长公主笑着对刘衍说道，"这首曲子最好的还是琴箫合奏。衍儿，你的箫声也曾名动定京，不如今日便与孙姑娘合奏一曲，也让我们一饱耳福。"

刘衍无奈道："我今日没带箫……"

镇国大长公主似乎早有预料："我这儿便有最好的玉箫。"

话音刚落，便有人将玉箫送到刘衍跟前。侍从双手捧着玉箫，弯着腰站在刘衍面前，等他接过。刘衍低头看了一眼玉箫，通体翠绿，色泽莹润，是不可多得的珍宝。他抬起手，握住玉箫，抬眼之际，目光掠过对面之人。

慕灼华侧着脸，正笑意盈盈地看着孙纭纭，似乎对她的琴艺极为赞赏。

她早知道刘衍和孙纭纭的婚事是先帝遗命、众望所归，因此此时丝毫不意外地看到镇国大长公主的有意撮合。

男人俊美儒雅，女子娴静柔美，当真是天造地设的一对璧人。更难得的是女子如此痴情，此时水眸含羞带怯地看着男人，脸上泛起淡淡红晕。

慕灼华没有转头看刘衍，但余光仍是不由自主地往那边而去，只见他沉默地拿起了玉箫。

啪——一声脆响。

众人惊愕地看向刘衍，只看到他手中握着的玉箫赫然断成了两截！

刘衍淡淡一笑，看向坐在上首面色复杂的镇国大长公主，缓缓道："许是玉箫保养不善，竟轻轻一碰就断了。"

孙纭纭脸上的红晕霎时间退了个干干净净，只余下一片惨白，双眼中本是盈满了爱慕和羞怯，此时竟化为泪水落了下来。

镇国大长公主沉默片刻，才笑着说道："是底下人疏忽了，既然无箫，那便作罢吧。"

慕灼华依旧惊愕地看着刘衍，来不及收回的目光与刘衍幽深的双眸撞在一起。她慌忙低下头，不敢与刘衍对视。

他不愿意与孙姑娘合奏。他心里清楚明白镇国大长公主乃至太后的安排，但是他不愿意，即便是镇国大长公主也不能逼迫他。

没有人想到刘衍会这么做，刘琛也是震惊不已，他知道刘衍对孙纭纭并没有情意，但自己这位皇叔平日最是温柔友善，竟会对一个痴心于己的弱女子做出这么不留颜面的举动，这让他觉得——好佩服！

场上气氛骤然冷了下来，贵女们屏住呼吸不敢说话，最后还是柔嘉公主开口缓和了气氛，将凤尾琴赏给了孙纭纭，又说了几句场面话给她找回面子，众人这才稍微收拾好心情。

这时饭菜也用得差不多了，镇国大长公主又道："难得今日没有下雪，园中梅花开得正好。这里许多姑娘都是江左来的，还未曾见过皇家别苑的风光，我乏了走不动了，皎皎陪我坐一会儿，陛下和衍儿就带她们去园子里走走吧。"

镇国大长公主说完，其他人就偷偷打量刘衍的神色，害怕他再次拒绝，但刘衍只是轻轻一顿，便点头答应了。

孙纭纭的脸色顿时好看了一些。

刘琛想学刘衍先前那样反驳，就看到镇国大长公主的眼神杀了过来。对皇姑祖的敬畏是刻在骨子里的，他抿了抿嘴，咽下了拒绝的话语，不情不愿地站起身来道："那皇姑祖好生休息。"

慕灼华僵在那儿，起也不是，坐也不是，求助的目光看向柔嘉公主。

柔嘉公主笑了一声，道："灼华便留下来陪皇姑祖说话吧。"

刘衍看向慕灼华，慕灼华却看着镇国大长公主，她含着笑道："能陪大长公主说话，是下官的荣幸。"

屋内人一下少了许多，顿时清静下来。

镇国大长公主和柔嘉公主笑谈着方才贵女们的表现，比较哪个更出众。她们想问问慕灼华的意见，只见她神情有些恍惚。

"灼华、灼华。"

柔嘉公主唤了两声,她才回过神来。

"你在想什么,这么出神?"柔嘉公主好奇地问道。

慕灼华噙着笑道:"没什么,是方才贵女们的琴声太过余音绕梁了。"

镇国大长公主道:"孙家姑娘确实品貌双绝,配衍儿是门当户对,郎才女貌,正是刚好。她又是先帝去世前为衍儿定下的,我自然是想要成全他们的好事,也了却一桩心事。"

镇国大长公主说着长叹了一声:"如今我是刘家唯一的长辈,你们这些小辈都不愿意婚娶,只能让我这个老人家出面了。别说陛下和琛儿了,皎皎,你才是最让我操心的。"

柔嘉公主依赖地握着镇国大长公主的手:"皇姑祖,我想一辈子陪您……"

镇国大长公主拍了拍她的手,叹道:"我还有几年好陪的?只想着在剩下几年里找一个能陪你一世的良人。"

这样融洽感人的气氛,慕灼华只是一个外人,坐久了也是尴尬,当下便找了借口出来。

她披着裘衣缓缓走在林苑中,红梅白梅交相辉映,空气中漫着一股沁人心脾的冷香。慕灼华信步游走,忽然听到身后传来急促的脚步声,她回头一看,便看到耶律真的侍女一脸焦急地走过来。

"参见慕大人。"兰珠向慕灼华行了个礼,"慕大人可曾见过我家公主?"

慕灼华摇了摇头。

兰珠咬着下唇,难为情地说道:"能否麻烦慕大人帮忙寻找我家公主?奴婢对这个园子不熟悉,您若是见到我家公主,便对她说一声到时辰吃药了。"

慕灼华点头应允,兰珠松了口气,微笑道:"那便先谢过慕大人了,奴婢往这边去看看。"

兰珠说着便走上了左边的岔道,慕灼华反正是闲逛,便走上右边岔道寻找。

不知不觉便走到簪花诗会举办之地,慕灼华抬起眼便看到了园中的凉亭,恍惚想起了诗会当日的情景。

她那时想着,糊名唱诗,自己可以用刘衍的语气写一首,别人看了那首诗以为是定王所作,肯定会吹捧一番,最后让那些自诩诗才风流的贡士打自己脸。没想到柔嘉公主竟点了她唱诗,她心中窃喜,待念到自己的诗句时,她故意顿了一下,看向刘衍。刘衍接触到她投来的求助目光,似乎立刻就意会了,于是手故意一抖,将水泼落,让这动静引来别人的关注。慕灼华念完诗,听着众人交口称赞,窃喜又得意地偷偷看向刘衍。后者极快地扫了她一眼,唇角眼底的笑意既无奈又宠溺。

慕灼华想到此处，忍不住勾起了唇角，随即笑意又缓缓淡去，化成轻轻的叹息。

这时假山后传出一声轻响，将慕灼华的思绪打断，她皱起眉向假山后看去，轻声问道："是谁在那里？"

假山后安静了片刻，才传出一个男人的声音。

"慕卿家！"

慕灼华一惊，快走了两步，绕到假山后，便看到刘琛独自一人躲在狭窄的空间里。他屈膝坐在一块凸起的山石上，看到慕灼华时松了口气。

"陛下，您怎么在这儿？"慕灼华问道，"大长公主不是让您——"

刘琛皱了下眉头："叽叽喳喳，吵死了。"

慕灼华失笑道："那样娇艳温柔的少女，陛下怎么会不喜欢呢？"

刘琛也是好奇："朕为什么要喜欢娇艳温柔的？"

慕灼华被问得噎了一下，迟疑地说道："当然也未必……也有的男人喜欢美艳泼辣的，或者楚楚可怜的，或者天真烂漫的……"

或者像他父亲那样，什么性格无所谓，最重要是年轻、好看。

刘琛也不知道自己喜欢什么样的，只知道看到对自己有意图的女子，他就觉得烦。

"那些女子矫揉造作，千人一面，又有什么好？"刘琛喝了口酒，闷闷道，"朕看了那么久也没记住哪个，就记得吏部尚书的女儿，还有礼部尚书的孙女，还有枢密使也把侄女送来了。这是后宫还是前朝？"

"前朝后宫本来就不可能完全割裂开的。陛下迎娶臣女，是一种恩典。"慕灼华温声安慰道，"陛下年轻有为，她们只是单纯地仰慕您，未必全然是钻营之心。"

刘琛听了慕灼华的话，心里好像松快了一些，就在这时，外面传来了脚步声和说话声。刘琛一惊，来不及多想就把站在外面的慕灼华拉了进来，一同躲在狭窄的假山后。

慕灼华惊讶地瞪大了眼睛，只见刘琛对着她瞪眼摇头。慕灼华一哂，心领神会地捂住了嘴。

刘琛这才松了口气。

外面有几个少女走过，从假山的缝隙里可以窥探到些许，只是看不到脸。

"陛下说是去找议政王殿下，怎的就不见了人影？"

"这园子太大了，也不知道陛下去了哪里。"

"陛下是不是躲着咱们？"

"唉，听父亲说，陛下不大愿意迎娶世家女子。"

"为什么啊，难道陛下心有所属？"

"也未曾见过陛下和哪个女子亲近，便是身边服侍的，也都是太监，没有宫女。"

"陛下如此厌恶女子……该不会是……"

"慎言！你想死吗？"

不知是哪个贵女说了忌讳的话，其他几人担心被连累，急忙大步走开了，外面骤然静了下来。

刘琛听得怒从心头起，却听到身前传来压抑的闷笑声。他低头一看，只见慕灼华捂着嘴，眼睛却弯弯亮亮的，满满都是憋不住的笑意。

"慕灼华！"刘琛眉头皱起，压着声音怒吼道，"你笑什么？"

慕灼华立刻敛起笑意，只是眼角还湿湿的，残留着罪证。

"微臣没笑！"

刘琛气道："你不会是信了她们的胡言乱语，以为朕有断袖之癖吧？"

慕灼华正经道："陛下，微臣若是信了，此刻就不敢笑了。"

慕灼华这句话竟让刘琛不知道是该生气还是该高兴了……

慕灼华看着刘琛生闷气的俊脸，含着笑安慰道："陛下息怒。世人偏见，总觉得男大当婚、女大当嫁，若是不婚不嫁，必然是身有残疾，或者心有所属，陛下就原谅她们的无知吧。"

刘琛颇感赞同地点点头："不错，这是偏见，不过……你难道不认同这种想法？"

迎着刘琛好奇、探询的目光，慕灼华实诚地说道："微臣以为，人各有志，若不违背良知和陈国律例，是否嫁娶都应由自己做主。"

"世间女子不是都期盼着一生一世一双人吗？"刘琛好奇道。

慕灼华眼神微微一暗："微臣以为，一生一世……一个人，也挺好的。"

刘琛平日里见到的慕灼华，或者落落大方，或者神采飞扬，他似乎是头一回在她眼中看到黯然的神色。她虽口中说一个人也好，但若真的觉得好，又为什么会露出这样的神色？

慕灼华沉浸在自己的思绪中，并没有察觉到刘琛探究的目光，她幽幽叹了口气，道："陛下不喜欢攀附您的女子，殊不知这世间给女子留的路本就少。她们自小便被教导要擅长琴棋书画、略懂诗词歌赋，要持家有道、秀外慧中，如此才能寻得一个好丈夫，然后为他开枝散叶、操持家务、侍奉婆母，还要为他纳妾，养着他和别的女人生的孩子，才不会落个善妒恶毒的名声。普通女子如此，世家女子更是艰难，锦衣玉食的代价远比寻常人想象的更大。"

慕灼华的话让刘琛有些触动，但并没有全然改变他的想法："既然不愿意攀附，为什么她们不能和你一样，读书科举，入朝为官？"

慕灼华似笑非笑地看了刘琛一眼："陛下，微臣这条路并不比她们的好走，记得最初……陛下也是看不起微臣的。"

被道破真相的刘琛有些尴尬地轻咳一声，道："朕当初只是不了解你……"

"每个人选的路不同，生存的方式不一样。"慕灼华淡淡笑道，"瓜坠于树则断，杏落于泥则烂。不同的人自有不同的路，她们有她们的羊肠道，微臣有自己的独木桥。陛下是天下人的陛下，每个人都渴望着您的怜惜，您为何不把自己的仁慈分一些给那些可怜的女子，让她们的路好走一些，不至于依靠攀附男人来生存呢？"

慕灼华的话是刘琛从未想过的，以往他的心中只有战争杀伐，开疆拓土，建立不世功勋，成为千古一帝。慕灼华看的书多，天文地理皆有涉猎，不管他说什么，她都能投他所好，让他听得既开心又能受益。可今天她说的这些是他从未想过也不愿意去想的，她知道他不爱听就不会说，但此刻她真说了……他却听进去了。

可能是她轻缓柔和的声音太过动听了，刘琛低着头，怔怔看着她温顺中带着一丝怅惘的眉眼，心口涌上一些难以名状的情绪，让他觉得酸软，又有些喜悦。

刘琛的嗓子莫名有些发涩，他朝她伸出手，声音微微沙哑地喊了一声："慕卿家——"

慕灼华正想应他，便听到外面传来一个轻轻柔柔的声音："王爷——"

慕灼华猛地转过头，刘琛伸出去的手便碰到了她的纱帽，纱帽被扫落在地，发簪一歪，她细软的长发便散落在肩上。

一股淡淡的桂花香散在冬月里，萦绕在刘琛鼻尖。他下意识地伸手一捞，没抓住落下的纱帽，却接住了散落的长发，细细软软的，仿佛一捧青烟，落在刘琛的掌心里，也落在他心上。

发簪掉落在地上，啪的一声脆响，断成了两截。

响声也惊动了外面的人。

"是谁？"

外面传来刘衍的声音，慕灼华下意识地后退了一步，撞进背后刘琛怀中。刘琛仍失神地捧着她的长发，便感觉到一副柔软馨香的身躯撞着他的胸膛，他自然而然地伸手扶住了她的肩膀。

刘衍走到假山后，看到的便是这样一幅景象，一时怔住，竟忘了言语。

孙纭纭晚了一步，看到假山后贴在一起的二人，吓得瞳孔一缩，立刻低下头轻声道:"参见陛下!"

刘衍的目光从慕灼华散落的长发移到她的臂上——刘琛的手轻轻搭在那里。他喉头一紧,哑声道:"你们在做什么?"

刘琛从刘衍的语气里听到了严厉和愤怒,他心中莫名所以,又有些不悦,他到底是皇帝,皇叔怎么能当着慕灼华的面这么对他说话?

他并不知道,刘衍看的是慕灼华。

慕灼华已经回过神来,她往前一步脱离刘琛的怀抱,低头道:"参见王爷。"

刘琛怀中骤然空了,心里莫名有些空落落的。他皱了下眉头,说道:"朕不耐烦应付那些贵女,就躲在此处,不巧被慕卿家发现了,就把她留下来说说话。"

刘衍袖中的拳头捏得很紧,一个让他惊惧的念头沉沉地压在心上,说话的声音也沙哑了几分。

"陛下任性了,难道慕大人也不劝谏吗?"

慕灼华的长发散落在肩上,她的目光落在脚边摔断的发簪上,这种场合,她若是开口,说什么都是错的。因此她只是沉默地低着头,她知道刘衍在看她,可能他心里已经给她编派了罪名,不过这不重要,她不过是个被无辜牵连的路人,问心无愧就好了。

"皇叔,朕知道了。"刘琛看着慕灼华低着的脑袋,心中有些烦躁,"慕卿家,你发簪断了,去皇姐那里找她借一支吧。"

慕灼华这才动了一下,朝刘琛行了个礼,弯腰拾起地上的发簪和纱帽,又向刘衍行了个礼,这才转身离开。

身后传来刘琛渐渐模糊的声音:"皇叔,你别责备她,她刚才劝过了,是朕没有听……"

慕灼华握紧了手中的断簪。

慕灼华回到院子里时发现耶律真已经回来了,兰珠正伺候她吃药。见慕灼华进来,兰珠屈膝行礼道:"方才麻烦慕大人了,奴婢在园中找到公主了。"

慕灼华笑了笑,心不在焉地扫了耶律真一眼。

耶律真托着腮含笑看着慕灼华离开的背影,轻声道:"没想到竟如此顺利……"

兰珠压低声音道:"公主让奴婢将慕灼华引去刘琛藏身处,即便如此,刘琛也不见得就会喜欢慕灼华。"

"他迟早会喜欢的。"耶律真似乎十分有把握,"刘琛并不在乎女子的容貌,慕灼华是他唯一另眼相看的女子。能让定王喜欢的女人,定然有过人之处,只要我们多给他们制造机会就行了。再说……刺激到定王了,不是吗?"

知道慕灼华发簪不小心摔断了，柔嘉公主也没有多问，便取了自己的一支白玉簪赠给她，并让蔓儿帮慕灼华重新梳好发髻。

"今日皇叔竟会做出这般举动，真是匪夷所思。"柔嘉公主坐在一旁，看着蔓儿给慕灼华梳头，"不过，也不是不能理解……别看他平日里待人温和，不怎么动怒，其实他极有主见，他认定的事，旁人极难劝退他。"

慕灼华微微笑道："王爷非寻常之人。"

"当年父皇担心他上战场有危险，他也是执意要去，谁也拦不了。"柔嘉公主轻轻一叹，"难得孙姑娘对皇叔痴心一片，皇叔既然愿意陪她去花园走走，此事应该还有转机吧。"

慕灼华整理完毕，与柔嘉公主说笑了一会儿，才走出内室。

园子里的人已经散去了，慕灼华这才知道刘琛已经回宫，别苑里只剩自己一人了。

这时，一个下人走来回报。

"回公主，大长公主有些倦了，便先回了内室休息，让贵女们自行散去，又让议政王殿下送孙家小姐回府。"

柔嘉公主微微诧异："皇叔送孙家小姐回去的？"

下人恭敬道："是的，孙家小姐是乘着自家马车来的，由议政王府的侍卫护送回去了。"

柔嘉公主笑道："想不到皇叔也有这份怜香惜玉的心，看来这桩好事是能成了。"

慕灼华站在一旁微微笑着。

"天色不早了，我派车马送你回去吧。"柔嘉公主转头对慕灼华说道。

自从上次慕灼华出了事，柔嘉公主对此便更加上心了。

"多谢公主，我已让家里人来接了。"慕灼华微笑着拜别。

柔嘉公主闻言也不再坚持，让蔓儿把慕灼华送到门口。蔓儿见郭巨力赶了马车来接她，这才放心地回去复命。

柔嘉公主正给镇国大长公主捏着肩膀，笑问道："方才听说陛下发火了，是谁惹他生气了？"

镇国大长公主冷哼一声道："和他皇叔置气呢。让他和贵女们相看，他倒好，躲起来不见人，被他皇叔说了两句，便生气了。"

"他如今贵为天子，自然不愿意被人说教了。"柔嘉公主笑道，"不过皇叔也是，他极少对陛下说重话的。"

"是陛下任性了。"镇国大长公主叹了口气,"他如今是国君,怎能还由着自己的性子?国君没有子嗣,江山便难以安稳。太后一心要他娶世家贵女,我倒没有这心思,只要他喜欢,无论是怎样的出身,我都为他做主。"

镇国大长公主虽然出身高贵,却从未有门第之见,甚至当年与武林盟主傅青凤结缘还是她主动在先。可怜柔嘉公主的生母只是一个地位卑下的婢女,当年昭明帝还只是太子,喜欢这个婢女,与她生下了长女,但她的身份使她无法成为王妃。周太后便做主让昭明帝迎娶了一位周家非嫡系出身的正妃,从而得到周家的支持。

镇国大长公主生性直率、豪爽,也是不喜欢定京这些风气,这才居于江南不回朝。她握住柔嘉公主的手温声道:"皎皎,你三岁就来到姑祖身边了,姑祖待你就如同自己的亲生骨肉,只盼你能遇到一个真心相爱的人,让他代替姑祖照顾你一世。你若是有了意中人,只管说出来,无论是什么样的人,姑祖都能为你定下来。"

柔嘉公主心中感动,缓缓跪在镇国大长公主身前,轻轻将脑袋置于她膝上,就如同儿时那样依赖她:"皇姑祖,皎皎不想嫁人,只想陪您一辈子。"

"姑祖若是走了,你可怎么办啊……"镇国大长公主爱怜地抚摸她的脑袋。

她记得那时昭明帝还是太子,迎娶周家的一个女儿为太子妃,婚宴办得极其隆重,她身为姑母,自然是要来的。那日定京一片喜气洋洋,刘俱却避开了所有人,将一个面目如画的女娃娃抱在怀里,来到她面前。

镇国大长公主膝下只有一子一孙,一直想要个女儿或者孙女,却始终未能如愿。看到皎皎的第一眼,她便喜欢上了这个漂亮乖巧的娃娃。她从刘俱手中接过这个娃娃,娃娃伸出胖胖的小手抱着她的脖子,一点儿也不怕,乌黑的大眼睛好奇地看着她,许久才奶声奶气喊了一声"皇姑祖"。

当时,她的心便化了。

之后她才知道,这个孩子的生母刚刚病逝,而自己的生父又要迎娶另一位贵女为太子妃。在这个府里,她的存在便格外艰难和尴尬。

不等刘俱开口,她便先说:"我带她回桃源山庄吧。"

刘俱眼中流露出感激的神色,依依不舍地松开了牵着女儿的手。

皎皎刚到她身边时总是睡不好,半夜经常做噩梦惊醒,哭着要找娘。她心疼小娃娃没了母亲,又离开了父亲,便夜夜陪着她入睡。直到这个小姑娘渐渐长大,眼里和心里都只剩下她的皇姑祖。她不再怕黑爱哭了,却还是经常一个人偷偷发呆。

在镇国大长公主眼里,她始终还是那个需要人照顾的小姑娘。四年前她回了定京,不知怎的就被周太后和昭明帝做主指给了薛笑棠。镇国大长公主还不知道薛笑棠是个什么样的人,便又听说薛笑棠战死沙场了,她当眼珠子一样疼的小公主莫名其妙地被指了婚,又莫名其妙地成了寡妇。当时她气坏了,险些提着诛邪剑进宫,是青凤拦住了她。

青凤说,不是所有的公主都能如她这般幸运。

镇国大长公主沉默良久,唯有发出心疼的一叹。

被疼爱,是公主的幸运;被牺牲,是公主的宿命。

这回进京,她不只是为了去皇陵祭拜,也是为了操持皎皎的婚事。守节三年已过,宫里怕是又要催着皎皎成婚了,她不能再由着旁人去摆布皎皎的婚姻了。

第十六章·软玉温香

> 我付出了这么多，不是为了成为某人的妻子，冠上他的姓氏，然后失去自己。

马车走出皇家别苑的范围，议政王府的车队忽地停了下来。

刘衍策马走到孙家的马车旁停了下来。孙纭纭抬手掀起帘子，露出含羞带笑的俏脸，眉目盈盈地望着刘衍。

"王爷？"

刘衍道："本王有要事需要离开，侍卫会护送孙姑娘回府。"

孙纭纭笑容一僵，贝齿轻咬下唇，重新挤出一丝微笑："王爷是要回别苑吗？"

刘衍眉头一皱，面色淡漠，近乎无情。

孙纭纭的手落在自己膝上，紧紧攥着衣裳，面上依旧是温软的微笑。

"王爷是回去找她吗？"

刘衍的眼中倏地闪过一丝锐意，让孙纭纭不自觉一颤，一种恐惧漫上心头。但世家的教养没有让她露出怯色，她目光缱绻地望着这个自己暗自喜欢了七年的男人，忍着心口的绞痛微笑道："王爷在别苑中说，不能与我成婚，是因为心有所属。我原以为王爷是骗我，没想到竟是真的。"

刘衍骑在马上，居高临下地俯视着孙纭纭，他以为自己是个有耐心的人，但此刻他觉得自己的耐心已经快用尽了。

"王爷不知道，女子对自己喜欢的人，心思总是更敏感一些的。"孙纭纭苦涩地一笑。

在花园里，看到刘衍看着慕灼华的目光，她心中忽然就明白了。他愿意陪着她在花园里独处，她以为他是愿意和她在一起的，断箫只是个意外。那时她走在他身后，踩着他修长的影子，心中满满都是甜蜜，结果他只是为了顾全她的颜面，私下里拒绝她罢了。

"王爷是不愿意与孙家联姻吗？"

"本王心有所属，不愿耽误孙姑娘的大好年华。"

"纭纭心悦王爷多年……"

"孙姑娘，不是所有的种子都能发芽，也不是所有的花开都能结果。"

刘衍背对着她看着树梢上初绽的梅花，轻轻打断了她好不容易鼓起勇气做出的告白。

他似是想起了什么，低头黯然一笑。

"喜欢是自己的事，旁人不欠你什么。"

他的话如尖刀扎在她心上，痛得她眼泪落了下来。

她追着他离去的背影，不期然撞见了那一幕。

听到刘衍说话的语气，看到他的眼神，她便什么都明白了。

他也是喜欢一个得不到的人啊……

孙纭纭缓缓勾起一丝笑容："既然如此，那王爷便先走吧。"

刘衍见她不再纠缠，脸色便好了一些，再无二话，转身便策马离去。

孙纭纭看着男人的背影，放下车帘，敛去了所有笑容。

"小姐，王爷真的有喜欢的人了吗？"丫鬟知道她对定王的心，此刻分外担忧她的心情。

孙纭纭忽地笑了起来："没关系，那个人与他，有缘无分。"

"但王爷心里喜欢她啊。"丫鬟不解她为什么还能笑得出来。

孙纭纭扶着窗棂笑道："那多好啊，我终于知道王爷喜欢什么样的了……"

刘衍独自一人策马回到了别苑，一打听才知道慕灼华已经上了自家的马车回去了，来接她的是个小姑娘。他闻言便知道是郭巨力，可他回忆来时的路，当时并未见到郭巨力的身影。

刘衍急切地想见到慕灼华，立刻策马掉转方向，向着慕灼华回家的路一路寻找。

刘衍策马疾行，一路上留意着路上的马车，经过一家酒楼时听到了耳熟的声音。

"我家小姐明明进了你们酒楼，怎么会不见了？你们这是黑店，我要报官！"

刘衍闻言一惊，立刻拉住缰绳，翻身从马上跃下，往酒楼内奔去。

酒楼内，郭巨力正与店家争执着。她人虽然小，力气却极大，三个大男人都拉不住她一个。小姑娘此刻又气又急，满脸通红，脸上还挂着泪花。

刘衍一脚踢飞一个拉着她的店小二，抓住郭巨力的肩膀沉声问道："你刚才说灼华不见了，到底怎么回事？"

郭巨力定睛一看，见是刘衍顿时大喜，如抓住救命稻草似的紧紧攥着他的衣袖，带着哭腔喊道："小姐跟八小姐进了这家酒楼，人就不见了！"

"八小姐？"刘衍一怔。

  凤味轩的包厢里，慕明华与慕灼华相对而坐，时隔一年，却恍如隔世。本是慕明华心心念念的姻缘，却因为一场雨被慕灼华抢走，而本该是慕灼华嫁给庄县令为妾，因为她逃婚，最终又落到慕明华身上。这一年来，慕明华不时会想起慕灼华怎么样了，自己的这个七姐姐城府极深，善于伪装，又有一个力大如牛的丫鬟跟着，应该还好好地在外面活着吧。

  没想到进京的第一日，她就看到了慕灼华，不得不感叹缘分的奇妙。

  这回进京，她是跟着庄县令来的。庄县令奉命进京参加外官考绩，据他说他早已打点好，这回考绩必然能得个甲等，升迁江陵知府，所以此次进京他拖家带口，就是不打算再回淮州了。

  慕明华是他宠着的小妾，自然跟在他身边，他也给了她最好的排面。

  慕灼华打量着慕明华的装扮，她手腕上戴着一对价值不菲的白玉手镯，一副红宝石头面，衣裳用的是最新最贵的缎子。慕明华长相中等，却极爱打扮，只是她的生母出身也普通，在慕家妻妾里不得宠，因此她很难抢到好东西。她是个有些虚荣却不太坏的小姑娘，知道庄县令有意纳妾后，便极其用心地捯饬自己，只盼能被庄县令看上。庄县令虽然大了她近二十岁，风评也不佳，但很有钱，家中有两个侍妾和一个正妻。正妻虽在，却多病缠身，她见过一回。那正妻不是长命相，她算计着自己嫁过去熬上几年，待正妻死了，她便有机会抬正，没想到庄县令看中了慕灼华。

  那日慕明华打听到庄县令要去上香，她故意带上慕灼华给自己壮胆，也是有意用慕灼华的木讷蠢笨衬托自己。她精心打扮了自己，磨着慕灼华外出，不想一场大雨让她的计划毁于一旦。直到那日，她才知道家人眼中貌不惊人、憨直木讷的慕灼华竟一直化装掩饰自己的美貌，大雨洗去了她的伪装，不施脂粉的容颜清丽无双，却又透着一股天真妩媚。她这才知道，自己的七姐姐才是慕家心机最深的那个人啊……

  慕明华给慕灼华倒了杯酒，柔柔浅笑："七姐姐，想不到你竟来了定京，这一年来过得可好？"

  她心里有些奇怪为什么慕灼华穿着男装，但见她身上没戴什么珠翠宝石，料想她一个女子孤身在外过得并不太好。

  慕灼华没有喝酒，笑着回道："托八妹妹的福，还行。"这句话倒是真心的，当初她逃离慕家，慕明华为了如愿嫁给庄县令，还帮她遮掩了几日，"还没恭喜八妹妹大婚，八妹妹可是得偿所愿，嫁给庄县令了。"

慕明华淡淡一笑："不过是个贵妾罢了。"

慕灼华道："看八妹妹装扮贵气，想必庄县令是很疼妹妹了，都是八妹妹的福气。"

慕明华垂下眼："当日若不是七姐姐逃婚，这等福气又怎么会轮到我呢？不知道七姐姐如今住在定京哪里，若是过得不好，便来找我吧，我还是有些银两傍身的。"

慕灼华有些想笑，只道是八妹妹得了宠便迫不及待地想和她炫耀。

"八妹妹进京应该是和庄县令在驿馆下榻的吧，今日天色不早，我还有要事，便不和八妹妹久坐了，改日再和八妹妹叙旧。"

慕灼华说着站了起来，朝慕明华拱了拱手，便要离开。

慕明华也站了起来，拦在慕灼华身前："七姐姐，我还有话没和你说完呢，你随我回去一趟，我们姐妹俩慢慢说吧。"

慕灼华诧异地挑挑眉："你拦着我是什么意思？"

慕明华直勾勾盯着慕灼华，忽地笑了一下，这一笑看得慕灼华寒意顿生，下意识便要逃走。就在此时，门被人从外面打开了，两个壮硕的仆妇走了进来，手上拿着一块白色的帕子，上来就抓住慕灼华的手臂，用白色的帕子捂住了她的口鼻。

慕灼华一闻便知道是蒙汗药，她难以置信地瞪着慕明华。慕明华面上没有一丝表情，仿佛当慕灼华是个死人，而她自己也是一个死人。

为什么要让她慕明华遇到呢，这岂非命运的安排，让慕灼华回到她原本的轨迹上？

进京第一日在马车上看到郭巨力的时候，慕明华便恍惚看到命运的齿轮再次转动。她的异常让庄县令察觉了，庄县令朝外看去，疑惑问道："你看到什么了？"

慕明华怔怔道："是她……郭巨力，是七姐姐的贴身丫鬟，她不是跟着七姐姐跑了吗？……"

慕明华的话让庄县令的脑海中又一次浮现出慕灼华的脸。那日的大雨下得可真好，那个穿着藕色襦裙的少女浑身都湿透了，衣裙贴着身子，勾勒出曼妙的曲线。雨水顺着她的脸庞滑落，那样娇艳又清丽的脸蛋宛如出水的芙蓉，他顿时看得失神了。他打听过了，知道这是慕家七小姐慕灼华。为了娶慕灼华，他给慕家夫人下了不少聘礼，没想到最后到手的是姿色平平的八小姐！慕明华也算清秀佳人，但和慕灼华一比，简直是寡淡无味！庄县令当时便大发雷霆，哪怕慕家夫人私底下给了他不少好处，他也是怒气难消，而这股怒气最后都发泄到了慕明华身上。

慕明华摩挲着手腕上温润的羊脂玉，眼中没有一丝喜悦，她曾经最爱的珠翠宝石最后都成了她不堪承受的重。吓，若不是慕灼华横插一脚，又突然逃婚，她又怎么会承受庄县令滔天的怒火？

"是七小姐？"庄县令眼中淫光炽热，他猛地抓住慕明华的手腕，"明华，你去将她骗来！"

"我……"慕明华忍着痛，茫然地看着庄县令，"我怎么骗她？"

庄县令狞笑道："你以姐妹的名义把她骗进前面的酒楼，我让人偷偷将她绑走。"

慕明华自然知道，慕灼华若是落入庄县令手中会遭到怎样的对待，她垂着眼在心中踌躇。

庄县令不耐烦地冷哼一声，道："你最好听我的话，她不过是个庶女，本来你嫡母就将她许给我了，我把逃妾抓回去是合理合法的，你担心什么？只要你办好此事，我便将你抬为平妻，日后正妻之位也是你的！"

慕明华心中一动，对慕灼华的恨意又涌上了心头，她轻轻点头道："妾身都听大人的。"

慕灼华醒来时感觉额头一阵抽痛，片刻的眩晕之后，她终于看清了自己的所在。

稍显简陋的家具摆设，看起来并非长居之所，空气中弥漫着令人作呕的甜腻香气。她精通药理，当即脸色一变——这是催情的迷香。

她猛地挣扎起来，发现自己手脚都被人绑住了，嘴上还被人用纱布紧紧缠住。慕明华的脸色闪过眼前，她怎么也没想到，自己的妹妹会对她做出这样的事来，而指使慕明华做这种事的除了那个庄县令，还能有谁？想不到她千般小心、万般谨慎，居然会着了自家姐妹的道。也怪她沉溺于感情，才疏忽了慕明华的异样。果然，女人要是陷于情爱就离死不远了。

慕灼华心里苦笑了一下，急切地想要摆脱眼前的困境。她想起自己进凤味轩时让郭巨力在门口等着自己，巨力若是发现自己不见了，想必会找人来救她，多半是会去皇家别苑吧。只是如此一来，自己的名声怕是要尽毁了，而且不知道还能不能等到她带人来……

然而怕什么来什么，慕灼华正挣扎着，外面的门便开了。她浑身一僵，直直盯着门口，便看到一个穿着深色长袍的中年男人推开门，一脸狞笑地走了进来。

除了庄县令，还能是谁？

庄县令关上门，仔细落了锁，这才搓着手朝慕灼华走来。

"小美人，你可算落到我手上了，本官找你找得好辛苦啊……"庄县令眼中淫光大炽。他来到床边，抓住慕灼华被绑着的小手摸了摸，皱着眉头打量慕灼华，"你是不是又故意把自己化丑了，怎么没之前那么貌美了？"

庄县令转身离开，在旁边的脸盆里拧了把帕子，回来在慕灼华脸上擦拭了一番，却怎么也擦不掉慕灼华脸上化的装。

慕灼华心中一动，含情脉脉地对着庄县令呜呜喊着。她虽然微调过五官，让自己看起来姿色平庸了一些，但一双眼睛秋波盈盈，仍是看得庄县令心中一荡，忍不住给她解开了嘴上的布条。

"大人……奴家可算见到您啦……"慕灼华柔柔喊了一声，听得庄县令浑身骨头都酥了。只是这反应太出乎他的意料了，被他绑来的女子哪个不是要死要活的，他还没见过这么主动的！

慕灼华婉转道："大人，奴家孤身在外，怕惹来是非，便用了特制的粉膏遮掩容貌。大人既然想要了奴家，这副容貌怕会扫了大人的兴致，不如大人帮我寻些卸装的东西来，好叫大人看看奴家的真正样貌。"

庄县令见慕灼华这么上道，以为她是认了命，顿时喜笑颜开，连连点头道："好好好，你要些什么？"

慕灼华说了几样材料，庄县令立刻出门，叫人去寻来。

庄县令背过身去时，慕灼华的脸色便倏然冷了下来。她知道这个办法也拖延不了多久，庄县令未必能耐住性子。她焦急地想着法子，见庄县令转身回来，她立刻露出一副委屈可怜的模样。

"大人，奴家手疼……"

庄县令心痒难耐，抓着慕灼华的手揉了揉，笑道："这个我可不敢给你松开了，怕你一会儿又溜了。"

慕灼华泫然道："大人，奴家若是有心逃跑，又怎么会自己跑回来啊？那日并非奴家有意逃婚，而是被人打晕了送走的。"

庄县令一听，愣了一下，狐疑道："这是怎么回事？"

慕灼华愤愤不平道："奴家只是慕家的小庶女，不得嫡母疼爱，在家中受尽了委屈。大人乃县令之尊，奴家能高攀大人，便是前世修来的福气了，怎么会想逃跑呢？大人您想想，奴家一个弱女子，哪有那本事逃走啊？那几日父亲忙着纳妾之事，后院疏于防范，奴家半夜醒来见到一个黑影，便被人打晕了，醒来时已经在一辆马车上了。马车上还有不少像奴家这样的可怜女子，都是要被卖去定京做奴婢的！"

庄县令听得半信半疑，但慕灼华俏脸含泪的模样，又说得煞有介事，他不得不信。

"那你那个丫鬟怎么也不见了？"

慕灼华道："她见黑衣人要掳走我，想要大声呼救，这才被黑衣人打晕了，一起卖掉。"

庄县令疑惑道："这是谁干的？"

慕灼华眼珠转了转："这件事，奴家也想了许久，后来终于想明白了，十有八九是八妹妹做的！"

"她……为什么？"庄县令疑惑不解。

慕灼华道："大人有所不知，其实那日是八妹妹约了奴家上山敬香，原是她自己想要嫁给大人的。她以为奴家粗笨、平庸，想让奴家来衬托她的清秀美貌，不想那场大雨成就了奴家和大人的缘分，让大人看中了奴家。她的一番筹谋却为人作嫁衣，于是心生不甘，要报复奴家！"

慕灼华的这番话，十句竟有九句是真的，且有理有据，理直气壮，庄县令登时便信了九成。

慕灼华又道："大人不信，就让她来对质！奴家如今已经是大人的人了，日后自然会尽心服侍，奴家受了委屈不要紧，却不能眼看着大人遭人蒙蔽。"

庄县令听到此处，才知自己与美人错失良缘都是被人暗中破坏，于是心中怒火盖过了欲火。他当下便怒气冲冲地起身，走到门口对下人吼道："把三姨娘给我叫来！"

庄县令又回到床前，安抚地摸着慕灼华的手，轻声道："你放心，本官定然不叫你蒙冤受屈。"

慕灼华忍着恶心，装着感激又仰慕地朝着庄县令轻轻点头："还请大人为奴家做主……"慕灼华说着又抬起手腕来，柔声哀求道，"大人，奴家是跑不了的，您就给奴家松绑吧……"

庄县令立刻怜惜地说："好好好，这就给小美人松绑！"

庄县令给慕灼华的手脚都解开了束缚，慕灼华低下头揉着酸痛的手腕，暗自勾唇一笑。

不多时，慕明华便被下人带来了。她忐忑不安地走了进来，屈膝行礼道："大人唤奴家来有何要事？"

庄县令怒道："贱妇！当日可是你让人绑走了七小姐，坏了本官的好事？"

慕明华愕然抬头："大人何出此言啊？"

慕灼华哀怨地看着慕明华："妹妹，你嫉妒大人喜欢我，难道不是吗？那日你约我上山，本就是你自己想嫁给大人，我无心与你争抢，你又何必害我？"

慕明华上前一步，辩解道："大人，我没有啊！"

"当着大人的面,你还要狡辩,是吗?"慕灼华冷冷一笑,"你与我住在同一个屋子里,我若是不见了,你第一时刻便该知道,而你又是什么时候告诉父亲母亲的?"

慕明华哑口无言,她确实是在慕灼华逃走的当夜便发现了,可是那时候她想着,慕灼华逃走了,自己就能顺理成章地嫁给庄县令。因此自己不但没有上报,反而为她隐瞒,帮她拖了不少时间,哪知道如今却成了慕灼华反咬一口的证据,让自己百口莫辩。

庄县令见慕明华脸色惨白,无言以对,便知道慕灼华说对了,当时气得发狂,一巴掌狠狠扇在慕明华脸上,打得慕明华坐倒在地,发饰都散开了,脸颊登时肿得老高,嘴角有鲜血流了下来。

"大人!大人!"慕明华惊恐地爬上前,跪在地上求饶,"不是我让人绑走她的,我怎么有这样的本事啊……"

慕灼华淡淡道:"妹妹本事可不小,否则怎么会连大人何时上山都打听得清清楚楚呢?"

庄县令脸色阴沉,一脚踢开了慕明华。对男人来说,被欺骗蒙蔽是不可忍受之事。

"来人!把她关起来,任何人不得接近!"

下人听了这话,立刻进来拖走了慕明华。慕明华万万没想到,她想把慕灼华拉下水,竟然把自己害得这么惨,报应来得未免太快了。

庄县令气得摔碎了一个笔洗,胸膛剧烈起伏着:"气死我了!气死我了!这个贱妇!"

慕灼华轻笑着,走到桌边倒了杯水,递给庄县令,柔声道:"大人喝杯水消消气。"

庄县令接过茶杯,仰头灌下,又拉着慕灼华的手道:"让你受委屈了,放心,本官今天一定好好疼你!不过……你这一年来……"庄县令犹疑地审视着慕灼华的身子。

慕灼华轻轻一笑,不着痕迹地抽出手,捏着庄县令的肩膀,道:"大人可是担心奴家并非完璧?大人放心,奴家懂得化装易容,又穿着男装掩饰,因此并没人发现奴家的容貌。"

庄县令松了口气,大喜道:"你可真是个小机灵,不枉本官对你念念不忘。"

正说着,外面下人敲了门,通报道:"大人,您要的东西都送来了。"

庄县令立刻道:"送进来!"

下人开门进来,把东西放在桌上又匆匆退下。庄县令催促慕灼华道:"快把你脸上的这些东西卸了,让本官好好看看你。"

慕灼华浅笑道:"大人不要心急,奴家这就卸。"

慕灼华说着打开桌上的东西,一番鼓捣之后兑了水,把帕子蘸湿了,慢吞吞地在自己脸上擦拭起来。帕子很快染上了灰黑色,慕灼华那清丽娇媚的面容看得庄县令心花怒放,今日的慕灼华便如其名,灼灼其华,美艳不可方物,比他当日所见更是美艳几分。

"小美人啊,还是你聪明,知道遮掩,就你这副美貌,谁见了不动心啊?"庄县令上前勾起慕灼华的下巴,色眯眯地端详着她精致娇媚的小脸。

慕灼华垂下眼,掩饰自己的厌恶。庄县令还以为她是害羞,拉起她的手要抱她,又被慕灼华闪了过去。

"大人已经娶了八妹妹,如今又要给奴家什么名分?难道就不明不白地要了奴家,让奴家没名没分当个外室吗?"慕灼华委屈地娇嗔道。

庄县令素有凶名,哪个女人在他面前不是服服帖帖的,可这慕灼华一会儿委屈一会儿娇嗔,撩得他心猿意马,他竟也不生气,反而觉得她与其他女人不同,让他好生喜欢。

"本官明日就八抬大轿迎娶你,让你当正妻!"庄县令此刻为了抱得美人,什么承诺都给得出。

慕灼华轻笑一声,道:"好啊……可今日终究是奴家的头一回,奴家今日穿着身男装,总显得不庄重。大人给奴家寻身女子的衣裙来,奴家换给大人看……"

庄县令本来还嫌麻烦,听到慕灼华要换衣服给他看,脑海中便有了画面,痴笑道:"好好好,你等着!"

庄县令很快就让人取了一箱子衣服来。他打开箱子一通翻找,找出了一件薄如蝉翼的红色纱裙,淫笑道:"就这件,就这件……"

"这么薄,奴家是要着凉的。"慕灼华不满意地摇摇头,撒娇道,"换一件嘛。"

庄县令又找了两三件,慕灼华还是摇头。见庄县令耐心快耗尽,慕灼华才勉为其难地接过衣服:"好吧,那就这件……"

慕灼华接过衣服,慢吞吞地脱自己的外衫——好在如今天冷,她穿了不少衣服,可能要脱好一会儿。

慕灼华脱掉了两件,扭头看到庄县令搓着手两眼放光地看着她,她便跺脚嗔道:"大人只看着我脱,不公平,奴家脱一件,大人也脱一件!"

庄县令笑道:"好好好——"

哎呀,他可是捡到了宝了,这个小娘子可比烟波楼的姑娘还有情调啊!

庄县令心猿意马,慕灼华脱了两件,他倒是把自己脱得只剩下一条底裤了,然而这时他猛然发现一个问题,脸色顿时惨白。

慕灼华看到庄县令骤然脸色大变，含笑问道："大人，您这是怎么了？"

庄县令惊恐地发现，他的小弟弟今天竟然罢工了……这样的美色当前，香炉里还燃着催情的迷香，他的小弟弟却软趴趴的，站不起来。

慕灼华软软道："大人，怎么不脱了啊……"

庄县令怎么能让自己在慕灼华面前失了男人的尊严，他拿起衣服要穿上，结结巴巴道："本官……本官想起还有要事……"他想起行囊里还有壮阳药，那个东西，只有他自己知道在哪儿，只能自己去拿了。

庄县令刚刚穿了件内衣，就听到外面传来惨叫声，还没等他跑出去查看情况，大门就被人一脚踹开，门板啪的一声倒在地上。

"大胆！"庄县令怒不可遏，下一刻却呆住了，"你——"

眼前气宇轩昂、一身贵气的男子浑身冒着冰冷杀意，那种分明是在战场上厮杀过才有的血腥气让他登时僵在原地。这个男子似乎有点儿眼熟……还没等他想起来对方是谁，对方已经狠狠一脚踹中他的心窝。

庄县令疼得险些昏死过去，迷迷糊糊中，听到慕灼华惊诧莫名的声音："王爷，您怎么来了？"

他终于想起来，他曾经在定京见过，这可是权倾天下的定王殿下啊……

❖❖❖

刘衍从郭巨力口中打听到慕明华的消息，知道她与庄县令的关系后，立刻奔赴最近的驿馆。他担心庄县令并不在驿馆，又让郭巨力回去王府找执墨调查庄县令的行踪。

他的手紧紧攥着缰绳，脑海中闪过慕灼华受辱的画面，心如火烧刀绞。如果他当时没有送孙纭纭离开，如果他在别苑等她，便不会发生这样的事了！

她那么聪明狡猾，怎么会上这样的当？难道因为对方是亲姐妹，她便不设防了吗？

她现在到底怎么样了？她虽然机智，但若男人色令智昏，不给她说话的机会，她又如何脱身？……

刘衍带兵赶到驿馆，翻身下马，问清了淮州庄县令的所在，二话不说就冲了进去。

不曾见过刘衍的外官战战兢兢地看着这个杀气腾腾的俊美青年冲了进来，还以为是京中哪个作威作福的衙内，听旁人说起是议政王时，他才惊恐地张大了嘴巴。

刘衍没有理会旁人的眼神，猛力踹开了那扇门，一眼便看到了衣衫不整的庄县令，脑中嗡的一声，一片空白——他还是来迟了吗？

眼看庄县令冲了过来，刘衍想也不想，抬脚狠狠踹在他的心窝上，踹得庄县令一口鲜血喷了出来，倒地不起。

只听到屏风旁一个熟悉的声音惊讶地喊着："王爷，您怎么来了？"

刘衍僵硬地转过脸，看到只穿着一件薄薄中衣的慕灼华躲在屏风后面探出头来，正惊愕地望着他，那张洗去易容膏的小脸明艳无双。

刘衍瞳孔一缩，不敢去想她方才经历了什么。他脸色沉了下来，抬脚关上了身后的门，然后大步走到慕灼华身前，沉默着脱下了自己的斗篷，将她结结实实地遮挡起来。

"你……"刘衍声音沙哑，手微微颤抖，"你……没事吧……"

慕灼华抓紧了斗篷，感觉到一股暖意和熟悉的香味罩住了自己。她勾了下嘴角，嗓子有些发涩，哑声道："谢王爷关心，下官没事。"

殊不知这副模样落在刘衍眼里，让他的心彻底冻住了，他仿佛沉入了无底的冰湖，动弹不得，不能呼吸。

"灼华——"

慕灼华猛地被拥进一个温暖的怀抱。他紧紧抱着她，埋首在她颈侧，声音沙哑地哽咽道："是我不好，是我来迟了……"

慕灼华愣了一下，随即意识到，刘衍误会了……

她还没来得及解释，刘衍已经松开手，他眼中寒光凛冽，满满都是杀意。他转身走到庄县令身前，抬脚便要震断他的心脉。慕灼华一惊，立刻扑上去抱住刘衍，大喊了一声："王爷，别杀他！"

刘衍惊愕地低下头看着抱着自己腰的慕灼华，她这一动作，斗篷便落了下来。

"王爷，他没碰我。"慕灼华觉得不确切，又补了一句，"最多就是摸了摸手。"

刘衍似乎半信半疑，他俯身拾起落下的斗篷，重新披在慕灼华身上，仔细给她系好了带子。

"王爷——"慕灼华失神地看着他近在咫尺的俊美面容，轻声道，"我真的没有受伤……"

刘衍似乎是信了，轻轻点了下头，但脸色没有丝毫好转。

慕灼华垂下眼，缓缓说道："他是朝廷命官，您虽是议政王，却也不好当街杀人。庄县令是靠着恩荫制入朝为官的，他在定京是有靠山的，王爷杀了他一人，不知道要得罪多少人，御史台也会弹劾您——"

慕灼华还未说完，便被刘衍打断了："我不杀他。"

慕灼华松了口气，又听刘衍说："在此处杀了他，你的名声就毁了。"

慕灼华一怔，呆呆地看着刘衍——是为了她的名声，所以才不杀人吗？

刘衍握着她纤细圆润的肩头，几不可见地轻颤："我带你走。"

"王爷，"慕灼华叹了口气，"让我先换身衣服吧。"

刘衍有些尴尬地退开，一脚将庄县令踢到床下。慕灼华回到屏风后，穿上自己原来的青衫，又披上了刘衍的斗篷，这才从屏风后走出来。

刘衍看了慕灼华一眼，又极快地移开了眼："你有没有可致哑的药？"

慕灼华道："今日是去镇国大长公主府，没敢带太多毒药，只带了一瓶软香散，方才给他用了。"

"软香散是何物？"刘衍问道。

"让人酸软无力，也会让男人不能人道。"只是这个庄县令似乎之前吃过壮阳药之类的药物，抵消了软香散的一部分药性，所以拖延了许久药性才发作。

刘衍松了口气，叹道："看样子我若不来，你也是能自己解决他的。"

慕灼华低着头微笑道："下官总归明白一个道理，不要将希望放在别人身上。"

刘衍听懂了她的言外之意，她是说，她从未对他抱有过希望。

慕灼华没有看刘衍的脸色，她走到庄县令跟前半蹲，抽出发簪在他脖子后的穴位上扎了几下。

"用这种手法封住他的哑穴，七日内便不能开口了。"慕灼华说着，起身朝刘衍行礼，"余下之事，还要拜托王爷主持公道。"

刘衍轻轻点头，走到慕灼华身前，伸手将她搂进怀里："我们从窗户走。"

慕灼华一惊，刘衍已经箍住她的腰身，推开了窗户，趁着夜色翻出窗外。他吹了声口哨，便有一匹马快速跑来，刘衍抱着慕灼华翻身上马。

刘衍将慕灼华紧紧抱在怀里，斗篷将她的脸盖住，不让旁人看到她的容貌。刘衍往人少的街道走，时时留意着身前人的动静，不多时便察觉到了一丝异常，只觉得慕灼华似乎十分不安，身体僵硬，微微颤抖，呼吸紊乱。他低下头问道："怎么了，是不是哪里不舒服？"

慕灼华侧坐在马背上，将脸埋在刘衍胸前，让刘衍看不清她的面容。听到刘衍的问话，慕灼华肩膀一僵，迟了片刻才低声回道："没事……"

声音莫名有些沙哑，却又说不出的糯软，一丝轻颤发出，似乎在克制着什么。刘衍感觉仿佛有一片羽毛轻轻划过心尖。

她分明不愿和他多说。

刘衍攥着缰绳的手蓦地抓紧了，眼中的光彩一点点暗淡下去，冷风灌进了心口，冰冷而酸痛的感觉从心里蔓延开来，冻住了他的双臂，让他不敢贴近她。

在这个寒冷肃杀的冬夜里，怀中的软玉温香是他唯一的慰藉，却像盈满了掌心的月光，看似那么近，却怎么也握不住。方才经历过的所有惊慌和恐惧此刻都化成一团炽热的火在心头烧，恨不得将彼此都烧成灰，让她再不能离开他。但他舍不得。

慕灼华紧闭着双眼调整呼吸，敏锐地感觉到自刘衍胸腔中发出一声轻叹，肃杀的北风中，一个轻轻的吻隔着斗篷落了下来。

她不敢被他发现，独自默默地抵抗着迷香对她的侵蚀，好不容易守住心神，被这个隐忍而克制的轻吻骤然击退，所有的情潮和欲念如决堤的江河肆虐，彻底地侵蚀了她的理智。

刘衍感觉到怀中紧绷僵硬的身体骤然软了下来，无力地靠在他的胸前，险些滑落下去。他心中一惊，急忙收紧双臂，将慕灼华娇软的身体紧紧抱在怀中。斗篷不慎滑落，他低头一看，才发现慕灼华面上一片不自然的潮红，眉心痛苦地皱起，下唇竟被咬出了血痕。

"灼华！"刘衍惊慌失措地喊出她的名字。

慕灼华微微睁开眼，杏眼中水雾迷蒙，眉梢、眼角尽是春情。

刘衍忽然就明白她怎么了——方才那房中……

他有内功底子，又只是在房中待了一会儿，因此吸入的香味并不多。慕灼华却是待了许久，必然是会受到影响，只是她一直隐忍着不说，直到此刻忍受不住，才被他发现了异样。

"回家……"慕灼华艰难地开口，声音却是甜腻糯软，听得人脸红心跳，"家里……有解……药……"

刘衍立即加快速度，往朱雀街的方向疾驰而去。

慕灼华的手攥着刘衍腰腹间的衣服，一股浓郁的伽罗香气息紧紧将她环绕住，本该让人心神宁静的香味此刻加倍地催发了迷香的药性，让畏寒的她在冬夜冷风里出了一身汗。理智告诉她应该远离，本能却让她忍不住更加贴近对方，邪火烧遍全身，她难受地发出一声低吟。

"灼华——"

慕灼华大脑混混沌沌的，仿佛听到一个喑哑的声音喊着自己的名字，她轻轻软软地回应一声："嗯——"

刘衍那根名为理智的弦绷得紧紧的，这一声低吟又轻轻在弦上拨动了一下。他喉结耸动，强忍着将她紧紧搂进怀里的冲动，明明中了药的是她，他却觉得快被逼疯的是自己，有哪个男人能忍受自己喜欢的女人在怀中喘息低吟？

刘衍一咬牙，扬起马鞭，加快了速度。

快马尚未停稳，刘衍便抱着慕灼华从马上飞下，翻墙进了院子，一脚踹开门，匆匆进了房间。

房间里有个火盆子燃着，发出微弱的光。

刘衍将慕灼华放在床上，取出火折子点亮桌上的油灯，听到身后传来东西落地的声音，扭头便看到慕灼华在桌上寻找着什么。她一手撑在桌边，另一只手颤抖地在一堆瓶瓶罐罐中摸索，不小心扫落了几个瓶子，才找到自己想要的澄心丹。

慕灼华倒出三粒小小的丹药送入口中咽下，又踉跄地往前走。

刘衍伸手扶住她的手臂，听到慕灼华哑声喊道："水——"

刘衍见到火盆子上热着一壶水，赶紧取来倒在杯中，见水烫了些，又兑了些桌上另一个壶里的凉水。

慕灼华不耐烦用这么小的杯子喝，直接拿起桌上装着冷水的水壶往嘴里灌。

"水太凉了，你不能这么喝！"刘衍急忙拉住她的手腕，冷水洒出了一些，溅在她下巴和前襟上。慕灼华力气没有刘衍大，被他抢走了水壶，她凶狠地扑上去喊道："把水给我！"

她就是需要冷水来灭火！

刘衍一手按住慕灼华，另一只手打开冷水壶的盖子，倒了些热水进去兑温热了，这才还给慕灼华。

慕灼华一把抢过水壶对着嘴猛灌，喉头耸动着，一丝丝水光从唇角溢出，顺着白皙纤细的美人颈落进领口里。

喝完两壶水，慕灼华才感觉药性消退了许多，那股火已经不成气候了，但她四肢还是软的，脸上热意稍退，眼中却还是一片水雾。

她无力地靠着桌边坐下，喘息着平复情绪。

"王爷——"慕灼华颤着声挤出一丝微笑道，"下官无碍了，天色已晚，就不留王爷坐了……"

刘衍在她身前半蹲下来，缓缓伸出右手覆住她膝上轻颤的左手。慕灼华微怔，抬起眼看向刘衍，却撞进刘衍幽深晦暗的瞳孔中，那里如同漆黑的海面，暗涌着让人心惊的情绪。

慕灼华左手一抖，却被刘衍抓得更紧了，刘衍另一只手抚上她的脸颊，拭去她唇角的水渍。

"灼华——"刘衍低沉暗哑的声音轻轻喊着她的名字，"你不信我。"

慕灼华喉头一紧，转开了脸，不敢看他眼中浓烈的情意，却被他轻轻捏住了下巴，被迫转过头来回应他的诘问。

刘衍凝视着她的水眸，眼中幽暗深邃："你总说要我照顾你，其实你何曾需要我的照顾了？你满腹才华，即便没有我，也能大放异彩。旁人对你怀有偏见、轻视，你自有办法让他们喜欢你。即便有人存心要伤害你，你也能靠自己扭转局面，化解危机。于你而言，我可有可无，你从来没有真正从我身上得到什么，是不是？"

慕灼华干笑一声，涩着声音道："王爷说笑了，下官从您身上还是得到了不少钱……"

"呵。"刘衍淡淡笑了一声，打断了她，"是我从前被你蒙蔽了，你不过是想在我面前伪造一个贪财重利、谄媚逢迎的形象，让我既能用你又不防你。你成功了，我没有防着你，却是你，直到现在仍防着我。"

慕灼华沉默了片刻，无奈笑道："王爷英明，下官总是瞒不过您的。王爷若要治罪，看在下官多少做了点儿事的分儿上，还请轻点儿罚。"

刘衍的指腹按在那张伶俐的嘴上，缓缓凑近，贴着她微烫的额面，气息暧昧地纠缠着，他轻轻叹息道："你如此聪明，应当知道，我舍不得罚你……"

慕灼华僵硬地坐着，垂下眼看着自己的膝盖，浓密的睫毛掩住了她眼中的惊慌。

她在想，如果刘衍强要了她……她该用哪种姿势？

对于一个立志不婚不育单身至死的人来说，活着第一，发财第二。刘衍贵为议政王，他要是真的想强迫她，她确实是没有办法逃避的。她赌刘衍是个君子，但如果她输了呢？

这副身体年轻娇媚，若将此作为筹码，她能与刘衍谈成什么样的条件？

刘衍是怎么也不可能想到慕灼华此刻心中所想的，但他从对方僵硬的肢体上感受到了强烈的抗拒和恐惧。

"你看，你果然防着我，不信我。"刘衍轻笑了一声，难掩苦涩，"灼华，任何时候，只要你不愿意，我都不会伤害你。"刘衍说着顿了一下，"那日在河畔吻了你，是我失态了……我以为，你心里是有我的。"

慕灼华抿了抿嘴，哑声道："王爷是个好人。"

刘衍不屑地一笑："好人？"他的手臂环着她不盈一握的纤细腰身，压低声音道："我更希望你能明白，我也是一个男人，会有感情，会有欲望，会想占有，你凭什么认为我不是真的喜欢你呢？"

慕灼华怔怔地看着刘衍，迟缓地说道："王爷，您心怀天下，雄才大略，应当明白，喜欢只是一种转瞬即逝、花期极短的感情，它虚无缥缈，又无法掌控，不知道什么时候就会消散不见。相较之下，唯有利益才是切实可靠的。王爷的喜欢……我知道……"慕灼华垂下头，"但是……孙家，才是您最好的选择。"

"若我偏偏只要你呢？"刘衍抬起慕灼华的下巴，"今日别苑当中，我已经明确告诉孙姑娘了，我心有所属，断不可能娶她。所以我让王府的侍卫送她回府，而我自己回别苑找你。"

慕灼华震惊地瞪大眼睛看着刘衍，心头转过不知是喜悦还是惆怅的情绪，她叹息道："王爷，您何必如此——"

"园中斥责了你，是我不对。"刘衍打断道，"陛下任性——"

"王爷，"慕灼华失笑道，"难道拒绝了孙姑娘的您，不比陛下任性吗？"

刘衍一僵，皱着眉头道："不一样——"

"一样的。"慕灼华淡淡笑道，"周太后防备您，想让孙家牵制您，她固然是不怀好意，但如今的您已非一个孙家能牵制得住了。陛下要稳住世家，所以需要迎娶世家之女，而您作为议政王，世家同样想要您的示好。与孙家联姻，对陛下、对你、对一片痴心的孙姑娘来说，都是好事。"

"那对你呢？"刘衍紧紧盯着她的双眼，想要从她的面具下看出几分真心，"你也觉得好吗？"

"是。"慕灼华微笑道，"王爷先前问，如果您只要我……那我……只能告诉王爷一句，我不愿意，我不喜欢。"

刘衍静静地看着那双湿润澄澈的眼睛，她唇角微翘，含着三分笑意，眼中却是一片平静，不带丝毫的情绪。

"呵——"刘衍忽然低低笑出了声，他抱住慕灼华，半边身子的重量压在她肩上，她感受到了对方胸腔的震动，仿佛是听到了什么可笑的事。他薄唇微翘，贴着她的耳珠，湿热的气息拍在娇嫩敏感的肌肤上。他用低沉的声音缓慢而笃定地说道，"灼华，你又骗我……最初你另有所图，骗我说你喜欢我，如今你仍是另有所图，却骗我说你不喜欢我。

"若不是心里有我，今日在别苑，你为何不敢看我？"

慕灼华的心猛地一跳，她转过头，砌词想要辩解，然而双唇微启，便被刘衍堵住了。

柔软的粉唇被抵住厮磨，男人炽热的气息带着掠夺的意味侵入她口中，她背靠着圆桌，被他圈在两臂之间。他的克制和温柔被她逼得崩溃，什么不强迫都是假的，他原是个兵不厌诈的将军，软的不成，便来硬的。

消退的药性仿佛又被催生，她浑身酥软，在他强硬的侵占中被迫微仰起头，承受他压抑了许久的掠夺。

她知道这已经与药性无关，那本是她心中最深处的渴望。

她微睁开湿润的双眸，心中轻轻一叹，抬起双臂勾住了刘衍的脖子，笨拙生涩地回应他的吻。

刘衍浑身一震，深邃幽暗的双眸中映着慕灼华绯红的面容，他的呼吸蓦地粗重起来，双臂收紧，将她搂入自己怀中，一团火从他身上蔓延到她的心里。

直到舌尖尝到淡淡的铁锈味，他才不舍地松开她微肿的红唇，抵着她的额头。

那副不轻易露于人前的容颜清丽绝伦，潮红的眼角平添了一丝妩媚，她抿了抿红肿的唇，用甜软的声音半是委屈半是埋怨道："您说过……不强迫我。"

刘衍低笑了一声，哑声说道："你若对我无情，我不强迫你；你若有情……"他修长的食指轻轻地磨她的下唇，缓慢而坚定地说道，"你不敢走出的那一步，我来走；你不敢做的决定，我来做！"

慕灼华的身子轻轻一震，几乎要被他的执着打动了。

她闭了闭眼，依旧摇头："是，我喜欢您，但我说过，男女之间的喜欢是虚无缥缈的情感，它不足以让我放弃一切，和您在一起。"

刘衍不解地皱起眉头："我不会让你放弃一切，你会成为我唯一的王妃。"

慕灼华摇头笑道："那不是我要的。王爷……我发誓不会成为别人豢养的金丝雀，只等主人闲来无事的逗弄和喂养。当您的王妃，那不过是进入一个大一点儿、豪华一点儿的笼子。所谓的唯一，也不过是您此刻的心意，您敢说，我不敢信。"

刘衍苦涩一笑："你不能以你父亲的风流来揣测每一个男人。"

"我知道，但是我赌不起，赌输的代价太大了。"慕灼华眼前闪过阿娘无神的双眼，心中一痛，"即便您真的能许我一生一世一双人，我也不愿意接受。您知道我一路走到今天有多不易，我付出了这么多，不是为了成为某人的妻子，冠上他的姓氏，然后失去自己。一旦成为定王妃，我所有的努力都会付诸流水，我只能被您藏在定王府，周旋于豪门贵妇之间，为您打理后院，过着簪花品香、涂脂抹粉的生活。这样的生活，我看了十八年，也忍了十八年！有的女人喜欢这样的日子，偏偏我不喜欢。"

她从小就比别人想得多，先生总说她的想法离经叛道、惊世骇俗，姑娘家便该有姑娘家的样子，好好相夫教子，当个贤妻良母，便是最好的出路。可她知道自己生来叛逆，偏偏不爱按着别人的安排，走那些一眼看到头的老路。她想成为什么样的人，由她自己来定，别人无法左右！她将野心藏了十八年，即便巨力也是懵懵懂懂的，无法理解她，可是她知道刘衍会懂她。

"即便成为定王妃，我也不会将你锁在内院中，你依然可以做自己喜欢的事。"刘衍握紧慕灼华的手说道，"你有经世之才，我不愿你委屈在我身后。"

慕灼华欣然笑了："朝廷的制度允许一个女子为官，但皇家的礼仪不会允许一个王妃抛头露面，不守妇道。陈国没有皇子，允许女帝继位，但女帝的存在不能改变女子依旧卑微的处境。我只是商贾之女、芝麻小官，而您是王爷，世俗礼法大于天，王爷次之，我为末，三者之中若有一方要让步、牺牲，那只会是我。"

刘衍惊愕地听着她剖析自己的内心，这是自他们相识以来她说得最真实的一番话，然而实话往往最是伤人。

她叹了口气，轻声说："这一吻，是我偿你的情。世间没有两全法，感情与前程，我选择后者。"

她轻轻推开刘衍，这一回，刘衍放开了她。

"王爷，"慕灼华垂首行礼，将腰弯下，"下官自私、凉薄，不值得您这般喜欢。"

原来，他不是被嫌弃了，而是被抛弃了。

呵，他爱美人，美人却爱着江山……

郭巨力回到家中，见慕灼华在房中自斟自饮，明明是温水，却让她喝出了酗酒的醉样。

"哇，小姐，吓死我了。我刚和执墨哥哥去抓了那个庄县令，他没对你做什么事吧？……"郭巨力一把鼻涕一把泪，"是不是王爷送你回来的，你有没有被欺负？"

"没有。"慕灼华笑眯眯地掐了一把郭巨力的脸蛋，"是小姐我又欺负人了。"

郭巨力却不信："小姐，你别强颜欢笑安慰我，心里有苦就和巨力说吧。你喝水喝成这样，分明是有心事。"

慕灼华笑容一僵，揉了揉郭巨力的脑袋："笨丫头，倒是越来越聪明了。"

"你到底哪里受伤了？"郭巨力急了，拉着慕灼华的领口就想脱她衣服查看。慕灼华急忙拉住领口，笑道："我真的没受伤，你还不信我吗？"

郭巨力仍是半信半疑："小姐，当时你为什么不告诉他你的身份啊，你如今官位可比他大，他怎么敢欺负你！"

慕灼华戳了戳她的脑门，笑道："说得简单，他当时绑了我，已经是大罪了，万一知道我是户部郎中，你以为他会恭恭敬敬认错吗？他自恃在京中有关系，只会偷偷杀了我灭口，此事便死无对证了！即便事后被人揪出，他也只会说自己不知情，而他手上还有我的婚书，处置一个逃妾而已。他即便受罚，打点一下也不会致死，那我死得多冤啊。"

郭巨力一惊。慕灼华看着她怀疑人生的表情，无奈摇头："人心险恶，你是不会明白的。"

"那小姐你不也上了八小姐的当……"郭巨力嘀咕了一声。

慕灼华皱了下眉头："只怪我低估了人心易变。以前八妹妹虽然虚荣，却不至于这么狠毒啊……也不知道她这一年来经历了什么。"

郭巨力连连点头，心有余悸道："幸亏这回遇到了王爷，真是远亲不如近邻。"

郭巨力的无心之语在慕灼华心口扎了一下，她沉默了片刻，才笑道："你说得对。"

"小姐，这定京虽然是天子脚下，可是也实在不太平，你如今都遇险两回了。"郭巨力小小的脸蛋皱巴起来，十分认真严肃地说，"今日我自己拿了个主意，要跟执墨哥哥学武，以后好保护小姐。"

慕灼华被惊了一下："你……要学武？"

郭巨力慎重地点点头："我仔细想过了，不能只有小姐一个人在为这个家努力，我也想为小姐多做点儿什么！"

白日慕灼华遇险，让郭巨力心生愧疚和危机感，逮了庄县令后，她便向执墨提出想要学点儿武艺保护小姐。执墨有些怀疑地看着她的小身板，本着试一试也无妨的心态，试了试郭巨力的底子。

执墨武艺高强，担心郭巨力被他的护体真气震伤，便卸去防备试探郭巨力的拳脚。没想到郭巨力瘦瘦小小的，发起狠来跟头小牛犊子似的，一拳拳打在他身上砰砰作响，险些将他打出内伤。执墨素来冷面寡言，难得地脸红了——都是被打的。

郭巨力微喘着气，眼睛乌亮乌亮地问他怎么样。执墨深吸了几口气，竖起大拇指道："是条汉子。"

执墨就这样收郭巨力为徒弟。

慕灼华见郭巨力说得高兴，自己心中却是一阵无奈。

她刚刚才想和刘衍划清界限，小丫头便投向对方阵营了……

"练武是要吃很多苦头的。"慕灼华揉了揉郭巨力的小脑袋。

郭巨力漆黑的眼睛炯炯有神地望着慕灼华："我不怕苦的！"

慕灼华心头暖暖的，见郭巨力如此执着，她只好笑着答应了。

夜色浓稠如墨，突然，一阵敲门声惊醒了主仆二人，打破了夜的寂静。

慕灼华心头猛地一跳，郭巨力嘟囔着去应门："这么晚了，是谁来敲门，难道是王爷派人来了？"

慕灼华倚在窗边，看郭巨力走到门口，开了门与门口之人说了几句，便将人引了进来。

慕灼华低头看着院子里修长的身影，恰好一阵风吹散了蔽月的云，一片清冷的光落在男人面上，慕灼华倏然一惊。

怎会是他？

第十七章 · 甘之如饴

> 我总是希望你的路能好走一些,外面的风雪,我替你遮挡一些。

第二日,淮州来的庄县令在驿馆被定王打伤并带走的消息便传遍了朝野。定王气势汹汹地闯进驿馆,破门而入将庄县令打伤不说,之后又有定王府的侍卫赶到,将庄县令和一干侍从带走,关进了京兆府的大牢,不让任何人探视。目睹此事者不下十人,当场无人敢置一词,背后却是议论纷纷。天还未亮,此事便传遍了朝廷,早朝之前百官压低声音议论,都在猜测这远在淮州的庄县令是如何得罪了定王,才会在进京第一日便遭到定王报复。

这些议论声在刘衍面无表情走过来时戛然而止,不少人都心虚地别过脸,也有一些自诩刚正不阿的对着刘衍皱眉。

慕灼华站在人群里,低眉顺目,在刘衍经过时和旁人一样恭敬地低下头,刘衍的脚步并没有丝毫停顿。

"今日王爷的心情似乎不佳。"站在慕灼华身侧的是理番寺侍郎,他跟着刘衍的时日不短,多少能揣测到刘衍的心思,"王爷平日待人温和,未语三分笑,今日却一脸冷漠……恐怕是这庄县令将王爷得罪惨了。"

慕灼华摸了摸鼻子,心里苦笑——恐怕是她把王爷得罪惨了。

离早朝开始尚有半刻钟,只见一名官员带着笑弓着腰走到刘衍跟前。

"下官拜见王爷。"

刘衍扫了他一眼,淡淡道:"你是御史中丞庄自贤。"

庄自贤赔笑道:"正是下官。"

"你找本王有何事?"

庄自贤自然是感受到了定王的漠然,但此刻他不得不硬着头皮和刘衍交涉:"下官昨夜听闻王爷在驿馆处置了淮州来的庄县令,不知他是哪里得罪了王爷,还请王爷念在他初进京都,原谅他的无心之过。"

刘衍垂下眼,拂了拂广袖上的细褶,似笑非笑道:"想必这庄县令与庄大人是本家。"

庄自贤道:"不瞒王爷,此人与下官虽非同宗,却有着叔侄的名分。他的父亲乃元徵朝的功臣，为朝廷鞠躬尽瘁，死在了任上，元徵帝也曾褒奖过。这一脉如今只剩他这一个单传，他若是犯了什么错处，让王爷不快，还请王爷看在庄家的面子上饶了他这回，下官让他登门谢罪。"

他们庄家虽比不上那些世家勋贵，这数十年来也出了五名进士、三名高官，在朝中是有些面子的。

"庄家的面子……"刘衍笑了一下，"你们庄家，在本王这儿，又有什么面子？"

庄自贤的脸色骤然变得铁青。

刘衍并不理会他，转身朝大殿走去。

庄县令是如何得罪了定王，没有人知道，因此有些人虽然心中愤愤，却也不敢轻易开口弹劾定王。一是庄县令官位卑微，不值得他们出面冒犯定王；二是纵然定王嚣张跋扈，他们也要三思而后行，不敢轻易得罪这深得皇帝信重、手握重兵的议政王。

昨日刘衍带着慕灼华从窗口离开，驿馆的人听到里面传出一声惨叫，见门扉紧闭，没有一人敢上前查探情况。过了一阵子，便见议政王府的侍卫一脸煞气地赶来，一个瘦瘦小小的姑娘跟头牛似的闯了进来，另一个面容冷峻的青年剑客打听了一下王爷所在，便带着人闯进庄县令房中，将昏迷不醒的庄县令拖着带走。驿馆中还有庄县令的一个宠妾和一个手下，也被议政王府的人带走了。因此竟没有人知道庄县令房中曾绑过一个少女。

此时此刻，庄家已经闹成了一团。

庄县令这番上京，他的族叔庄自贤已经为他打点好了一切，将他调任江陵知府，他来定京参与吏部考绩只是走个过场，离开后便要去江陵上任，因此他收拾了在淮州捞的十万两，带着妻妾老母、家中下人，举家来到定京。

庄自贤在定京外有一座庄园，便将庄县令的家眷安置在那儿了。庄县令本人带着个宠妾准备参加吏部考绩，没想到遭遇这番横祸。庄老夫人年轻时就守了寡，拉扯着这么一个独子长大，她将全部希望都放在儿子身上，一听说庄县令得罪了定王被打入大牢，登时晕了过去。醒来后，她又哭又闹，然后让下人准备了马车，带着一家老小到庄自贤府上哭闹。

庄老夫人撒泼似的坐在地上，捶胸顿足地哭号道："二叔啊，文峰可是你大哥唯一的儿子，你不能见死不救啊！你难道忘了，你有如今的官位，是谁提拔你的吗？"

文峰便是庄县令的表字。

庄自贤此刻一脸阴沉。今日早朝上他被刘衍毫不留情地驳了面子，庄老夫人的话更是让他火气噌噌往外冒。他冷笑拂袖道："我有今日地位，自然是因为尽忠职守、奉公守法，你那个好儿子又是干了什么事会让定王亲自出手拿他！"

庄自贤也是科举为官，只是会试、殿试名次不佳，被外放了许多年，得了庄县令之父的提携打点，才能调回京中。他谨慎行事，钻营了这么多年，才能混到御史中丞这个位置。他素来行事低调，与人为善，虽没有大功，却也不曾犯下大错，今日为了庄县令之事莫名得罪了定王，这让他心中惶恐不安又气愤难当。

庄老夫人从地上起来，大骂道："我儿子刚进京能做什么坏事？早听说那个定王权倾朝野、嚣张霸道，他仗势欺人难道是我儿子的错吗？我看你分明是怕了人家的权势不敢出头，你……你这是不念亲情！枉我家夫君生前对你多番关照，如今是人走茶凉了啊！"说着又号了起来。

庄自贤气得太阳穴一跳一跳，恨不得将这个无知泼妇赶出去，但论着辈分，他得叫对方一声"大嫂"。庄氏一族向来同气连枝，共同进退，当年他们夫妻对他有恩，如今他要是不帮忙还将人赶走，别说庄氏一族不能容他，就是朝中官员也要在背后笑话他。

他如今是骑虎难下啊！

庄自贤深吸了两口气，平复情绪后方缓缓道："大嫂，当务之急是弄清楚文峰究竟因何得罪了定王。"

庄老夫人怒道："京兆府的人不让人探监，我怎么知道发生了什么事！"

庄自贤凭着对定王的了解，认为他并不是一个无理闹事、欺压良民的人。而庄文峰虽然远在淮州，但自己这个侄子的性格为人，他也多少是有些了解的。庄文峰的父亲当年最高做到三品官，后来因病死在了任上，按着陈国的恩荫制，他唯一的儿子便能入国子监读书，之后入朝为官。庄文峰不是个能静心读书的人，靠着庄自贤的周旋才谋了个外放县令的官职。淮州乃富庶之地，在那里当县令算是个好差事。这些年来，庄文峰逢年过节就会送一批礼到庄自贤府中，少则三五百两，多则上千两。一个县令一年能有多少俸禄，可想而知，他私底下捞了多少民脂民膏。

庄文峰固然不是个好官，但又能和定王扯上什么关系？定王如果有他鱼肉百姓的罪证，又为什么只是将人关押却不当堂审讯？

庄自贤本能地不想蹚浑水。他如今五十余岁，大感精力不如从前，打算趁着明年年初的京察致仕，依着恩荫制，让他膝下一子为官。他已经和吏部打好关系，到时候给自己的嫡长子谋个好差事，若是这时候把定王得罪狠了，他自己的、他儿子的、他满门的荣华富贵，可就都要泡汤了。

庄自贤的三角眼扫过眼前撒泼的庄老夫人，挤出一丝笑容道："大嫂莫急，就算是议政王，也不能无缘无故就把朝廷命官关进大牢，你我耐心等待几日，京兆府必有答复。"

"呸！敢情被抓的不是你儿子！我儿子还在牢里受苦呢。他没受过苦，怎么熬得住啊！万一定王让人在牢里严刑拷打……"庄老夫人一哆嗦，发出更加尖厉的哭号声。

庄自贤嫌恶地后退一步，忍着火气道："大嫂，你在我这儿闹也不是办法。此事干系重大，我总需要几日时间查清楚，才好想一个万全之策。"

庄老夫人如何听不出来他的推托之意，骂骂咧咧了许久，才由着媳妇郭氏扶着上了马车，回到城外的庄园里。郭氏是个病弱瘦削的女子，对婆母素来畏惧，一路上由着她骂，一声不敢吭。

一行人回到庄园，便看到面容憔悴的慕明华站在院子里。庄老夫人怒从心头起，登时快跑两步上前，一巴掌狠狠打在慕明华脸上。慕明华被打翻在地，发髻被打散，左脸顿时红肿起来，缓缓浮现出五个指痕。

"贱人！你还有脸回来！"庄老夫人颤巍巍地指着倒在地上的慕明华，破口大骂道，"文峰是带着你出门的，为何他被抓了，你却回来了？！"

慕明华脸上表情呆呆的，耳中一片嗡鸣，一时间听不见庄老夫人说了什么。庄老夫人又气又急，抬脚就踹在她的心窝上。

郭氏吓了一跳，本能地就想跑，却不敢跑，便后退两步避开庄老夫人的怒火，只怕火烧到自己身上。一众下人也是躲在附近，垂下了脑袋，想逃不敢逃。

慕明华心窝被踹了一脚，痛得眼前发黑，背上又挨了几脚，许久才缓过来。

"贱妾……不知……咯咯……"慕明华咳了几声，嗓音又干又哑，随后伏在地上缓缓道，"老爷被抓之时……贱妾在屋子里……"

庄老夫人厉声问道："那你和文峰被关在一起，他没有和你说起原因吗？为何他被关着，你却被放了出来！"

慕明华气若游丝道："老爷被定王打伤了，说不出话了……"

庄老夫人闻言，揪住心口踉跄两步，凄厉喊道："他……他竟把我儿打成这副模样！天子脚下，欺压朝廷命官，他定王眼里还有王法吗？"

郭氏低声道："婆婆，您小心身子，别气坏了……"

庄老夫人推开想要扶她的媳妇，气得满脸通红："你也是个没用的，若是你能拴住文峰的心，他何至于宠爱这个丧门星，连累自己坐牢？"

庄老夫人年轻时便守了寡，和唯一的儿子相依为命，最是看不惯那些妖妖娆娆勾引她儿子的女人。自打慕明华进门，她就不喜欢，虽说慕明华长得不算妖媚，却一看就是个有心眼的，庄老夫人明里暗里没少给她苦头吃。庄县令对自己的寡母也是十分敬畏，所以从来不为慕明华出头，反而会打骂慕明华讨自己母亲的欢心。

庄县令带慕明华进京，庄老夫人本就是反对的，如今出了事，她更是将一切都怪罪到慕明华头上，踹骂她是丧门星，又摇着头道："不行，不行……我得想个法子救我儿。庄自贤那老贼贪生怕死，不念旧情，是指望不上了。这定京中咱们还能指望谁，谁才能镇得住这定王？"

郭氏讷讷道："定王位高权重，能镇得住他的只有当今陛下了吧。"

她不过是随口一说，庄老夫人仿佛抓住了救命稻草，混浊的老眼一亮，大叫道："对！就去找陛下！找陛下主持公道！"

旁边下人还当她疯了，她却冷笑道："我明日早朝就去敲登闻鼓！"

众人一听，顿时吓呆了。若自认有天大冤情便可敲登闻鼓，一旦敲了登闻鼓，便能上达天听，陛下会亲自过问案情。

但登闻鼓又岂是轻易能敲的，为防止泼皮无赖无事乱敲惊扰圣驾，陈国律令，敲登闻鼓者先受三十廷杖！

郭氏颤声道："婆婆，敲登闻鼓得受三十杖，您如何承受得住啊？"

庄老夫人冷笑一声，目光缓缓落在慕明华身上。

"让她去！"

慕明华震惊地抬起头，看着庄老夫人冷酷的面容，她眼中的光缓缓暗淡下去。

庄老夫人道："你若能救出老爷，就是大功一件，日后这庄家主母之位就交由你来坐！"

慕明华眼神动了动，看向一旁面色惨白的郭氏，她溢血的唇角缓缓翘起，哑声道："贱妾自当尽力。"

冬日的天亮得特别晚，早朝开始时天还未亮。昨天半夜里忽然下起了雪，不知什么时候开始，又是什么时候结束，只知道出门时枝头上已经压了重重的一层积雪。

大殿内烧着地龙与暖炉，倒不觉得冷，吏部侍郎沈惊鸿正回禀着外官考绩的初步结果，就听到远远传来沉闷的咚咚声。殿内之人俱是一惊，难以置信地面面相觑。

"那是……登闻鼓？"

"是谁敲了登闻鼓？"

"若非天大奇冤，又有谁会甘愿承受三十廷杖来击鼓？"

殿内众人压低声音议论着，刘琛皱眉看向总管太监："去看看是何人击鼓，将人带来。"

一名太监领了命,匆匆往外跑去。

登闻鼓已经数十年没有被人敲响过了,却在这个天微微亮着的寒冷冬日里惊醒了大半个定京的人。晨起做买卖的人口口相传,东、西二市的人知道了,全定京便都知道了。

"是个年轻的女子敲了登闻鼓!"

"据说是淮州那个庄县令的侍妾!"

"是那个被定王打伤还关起来的庄县令?"

"他的侍妾这是……要状告定王!"

慕明华纤细的双手抓着鼓槌,面无表情地一下下击打鼓面,鼓声如惊雷一般在耳中和心中轰鸣。她肩上和黑发上都披了一层白雪,但一张脸比雪还白上三分。

衙门里的人太久没听到登闻鼓的声音了,寒冷的天气让他们不欲动弹,迟疑了片刻才反应过来外面的声音是什么,登时一个个都从椅子上弹了起来。

大门打开,一队官兵拥了出来,将慕明华团团围住。

"大胆刁民,竟敢敲登闻鼓惊扰圣驾,你可知罪?"

慕明华手中的鼓槌被人抢走,瘦弱的肩膀被人狠狠扣住。她被迫弯下腰去跪在雪地里,却仰起脖子看着面前之人。

"贱妾有冤要诉!"

"管你有没有冤,但凡击鼓者,须先受廷杖三十!"为首之人见不远处的百姓在指指点点,便使了个眼色,大声道:"带进去行刑!"

慕明华被拖着进了衙门,外面的议论声才大了起来。

"这样单薄的小娘子,三十廷杖下去,会被打死吧,那还诉什么冤啊?"

"她是来告定王的,那不是找死吗?"

"定王当街行凶,也是太目无王法了……"

慕明华被按在地上,木棍狠狠落在臀上,她本就惨白的脸色顿时变得更加难看,她难以自抑地发出一声惨叫,豆大的汗珠落了下来。

慕明华的来头,京兆府的人如何能不知,她本就是从这里走出去的。既然走了,为什么又要回来敲登闻鼓?

衙役们忐忑地行刑,摸不清该把人打残还是打死。

廷杖过半,一个尖细的声音忽然远远传了进来:"陛下有令,立刻带击鼓者上殿!"

京兆府众人顿时一惊,放下手中的刑具,跪在地上。

337

慕明华奄奄一息地趴在地上，看着是起不来了。那传话的太监瞅了一眼，便道："找个担架将人送进宫去，陛下和大臣们还等着呢！"

围在衙门外的百姓还未散去，他们眼见着一个太监匆匆跑了进去，不多时，又看到几个人抬着先前击鼓的妇人急切地离开。

"这是怎么回事，陛下传召……陛下不是最信重定王吗？"

"莫非陛下不知道击鼓者是要告定王的？"

"若陛下明知是状告定王，却还要传召……"

大殿内一片寂静，此刻已没有人再去讨论，所有人的目光都集中在殿下那个半身鲜血的妇人身上。她站不起来，更不能跪着，只能趴在地上，艰难地撑起上半身，额头在地上叩着，发出冰冷沉闷的声音。

太监尖声道："下跪何人？"

慕明华用虚弱的声音说道："淮州永定县县令庄文峰之妾慕氏，拜见陛下。"

此言一出，半数人的目光便偷偷瞟向定王，另一半则落在庄自贤身上。

庄自贤的脸顿时一片惨白，心中大骂庄老夫人无知、鲁莽，以陛下和定王的关系，别说定王只是抓了一个县令，就是杀了他庄自贤，陛下也不会说什么的！她竟然让一个侍妾来状告定王，这不是自寻死路吗？

庄自贤眼前一阵阵发黑，手脚都开始打起摆子。

刘琛自然对刘衍和庄县令之间的纠纷有所耳闻，只是尚未找到机会去问刘衍，再说一个县令被抓只是小事而已，他相信自己的皇叔处事公正，断不会做出伤天害理之事。只是没想到，那个庄县令的侍妾竟敢来击鼓鸣冤，他偷偷地打量着刘衍的侧面。

刘衍坐在紫檀木雕花麒麟座上，眼神淡漠地看着这一幕，仿佛事不关己，但平日里温和可亲的人这两日骤然沉默冰冷了许多，本就不是一件寻常事。他没有拦着这个女人说话，似乎并不在意对方告状……

刘琛看向慕明华，沉声道："你冒死击鼓，有何冤情要诉？"

慕明华叩了下头，哑声道："贱妾要状告一人，那人贪赃枉法、纵奴行凶、欺压良民、无恶不作！"

所有人的心脏都随着慕明华的话一点点提起来，他们屏住呼吸，瞪大了眼睛，难以置信地看向定王。

慕明华声嘶力竭道："那人便是——永定县县令庄文峰！"

刘衍眉梢一动，目光这才落在慕明华身上。

殿中响起了诧异之声，随即不少人松了口气，刘琛便是其中之一，但他心中更是好奇。

"你是他的侍妾，却要告他？"

慕明华道："正因为贱妾是他的侍妾，才知道他私底下做了多少见不得人的勾当，残害了多少百姓。贱妾虽未读过书，但也有良知，不能看他继续为非作歹，祸国殃民……"

刘琛道："你可有证据？"

慕明华颤抖着手从怀中抽出一本册子，立刻有太监上前接过，检视一番确认没有危险，这才上呈。

"这本账册是庄文峰行贿受贿的记录，除此之外，他还勾结富商，放印子钱，破家灭户，强占民田，杀人放火……"慕明华说到此处，终于支撑不住，脑袋一沉，晕倒在地。

刘琛翻看手中账册，脸色越来越难看，捏着账册的十指指节泛白，最终怒喝一声，将账册扔向殿下之人。

"庄自贤！你这个老贼！"

账册落在庄自贤脚下，他却没有勇气去捡，整个人软倒在地，晕厥过去。

账册里何止牵涉了庄自贤一人，刘琛当即冷着脸念出了几个名字，着令殿前侍卫带下去，由大理寺严加审查。

而奄奄一息的慕明华作为重要证人，被带去太医院诊治，刘琛下令太医院务必保住她的性命。

"竟然会是这样……"

"慕氏为何会出卖自己的丈夫？"

"莫非是定王胁迫……"

几名官员压低声音议论，忽然见沈惊鸿远远走来，当即收声微笑道："沈大人，看你这方向，莫非又是陛下召见？"

沈惊鸿面带微笑，朝几位官员点了点头："正是。"

沈惊鸿年轻有为，深得刘琛信重，朝中官员多少想和他交好，以便从他口中打听陛下的心意。

"陛下召见，可是为了御史中丞受贿之事？"一人低声道，"登闻鼓数十年一响，陛下龙颜大怒，此事恐怕不能善了了。"

沈惊鸿剑眉星目，笑容却温和谦逊："陛下勤政爱民，那庄文峰上欺朝廷，下压百姓，连慕氏一个妇道人家都知道大义灭亲，更何况陛下？我等臣子，只需忠君爱国，问心无愧，其余之事，便无须多虑了。"

沈惊鸿说罢拱了拱手，转身离开，余下几名官员面面相觑。

庄文峰不过是一个县令，即便贪赃枉法，也不过影响一县之地，谁能想到慕氏竟如此大胆，把此事闹得满城皆知，牵连了朝中数名大员。眼下不独是被抓进去的官员，其余与庄自贤有所勾连的官员也都人人自危，生怕庄自贤在狱中说出一些不该说的话。

慕明华是在苦涩而浓郁的药味中醒来的，她趴在床上，底下垫了几层褥子，房间里烧着两只大火炉，外间的风雪一点儿都不能侵入。臀上的伤已经被女医仔细上过药了，但一阵阵的剧痛仍让她难以自抑地发出呻吟。她紧紧咬着自己的袖子，痛苦地深呼吸着。

一只白皙柔软的手拈着一粒药丸送到她嘴边。

"这药可以缓解几分疼痛。"

熟悉的声音从背后传来，慕明华倏地一僵，没有转头去看，也没有张口。

"我没想到你会伤成这样。"慕灼华轻轻叹了一声，在床边挨着慕明华坐下，"我只是让你回去取账册，你只要将账册交给吏部就够了，何须去敲登闻鼓？"

慕明华垂下眼，死死盯着自己手背上青色的血管，半晌才用嘶哑的声音说："三千两，太少了。"

慕明华被定王府的侍卫带走时，身上带着伤。庄文峰打她向来不留余力，她的脸上肿了一片，但身上的伤更加痛。

庄文峰被关在她旁边的大牢里，像条死狗一样被扔在墙角。慕明华抱着自己的膝盖蜷缩在冰冷的石床上，呆呆看着牢里幽幽的灯火。这微弱的光照不亮京兆府的大牢，也带不来丝毫的暖意。

庄文峰半夜里醒来了一回，人却哑了，他起先疯狂地踹着牢门，一脸惊恐和愤怒地啊啊大叫，不过片刻便又跪倒在地，抱着头颅又哭又笑，状若癫狂。慕明华皱着眉头看了许久，庄文峰才意识到旁边牢房里有人，他猛地扑了过来，恶狠狠地瞪着慕明华，将木栏拍得啪啪作响。慕明华下意识地缩了一下，忽然想到他不能跑过来打她了，才缓缓放松下来。

庄文峰的动静惊动了牢头，一个面相凶狠的差役手上拿了根粗长的棍子，打开牢门将庄文峰打了一顿，将他打得再度晕死过去，这才骂骂咧咧地离开。

慕灼华就是这时进牢房的。

慕明华瞪大眼睛看着站在牢房门口的身影。她们姐妹二人在一起住了十几年，即便分别了一年，她还是能一眼认出斗篷下的轮廓。

"七姐姐，"慕明华哑声喊道，"你怎么在这里？"

慕灼华摘下兜帽，露出俊秀白净的脸庞，她静静凝视着慕明华，似乎是在审视她这个人。被这样一双漂亮澄澈的杏眼盯着，慕明华不由自主地打了个寒战。

"八妹妹,看样子,你得偿所愿,却也过得并不如愿。"慕灼华轻轻叹了口气,"庄县令对你,似乎不怎么好。"

慕明华脸色一僵,没有回答,她攥紧自己的衣角紧张地盯着慕灼华:"你到底是谁?定王……是你把定王引来的!"

"你过得不好,便想将我也拖下水,是吗?"慕灼华歪着脑袋,微蹙着眉头审视慕明华,"你原先并不是这样的人,是什么让你变了?"

慕灼华没有回答,却也证实了慕明华的猜测,她的脸色顿时煞白。她是知道慕灼华有多美的,而且慕灼华的心机更在她之上,难道她攀附上了定王?若是如此,自己绑架了慕灼华,岂非死定了……

慕明华陷入深深的恐惧,不由自主地颤抖起来——虽然如今生不如死,但她仍是渴望活着,她不想死!

慕灼华不知何时打开了牢门,脚踩着地上的稻草发出沙沙声,走到慕明华跟前。

慕明华往墙角躲去,后背紧贴着冷硬粗糙的墙壁,无处可逃。慕灼华一把抓住她的手腕,她又累又饿,又痛又困,根本无力挣脱。慕灼华皱着眉头看了她一眼,忽然抬起手扯开她的前襟,顿时怔住了。

慕明华尖叫一声,推开了慕灼华,哆哆嗦嗦地捂着自己的胸口,却没办法完全遮掩胸前的瘀伤。上面纵横交叠的瘀伤,有新有旧,惨不忍睹。

慕灼华的手顿在半空,整个人回不过神来,怔怔看着慕明华。

慕明华发出歇斯底里的尖叫:"你走!你走!你不许过来!"

慕灼华咽了咽口水,难以置信地看着慕明华:"他……就是这样对你的?"

慕明华仿佛见了鬼一样,一张脸缩在阴影里,反反复复地喊着:"你别过来,你别过来……"

慕灼华只觉手心发凉,整个人如坠冰窟。

原来这一年来,她过的就是这样的日子……

"八妹妹,你别怕……"慕灼华哑声道。

慕明华整个人一僵,她缓缓抬起头来,两眼无神地瞪着慕灼华,忽地发出一声鬼魅般的低笑。

"你是不是在庆幸?"慕明华冷冷地笑着,"庆幸你逃婚了,不用承受这一切?"

慕灼华叹道:"嫁给庄县令本就是你自己一心求来的,我逃婚,不是正如你所愿吗?至于你之后遭受到的这一切,我料不到,你也料不到,你怨恨我,简直可笑。"

慕明华咬了咬下唇,眼中含着恨意:"如果不是你先入了他的眼,让他上了心又得不到,我又怎么会多受这么多的折磨!既然你逃走了,为什么又要出现在我们面前，是他逼着我将你绑来，如果我不照做，你以为我还有活路吗？如今你攀上了定王。嚯，是我有眼无珠得罪了你，你现在是来看我笑话的吗？那你满意了吗？"

"我不是来看你笑话的，我是来和你做一笔交易。"慕灼华并没有被她的情绪影响，缓缓说道，"八妹妹，你是一个聪明人，向来知道为自己筹谋，知道怎么选择才对自己有利。所以这一次，我让你来选择，是要和庄县令一起死在大牢里，还是出面举报他。"

慕明华不笨，她很快便领会到慕灼华的意思，惊愕道："你要我背叛他？"

慕灼华点点头："我知道你恨他，在驿馆看到你看他的眼神时我就知道了。如果他宠爱你，你过得如愿，就绝对不会把我绑到他身边分宠。好东西，你从来只会自己留着，只有坏事，才会推给别人。"慕灼华说着轻笑了一声，"也是因为知道你的为人，我才会和你做这笔交易，我知道你能撇开对我的憎恨，做出对自己最有利的选择。"

慕明华停止颤抖，怀疑地盯着慕灼华："你怎么知道我有他的罪证？"

慕灼华笑道："你既然恨他，又怎么会不给自己留一手？他虽然虐打你，却还是将你带进了定京，可见对你十分宠爱，只是方式特殊了一点儿。你手中必然有他的罪证。你只要将这罪证交给吏部，庄县令便会受到制裁，到时候我会帮你脱离庄家，并给你一大笔银子。你既得了自由，下半生就可以衣食无忧。"

慕明华咬着唇，眼中精光闪烁："你有这个本事吗？定王能这么听你的话？"

"这种小事，不需要他出手。"慕灼华的手从斗篷内伸出，细小白嫩的掌心托着一方官印，"知道你多疑，便让你看看证据。我如今是户部郎中、天子经筵席，正五品官员。你只是庄县令的侍妾，我要保你，易如反掌。"

慕明华震惊地看着慕灼华手中的官印，瞠目结舌，不敢相信："你……你竟然……你是怎么做到的？"

慕灼华将官印收回，淡淡笑道："你虽然聪明，但目光始终局限于内宅之中。今年科举，我高中探花，如今正受陛下重用，你若要找靠山，难道不是我更可靠吗？八妹妹，你扪心自问，我可曾主动害过人？"

慕家内宅的人太多了，人一多，便不太平，而小七慕灼华绝对是最与世无争的一个。所有人想起慕灼华，脑海中都只有一个捧着书憨笑的轮廓，记不清她的面容，也忽略了她的存在。慕灼华丧母后便和慕明华住到了一块儿，慕明华对慕灼华的熟悉程度是超过旁人的，即便同室同寝，她也没有把慕灼华放在眼里，始终将她当成一个好脾气的书呆子。

直到那日大雨淋去了慕灼华的伪装，她才恍然醒悟。

慕灼华说得没错，她心机深沉，却从来不主动害人。

慕明华有些心动,她的呼吸急促起来。一个是暴虐成性、得罪定王的庄县令,一个是性格温和、圣眷正隆的亲姐妹,这个选择并不难做。

慕明华盯着慕灼华:"你能给我多少银子?"

慕灼华道:"一千两。"

慕明华嗤笑一声:"你知道庄县令搜刮的银两有多少吗?"她顿了顿才道,"十万两。"

慕灼华沉默了半晌,才冷冷道:"那他该死。"

"我要一万两。"慕明华说。

慕灼华无奈地皱起眉:"八妹妹,这十万两是要充公的,难道你以为能都入我的口袋吗?"

"那三千两吧。"慕明华本也不指望能拿到一万两,"我总得为自己的下半生考虑。"

慕灼华咬咬牙道:"好。"

慕明华有些诧异地瞥了慕灼华一眼。三千两不是个小数目,慕灼华能如此痛快答应,要么是她确实有钱,要么就是定王确实宠她。无论是哪个原因,都让自己多了几分投靠她的信心。

"还有个条件,这本账册,除了庄县令,只有我知道在哪里。你放我出去,我亲自拿去吏部举证。"慕明华道。

慕灼华笑了,了然地看着她:"你担心告诉我账册所在,我拿到了证据,就不放你出来了。"

慕明华假笑道:"我总得小心一些。"

慕灼华细细端详慕明华,许久才嫣然一笑:"八妹妹,你成长了许多,你的好日子在后头。"

❖❖❖

此刻慕明华趴在床上,冷冷地说:"我回到庄子上,那个老虎婆就对我又打又骂,说是要敲登闻鼓,把事情闹大,让陛下做主。敲登闻鼓,要受三十廷杖,她怎么可能亲自去?自然是要逼着我去。"

慕灼华看着慕明华冷漠的侧脸,微微笑道:"原来如此……你故意受这三十杖,就是要把事情闹大,要满城皆知你慕氏大义灭亲、智勇刚烈,如此一来,你非但能彻底摆脱与庄县令的关系,还能踩着他上位,甚至流芳百世。"

慕明华勾起苍白的唇角,露出一个冷漠而得意的笑容:"还是多亏七姐姐提醒,过往是我的眼界太狭隘了,只盯着自己眼前的一亩三分地,到了定京方知道天地之大。三千两,太少了,我一个弱女子也未必能守得住,除非这笔钱是陛下封赏，便没有人敢抢走。"

慕灼华欣赏地看着慕明华："我知道你向来聪明胆大，却还是低估了你。你做得很好，陛下的赏赐不会少的。如今你就在太医院放心养伤吧，那姓庄的一家人都不会好过的。"

慕灼华从太医院离开，天色已经擦黑，却有一个修长挺拔的身影站在门廊的阴影里等她。

"你果然在这里。"沈惊鸿的声音里含着三分笑意。

慕灼华抬起眼，便看到沈惊鸿含笑走来。若论相貌，这满朝官员只有定王刘衍能与他一较高下了。定王的俊美内敛而温和，如春风细雨，润物无声，沈惊鸿则人如其名，他美得肆意张扬，剑眉英挺，星眸璀璨，举手投足尽显名士风流。他是烟花女子最倾慕的郎君，也是世家贵族最理想的女婿。只是这个郎君早早放言，不成一品，誓不成家。

慕灼华看着朝自己走来的沈惊鸿，有些恍惚地想起曾在小秦宫偷看到的一幕——不成家，不代表没有欲望，惊鸿公子也是有红颜知己的吧。

沈惊鸿走到慕灼华跟前，低笑一声道："慕大人想什么想得出神？"

慕灼华回过神来，嗡着笑道："在想沈大人神机妙算，算无遗策。"

沈惊鸿道："过奖了，你我二人都是为陛下做事，尽心竭力，理所应当。"

慕灼华在深夜只接待过两个人，一个是刘衍，另一个便是沈惊鸿。

那一夜，沈惊鸿在她房中坐了很久。

"今日被抓进京兆府大牢的庄文峰，我已经留意他很久了。"沈惊鸿捧着茶碗，撇了撇茶末缓缓说道，"他是御史中丞庄自贤的侄子，他的父亲曾任封疆大吏。其父死后，他蒙恩荫为官，资质驽钝，却谋得一个好差事。都说'江南天下富，淮州江南仓'，淮州乃陈国最富庶之地，而永定县又是淮州赋税最高的三县之一。这庄文峰本事不大，却能在永定县当县令，也真是匪夷所思。"

慕灼华揣测着沈惊鸿的来意，顺着他的话说道："庄自贤在朝中经营多年，有心给侄子谋个好差事，不是件难事。"

"慕大人也知道，如今我奉陛下的旨意主持外官考绩之事，这庄文峰自然也在其列。他人还未到京，考绩结果却已经出来了，全部都是甲等，明年便能调任江陵知府。慕大人，你自淮州来，应知淮州事，这庄县令为官果然如此了得吗？"沈惊鸿似笑非笑道。

"吓。"慕灼华冷笑了一声，"我虽在闺中，却也听过庄县令的厉害，只是这厉害却非彼厉害，能在考绩中全部得甲，想必庄御史出力不少也得利不少。"

沈惊鸿好整以暇地说道："你在户部做事，应该知道如今朝廷冗官冗员，不少官员尸位素餐，朝廷为此每年要多开支二百万两。不仅如此，这些庸官贪官仗着职位之便，更是大肆搜刮民脂民膏，让百姓苦不堪言。"

慕灼华点了点头："因此才需要三年一次小考、九年一次大考。"

沈惊鸿失笑道："这种考核又有什么意义？如庄文峰这般蛀虫，今年也得了甲等。吏部考核，是由吏部主持、都察院监督，但历来考核都是走个过场，又有几人会真正被黜免？真正被罢免的，并非为官不善，而是得罪了上官罢了。如今，吏部考核已经沦为官员敛财的工具了。"

慕灼华神色凝重，沉沉叹了口气，道："世道如此……"

茶盏被重重放在桌上，沈惊鸿一双凤眸亮得惊人，他唇角微翘，笑着看向慕灼华："那你我二人何不联手颠覆这世道！"

慕灼华被这动静吓得心脏猛地一跳，她惊讶地看着沈惊鸿，呼吸一窒，缓缓问道："沈大人意欲如何？"

沈惊鸿微微笑道："今日牢中被关押的一名女子是庄县令的侍妾，名慕明华，若我没有猜错，是慕大人的姐妹吧？"

慕灼华拳头猛地攥紧了，片刻后才松开，叹了一声，道："沈大人是想让我策反慕明华，让她咬出庄县令的罪证，以此为剑，诛邪锄奸？"

沈惊鸿轻笑道："你是聪明人，不需要我多说，便能明白我的意思。"

"沈大人，我虽然明白，却有几分担心。"慕灼华眉心微蹙，"你以一人之力对抗整个朝廷，此事触及世家的利益，他们不会善罢甘休。"

沈惊鸿眉梢微挑，微笑反问："那又如何？"

慕灼华一怔。

沈惊鸿道："此事有四利：报阁下之私仇，此为一；解定王之危困，此为二；除朝政之积弊，此为三；立陛下之威势，此为四。"

"沈大人分析得有理，可害处呢？"慕灼华问道，"有利必有害。"

沈惊鸿淡淡一笑："至多不过一死，更何况我并不认为他们能得逞。"

凤眸含笑、顾盼生辉、笑谈生死的沈惊鸿比谈诗论道的惊鸿公子更让人心惊心折，便是向来趋利避害、小心谨慎的慕灼华也忍不住被他说动了。

更何况这事本就因她而起，她并不打算袖手旁观。

慕灼华缓缓道："沈大人有此决心，慕灼华必当尽力。"

这也是为何她会去牢中说服慕明华，放其离开。

慕灼华与沈惊鸿并肩出了宫。天色已然黑了。

"今日之事，效果远超我所预料。"沈惊鸿微笑道，"不愧是慕大人的姐妹，这等心性胆量非寻常女子所能及。"

慕灼华摸了摸鼻子，笑着道："那是世间男人都看轻了女人，女人比男人更狠，尤其是对自己下手。"

沈惊鸿若有所悟，轻轻点头，片刻后又道："今日我与陛下商议过此事了，大理寺那边将一干人等都收进了虎牢狱，相信很快就能审出相关人等。"

"沈大人看过账册了，有什么想法？"慕灼华问道。

沈惊鸿道："牵连之广在我意料之外。今日陛下虽然盛怒，却没有念出所有涉案官员的名字，有些人身份太过尊贵了。"

慕灼华没有去问是哪些人，既然陛下不说，那她还是不知道为好："陛下如今倒是成长了许多，知道轻重了。"

刘琛性子急躁，若是过去，只怕当场就把所有人都揪出来了。

"这几日烦请慕大人写一份奏章，列举每年冗政耗费的库银几许。"

"已在计算之中，明后两日便能完成。"慕灼华说着已走到分岔口，她朝沈惊鸿鞠了个躬，郑重道，"沈大人，保重。"

沈惊鸿朝她微笑点头，目送着慕灼华的背影消失在转角处，唇畔的笑容才缓缓敛起。

刘衍垂着眼，听执墨回报慕灼华的行踪。

慕灼华两次遭遇不测，他再不能放心看她独行，因此尽管慕灼华冷酷地推开了他，他还是让紫衣卫轮流暗中保护她。也是因此，他知道那天深夜沈惊鸿进了她的房间，坐了许久，如今又知道沈惊鸿在宫门口等她回家。

执墨回报完毕，见刘衍沉思不语，他迟疑了片刻，开口道："王爷，可是担心他们二人……"

刘衍失笑摇头："不，她不是这种人。本王只是在想，沈惊鸿还真是胆大包天，小小一个吏部侍郎，竟想从百官那里虎口夺食，倒是本王小瞧他了。"

执墨不明所以，问道："王爷，他想做什么？"

刘衍屈起修长的食指轻叩桌面，微合着眼，缓缓道："庄文峰无才无德，不过是蒙恩荫才可为官，如此却祸害了一方百姓。"

执墨皱眉道："如此说来，恩荫制便是恶政了。"

"不错，恩荫制制定之初固有其利，但如今弊大于利，官位被权贵子弟世袭，由此诞生了一个个世家，朝政因此落于世家之手。如今陛下年少登基，几回议政都受到世家的掣肘，心中自然不忿。庄文峰不过是一个典型，陛下想借着这个机会杀人立威、革除恩荫制，那么空出来的位置，陛下便可以安插自己的人，这批人才是陛下在朝中可以信任、倚重的势力。"

执墨恍然大悟，原本对沈惊鸿还有一丝猜疑，听刘衍这么一说，反倒是生出几分敬意："沈大人是在做利国利民的好事。"

刘衍摇头道："世家岂会轻易妥协？"

"那该如何？"

"呵呵——"刘衍轻笑一声，"事到如今，本王也不能坐视不理了。"

挖出庄县令的罪证并不难，慕明华敲登闻鼓之后，庄家便举家被捕。一番严刑拷打之下，那些曾经为庄县令做过恶事逼死人的都老老实实地把事情一一交代了。罪状之多，实在出乎意料；缴获的赃银之巨，也让人瞠目结舌。

早朝之上，刘琛听着大理寺的回报，脸色冷沉。

"罪犯庄文峰，巧立名目，设苛捐杂税，强征永定县百姓水利费、婚嫁税、固城捐、兴学捐等数十项税捐名目，百姓耕种收入十不存一，庄文峰由此获利五万两之巨。

"……昭明十二年，庄文峰见色起意，逼奸良家女子致死，受害者父母欲上告州府，被庄文峰纵奴行凶，一家四口被打昏后烧死在家。

"……昭明十三年，庄文峰勾结本地多名富商，放高息印子钱，假作契约，一年息高达四千零四十八倍，数十百姓因无力偿还，被强占农田作坊，庄文峰由此兼并上等良田六百亩。

"……昭明十四年……

"……"

大理寺官员絮絮说了小半个时辰，刘琛的脸色越来越冷，百官的心也越来越沉。

庄文峰的罪名罗列完了，大殿上只余一片死寂。

"这……就是父母官啊……"刘琛的声音冷若冰霜，沉沉压了下来，"好一个破家县令！

"先帝殚精竭虑，施行仁政，轻徭薄赋，落到了地方，却成了什么样子！我陈国士兵在前线浴血杀敌，保家卫国，这些贪官污吏，在背后干的又是什么龌龊事！朕听着都觉得恶心！"

百官齐齐跪下磕头，颤声道："陛下息怒……"

刘衍也徐徐站起，低头拱手。

刘琛冷笑一声，道："沈惊鸿，你告诉朕，今年庄文峰的考绩结果如何？"

沈惊鸿出列，俯首道："回陛下，庄文峰此番考核门门甲上，已由吏部尚书草拟举荐调任江陵知府。"

吏部尚书顿时脸色一变，将头重重磕在地上，颤声道："臣受小人蒙蔽，

347

罪该万死！"

"吏部考核由都察院监管，都察院呢，也被蒙蔽了吗？"刘琛居高临下，冷冷地看着都察院的数名高官。

所有人的头都伏在地上，齐声请罪。

"好啊，真好啊……"刘琛眼中杀意翻腾，他恨不得现在就往这些狗官头上砍去，"这就是咱们陈国的官员……这就是咱们陈国老百姓的指望！"

"那个庄文峰只是一个七品县令，便能为害一方，陷数万百姓于水火之中。跪在这里又有哪个不是股肱之臣、封疆大吏？地方官腐败，受害的是一方百姓；朝中大臣渎职，受害的就是我大陈江山！你们居然叫朕息怒，朕能息怒吗？朕敢息怒吗？你们能无动于衷，朕不能！"

刘琛大怒，拍案而起："北凉人还在虎视眈眈，我陈国牺牲了多少将士的性命才换来今日的太平？你们今日能安坐朝堂之上，靠的是士兵的浴血奋战、百姓的民脂民膏、先帝的信任提拔！你们又是怎么做的？你们这些人，尸位素餐，欺压百姓，对得起战死的英魂、对得起供养你们的百姓、对得起托付重任的先帝吗？"

已有不少官员发出压抑的呜咽声，肩膀剧烈颤抖着。各部高官沉着一颗心不敢辩白，刘琛大义凛然，他们无言以对。

刘琛疲惫地合眼，胸腔剧烈起伏着，压抑着满腔的杀意和怒火。他如今是皇帝，不能冲动行事，明知道这下面跪着的十个人里有九个不无辜，他也不能对他们下手。

"判：庄文峰，凌迟处死；府中助纣为虐者，斩立决；其余人等，刺配流放。"刘琛沉声宣道。

百官齐声道："陛下英明！"

刘琛冷笑了一声，道："难道处置了一个庄文峰就足够给百姓一个交代了吗？这样一只蛀虫，堂而皇之地通过了吏部考绩，祸害了淮州不够，还要调去江陵？沈惊鸿，吏部考功司由你负责，是谁给庄文峰的考绩满批甲等升迁的？"

沈惊鸿手执一封奏章，俯首道："回禀陛下，庄文峰只是七品县令，他的政绩初评是由州府呈上，吏部考功司再做批复，吏部上下确有失察之责。臣担心此番考绩疏漏了其他像庄文峰这样的败类，因此这几日臣详细复核过考绩结果，确实发现了不少错漏可疑之人，名单在此，还请陛下圣裁。"

沈惊鸿此言虽然承认吏部有错，但还是把主要责任推给了州府，这让吏部众人稍稍松了口气。

奏章被太监转交到刘琛手中，刘琛摊开一扫，皱着眉头冷然道："竟有这么多。"

沈惊鸿道："一共一百三十五人。"

此言一出，满座皆惊，所有人都惊愕地看向沈惊鸿修长的背影。

众人以为沈惊鸿抓三四个给陛下出出气也就算了，没料到他竟玩得这么大！

沈惊鸿仿佛未察觉到旁人的目光和惊诧，他不慌不忙道："此一百三十五人和庄文峰一样，皆蒙其父恩荫为官，未经历科举，既无执政为官之才，更无圣人君子之德。臣以为，为民选官乃重中之重，地方官为父母官，若无父母之仁爱，便会为祸一方，致使朝廷失了民心，更是陷陛下于不义，让天下百姓对陛下心存怨怼。民怨若生，则国危矣。因此臣斗胆谏言，恳请陛下废除恩荫制！"

沈惊鸿的话掷地有声，如平地惊雷，文武百官悚然一惊，随即便生出了熊熊的怒火与恐惧。

"陛下！沈大人此言差矣！"礼部侍郎高声道，"恩荫制乃大陈历任贤明君主的恩德，此举一在褒奖有功之士，让他们为报国恩、尽忠职守，二在团结世家，祸福与共，如此才能上下一心。恩荫制沿用至今数百年，岂能因一个庄文峰而因噎废食？"

沈惊鸿徐徐道："蔡大人此言差矣，难道不能恩荫子孙，为官者就不忠君爱国了吗？世家就离心离德了吗？"

礼部侍郎怒道："沈大人这是诡辩！本官断无此意！"

沈惊鸿淡淡一笑，并不理会他，而是向着所有人朗声道："恩荫制有利有弊，如今弊端已现，七品以上官员皆可恩荫一子入国子监学习，不经考核便可为官。太祖太宗立此良政，本以为七品以上官员多为饱读诗书之家，其子也应是知书明理之人，未曾料到如今多是纨绔衙内入朝为官，纨绔又生纨绔，久而久之，这样一批蛀虫便自下而上侵蚀了朝廷的根基和栋梁！"

刘琛皱着眉头，似乎在思索沈惊鸿话里的道理。吏部尚书冷冷看了沈惊鸿一眼，出列道："陛下，沈大人固然有拳拳爱国之心，但终究年轻，思虑不周。一项国策，岂能轻易废止？吏部考绩失察，罪在吏部，臣身为尚书，愿领责罚，但陛下若因此事迁怒所有官员，其他人岂非无辜？而且蒙恩荫制为官者不在少数，若是废止，这些官员又该何去何从，缺了的人手又该如何补足，没有了长官，地方政务又该如何处之？还请陛下慎重考虑。"

沈惊鸿道："陛下，废止恩荫制，非因庄文峰一人之故。此番考绩，粗略一看便有一百多名恩荫官考绩下等，还有更多人未经细查。可见恩荫官之弊已非除不可。且正值考核之时，德不配位者该黜落或是该降职，不应手软，否则便愧对天下百姓。缺了的人手，自然会有人顶上，既有等候补缺的进士，也有被恩荫官顶了缺的忠臣良才。"

沈惊鸿说到此处,将目光投向慕灼华。

按照两人之前的约定,此时慕灼华便该出来,拿出奏章列举历年为恩荫制多出的开支。但此时慕灼华脸色不佳,眉头微皱,接收到沈惊鸿的信号,她扫了一眼站在前方的户部尚书周次山,一颗心悬了起来。

她早在昨日便写好了今日早朝上要用的奏章,不知为何今日竟然找不到了。慕灼华素来小心谨慎,绝对不会弄丢这般重要的东西,她怀疑是被人偷走了,而嫌疑最大的自然是周次山。她这两日调阅了不少资料,恐怕让周次山留意到了。

身为户部郎中,越过尚书呈报户部资料,与吏部侍郎勾结,此举无疑是把自己的上官得罪死了。但慕灼华心中自有打算,即便丢了奏章,这些事她也非做不可。

慕灼华咬咬牙,走出了队列。

"启禀陛下,微臣有要事启奏!"

慕灼华话音刚落,便见刘衍忽然动了,他合手行礼,朗声道:"陛下,臣有事启奏。"

所有人的注意力都被吸引到刘衍身上,刘琛惊讶地看着刘衍。

刘衍条理清晰、不徐不疾地朗声道:"臣调阅户部卷宗,无意中发现一事,户部每年的俸禄开支折合白银七百二十四万三千一百五十六两。昭明十四年,朝廷上下领取俸禄的官员共计一万四千六百五十三人,恩荫官共计五千八百七十九人,领俸人数比昭明元年多出两千余人,开支一项多出一百万两。目前朝廷上下早已是冗官冗费,人浮于事,长此以往,危害益巨,肃清吏治已是刻不容缓。"

慕灼华惊愕地瞪大了眼睛,看着远处的背影,脑中一片汹涌。

那不是她奏章上写的吗?为什么刘衍会说出来?

她的目光移到刘琛手中,骤然明白过来——是刘衍偷了她的奏章!

刘衍也站到了沈惊鸿这边,在片刻的死寂之后,便爆发了更剧烈的冲突。

废除恩荫制,对朝中所有人来说都是不能接受的重创。恩荫制下,他们致仕后便可让一子入朝为官,如此便可保证家族的繁荣得以延续。若是废止恩荫制,以科举之难,又有几人能考上?难不成他们辛苦了一辈子,子孙后代还要跟那些寒门子弟一样十年苦读?

因此哪怕刘衍树明旗帜支持废止恩荫制,其他人也是要反抗到底的。

刘琛看着吵吵嚷嚷的朝议,冷然喝道:"都住口!"

殿上一声磬响,登时所有人同时闭口,只是仿佛还有余音未绝。

"此事先下众议，三日后再廷议，今日就此散朝。"

刘琛说罢，就在百官的恭送中离去。

百官骂骂咧咧地离开大殿。沈惊鸿本是备受追捧的宠臣，此时却成了人人避之犹恐不及的恶人，或横眉怒目，或眼神躲避，往日与他称兄道弟的此刻都远远走开了。

慕灼华走得慢了几步，落在众人身后。片刻后，沈惊鸿走到她身旁。

"沈大人，今日这局面应该在你意料之中吧。"慕灼华偏过头看他。后者面带微笑，星眸璀璨，丝毫没有因众叛亲离而不悦。

"虽千万人吾往矣。"沈惊鸿淡然一笑，"只是今日你为何没有按计划行事？"

慕灼华抿了下唇角，低声道："我的奏章落到了议政王手中。"

沈惊鸿倒不惊讶，他掩住眼底了然的笑意，低声道："议政王与陛下关系亲厚，是可信之人，有他支持，自可事半功倍。"

慕灼华心不在焉地点了点头，又道："废止恩荫制，阻力太大了，即便是议政王出面，恐怕也难如你所愿。"

沈惊鸿挑了下眉梢，笑着看向慕灼华道："你以为我所愿为何？"

"难道……"慕灼华眼神一动，随即缓缓笑了，"我懂了。沈大人深谋远虑，在下佩服得五体投地。"

沈惊鸿微笑道："与慕大人说话真是愉快，无须多费唇舌。"

慕灼华笑道："那沈大人还是多说几句吧，恐怕如今朝中除了我，也没人愿意同你说话了。"

沈惊鸿含笑看着慕灼华清丽的眉眼，忽然有些明悟柔嘉公主对她的喜爱。外圆内方，贪生却不怕死，知世故而不世故，假以时日，必为名臣。

柔嘉公主曾对他提过，慕灼华可以利用，但不要伤害她。她想留慕灼华为己用，但是，可能吗……

这世上，除非真心爱慕一个人，否则怎么可能心甘情愿地被利用？

这一日所有人都在议论废止恩荫制之事，人人都对沈惊鸿破口大骂，说断人财路有如杀人父母，而沈惊鸿此举非但是杀人父母，还把子孙根也给断了，哪里还能讨得一句好听的？

慕灼华今日上奏之事被刘衍打断，因此没有人将她当成沈惊鸿的同伙，反而拉着她加入讨伐沈惊鸿的大军。慕灼华听着众人高声议论，皱着眉头随声附和。

午间慕灼华去了一趟太医院。慕明华的身体已经好多了，勉强可以下地。慕灼华把庄文峰的判决说给她听，慕明华的眼睛都亮了，闪烁着快意的光。

"好！好！好！"慕明华连道三声，笑容满面，"行刑那天，你想办法带我去看。"

慕灼华知道她恨透了庄文峰，便道："如今你在太医院，我不方便带你出去了。你若真的想看，可以通过太医将此事禀告陛下，陛下会准许的。"

慕明华对皇帝到底还是十分畏惧的，听了慕灼华的话，心中有些忐忑。

"陛下有没有说过如何封赏我？"

慕灼华道："陛下已拟旨赏赐你一座大宅，并御赐牌坊，上书'忠义'，有此牌坊护身，你在定京便无人敢欺了。"

骤然如愿，慕明华狂喜之下竟无言以对，只是红着眼眶颤声道："好……好……"

慕灼华叹息一声，拍了拍她的肩膀："到时候还会有其他金银赏赐，你好好养伤……八妹妹，以后你便无须依靠其他人过活了。"

慕灼华转身走出太医院，走到门口时，忽然听到身后传来一个沙哑的声音。

"七姐姐，谢谢你。"

慕灼华没有回头，她淡淡一笑，道："你该谢谢自己。"

无论慕明华是否曾经走错了路、做错了事，能有今日，她该感谢的是忍辱负重、向死而生的自己。

慕灼华离开衙署时天刚擦黑，今日风紧雪大，雨伞遮挡不住，簌簌落在她的肩上。慕灼华一手举着伞，感觉手都冻僵了，另一只手拢紧了领口，徒劳地想要挡住钻入骨头里的风。

"慕大人。"

忽然一个熟悉的声音喊住了她。慕灼华怔了一下，抬起头，看向前方。

执墨面无表情地看着她，说道："王爷有请。"

豪华的马车停在偏僻的角落里，慕灼华走上前，收起伞放在马车外，又抖了抖裘衣上的雪，这才弓着身子进了马车。

门一开，熏着伽罗香的暖意便抚上了她的脸颊，她冻僵的嘴角扯出一丝难看的笑容。

"参见王爷。"

刘衍轻轻嗯了一声，从炉子上取了铜壶，倒了碗八分满的牛乳递到她手边，温声道："喝了吧。"

慕灼华怔怔接过了碗，这似曾相识的一幕让她有些恍惚，冻僵的十指缓缓恢复了知觉，有些麻痒的痛意。

"牛乳不烫，正好入口，记得你喜甜，加了些蜂蜜。"刘衍见她发呆，便又轻声说了一句,"快喝下暖暖身子。"

慕灼华这才恍然回过神来,捧着瓷碗小口小口地喝起来。

慕灼华喝完放下了碗,抬起眼便撞进刘衍幽深而温柔的双眸中,她抿着唇角低下头,低声道:"王爷召下官前来可有要事?"

刘衍温润含笑的双眸凝视着她,缓缓说道:"方才出来见雪下得紧,便想着等你一起回去。"

慕灼华攥着自己的衣角,心怦怦跳着,她恍惚地担心会不会被刘衍听到。

刘衍看着慕灼华紧张的样子,淡淡一笑,问道:"为何不开口?我以为你会问我奏章之事。"

慕灼华沉默片刻,才轻轻叹了口气,道:"我知道,王爷拿走奏章,代我上奏,是不愿让我和沈惊鸿一样与满朝官员为敌。"

他的维护之意,是那扇挡住风雪的门,也是这炉子里融融的香,包裹着她的无处不在的暖意一点点渗进了心里。

一只手伸了过来,将她微凉的指尖握在掌心。慕灼华受惊似的瑟缩了一下,却没忍心挣脱。

刘衍含着笑意柔声说道:"你总算在我面前老实了一些,不揣着明白装糊涂了。"

慕灼华低声道:"王爷又是何必……那日,我已经说清楚了,我这样的人,不值得王爷用心对待。"

她想起那日之后的两日里刘衍天天阴沉着脸,料想刘衍是真的被她的绝情伤到了,心里总是对他既愧疚又心疼。这世上对她好的人屈指可数,她既想保护自己,又舍不得伤到旁人的一片善意。

刘衍一只手落在她的发上,轻轻拂去雪花融化后的冷意,轻叹了一声,道:"可是我舍不得……"

轻轻的几个字,用力地在慕灼华心口拧了一下,酸疼的感觉让她险些红了眼眶,却凭借强大的意志力憋住了。

"虽生你的气,却还是忍不住想对你好。"刘衍轻笑着揉了揉她的头,"我知道,你不畏惧与百官为敌,自信所行之正义,又有陛下为你撑腰。但我总是希望你的路能好走一些,外面的风雪,我替你遮挡一些。你无须因此觉得有负担,是我甘之如饴。"

慕灼华低着头,乖顺地任由他抚摸自己的脑袋,在他掌心的指尖渐渐回暖了,依旧任由他握着。马车不紧不慢地在风雪中前行,车身有节奏地振动着。她一向能言善辩,此刻却说不出话来,暖意裹着伽罗香,渗入她身上的每一个毛孔,让她懒洋洋的提不起一丝与他对抗的念头。

刘衍低着头看慕灼华，垂下的浓密睫毛掩住了那双灵动的眸子，睫毛上有淡淡的湿意，不知是融化的雪还是溢出的泪。她压低了脑袋看着自己被握着的手，尖尖的下巴陷入毛领里，白净俊秀的小脸上还带着风雪的寒气，却又缓缓浮上了一层浅浅的桃粉胭脂色，显得可怜又可爱，让刘衍的心酸软了。

这只狡猾的猫终于有了片刻的温驯，他想把她揽进怀里，又怕再次把她吓跑，只能按捺住冲动，缓缓收回了手。

"你不愿意当王妃，我不勉强你，你也不必躲着我，遇到了事，只管与我商议——"

刘衍说到一半，便被慕灼华轻声打断了："王爷，您的王妃是孙姑娘，即便不是孙姑娘，也会是别人，绝不会是我。我既然知道了王爷的心意，哪怕王爷不求回报，我也无法安心接受王爷的好意，这不仅会伤害王爷，也会伤害王妃。"

慕灼华深吸了一口气，又沉沉一叹，她微微仰起脸，乌亮的杏眼水盈盈的，亮着倔强的光芒："我不愿如我阿娘那样耽于情爱，忧伤致死，也不愿如我阿娘那样为人妾，伤害另一个无辜的女子。父亲迎娶阿娘那日，想必大娘子也是垂泪伤心的，我不做那样的人。"

慕灼华缓慢而坚定地从刘衍的掌心里抽回手，双手交叠在身前，对着刘衍俯身磕头，行了个庄重的大礼。

"王爷错爱，下官不敢当，只盼王爷能寻得一心人，恩爱两不移。"

刘衍垂眼看着她弯下的腰，掌心骤然空了，心里仿佛也塌了一块。她这种反应在他意料之中，自己喜欢的小姑娘是这世间独一无二的颜色。

刘衍想起前两日刘琛与他聊起慕灼华，刘琛皱着眉头转述了在皇家别苑的假山后慕灼华与他说的那番话。

刘琛道，他原以为，她的胸怀与性情胜过男儿，但那一刻，觉得她比那些世家闺秀更加温柔多情。

刘衍恍惚地看着窗外俏生生绽放的梅花，唇角勾起一丝极浅的微笑。

"已识乾坤大，犹怜草木青。"

他了解过她，知道她幼时丧母，自小活得不易，但她心里并没有多少怨恨。对于那些明里暗里欺负过她的姐妹和姨娘，她只是在心中叹息一句，都是可怜人罢了。她的温柔并非软弱无力，她就像激流中一块圆润的鹅卵石，被风浪打磨出了莹润的光彩，仍保留着自己坚硬的一面。

她自称自私、冷酷，但这样明确的拒绝何尝不是她的温柔？

慕灼华跪了不知多久，才听到刘衍的一声叹息。

"我不会娶孙姑娘，也不会有别人，无论你信或者不信……"刘衍温暖的掌心落在她的手臂上，轻轻将她拉了起来，"至少，在此之前，不要离开我。"

慕灼华怔怔地望着刘衍，他的手臂环住她的后背，将她拉进怀中。慕灼华没有防备地扑进他怀里，靠着他结实温暖的胸膛，听到强有力的心跳声怦怦传来。刘衍的下巴抵着她的肩窝，温热的唇蹭着她耳畔细嫩的肌肤，发出一声轻轻的叹息。

"灼华……我宁愿你还和以前一样，亲近我、算计我……"

慕灼华双手抵着他胸口，脸颊发烫，语无伦次地说："你……你是不是误会了……我……我可不是以退为进、欲擒故纵啊！"

刘衍被她慌张可爱的模样逗得忍不住低声一笑，揉了揉她的脑袋："你骗了我多少回，真当我软弱可欺？"

慕灼华的发冠都快被他揉得松开了，她扶住自己摇摇欲坠的发冠，懊恼地躲开他的掌心，嘟囔道："假话你倒是信了，真话却不信……"

刘衍轻笑着碰了碰她泛红的粉腮："不，我信你了，是你不信我。除了你，我不会娶其他女子。你若不愿做王妃，我便这样陪着你，也无妨。"

刘衍这话说得轻松，却在慕灼华心上狠狠撞了一下。她抬起头，愕然看着刘衍笑意盈盈的幽深双眸，想要分辨他话中的意思——是她想的那样吗？……

这时，马车缓缓停了下来，外面传来执墨的声音："王爷，到了。"

慕灼华这才回过神来，她慌张地挣脱刘衍的怀抱，脸上一片绯红，眼中水光氤氲。她心虚地瞟了刘衍一眼，便又别过脸去。

"王……王爷……下官告辞！"

慕灼华胡乱地拱了拱手，向刘衍行了个极敷衍的礼，便逃也似的转过身，将手按在门板上。

"灼华，"刘衍喊住了她，慕灼华推门的动作一顿，没有回头，只听刘衍温声说道，"废止恩荫制之事，我自会出面，此事与你无关，你不必强出头。"

慕灼华抿了抿唇，眉心微蹙，眼中掠过一丝无奈的涩意，片刻后才轻声说道："王爷，你这样纵容，我会……"

会什么？

刘衍期待着，慕灼华却没有说，她推开门，走进风雪中。

那一缕属于她的馨香也被涌进来的风雪吹散了。

刘衍抬手暗示执墨不要关门，他倚在门边，目送她的身影走过转角，消失在黑夜里。

执墨扭头看向刘衍："王爷何必委曲求全？"

刘衍轻轻一笑："若能求全，又何必觉得委曲？"

这几天，他想明白一件事。

灼华是喜欢他的，只是这喜欢不够多、不够深，不足以让她为他冒险，拿一生去赌，也不足以让她为他放弃自己兼济天下的理想。

　　那么就让他慢慢加码吧，让他日复一日地对她好，一点儿一点儿地渗透进她的生命里，成为她不可或缺的依靠。她说自己自私凉薄，但在他眼中，这个小姑娘才是真正重情之人。她的感情不轻易地给予旁人，只愿意对最重要的几个人用心，所以她的喜欢更因稀罕而弥足珍贵。

　　他已经打开她心里的那扇门，何妨再多走几步呢？

　　她不想成婚便再好不过了，总会在那里等他的，不是吗？

第十八章 · 灯火长明

他是陈国的战神，北凉的魔神，他从来不是什么谦逊有礼的君子，只是很少露出他锋利的爪牙。

废止恩荫制之事在朝堂掀起的轩然大波多日未止，甚至愈演愈烈。刘琛将此事下放至风华殿，交由众大臣议论。此事又有什么可议论的？自然是无一人赞同，只有刘衍和沈惊鸿坚持废止。

经历了又一个早上的吵闹不休，刘衍不无疲倦地离开了风华殿，来到流波亭小憩。

不多时，沈惊鸿也来到亭中，微微弯腰向刘衍行了个礼。

"参见王爷。"

刘衍看着他，正是风华正茂的年纪，芝兰玉树，当日于文铮楼看到他，便知道他绝非池中物。

"坐吧。"刘衍淡淡一笑，提起茶壶倒了杯香茗，"今日与众大臣雄辩一个半时辰，想必沈大人也是口干舌燥了，坐下陪本王喝杯茶吧。"

"多谢王爷。"沈惊鸿鞠了一躬，这才在刘衍对面坐下。

沈惊鸿微笑道："王爷传下官来有何吩咐？"

刘衍欣赏地扫了沈惊鸿一眼，徐徐道："沈大人是个聪明人，自然该明白一个道理，欲速则不达。废止恩荫制，牵连太广，想要一举根除，凭你我二人之力是不可能的。"

沈惊鸿似乎对刘衍的这番话早有预料，面上并无意外之色："王爷此言，应该是有了决断。"

刘衍淡淡一笑："你说动陛下废止恩荫制，理由不过是为陛下培植势力。世家世代蒙恩荫制之便利，势力遍布朝野，树大根深，难以拔除，陛下便要日日受掣肘。你与陛下的心思，本王都清楚，念在你一片忠心，本王愿意助你，只是接下来如何行事，你要听本王号令。"

沈惊鸿神色一动，眼中掠过一丝精光，他俯首道："但凭王爷吩咐。"

风华殿的门窗紧闭，挡住了外面呼啸凛冽的风，但此刻暖意融融的殿内，肃杀之意不逊于寒冬。

殿里站着七八个人，却一片死寂，连呼吸声都难以听闻，每个人面上都覆着一层冰霜，微垂着脑袋，眼中映入一片暗紫，那是议政王的官袍，正沉甸甸地压在他们心上。

紫檀木雕刻的高椅摆在正中，俊美儒雅的青年一袭暗紫官袍，不怒自威，修长的五指捏着厚厚的奏章，好整以暇地看着眼前神色各异的诸人。

"在座诸位都是六部尚书、股肱老臣，一生兢兢业业，鞠躬尽瘁，再有几年便可告老还乡，荣归故里了。"刘衍缓缓地翻开了奏章，众人眼皮跳了跳，不由自主地看了过去，到底是年纪大了，怎么也看不清上面的字，"庄自贤本来明年也该致仕荣退了，他官声不错，也不曾犯过大错，陛下本想给他一个恩典，让他留名青史，不想他行差踏错，晚节不保，株连三族。为了抵罪，庄自贤将这些年的罪证都老实交代了，就是本王也想不到，居然会有这么多人牵涉其中。"

刘衍说着，幽深的目光扫过面前几张苍老的面孔，他勾了勾唇角，笑意却未达眼底："涉案大臣无一不是当朝高官，明面上忠君爱国、廉洁奉公，暗地里却是贪赃枉法、以权谋私！是谁收受贿赂、卖官鬻爵，是谁任人唯亲，无视朝廷法度，又是谁借权力之便，与民争利，强夺良田？"

众人压低了脑袋，不敢辩驳，刘衍的话如冰锥一样扎在心口，令他们瑟瑟发抖。

"这上面写的虽然是大理寺逼问出来的口供，但凭着这份口供，就足以将涉案之人批捕入狱，如此一来，想要拿到实证也非难事。"刘衍冷冷一笑，"几位大人养尊处优久了，恐怕未曾见过虎牢狱的恐怖吧。庄自贤只经受了几日的拷打便全部招了，几位大人觉得自己又能撑住几日？"

工部尚书孙汝自恃与刘衍关系亲近，壮着胆子开口道："议政王此言差矣。罪人庄自贤屈打成招，肆意攀咬，岂能因他的一面之词就折辱朝廷命官？"

刘衍扫了他一眼，冷然道："本王既然这么说，自然是还有别的证据，孙大人若想眼见为实，也无不可。"

孙汝脸色一变，垂下眼噤声，暗自忖度着庄自贤到底知道自己多少事。

庄自贤本事不行，却处事圆滑，人缘不错，朝中大臣大多与他有来往，谁也不敢说自己清清白白毫无错处。看着刘衍手中厚厚的奏章，人人自危，不知自己有多少罪证落入刘衍手中。

"官场陋习由来已久，先帝和光同尘，不予追究，陛下却是疾恶如仇，眼里揉不得沙子。登闻鼓一敲，这件事已经是天下皆知。这份供词一旦上呈，牵涉之人必然会声名扫地，遗臭万年。诸位大人都是当世的大儒，富贵已极，如今求的不过是身后名罢了，难道愿意就此身败名裂，遭人唾骂吗？"

众人冷汗涔涔，被刘衍的一番话说得面如死灰，此时听到刘衍最后一句，仿佛黑夜乍现天光，又看到了一丝希望。

都是在朝中摸爬滚打多年的老狐狸，众人低着头，眼珠一转，心里便悟了几分，却没有说出口，只是嘴上试探道："议政王的意思是……"

"陛下登基至今，政令屡屡受阻，废止恩荫制已众议多日，陛下却始终不上廷议，诸位大人难道还不明白陛下的心思吗？"刘衍似笑非笑地看着眼前几只老狐狸，"你们自然是能体察上意，只是跟陛下比起来，自然是自身的利益、家族的利益更为重要。几位大人为朝廷鞠躬尽瘁了一辈子，眼看就要致仕，若是废止了恩荫制，那么在朝中便是人走茶凉，后继无人了。只为这一点，你们便是拼死也不能任由陛下废止恩荫制。本王说得可有错？"

众人勉强干笑，道："恩荫制乃国策，废止之事干系重大，还须三思再行。"

"诸位大人言之有理，本王亦赞同，恩荫制只能改革，不宜废止。"刘衍接了众人的话，说道，"原恩荫制，七品以上皆可荫一子为官，积年下来给朝廷造成了极大的负担，冗官冗政，德不配位。但恩荫制亦有其可取之处，世家子弟诗书传家，文采武艺大多胜过寒门子弟，也为朝廷做出了不少贡献，若一律废除恩荫，对朝廷来说，也是一种损失。"

在场的官员半数以上出自江左世家，听刘衍这么说，都不由自主地点头，脸上神色也缓和了一些。

"因此，本王以为，应对恩荫制做出相应的改革，以适应当下朝廷的需求，使之既能为朝廷输送栋梁之材，又不会造成太大的负担。"

几位尚书俯首道："愿听议政王高见。"

刘衍道："原七品以上官员可荫一子，改为三品以上文官、二品以上武官可荫一子入国子监。"

在场众人都是一品高官，这项改革对他们来说并无影响，因此众人脸色未变。

又听刘衍道："蒙荫之人，可免乡试，授举人身份，入国子监就读三年，参与会试和殿试考核，由陛下亲自选派任官。"

也就是说，还是要参加科举考试！

众人脸色都有些难看，刘衍却视若无睹，徐徐说道："三品以上的官员，家学渊源，想必考过会试也非难事。更何况恩荫制改革之后，科举取士名额便会扩增，对官家子弟来说，只要考过了会试，殿试面圣便是十拿九稳。无论是恩荫制还是科举制，目的都是为国选才，而不是养着废物。若无真才实学，还是早日回家得好，免得祸国殃民，害人害己。"

见众人仍有疑虑，刘衍轻笑一声，道："诸位似乎有所误会，本王并非在与你们商量，这，是威胁。"刘衍一手执起奏章，吸引了所有人的目光，"身败名裂还是顺时应势，诸位都是聪明人，这也不是一个多难的选择。"

那道厚厚的奏章似有万钧之重，压在众人心上。一边是荆棘丛生，万丈悬崖，另一边不过是泥泞了点儿，到底是条活路。刘衍说的选择，对他们来说根本是无从选择。他将威胁摆在明面上，左手是罪证，右手是御赐宝剑，身后还有二十万精锐雄兵，这就是他从容不迫的底气。

刘衍看着众人的脸色，微微笑了："诸位大人都是俊杰，看来已经做出选择了。这封奏章，不会呈到御前，也不会公之于众。"

他将奏章放在火炉上，火舌一卷，点燃了一角，火光骤然明亮了许多，映在一双双叵测的混浊眼里。

"议政王能确保此事不外泄、陛下不彻查吗？"有人沉声问道。

五指松开，白纸被火苗一卷，黑字熔进火中，红光映亮了刘衍漆黑含笑的双眸。他抬起头看向众人，徐徐说道："本王知道你们心中有怨有疑，但此事，你们只能这么选，也只能这么信了。"

刘衍从椅子上站了起来，一袭暗紫色的官袍威压沉重，让人不敢直视。这个看似温和的青年，总是面含微笑，常常让人忘记他的身份——他是陈国的战神、北凉的魔神，他从来不是什么谦逊有礼的君子，只是很少露出他锋利的爪牙。

"本王是个军人，更习惯以军人的方式处置人和事，有错就罚，死罪必斩，可惜，朝堂之上的事不能尽如人意。"刘衍似笑非笑地叹了口气，看着几位如临大敌的老臣，轻声道，"所以本王愿意说话的时候，你们也不希望本王动刀，是不是？"

他若想，只需要二十万兵马，顷刻间便能颠覆了这朝堂，就算是百年的世家，也敌不过铁蹄南下。

可是他不愿意。

兴，百姓苦；亡，百姓苦。

年少时的锐气被磨去了不少，他觉得自己似乎更加容易心软了，也不知是受了谁的影响……

能用和谈解决，他便不愿意再造杀戮。

而他愿意给脸的时候，这些人最好也要点儿脸。

恩荫制之争足足持续了一旬才落下定论。

早朝上召开廷议，众大臣就恩荫制之变革再度上陈奏章。这一回没有了硝烟与雄辩，所有人都默契地低下了脑袋，在议政王陈述恩荫制的变革条例之后随声附议。

刘琛看着底下乖顺服帖的一众大臣，压抑不住心底的冷笑。这些人终究只能被利益驱动，没有真正忠君爱国的心啊……

朝中许多官员虽然不满，但早都被按压住了，只能苦着一张脸低头弯腰，不敢再质疑。

沈惊鸿随后出列，俯首道："启禀陛下，吏部考功司重新对地方官进行慎重复核，重订考绩结果。有二百六十七人考绩不合格，应予以罢免；一百一十六人考绩为中下，应遭贬黜。"

名单被送到刘琛手中，近四百人的名单是极厚的一本。刘琛扫了几眼，便收回了目光。

"这些人按陈国律例查办，空缺之位由这几年来的进士和举人补上。吏部草拟名单，三日后上呈风华殿众议。"

吏部尚书一怔，迟疑地俯首道："臣遵旨。"

这是地方上的一次大换血，在早知恩荫制变革势在必行之后，众大臣都在暗自琢磨着如何安插自己的人手，这时听刘琛说要用这几年来的进士和举人补缺，面上都愣了一下。

户部尚书周次山出列道："陛下，臣以为近年来的进士与举人欠缺经验，还是选用老练之士方显稳妥。"

刘琛似笑非笑地看了周次山一眼，眼中冷意更甚，缓缓道："周大人此言也有理，诸位心中若有觉得合适的人选，也可以一并举荐。"

这些大臣心中谋算的自然是五品以上的实缺，见刘琛轻易地同意了周次山的意见，都是心中暗喜，还以为刘琛是看在太后的面子上应允了周次山的建议，却不知他们心中想要安插的自己人，在这一刻都被刘琛打入冷宫了。

举荐是他们的事，但用不用是他的事。

众人心中正筹谋着，只见沈惊鸿后退半步，撩起下摆跪了下来，将官帽摘下放在地上，朗声道："微臣有罪，请陛下责罚。"

刘琛一惊，下意识地站起来看向沈惊鸿，道："你这是做什么？"

沈惊鸿磕了头方才起身，直起背脊道："此次吏部考绩，微臣蒙陛下看重，委以重任，主持考功司一应事务，若非出了庄文峰之事，让陛下察觉疏漏，此番便会有三百多人蒙混过关，为害百姓。此事罪在微臣失察，有负圣恩。"

刘琛叹道："你如今已是将功折罪了。"

沈惊鸿摇头道："是陛下圣明，臣不敢居功，还请陛下降罪责罚，革去臣吏部侍郎一职，以儆效尤，微臣甘愿领罚。"

刘衍眼神晦暗地扫过伏在地上的沈惊鸿，一转头，便看到刘琛游移不定的眼神。

"陛下，沈大人言之有理，有错不罚，难以服众。沈大人终究年轻，难以胜任吏部侍郎之职。"刘衍声音沉稳、淳厚。刘琛看到他的眼睛，心中蓦然安定下来。

刘琛虽然觉得沈惊鸿有功无过，但沈惊鸿既然自请责罚，而刘衍也附和，那必定是有原因的。

刘琛只能无奈地点头，道："既然如此，便革去沈惊鸿吏部侍郎一职，罚俸半年。"

沈惊鸿此次一力主张废止恩荫制，几乎得罪了朝中过半大臣，不知多少人想要寻他的错处整死他，万万没想到，沈惊鸿居然携大功而自请责罚，非但没有升官，反而被革职罚俸，让准备了一肚子弹劾之词的大臣目瞪口呆，一拳打在棉花上。

再看转身离去的那个人，背影洒脱，一身轻松，哪里有半点儿戴罪之身的愁闷？

沈惊鸿既被革去了吏部侍郎一职，地位便一落千丈，但伺候他的人看他的眼神不改之前的敬畏，甚至多了几分敬重，尤其是宫女太监们，说起沈惊鸿更是满心钦佩。恩荫制于他们没有一丝益处，废止恩荫制自然也没有伤到他们的利益，而沈惊鸿这种不畏强权、秉公直言的壮举无疑到了这些下层人士的拥戴和敬仰。可惜好人没好报，居然被革职罚俸，众人私底下悄声议论，都为他鸣不平。

朝野上下明里暗里都在议论沈惊鸿，而身在旋涡中心的当事人却一副云淡风轻、怡然自得的模样。沈惊鸿被革去了吏部侍郎一职，刘琛还是不忍心，给他保留了翰林院的清闲官职，有天子经筵的身份在，旁人还是不敢看轻了他。沈惊鸿每三日去御书房给刘琛讲学一次，其余时间便在家治学，日子反而过得比之前惬意了许多。

但在百姓看来，沈大人不过是苦中作乐罢了。他身居陋室，两袖清风，这样的清贫生活哪里配得上他的才华和功绩？入冬后，一日冷过一日，沈惊鸿的家中却连取暖的木炭也没有添置，到了夜里只有一盏油灯幽幽燃着，非但不能带来一丝暖意，且只能照亮方寸之地。

沈惊鸿看着那豆大的烛火，想着看书也是伤眼，索性取了琴来，闭着眼睛悠然抚琴。

月华凉如水，冬雪细如盐。

修长十指置于弦上，一拨一捻，琴音如珠玉满盘，泠泠脆脆。

操琴者一袭白衣，闭目微笑，风神疏朗宛如仙人，仿佛不是置身陋室之中，而是身在广寒仙宫。

啪——

弦断，知音来。

沈惊鸿睁开眼，缓缓抬起头看向门口。

"外面风大，进来吧。"他温声说道。

门口站着一个身披黑色斗篷的纤瘦身影，面容隐没在阴影中，听了沈惊鸿的话，那身影才恍然回过神来一般，抬脚跨过门槛，反手将门关上。

没有了月光照耀，屋里陡然暗了许多。

一双纤纤素手自斗篷中探出，摘下了兜帽，露出一张娴静柔美的脸庞。柔嘉公主幽深的目光落在沈惊鸿面上，不见平日里的温和笑意。

"你为何辞官？"柔嘉公主声音里透着些许风雪般的冷意。

"是定王的安排，也是我所求。"沈惊鸿自琴后起身，徐徐走到桌边，剪了下灯花。火光亮了许多，他缓缓说道，"我这次动作太大，锋芒尽露，满朝皆敌，唯有先退才能谋进。"

沈惊鸿从未想过能够成功废止恩荫制，他先进两步，最后双方各退一步，看似互相妥协，实际上他已经实现了原本的意图。借此举培植势力、招揽人心，对付世家的手段在后面。

"你离开了吏部，便再难进去了，明年年初的京察之事，也难以插手。"柔嘉公主秀眉微敛，似乎并不认同他的做法。

沈惊鸿轻轻摇头："我纵使留在吏部，明年京察之事，他们也断不可能再交给我。吏部尚书恨我入骨，我在吏部寸步难行，他们一心要挑我的错处，置我于死地。如今我多做多错，唯有什么都不做才能让他们挑不出错。"

柔嘉公主皱眉不语，沈惊鸿说的这番话，她心中不是没有想过："如今局面正好，你却不在朝中，未免可惜了。"

沈惊鸿笑道："公主莫不是忘了，我还身兼天子经筵，三日可有一次面圣的机会。在不在朝堂之上并不重要，重要的是在不在陛下心里。如今我立了大功，陛下为了平息众怒，不得不罚我，他心中对我既感激又愧疚，我若有所求，他必无不允。"

柔嘉公主面上露出了悟之色，唇角微微翘起："原来你图谋在此……这样一来，倒是对我们更有利。"说着从怀中取出一个信封，放到桌上，"这里面有份名单，是我们的人。你想办法劝说刘琛，把这些人安插到合适的位置。"

沈惊鸿打开信封一览，听着柔嘉公主说："朝堂之上，世家掌控了半壁江山，唯有废止恩荫制才能将我们的势力逐步安插进去。如今你树敌太多，不方便再出面谏议，背后向刘琛举荐一样能达到我们的目的。"

沈惊鸿一眼看完，便将人名都记在心里，随手便将名单点燃烧毁。幽幽火光映着他俊美的脸庞，漆黑的瞳孔中闪烁着红色的光芒。

柔嘉公主看着沈惊鸿的面容，不禁微微失神，阴影中的他与方才月色中抚琴的他合而为一，他本可以是世上谪仙，但是她逼着他入了魔。

"公主为何这般看我？"沈惊鸿凤眼含笑，看着柔嘉公主。

柔嘉公主移开了眼，淡漠道："我……担心你忘了那些名字。"

她知道他不会忘，他也知道她知道，所以这句话就是欲盖弥彰的假话。

她对他撒了谎，他却笑了。

沈惊鸿的笑发自内心，他徐徐走到柔嘉公主身前："公主眼中有忧色，是在担心我？"

柔嘉公主抬起头回视沈惊鸿，口是心非道："不错，我是担心。沈惊鸿，刘琛对你如此看重，你若是尽心辅佐他，必能成就一段明君良臣的佳话——"

"那公主呢？"沈惊鸿轻声打断了她，"公主的一生所求呢？难道公主放弃至尊之位了？"

"不，我不会放弃……"柔嘉公主摇头道。

"公主……"沈惊鸿轻轻叹息，"我只会是您的臣。"

"刘琛亦待你不薄……"

一只手轻轻抚上她眉心的细纹，她身子一僵，忘了喝止他。沈惊鸿的指尖描绘过她浅色的黛眉，掠过她泛着忧色和紧张的眼角，最后落在她单薄的肩上。

"世人不过爱我惊才绝艳、光芒四射的模样，可只有一人曾在我深陷泥中时向我伸出了手。"沈惊鸿弯下颈，抵着她微凉的额头说，声音很轻，情意却很重，压得柔嘉公主动弹不得，任由他轻轻揽入怀中。

"公主别怕，我总在你身后。"

❖❖❖

庄文峰的死就像入冬的第一场雪，真正的严寒还在其后。整整一个冬天，官员们先是为恩荫制的改革争论不休，待改革定下来后又要为补缺官的人选每日争吵。每天早朝比东、西二市还要热闹，饱读诗书的鸿儒博士讨价还价起来，和市井妇人相差无几。

慕灼华每日耷拉着眼皮听大人们争吵，掐得手背发红才能忍住自己的睡意，再抬眼看到刘衍始终挺直的背脊，不禁心生一丝钦佩。

当然最羡慕的还是沈惊鸿，说走就走，不带走一片云彩，却留下了一堆烂摊子，让别人给他收拾。

慕灼华心里清楚得很，是谁在背后给了刘琛一份名单，让满朝文武为此争论不休，他倒好，躲在刘琛背后坐享其成。

这样的争吵一直持续到除夕，不过贵人们有贵人的胸襟，骂完之后还是要给对方拜个早年的。

官员们过年有七日的长假，这点儿时间想要回家祭祖显然是不够的，只有为官满三年的才能有三十日的假期回去。像慕灼华这种外地来的官员，大多是孤孤单单地独自留在京中过节，若愿意花点儿银子，小秦宫的姑娘们便能给你带来家人般的温暖。

宋濂锡与慕灼华走得近，两人关系向来不错。他成婚数年，家中有娇妻爱子，十分幸福美满，见慕灼华形单影只，便善意地邀请她来家中共度佳节。慕灼华含着笑谢过，却还是婉拒了。

"多谢濂锡兄美意，不过我并非孤单一人，家中还有一个小妹在等我呢。"慕灼华眉眼弯弯地说道，"我答应了她，今年除夕亲自下厨给她做一顿好吃的。"

宋濂锡听慕灼华说起过家里有个小婢女情同姐妹，见她确无孤单寥落之色，便也不再盛情邀请了，只是说着春节若有闲暇可以互相走动。

这日官员们也都比较早地回了家，慕灼华将户部的卷宗整理完，最后一个落钥离开。

到处挂着红灯笼，贴了福字，春节的气息十分浓郁了。慕灼华仰头看着灿烂的颜色，脚下也轻快了不少。

这是第二个在外过的年。去年此时，她和郭巨力还在逃婚北上的路途中，挥着鞭子赶着小驴车，在一个简陋的小客栈下榻。为了省钱，两人住的是一间漏风的下房。客栈的厨艺实在敷衍，她便借了厨房，用简单的食材做出极致的美味，过了一个看似凄凉却十分自在安心的除夕。

今年此时，已经比她想象中的好了许多了。她和郭巨力终于有了属于自己的家，虽然不大，却让人十分安心，不用与别人争抢，也不用做戏装傻。今早出门的时候，她还让郭巨力去东市买了最好的食材，答应晚上给她做一顿最丰盛的大餐。

慕灼华想着便忍不住唇角微翘，脚步轻快地走出了宫门。她沉浸在自己的思绪中，一时竟没有察觉身后有人靠近，直到一只手抓住她的手臂，将她一把拉住。

"七丫头，真的是你！"一个熟悉的声音喊道。

慕灼华愕然转头，看到站在面前的众人，惊讶地开口喊道："父亲……母亲……"

慕荣和岑氏一如既往地盛装打扮，即便如此，也难掩饰二人面上的疲倦和憔悴。此时见到身穿官袍的慕灼华，他们的眼睛都亮了起来，上下打量这个熟悉又陌生的女儿。

早在春闱放榜后不久，进士名单便传到了淮州。春闱放榜时，慕荣听说过今科探花的姓名，但他膝下子女众多，哪里还记得那个失踪许久的小七叫什么名字，更何况又没有州牧上门道喜，他便丝毫没有想过自己的女儿竟会是当今探花郎。岑氏纵然知道小七的名字，却深在内宅，对会试的结果漠不关心。因此半年多来，慕家竟是无一人知道慕七小姐中了探花。

昨日听到这个消息的时候，慕荣仍不敢相信，直到此刻见了她本人，看到她穿着官袍，举止优雅，面容俊秀，才缓缓接受这个惊喜。

岑氏也是在慕灼华露出真容后才意识到这个庶女心机深沉，她担心慕灼华另有所图，会对她造成威胁。知道庄县令想要她后，她是迫不及待地想把慕灼华送走，哪里知道，慕灼华确实另有所图，只是图谋的不是慕家的财产，而是仕途官道，这实在超出了她的想象。

慕灼华知道自己在朝为官之事不可能永远瞒住慕家，但是没想到他们这么快就发现了，还直接到宫门外堵人。慕灼华任由两人打量，过了片刻才微笑着徐徐说道："那日不辞而别，让父亲母亲担心了，是女儿不是，在这儿给您二老赔罪了。"

慕灼华说着鞠了个躬。

岑氏赶紧扶住她的手。慕灼华身着官袍，总给她一种压迫感，让她不敢受对方的礼。随后又想到，她就是当了官又如何，自己始终是她的嫡母，受她敬拜也是理所当然的。

岑氏端起笑容握住慕灼华的手，道："如今看你光宗耀祖，我和你父亲高兴还来不及，哪里会怪罪你？只是担心你孤身在外，没有人照顾。今日便是除夕了，正好我们来接你回家过年。"

慕灼华微微一笑，不动声色地挣脱岑氏的手，没有接她的话茬儿，反问道："二老这时怎么不在江南老家，却来了定京？"

慕荣与岑氏交换了个眼神，这才叹了口气，道："这事，还要从庄县令——就是庄文峰身上说起。"

慕明华敲登闻鼓状告庄文峰，自那日起，刑部并吏部便派了人去淮州调查，惊动了整个淮州官场。庄文峰的账上有一笔数万两银子的灰色收入，还有几百亩兼并的良田，都是伙同淮州几大富商发放印子钱"赚"来的。此事有皇帝盯着，下派之人不敢有任何徇私，只管挖地三尺地查，这一查，难免要查到慕家头上。

这事让慕荣觉得冤死了。他慕家家大业大，哪里看得上与庄县令勾结的那点儿小生意？这事说到底，是岑氏和自己的娘家兄弟做的，借用的却是慕家的名声，一查之下，岑家罪大恶极，慕家也不能幸免。慕家是没有和庄县令有实质性的勾结，但慕家和州牧勾结了啊！

慕家身为江南首富，竞争对手自是不少，多少人巴不得借此机会扳倒慕家，从慕家身上咬下一块肉来。慕荣为此焦头烂额，四处奔走，上下打点，花了数万两银子，却一点儿水花也没见到。

岑氏被慕荣打了一顿，在房中痛哭了几日，便也回过神来。她抓着慕荣的手臂道："老爷，这事惊动了陛下，是定京派人来查的，咱们在下面打点有什么用？解铃还须系铃人，得去定京找人啊！"

慕荣如梦初醒，当即便点齐了人马，和岑氏急匆匆地奔定京而来。

慕荣两日前就到了定京。慕家在定京自然是有分号的，大掌柜收到慕荣的信，早在定京准备好了三进的宅子让他落脚。夫妻俩风尘仆仆到了定京，喝了杯茶，便听大掌柜说起这段日子以来定京发生的大事。

与他们最为相关的一事便是庄县令的侍妾慕氏——那个敲了登闻鼓的忠义女子，刚刚被陛下封赏了一座大宅子，就住在南城。

慕荣在淮州时，只听说庄县令被人告了，却不知道是被他的侍妾告了，而这个侍妾姓慕。他和岑氏惊愕地面面相觑——除了自己的庶女，还能有谁？

慕荣和岑氏当即便去找慕明华。

慕明华也不是过去的慕明华了。过去的她喜欢华贵的衣裳和珠宝首饰，如今她却穿着素色的缎子，梳着妇人的发髻，只在浓密的云鬓处插了一支梅花银簪，手上戴着一对白玉手镯，整个人看着瘦了许多，气色却不错。

她气定神闲地由着岑氏和慕荣骂了一会儿，才慢条斯理地说："父亲母亲可见了外面的牌坊，上面写的是什么字？"

慕荣一怔，他方才走得急，倒没有仔细看。

慕明华朝着皇城方向拱了拱手，微微笑道："那是忠义牌坊，是陛下御赐予我，褒赏我大义灭亲。陛下认为我状告庄文峰是忠义之举，父亲母亲却在这儿辱骂我，说是我害了家里，难道父亲母亲觉得陛下也做错了？"

慕荣冷汗当时便下来了，他指着慕明华的鼻子骂道："你……你胡说什么！我何时说过这话！"

慕明华懒懒地白了他一眼，如今她可是人人敬佩的忠义夫人，有大义傍身，有陛下撑腰，并不怎么把这两人放在眼里。

"若是二老也觉得我没有做错，那便不要在此处喧哗了，免得叫有心人听到，去陛下那里参你们一本。"慕明华不怀好意地笑了笑，"慕家恐怕担不起这样的罪名吧。"

慕明华话里的威胁，两人如何听不出，他们气得怒火烧心，却真不敢对她如何。

岑氏咬着牙赔笑道："你父亲方才一时气急，这才失言了。咱们都是一家人，何必说两家话。如今慕家遇到难处，你在陛下那里说得上话，能不能想想办法帮帮家里？"

慕明华刚才不过是危言耸听恐吓他们，她哪里能在陛下面前说上话。陛下虽然下了封赏，却只是派了个太监来。便是告御状时，她也只是在大殿上远远看了一眼，她当时趴在地上起不来，连陛下的长相都没看清。

"都说士农工商，商贾为末，任你多大家业，也挡不住官场上一场惊涛骇浪啊。"慕明华装模作样地叹了口气。她看着眼前二人，心中冷笑，这男人是她名义上的父亲，却从未给过她半点儿关爱；这女人是她名义上的母亲，却刻薄寡恩。她对慕家并无半分眷恋亲情，自然不会为他们劳心劳力。

"慕家多年经营，想必不至于在朝中没有关系门道，父亲与其在我这儿浪费时间，还不如去找找别人。"

慕荣见状，便明白从慕明华这儿是讨不到好了，他本也不指望一个忠义夫人能帮上多少，但见慕明华态度如此冷漠，心中也是来气，拂袖冷笑道："好好好，果然生女儿最是无用。你既然不当自己是慕家人了，以后也别回慕家！"

慕明华冷眼看着慕荣夫妇含怒离去，心中不屑哂笑，那个慕家，又有谁稀罕回去？她只不过是慕荣一时欢愉的产物，小时候她也对这个父亲心生孺慕，可他又何曾给过她一丝关怀？至于岑氏，和她没有血缘之亲，便不能指望她对自己这个庶女有多少关爱。于慕家而言，庶女只不过是件工具罢了，好吃好喝地养大，只为与他人结为姻亲时卖个好价钱，谋取利益罢了。

过去他们与她谈利益，如今又何必来谈亲情？简直可笑！

慕灼华听慕荣和岑氏口口声声指责慕明华不念亲情，心中颇觉无语。这事别说慕明华确实无能为力，就是有办法，她也断不可能为了慕家的事去奔走。

慕荣此刻话里作践慕明华，不过是激着慕灼华相助罢了。

岑氏抓着慕灼华的手恳切道："灼华，你和明华不同，你知书达理，又得陛下看重，于情于理，此事你是非帮不可的，否则咱们慕家恐怕要遭大难了！"

慕荣也是眉头紧锁，这些年来酒色将他掏空，加上这段时间他经受了太多，更加难以承受风浪，此时他比离家时老了五岁不止。"听闻你是今年殿试探花，深得陛下器重，不但是户部郎中，还能给陛下讲学，你可有法子帮慕家摆脱当前的困境？"

慕灼华叹了口气，道："父亲、母亲，我虽有心，却也无能为力。这事是陛下亲自盯着的，陛下要肃清吏治，整顿官场，此番吏部考绩有近四百官员遭到罢免和贬黜，可见陛下是动了真格！在这风口浪尖，我若因私废公、徇私枉法，让人抓了把柄，非但我官位不保，慕家也要因此罪上加罪啊！"

岑氏苦着脸道："这……并非让你徇私枉法。既然你在陛下那里有几分面子，便向陛下求求情，陛下开了恩，便不算是你的过错。"

慕灼华笑容冷了下来，道："母亲，你这话说得便不对了，你不让我徇私枉法，却让我以私情向陛下求情，让陛下徇私枉法，把罪过推到陛下身上，这可是欺君砍头的大罪啊！"

岑氏被慕灼华唬得双腿一软，无措地摆手道："我不是这个意思……我怎么会把罪过推给陛下呢……"

她再厉害，也不过是在内宅作威作福，哪里见过这阵仗。

慕荣背着手，沉着脸道："这也不行，那也不行……"他眯着眼看向慕灼华，冷笑了一声，"不过都是你的推托之词。你是我的女儿，你也姓慕，慕家遭殃了，你也不可能好过！"

慕灼华淡淡道："自古忠孝难两全，还请父亲原谅女儿不孝了。"

慕荣见慕灼华撕破了脸，气得直哆嗦："你……你就当真见死不救？"

慕灼华无奈地摊了摊手："父亲，非是我见死不救。一来，慕家罪不至死，不过是花钱消灾，老老实实认了罪名便了。二来，我只是一个户部郎中，确实帮不上什么忙，还请父亲谅解。"

慕荣冷笑着，连说了三声"好"。

"一个两个，都是这般无情无义！"慕荣瞪了岑氏一眼，"你教出来的好女儿！"

岑氏唯唯诺诺，任由他骂，不敢回嘴。

慕荣怒气冲冲地瞪着慕灼华道："我知道，你觉得自己如今当了官了，便可以不听我的话，你就是当上了丞相，那也是我的女儿，你也还姓慕！你先前违抗父母之命，拒婚离家，那是目无尊长、忤逆不孝！这事就算放到陛下跟前去说，也是你失了道理！任你有多大本事，得陛下看重，在我陈国，一个品行不端、忤逆不孝之人就不配为官！"

慕荣本想着慕灼华能高中探花，入朝为官，于慕家而言是大喜之事，他在朝中虽有些人脉，但那些用金钱攀交的关系哪里比得上骨肉至亲？更难得的是慕灼华还得陛下看重，能直达圣听，这让她在圣前说几句话算不上难事。慕荣根本没想过慕灼华会推托，他一生富贵，顺风顺水，何曾看过人脸色？如今局面变了，往日与他交好的都躲着他，定京里的那些贵人一年收了他多少好处，现在闭门不见，就连自己的亲生女儿，一个两个的也都冷漠、绝情。慕荣积攒了许久的怒气一下子便爆发出来，他咬牙切齿地瞪着慕灼华，气得手抖："你身上流的是慕家人的血，自小到大，供你吃喝，让你读书，你学了一肚子的圣贤文章，就学出这么个忘恩负义的德行？"

慕灼华眉头微微一皱，看着慕荣气得一阵红一阵白的脸色，说道："父亲这意思，我若是不想尽办法为慕家洗脱罪名，你便要去御史台告我不孝了？"

慕荣冷笑道："你大可试试。"

慕灼华轻笑一声："想必父亲忘了，我逃婚，是因为母亲想将我许给庄文峰为妾，而庄文峰如今已经获罪伏诛，八妹妹告状有功，我逃婚又有什么错？父亲去御史台参我，不过是将慕家与庄文峰勾结的罪名坐实了。我逃婚若是不孝，那卖儿鬻女、勾结贪官便无罪了吗？父亲若想试试，便大可试试！"

"你大胆！"慕荣子女无数，可从未有一人敢这样放肆地和他说话，当下气得抓住慕灼华的手腕，另一只手扬起来要打慕灼华，然而手臂还未落下，便一阵剧痛袭来。慕荣发出一声惨叫，两只手臂以极其不自然的姿势垂落下来。

慕灼华吓了一跳，后退半步，撞进了一个结实的怀抱。熟悉的香味传来，她轻轻一颤，避开了少许，转身看向来人。

慕荣疼得五官扭曲，跪坐在地，豆大的汗珠滴落下来。岑氏吓得脸色发白，跪在慕荣身旁颤声喊道："老爷……老爷，你怎么了？"

慕灼华没有理会身后惨叫的两人，她压低了脑袋行了个礼，沉声道："参见王爷！"

这四个字清晰地传入慕荣和岑氏耳中，两人双双一震，惊恐地看着突然出现的男人。他身材高大修长，背光而立，暗紫色的官袍镶上了金边，散发出无形的威压。他眼神冷峻地睥睨着下跪之人，透出一股杀意。

是定京里的王爷——除了那位，还能有谁？

慕荣顾不得疼痛，立刻俯首叩头，喊道："草民慕荣参见王爷！"

岑氏也立刻战战兢兢地跟着行了礼。

空气仿佛凝滞了，风声却更加肃杀。慕荣只觉得一身冷汗，又冷得不由自主地发颤。不知跪了多久，才听到头顶上传来冰冷的声音。

"方才本王见到有人折辱朝廷命官。"

慕荣颤声道："草……草民不敢……"

刘衍冷笑了一声，道："那你的手臂想必也是被风吹折的。"

慕荣牙齿磕磕碰碰地说："是……是风吹的……"

刘衍脚步轻移，仿佛重重地在慕荣心上踩了一脚，他整个人都哆嗦起来，只怕随时有把刀落下来砍了自己的脑袋。

慕灼华的情况也没有比慕荣好上多少，眼前的刘衍太过陌生，那种浴血而来的杀意让她不由自主地浑身紧绷，连呼吸都不敢用力。此时此刻，她才恍惚明白为何北凉人视他为魔神，传言中，他孤傲如狼，残忍如虎，初见他时那一身的伤痕便是他的勋章，有多少人在他身上留下了伤疤，而他又曾经割下过多少头颅……只是因为身中奇毒，他才修身养性，收敛了侵略性，而她竟真的将他当成了温驯的羊……

似乎是感受到了她的僵硬和恐惧，刘衍来到她身侧，广袖下修长的手轻轻握住她绵软的小手。慕灼华一僵，下意识地想往回抽，却被他握得更紧。

慕荣夫妇的脑袋都压得低低的，没有看到广袖遮掩下交握的十指。

刘衍当着慕氏夫妇的面，轻轻托起慕灼华的手腕，目光落在腕上的红痕处，眼中冷意更重了几分。

"朝廷命官，自当以国事为重，忠君为先。慕大人行事无过，纵然你是她生身之父，也不能肆意折辱。更何况你以孝顺的名义要挟她欺君，这罪名恐怕非但你慕荣担不起，就是慕家九族也担不起！"

慕荣浑身发冷，不要命地重重磕头，连声道："草民知罪！草民知罪！"

岑氏吓得手脚发软，连磕头认罪的力气也没有了，整个人瘫软在地，瑟瑟发抖。

刘衍冷冷扫了两人一眼，道："宫门之外，非闲杂人等久留之地，不要让本王再看到你们。"

听了这话，慕荣如蒙大赦，狂喜道："谢王爷不杀之恩！"

两人也不敢抬头，就这样互相搀扶着起来，落荒而逃。

巷子里便只剩下了他和她。

刘衍温热的指腹按着慕灼华被掐红的手腕，温声道："还疼吗？"

方才那股肃杀寒意瞬间消失无踪，只余下阵阵暖意。

慕灼华想抽回手却没得逞，刘衍一手握住她的掌心，另一只手扣着她的手腕轻轻揉捏着，伤处虽有红印子，其实并不怎么疼，只是她皮肤娇嫩，稍微用力便会留下痕迹。

"刚才……吓到你了？"刘衍看着她还有些发白的脸色，柔声问道。

他在宫中听紫衣卫说有两个衣着华贵的中年人拦住了慕灼华，似乎与慕灼华相熟，他放心不下，刚过来便看到慕荣抓着慕灼华作势要打那一幕。他没有多想，拽下袖口的两粒宝石掷出，打折了慕荣的两只手臂。

出手时他尚不知那人是慕灼华的生父，走到了近处，听他自报名讳才知道。他曾经调查过慕灼华的身世，知道慕荣子女众多，嫡母刻薄，她在慕家不受宠，想不到她如今入朝为官，慕荣仍敢对她任意打骂。

慕灼华脑子有些蒙，一时没明白这句话的主语是谁，还以为他是在问她有没有被慕荣吓到，立刻便答道："没……没有……多谢王爷相救。"

声音低低软软的，还有些颤音。

刘衍心知她是误会了，他低着头慢条斯理地揉着她纤细的手腕，明明是十足温柔的举动，她却紧张得连指尖都绷得紧紧的，仿佛是落在虎口的兔子，害怕被他一口吃掉。

刘衍哭笑不得，声音又软了三分："我是说，你不用怕我。"

"啊？"慕灼华惊了一下，迟钝地动了动嘴唇，支支吾吾道，"王爷是好人，下官不……不怕……"

"好人？"刘衍像是听到了什么笑话，轻笑出声，摇了摇头自嘲道，"北凉人都说我喋血残忍，陈国人说我擅权专制，唯有你说我是好人。"

"那不过是立场不同。"慕灼华为他辩解开脱，"王爷忠君爱国，那不过都是敌人与小人的诋毁。"

刘衍凝视着慕灼华澄澈的双眼，露出一丝温煦的笑意："那你刚才为何怕得发抖？"

慕灼华呼吸一窒，眼神闪烁游移，不敢看刘衍。

"下官不是怕，是敬畏……"

刘衍见她诚惶诚恐还要哄自己开心，不禁又是心软又是想笑，握着她温软的小手舍不得松开。

"你说得对，旁人谤讥，只是因为立场不同，所以一个人不能以好坏来形容。"刘衍轻轻捏了下她看似纤瘦却有些软肉的掌心，悠悠说道，"我不是一个好人，我只对你一个人好。"

慕灼华小手一抖，白净的脸蛋唰的一下烧了起来。

这这这……皇城根，他就这样肆无忌惮地抓着人家的手轻薄——果然不是个好人！

慕灼华眼眶都湿了，刚才被慕荣气到了，被刘衍吓到了，这会儿惊魂未定又被撩到了，她向来口齿伶俐，却也有说不出话的时刻。别人对她虚情假意，她自然可以毫无心理障碍地口蜜腹剑，但别人若真心以对，她又有什么真心来还？

慕灼华抿着唇，眼角湿湿的，脸上表情如霓虹一般变幻莫测，尽数落在刘衍眼中。她心虚地瞟了一眼刘衍身后，结结巴巴道："王爷……光……光天化日，您这样抓着下官的手，不太……合适吧……一……一会儿有人来了……"

刘衍含笑道："我只是见你受了伤，好心为你按两下，又有什么见不得人的？"

她手腕上被慕荣抓出了半圈的红印，刘衍却将她整只手都握在掌心，她身为大夫，自然知道什么样的手法叫按摩、什么样的手法叫轻薄。刘衍这手法就是假公济私的轻薄！

慕灼华眼圈都红了，哀怨地瞥了他一眼，一副敢怒不敢言的可怜模样，却不知道自己这副委屈的模样落在有心人的眼里是怎样勾人。她明明穿着一身庄严的官袍，却露出一副受了欺辱的可怜样，让人更想剥开她端庄正经的外壳，看她露出娇俏动人的真面目。

刘衍觉得自己错了，他并非只想对她好，他也想对她坏一点儿。

可惜现在实在不是一个好时机，他压下心头邪恶的欲念，执起她的手在手背上印下一个吻。

"方才他打你，你为何不躲？"他轻轻问道。

光天化日之下被他这样堵在巷子里轻薄，慕灼华觉得自己腿都软了，连回答的声音都绵软无力："他……他是父亲，父打子事小，子不敬、反抗便是大事了。"

其实她只是没想到，记忆中的父亲风流潇洒，从未遇到过什么难事，也从未见过他皱一下眉头，今日却发了这么大的火。更想象不到的是，他竟对她动手，恐怕他多日来受挫不少，那些达官贵人他得罪不起，便把怒气都发泄在女儿身上了。在他看来，父权在上，打骂自己的女儿根本算不上事。纵使她飞黄腾达，也改变不了是他女儿这个事实。

刘衍闻言皱了下眉头，沉声道："在我这儿，你受辱才是大事。"

慕灼华一怔，抬起头看向刘衍，本该澄澈的杏眼雾蒙蒙的，像林间迷失方向的小鹿，看得刘衍整颗心都软了。他低低叹了一声，将她整个人圈进怀里，她娇娇小小的，刚好填满他的胸怀。他微低下头便闻到她颈间带着一丝馨香，端庄自持又能说会道的慕大人此刻在他怀里一言不发，柔顺乖巧，像只被驯服了的小猫。

他轻轻亲了下她的鬓角，柔声道："灼华，你并不是没人心疼。"

她垂在身侧的双手颤了一下，像被无形的力量牵引着，缓缓攥住他的衣角。一股暖流涌进心口，填满了心口的空虚，又从那双本已湿润的眼中漫了出来。她坚强了许多年，即便在阿娘过世、被人欺负无视、天天饿着肚子的那些日子里，她也不曾流过眼泪。小孩子就是这样的，摔倒了，若有人哄，才会流泪，若没人在意、心疼，那便自己吹吹伤口，爬起来再走。她就是这样独自一个人走了许多年。便是在巨力面前，她也不会流泪，因为巨力才是孩子，而她是一个大人，是巨力的依靠，大人是不会在孩子面前露出自己软弱的一面的。

这突如其来的委屈不过是因为许多年来她第一次有了被人心疼的感觉，她跌倒了很多次，终于有人看到她的伤口了。他扶她起来，给她一个拥抱，那便足够了。

她将脸埋在他胸前，暗紫色的官袍悄然湿了一块，他没有听到她的哭声，只感受到肩膀微微的颤动。刘衍垂下眼，心口一阵钝痛，只好将她抱得更紧。

不知过了多久，才听到她哑着声音说："王爷……下官该走了。"

他松开双臂，看她后退了半步，离开他的怀抱，杏眼微微红肿，显然是哭过了。她有些难为情地低下头，局促地攥着自己的袖口，声音又软又哑："巨力在等我呢……"

刘衍莫名就心酸了，一股醋意涌了上来，自己百忙中奔来为她解围，悉心安抚她的情绪，让她在自己怀里哭了一番，她把人用完了，挥一挥衣袖说，有旁的人在等她。

刘衍笑了一声，自怜自艾道："是了，你还有人等着，我却形单影只。"

慕灼华古怪地瞅了他一眼："王爷和陛下叔侄情深，今夜除夕，自然是要陪着陛下在宫里用家宴。"

刘衍一笑，忽地向她伸出手，撩起她耳畔垂落的一缕碎发别在耳后，声音低沉："你知道的，我想陪着的人是谁。"

慕灼华僵了一下，转开眼，不敢承受刘衍眼中的深情。

"王……王爷……"慕灼华僵硬地行了个礼，"若无他事，下官便告退了……"

见刘衍点了头，慕灼华这才匆忙地转过身，刚抬脚便又听到身后传来刘衍的声音。

"灼华，今夜跨年之时，灯火长明到天光，你愿意等我吗？"

慕灼华呼吸一窒，没有回答，几乎是落荒而逃。

刘衍的目光一直追随着她，直到她的身影消失在转角，他才敛起眼底温暖的笑意。再一抬眼，墨玉般的双眸只余风雪的寒意："继续保护她，把慕荣这几日的行踪查清楚。"

阴影中传来紫衣卫的声音："属下领命。"

第十九章·女之耻兮

> 你喜欢我，我便陪着你；你不嫁，我便不娶。我们就这样过一辈子，可好？

慕灼华步履匆匆地回到家中，站在家门口擦了擦眼睛和脸，收拾好仪表，才进门见郭巨力。

郭巨力正撸着袖子杀鸡，一旁的木盆子里还有两条处理干净的大鱼。见慕灼华回来，她仰起小脸笑得十分灿烂："小姐今日回来得真早，我把鱼和鸡杀了，虾线也抽了，就等着小姐大显身手呢！"

慕灼华没把遇见慕荣的事告诉郭巨力，免得坏了她过年的好心情。她和郭巨力虽然以主仆相称，但她一直把郭巨力当成自己的妹妹甚至是女儿宠着，不愿意拿这些糟心事让她烦忧，因此她藏起了心事，笑容满面道："等我换身衣服就来，今日就做一桌淮州菜给你解解馋。"

慕灼华和郭巨力自小在淮州长大，习惯了淮州菜偏甜的口味。定京的菜更咸一点儿，两人多少有些吃不惯，只得等慕灼华旬休之日偶尔下厨做些家乡菜来慰藉口腹之欲。

慕灼华很快换了身粗布衣服进了厨房，郭巨力在一旁给她打下手。两人配合多年，极有默契，她一抬手，无须说话，无须用眼神，郭巨力就知道她要什么。

油爆虾、松鼠鳜鱼、蜜制小油鸡、七彩鲜贝汤……

一阵阵香味自灶台里飘了出来，郭巨力一边盯着铁锅一边咽口水，眼睛亮亮的，发出猛兽猎食的凶光。

慕灼华忙活了许久，睨了郭巨力一眼，懒懒笑道："笨丫头，还没到吃饭的点儿呢，有几个菜还得小火慢炖，火候够了才好吃，你可别等不及掀开盖子。"

郭巨力用手背擦了擦口水，严肃地说："我才不会呢！"

慕灼华捶了捶自己有些酸痛的胳膊，道："先去沐浴换新衣，再来吃年夜饭吧。"

郭巨力跟着慕灼华出了厨房，殷切地给她捏胳膊："小姐、小姐，沐浴的热水，我早就烧好了，我先伺候你沐浴。"

慕灼华故作嫌恶地推开她的脑门，笑道："才不要呢，你一身鱼腥味，自个儿洗干净了再来伺候我！"

郭巨力低下头闻了闻自己的前襟，皱起眉头道："好像是有点儿，那我也去换换！"说着便转身跑向自己的房间。

郭巨力的房间在一楼，她一进屋便看到自己的床上摆着一套新衣服。她愣了一下，疑惑地走上前，犹豫着伸出手碰了一下叠放整齐的衣裙。她一看便知，这是锦绣坊时兴的料子，一尺便要几十两，再配上最好的绣工，这样一套下来便是上百两银子，就是寻常富贵人家也舍不得买这么贵的衣服。

郭巨力以为这是慕灼华的衣服，她怕自己手脏弄臭了，也不敢多碰，转身又跑了出去，冲着楼上慕灼华的窗户喊道："小姐，你的衣服怎么在我的床上啊？"

楼上开了一扇窗户，露出慕灼华噙着笑的秀美脸庞："笨丫头，那是我给你买的新衣啊。"

郭巨力张大了嘴巴，眼眶缓缓红了，半晌说不出话来。慕灼华以为她是感动坏了，心中暗暗得意，只见郭巨力含着哭腔跺脚骂道："你这个败家小姐！快去退了啊！"

慕灼华的笑容僵在嘴角："为什么啊？"

郭巨力鼓着腮帮子生气地说："你才给了八小姐一大笔钱，怎么可以花上百两给我买衣服！"

慕灼华郁闷了，她心想，难怪今天郭巨力没听她的话买鲍参翅肚，原来是心疼她给了慕明华三千两……

她还以为前段时间郭巨力脸色难看是因为练武太累，如今想来才明白，她是因为被掏空了家产而寝食难安。

慕灼华抚额叹道："你还真是持家有道……"

说得她都不好意思了，自己花钱大手大脚的，真是没半点儿忧患意识。可是赚了钱不就是用来花的嘛，巨力给她添置衣服倒是舍得，说小姐出门应酬的都是达官贵人，须得体面，男装女装做了两衣橱，让她给自己做两套吧，她便说自己在家不出门，不需要体面。最终还是慕灼华看不下去，偷偷给她用最好的料子做了一套过年的冬衣，结果没落得一句好，反而把郭巨力的眼泪惹出来了。

郭巨力还待争辩，慕灼华拧起秀眉瞪了她一眼："锦绣坊不给退货，让你穿就穿，再顶嘴，就不给你吃晚饭了！"

郭巨力立刻捂住了自己的嘴巴，眼睛里还闪着泪花，又是埋怨又是委屈。

慕灼华这才露齿一笑，关上了窗户。

除夕夜特别热闹，自天黑后，夜空中的烟火便不曾消停过，此起彼落，火树银花一般灿烂。

郭巨力换上了新衣服，用红绸在头上扎了两个圆髻，跟红灯笼似的十分喜庆。主仆俩都是一身红裙，慕灼华笑话郭巨力像个爆竹，郭巨力笑话慕灼华像根蜡烛。两个人吃了一桌的美味佳肴，蹭着别人家的烟花，过了有生以来最开心的一个除夕。

淮州有个传统习俗，到了除夕夜便要烧草垛。男人们跳过火堆，象征着把厄运留在去年；女人们围着火堆跳舞，祈福新年家宅平安。郭巨力把早早准备好的草垛点燃了，站在火堆旁，张开双臂肆意挥舞，那模样不像跳舞，倒像打拳，逗得慕灼华哈哈大笑。

"笨丫头，祈舞不是这么跳的。"

慕灼华提着裙摆走到她身旁，暖暖的火光照亮了她清丽绝伦的容颜。她弯着柳条般纤细柔软的腰肢，举起双臂，纤纤十指在头顶交会，做出优美的手势，眉眼半合，唇角含笑，随着火焰跳跃的节奏跳出精灵般的舞步，曼妙的身影如月下嫦娥，又如林中精魅，让人移不开眼、收不了心。

即便是郭巨力，也从未见过她这样肆意张扬，可以不用戴着平庸的面具，尽情地展现自己绝美的风采。她哪里是朝堂上那个端庄自持的慕大人，分明是一个柔媚妖娆的狐狸仙，火光不及她耀眼，月色不及她皎洁，可这样的绝色只能在无人时肆意绽放。

"小姐真美！"郭巨力用力地拍手鼓掌，她不擅长读书识字，只能用最质朴的语言表达自己的想法，"比三姨娘还美！"

慕灼华浅浅一笑，收了舞步，仰头看向夜空中的烟火。

"听说阿娘当年一舞倾城，可是美丽的容颜、炽烈的感情都会像烟花一样转瞬即逝。"慕灼华澄澈的双眸映着漫天烟火，如琉璃一般璀璨夺目，"父亲的十八个姨娘，没有一人比阿娘貌美，但她倾城的容貌也未能在他心中留下半点儿影子。"

郭巨力看出了慕灼华的怅然，她走上前去抱住慕灼华："小姐，怎么想起姨娘了？"

慕灼华没有说她今日见到了慕荣。

阿娘是真真切切地爱过父亲的。那时他年少英俊，爱得热烈、疯狂，救她于风尘，满足了她对爱情所有的幻想。她年少逢家变，失去了童年的记忆，只记得沦落风尘的痛苦，是父亲给了她此生唯一的欢愉，也给了她最深的痛楚，给了她希望，也让她绝望。

慕灼华还记得她临死的模样，她已经瘦脱了相，不见了昔日倾国倾城的美貌，无力地躺在床上，双眼仍看向门口。大夫来看了一眼，便让她们准备后事。

那时慕灼华才六岁，她不知道自己的记忆为何会那般鲜明，至今仍然死死地记得阿娘眼中暗淡的光。她用枯瘦的手抓住她的胳膊，颤声说："灼华，你……你去叫你父亲来……我……我想再看他一眼……"

小小的慕灼华跪在床边，死死咬着唇，不让自己的眼泪落下来。

"阿娘，你等我，我这就去！"

她站起身来，想要走，胳膊上的手却抓得更紧了。

"不……不要去！"阿娘用尽力气抓着她，脸上浮现出恐惧的神色，"不能让他看到我如今的样子……我……我要他永远……记得顾一笑最美的模样。"

慕灼华怔怔地看着眼前的女人，觉得她既熟悉又陌生。

她挣扎着从床上坐了起来，喘着气说："灼华，扶我起来……我要梳妆……"

她人小，力气也小，费了老大的劲才将阿娘扶到梳妆台前。阿娘伸出颤抖的手抓起一把木梳，木梳滑过长发，带下了一把枯黄的发。她低下头，颤抖着看着木梳上的头发，许久，她笑着流出了眼泪，肩膀抽搐着。

"他不会来了……他不会来了……"

慕灼华扶住她摇摇欲坠的身子，带着哭腔喊道："我去喊父亲来，我这就去！"

"不要了。"顾一笑抱住慕灼华小小的身子，任着眼泪打湿她的衣衫，她曾经如繁星春水一般动人的双眸此刻如灰烬一般暗淡无光，"灼华，好孩子，阿娘不能陪你了。"

慕灼华喉头滚动，忍着泪意喊了一声："阿娘——"

顾一笑抬起头，用干瘦的指尖描绘女儿稚气秀美的眉眼，那眉眼与她极为相似，却又像慕荣的几分风流多情。她用沙哑的声音缓缓说着："灼华，阿娘这一生极其失败，能留给你的，唯有教训而已……

"总有一日，你会出落得更加美丽动人，但若无自保之力，美貌只会让你成为别人的玩物。

"男人用钱财权势、甜言蜜语来讨你欢心，用他们多余的事物来换你唯一的真心。你……你不要像阿娘一样，傻傻地被骗了。"

她苦笑着，痴痴傻傻、自欺欺人等了那么多年，临到死，终于看明白了。或许，她更早就看明白了，只是不愿意去面对。

"士之耽兮，犹可说也；女之耽兮，不可说也……"

慕灼华怔怔地重复当年阿娘说过的话。

阿娘直到临死那一刻才从那段错误的感情里解脱出来，把她的目光投注到唯一的女儿身上。也是她的那一番话，让慕灼华选择了如今的这条路。

"巨力，阿娘说，千万不要轻易为男人付出真心。"慕灼华垂下眼，看着眼前轻轻摇晃的灯火，眼底火光幽幽亮着，她的声音低不可闻，"可是……我没听她的话……"

郭巨力不知何时睡过去了，她心情好，喝了一些酒，说好与小姐一起守岁，结果却趴在桌上呼呼大睡。慕灼华这一番自言自语，她没有听到，即便听到了，她也不懂。

慕灼华看着睡得香甜的郭巨力，无奈地笑了笑，将瘦小的她抱回房间，帮她盖上被子，这才关好门窗出来。

还有一刻钟便是新的一年了，周围一片安静，仿佛在酝酿一场更加猛烈的雷暴。院子里的火堆早就熄灭了，凉意更甚，她拢了拢领口，刚想回自己屋，又猛然顿足，抬起头看向西边。

墙头上那人一身暗紫色的华服，屈膝坐于高处，修长的五指握着一支翠绿的玉箫，弯弯的月儿坠在他的肩头。他低着头看她，温柔含笑，漆黑的双瞳映着一团红，不知是火还是她。

慕灼华失神间，他已从墙头飞了下来，站在她面前。慕灼华下意识地后退半步，抿了下唇角偷偷看他。

"王……王爷……"她垂下眼不敢看他，心却又不自主地狂跳起来，悬了一夜的心仿佛才落了地，又被人提了起来。

"是在等我吗？"刘衍上前一步，温声问道。

慕灼华抿了抿唇，没有承认，她微微板着脸故作镇定道："今夜是除夕，下官本就打算守岁到天明。"

陈国的人大多有此习惯，要在新春的第一时间燃香祭拜神明，祈求新的一年万事顺意。

刘衍笑着问道："既然如此，为何不见你准备香案供品？"

慕灼华支吾了两声，辩解道："呃，心意到了就行，菩萨大慈大悲，想必是不会跟我计较的。"

听她这么说，刘衍便想起她祝菩萨生辰快乐的那套说法，忍俊不禁，执着玉箫轻轻敲了一下她的脑袋，笑着道："话都被你说完了，究竟谁才是菩萨？"

慕灼华冷不丁被敲了一下，吓了一跳，目光便落在刘衍的玉箫上："王爷怎么带着玉箫来了？"

刘衍解释道："今夜大长公主也进宫了，这是她赐予我的，为了那日别苑我握碎玉箫之事。"

慕灼华有些诧异："那玉箫，你是故意弄断的？"

刘衍一笑："他们有意撮合我和孙姑娘，我却不愿意。灼华，我不愿意的事，没有人能逼我；我愿意的事，也没有人能阻我。"

他幽深的双眸含着笑意与柔情锁住了她。慕灼华呼吸一窒,有些无措地避开了他的凝视。

"今夜家宴,皇姑母旧事重提,我已经和她说明白了,我心有所属,断不会和旁人结亲。"刘衍言辞坚定果断,如千钧之石压在慕灼华心上,"她问我心上人是谁,我没有告诉她名字,只是说,那人不愿意,或许她这一生也不会愿意。"

慕灼华心头轻轻一震,抬起头看向刘衍的眼睛。

他低着头微笑,眼里心里都是她的影子:"她不愿意,却也不能阻止我喜欢,更何况我知道她心里有我,离开我,她并不快乐。"

慕灼华的心口仿佛被他攥住了,酸酸胀胀的,让她难过却又哭不出来。

她不愿意自欺欺人,她知道自己确实对眼前这个男人动了心,她可以用繁忙的公务麻痹自己,让自己醒着的时候不去想他,却阻止不了他夜夜入梦,在自己心里越钻越深,越是远离,就越是想亲近。

刘衍距离她极近,他勾起她的下巴,让她不能回避他的深情:"灼华,那日马车上我说过的话都是认真的。你喜欢我,我便陪着你;你不嫁,我便不娶。我们就这样过一辈子,可好?"

慕灼华神情有些恍惚,疑惑地望着刘衍:"就这样……"

刘衍目光温柔而坚定,声音低缓而深沉,不断地鼓惑她:"对,你可以做你喜欢的事,而我永远在你身旁。

"不是所有的陪伴,都一定要以夫妻的名义。"

慕灼华感觉一扇大门在她眼前缓缓打开,让她看到了不一样的风景。

刘衍在门的那边向她伸手,她不由自主地朝他走去。

就在这时,漫天的烟花在他背后骤然绽开,爆发出震耳欲聋的声音。

刘衍仰头一看,笑了一声:"新的一年了。"

慕灼华仿佛置身梦中,她被刘衍的手臂箍住了腰身,他抱紧了她,运起轻功坐到屋顶上。在这里,没有了遮拦,黑夜中绚丽的盛宴更加清晰耀眼。

屋顶是倾斜的,慕灼华害怕摔下去,便整个人贴在刘衍身上。刘衍将她圈在怀里,笑着抚了抚她的后背:"有我在,不会让你掉下去。"

许是他语气中的自信和坚定安抚了慕灼华不安的心,她终于缓缓放松下来,在刘衍怀中仰起头来,看此起彼落、缤纷不绝的烟花。

不知那年烟波楼上父亲为阿娘燃放的十里烟花有没有今夜这般绚烂。那时,阿娘沉湎于瞬间的繁华,却不曾想过繁华过后的枯寂寒凉。

慕灼华不自觉地打了个寒战,背后那个温暖坚实的怀抱把她箍得更紧了。他的手臂结实有力,沉郁的伽罗香织就了一张细细密密的网,她的理智扑腾着小翅膀，却在他的掌心四处碰壁，找不到出逃的缺口，最后只能放弃挣扎和抵抗，安心地伏在他怀里，静静欣赏这场璀璨的盛宴。

她的眼睛分外澄澈，映着烟火，流光溢彩，宛如琉璃。

天上的烟火固然美丽，但在刘衍看来不及她此刻的万一。她的衣服多是天蓝、淡青，从未见过她穿这么艳丽的色彩，洗去了易容膏的她有一副让所有浓烈都暗淡的倾城色。火红的衣裙衬得她肤色如雪，樱唇丰润娇艳，眉眼更添了三分的妩媚多情，他自认不是肤浅之人，便是被称为北凉第一美人的耶律真在他眼中也不过是红粉骷髅，只有怀里这个人，即便是易容后普普通通的模样，也能让他止不住地心软、心动。

她是一本看不腻的书，甚至看得越多，便越是惊喜。

慕灼华知道有一双眼睛从未看过烟花，一直在看她，她微转过头，便撞进他幽深的双眸中。

"灼华，新年了。"温暖的手掌落在她头上，顺着她柔顺的长发滑落，环住她的肩膀。他微低下头凝视着她的眼睛，一片喧嚣中，他低沉的声音清晰地传入耳中，"我希望……以后每年此时都有我在你身边。"

温软的唇瓣印在她的眉心，她闭上眼，卷翘的睫毛轻颤，连呼吸也放缓了。

外面的烟花、爆竹声很大，却没有盖过此刻的心跳声。

没有得到慕灼华的回应，刘衍并不觉得气馁、遗憾。或者说，没有拒绝便是她最好的回应。

烟花爆竹的声音不知不觉消停了，烟火落到了人间，便亮成了定京夜里千家万户的灯，坐在屋顶上望去，一片星星点点。

刘衍执起玉箫，置于唇边，凤箫声动，如怨如慕，本是沉郁凄清的乐曲，由他奏来，宛如月下仙音、天宫凤鸣，忽而扶摇于九霄，俄顷沉沦于红尘，天上人间都是他。

慕灼华听得痴了，不知箫声何时停下。他贴着她的耳畔说："灼华，这箫声，只为你而鸣。"

大年初一的早晨，郭巨力一如往常地早起，她夜里喝了酒，一觉睡得极香，便是子时的烟火、爆竹声也没能将她吵醒。

慕灼华还在房中睡着，不知道她几时睡的，郭巨力也没有吵醒她，用锅温着粥等她起床喝，这一等便等到了下午。

郭巨力见她眼圈发黑，显然是昨晚没睡好，想着自己说好陪她守岁却失了约，不禁有些心虚。

"小姐，你若是困了便早些睡嘛，往年在慕家，你也不在乎守岁这种事啊……"郭巨力咕哝道。

慕灼华两眼无神地看着铜镜里的自己，形容憔悴，仿佛被妖精榨干了精血……这么一想，心跳不禁又乱了几分。

她揉了揉自己的脸，把脸搓出了一点儿娇粉色，想提起一口气振作起来，但刚要开口便又泄了气。

"小姐，你是不是有心事？"郭巨力用她不太灵光的小脑瓜以己度人地想了想，忐忑地开口问道，"是不是……因为银钱的事？"

慕灼华的思绪被扯了回来。

"才……才不是……"慕灼华无语失笑，支吾了片刻，脸上有些红。

她这副心虚的模样，落在郭巨力眼里便是坐实了自己的猜想。

"小姐，不是我教训你啊，你也该为自己的以后好好打算呀。"郭巨力一边给她梳发髻一边语重心长地说，"咱们这辈子是不嫁人了，但是总该有个自己的宅子啊，总不能一直租房子是不是？我看小姐你很喜欢这个宅子，虽然不大，但咱们两个人住就刚好，离朱雀街近，去上朝也方便，又有个好邻居相互照应着。我前阵子特地跟房东问了下多少钱，他说要五千两呢……小姐之前坑蒙——行医赚的钱差不多是够这个数的，但是给了八小姐三千两，这就差远了……"郭巨力说着沉沉叹了口气，"小姐，我记得你之前说王爷不能人道，想让你给他治，这能赚到三千两吗？"

"咳咳咳咳——"

慕灼华突然扶着桌子剧烈咳了起来，直咳得满脸通红，两眼泛泪。

郭巨力吓了一跳，拍着她的后背，连声问道："小姐，你怎么了？"

慕灼华说不出话来，只能摆手示意自己无妨。郭巨力急忙去倒了杯水来。慕灼华又咳了半晌，才红着脸说："王爷那方面没问题，先前……是我自己误会了。"

郭巨力露出有些遗憾的神色，感觉一张张银票扇着翅膀离她而去了："唉，真是太可惜了。"

慕灼华哭笑不得地抚着额头，只见郭巨力又露出狐疑的神情："小姐……你又是怎么知道的？"

慕灼华脸色一变，无言以对。

郭巨力若有所思地打量慕灼华："难道小姐摸过了？"

"咳咳咳咳……"慕灼华再次咳得满脸通红。

郭巨力扶住慕灼华拍她后背："你咳什么啊，你之前不是也摸过王爷的脉吗？"

慕灼华："……"

慕灼华深呼吸着，试图平复自己的呼吸，额上青筋跳了又跳。她险些被郭巨力的话勾出心疾。她觉得这个话题很危险，只能生硬地转移了话题："咱们还是说说房子的事……这个你也不用担心……"慕灼华手微颤着，拉开抽屉，从里面拿出两张薄薄的纸，递到郭巨力眼前。

郭巨力学问不好，但字还是认识的，她一眼就看到了两个醒目的大字——房契！再看下面另一张纸，也是两个漂亮的字——地契！

她的注意力立刻从王爷的下半身转移到小姐的下半生，她瞪圆了眼睛张大了嘴巴看着房契、地契，半晌说不出话来——这房契、地契上，写的是小姐的名字啊！

慕灼华拿起水杯抿了口，掩饰自己僵硬的唇角。

"这是隔壁那个院子的房契、地契，那座宅子原先是我外祖的，后来他因为云妃难产之事受了牵连获罪，宅子被朝廷收回，辗转落到王爷手中。"慕灼华说着顿了顿，嗓子有些哑，"昨晚……他把这房契、地契给了我，说是物归原主。"

郭巨力手抖，心抖，嘴也抖了，难以置信地看着手上的两张纸，那不是薄薄的纸，是金山银山啊！

她们这个独门独户的小院子便要卖个五千两，隔壁那个别院是这个院子的四倍大不止，还有一个据说价值万金的药池！那……那……那得值多少钱啊！

郭巨力呼吸都粗重起来，小脸通红，两只眼睛里金光闪闪。她缓缓抬起头看向慕灼华，打了个嗝，才说："我这不是做梦吧……"

慕灼华不禁失笑："是真的。"

郭巨力哆哆嗦嗦地捧着那两张纸，似乎怕不小心掉了。她十分郑重地将它们放在桌上，才转头来看慕灼华："小姐……你常说无功不受禄，这么重的礼，你居然收下了……是不是你又瞒着我干了什么大事？"

慕灼华有些心虚地移开眼："倒也没有……王爷说，周太后害了外祖，这是替她赎罪，也是我应得的。"

郭巨力皱着眉头严肃地思索，觉得有些道理，但看慕灼华的神色，她又觉得有些不对劲。她是最了解小姐的人，小姐这眼神闪烁尬笑的模样，分明就是心里有鬼。

郭巨力自知愚钝，但事情关系到她最在乎的小姐，还是铆足了劲开动脑筋去揣测慕灼华的心思。

"小姐，"郭巨力面色凝重地说道，"你方才说，王爷并非不能人道……"

慕灼华虚着眼点点头。

"王爷又平白无故给了你一套价值两三万两的大宅子，你还收下了……"

郭巨力缓缓说着，狐疑地打量慕灼华的神色。

慕灼华捧着水杯当遮掩，老半天没喝进去多少，眼神游移不定。

郭巨力越发肯定自己的猜测，她沉重地吐了口气，叹道："小姐，王爷是不是跟老爷似的，打算金屋藏娇？"

慕灼华含在口中的水猛地喷了出来，溅了郭巨力一头一脸。

"喀喀——你瞎说什么呢！"慕灼华哭笑不得，咳嗽连连，"怎……怎么可能！"

郭巨力抬手擦了擦脸上的水，神情沉痛："王爷对小姐那么好，我再笨也看得出来的啊。小姐一再说不愿意嫁人，万万没想到，是想当王爷的外室……"

慕灼华气得脸红，用力把水杯放在桌上，伸手去掐郭巨力的脸颊："笨丫头，谁说我要当他的外室了？！"

郭巨力被掐住了腮帮子，瞪圆了眼睛道："不然他是什么意思啊？"

慕灼华抿了抿嘴，松开手坐回椅子上，支着下巴蹙眉良久，才找到一句准确的描述："我觉得是他想当我的外室……"

"啥？"郭巨力脑袋一歪，"他堂堂王爷，想当你的外室？"

慕灼华此时说来也觉得不可思议，可刘衍分明是这个意思。

"他喜欢我，我喜欢他。可若是我嫁给他成了王妃，便得服从王室的规矩当一个体面的贵妇人，不得在朝为官，与男人共事。"慕灼华缓缓说道，"于是他便说，他可以不娶我，甚至可以为了我，终身不娶，他只想这样陪着我，不求世间的夫妻名分。你说，这不是当我的外室，是什么？"

郭巨力十分不解："可这样没有夫妻名分，小姐多委屈啊，世间女子不都求一个名分吗？"

慕荣招惹的那些姨娘，谁不是求着一个名分，嫁入慕家为妾？

慕灼华嗤笑一声，伸出食指点了点郭巨力的脑门："你呀，不懂这其中的门道。名分不过是男人们用来约束女人的说辞罢了，名分的最大受益者其实是男人啊。所谓名分，不过是给女人的一重枷锁，妻也好、妾也罢，一旦戴上这名分的枷锁，便得按着名分的要求束缚自己。当了妻子，便要贤惠能干、开枝散叶，不可犯七出；当了妾，便要温婉柔媚，千依百顺。而身为丈夫的，怎么对待妻妾都是他们的权利，有钱便给几个钱养着，没钱还可以让妻妾做牛做马养他。这样只对女人提要求的名分，要来作甚？"

这番话如惊雷一般，劈开了郭巨力脑海中的阴云，露出一角晴空。一时间，她还不能想得十分透彻，但也觉得慕灼华说得十分有道理。

这番离经叛道的解释，若是让那些道学家听到了，她慕灼华不但会遭到千夫所指，更会遭到千妇所指。所以这些想法，她从来只是藏在心里，也只会对自己最信赖的亲人诉说。

郭巨力若有所悟道:"所以这名分对男人来说才有实质性的好处,是王爷放弃了自己做丈夫的权利,委屈自己来迁就小姐了。"

"你这话说得倒是不错。"慕灼华支着下巴,食指轻轻点着自己的脸颊,对郭巨力这个说法深以为然,"是他自己说喜欢我、敬重我、心疼我,不愿我十年寒窗,被埋没在深闺后院中。"

郭巨力张大了嘴巴,感叹道:"那王爷对小姐何止是喜欢啊……"

老爷喜欢过那么多女人,无非是给她们钱财和名分,世间的女子大抵爱的都是这些,却也有例外。比如三姨娘,她求的是老爷的垂怜和爱意,但老爷只是给她锦衣玉食罢了。三姨娘一笑倾城,多少王孙公子捧着金山银山求她一笑,她何曾真的在乎这些?她恋恋不忘的是那个为她寒露立中宵的青年。

原来,真的喜欢一个人,并非给她最好的一切,而是给她想要的一切。

那些世间女子在乎的名分、地位,小姐她偏偏不要,她要自由,要尊重,还有更多的连她也看不懂的追求,但是王爷看懂了。

郭巨力心头慢慢地涌上一股喜悦——这世间有一个人能这样理解、尊重、疼惜小姐,可真是太好了。

"小姐,那你答应王爷了吗?"郭巨力笑着问道。

慕灼华垂下眼,把玩着自己的长发,缓缓说道:"自然是没有答应。"

郭巨力一愣,急道:"为什么啊?有个王爷当外室,小姐又不吃亏,多好的事啊!"

慕灼华眼波流转,似笑非笑地斜睨着这个比她还着急上火的小丫头:"你忘了我阿娘的教训吗?男人动情时的甜言蜜语不可信,我总得多看看才是,不能让他轻易得逞。"

郭巨力的情绪平复了下来,她皱眉凝思片刻,又若有所思道:"小姐,可是我觉得啊……能让你多看几眼,王爷兴许就得逞了呢。"

慕灼华愣了愣,脸上缓缓红了起来,咕哝了一句:"被你这么一说好像还真是……他分明就是在蓄意勾引我……"

❖❖❖

春节的假期并不长,在家里懒散不了几日便又要收拾精神重新回到朝中。

节后上朝第一日,刘琛便下了一道旨意,重新起用沈惊鸿,任其为大理寺卿。沈惊鸿如今在朝中遭人记恨,毕竟断人子孙路比挖人祖坟还可恨,但也并非所有人都恨他,不知不觉,沈惊鸿身边聚集了一批以他马首是瞻的官员。这些官员便是在恩荫制改革后,由刘琛亲自选拔出来的替补官员。这些人都有真才实学，又和沈惊鸿一样出身寒门，寒门素来与世家对立。沈惊鸿与世家为敌，为寒门子弟发声，无形中便成了寒门领袖。

被免职在家的这段时间，沈惊鸿也没有闲着，他三日进宫讲学一次，其余时间便在家著书立说，开门讲学，不收分厘。定京不少人都在他门下听过课，与他便有了一重师徒名义。上门之人见沈惊鸿家中清贫，无不为他感慨——为国尽忠，为民请命，最后却落得如此下场。有人见他屋里连取暖的炭火都没有，便暗中送了几筐，送的人多了，竟堆满了那条狭窄的小巷，一时间引来众人围观，消息也不胫而走。沈惊鸿并未收下这些无名赠礼，而是转手赠予城外贫民过冬取暖。此举又为他博取了美名。

沈惊鸿虽然被革去职位，名声却如日中天，定京的酒楼茶馆里都在传颂沈惊鸿的美名，说他已然完成立功、立德、立言的三不朽。

沈惊鸿这一进一退恰到好处，进则锋芒毕露，退亦兼济天下。慕灼华自觉聪明，可与沈惊鸿一比，她又觉得自己只是个妹妹，要学习的地方太多了。她与沈惊鸿共事过一段时间，对沈惊鸿自然也是了解的，此人十足聪明，做事必有深意，种种举动难逃沽名钓誉之嫌，但他做得实在好看，让人无从指摘。

刘琛起用沈惊鸿为大理寺卿，朝中官员虽有反对之声，但也有直言不讳的寒门官员站出来冷笑责问反对者："沈大人才德兼备，民心所向，你反对，你算老几？"

当下把对方气得脸上一阵红一阵白。

那人却还不罢休，转身朝刘琛行了大礼，朗声道："陛下，那些阻挠沈大人上任的官员恐怕是做贼心虚，问心有愧，还请陛下明鉴、彻查！"

朝堂上顿时乱成了一锅粥，比东、西二市加起来还要热闹。这个骂信口雌黄，那个骂魑魅魍魉，一场骂战几乎耗尽了毕生所学。

身为当事人的沈惊鸿却一副宠辱不惊、波澜不兴的入定模样，被一群"泼儒"衬托得宛如世外高人。

当啷一声响，打断了所有人的争吵。

百官前列，一人手执长剑，重重掷于地上，发出巨响，余音不绝。

长剑未出鞘，但锋芒扫过所有人的双眼，让人不由自主地垂下眼，弯下背脊，噤若寒蝉。

"沈大人如何，陛下心中自有明断。"刘衍冷峻的声音传来，压在众人心头，"诸位大人饱读诗书，不宜殿前失仪，惹人耻笑。"

刘衍大权在握，却从不轻易表态出声，但他若出声，便如定音之锤，就是六部尚书，也要再三斟酌才能出言。

刘衍这一声便是摆明了立场支持刘琛的决定。虽然外界传言议政王擅权专政，架空了刘琛，但在明眼人看来，刘衍才是刘琛最坚实的后盾和支持者。恩荫制改革之事，若没有刘衍的支持和对大臣的暗中胁迫，无法推行。如今他又摆明了立场支持刘琛对沈惊鸿的任命。外有民心，内得圣眷，想要阻止沈惊鸿一飞冲天，实在太难了。

纵然不情愿，百官也唯有俯首叩拜，接受了这道旨意。

沈惊鸿出列上前，跪下来接过圣旨与官印。

年仅二十便位列九卿，如此荣耀，亘古罕见。

散朝之后，有的人拂袖离去，也有人围到沈惊鸿身旁向他恭贺。慕灼华看向人群中的沈惊鸿，恰与他对上了视线，便相视一笑，之后她拱了拱手，随着人群出了大殿。

年初户部最是繁忙，各部门上报年度预算，户部要落实、批复。慕灼华一边忙着宫殿修建之事，另一边也被借调去各处帮忙。慕灼华年纪虽小，但过目不忘、博闻强识在部门内外是尽人皆知，又因为她年轻好差遣，总有人喜欢使唤她帮忙。这使唤也并非刁难她，他们总愿意多教她一些做事的经验。

这日慕灼华如往常一样忙到别人都离开了才收拾好自己的东西，抱着一摞书往外走去，刚走出两步，便听到有熟悉的声音唤她。

"慕大人！"

门外走来一人，慕灼华仰起头，有些惊讶地喊道："邹大人，您方才不是走了吗？"

来的是户部侍郎邹奉。此人年近三十，相貌端正，平日里话不多，做事勤恳，待人也十分和气，平日里没少指点慕灼华，因此慕灼华对他的态度还是十分敬重的。

邹奉带着笑走到慕灼华跟前，慕灼华冲他笑了笑，稍稍退了两步，与他保持一个合适的距离。

"我……想起有些事要找你，这才折了回来。"邹奉偷偷打量慕灼华。

她长得不是十分美貌，平日里也不曾见过她穿女装，这么看着只是一个相貌有几分清俊的小书生，但与她相处越久便越能觉察出她的好。她待人客气，却不让人觉得虚套，做事又细心周到，无论是为人还是处事，都让人挑不出毛病。户部上下没有一个人不喜欢她，但这种喜欢在她有意无意的处理下仅仅是一种长辈对晚辈的关心爱护，而不掺杂男女之间的邪念。

邹奉对慕灼华上心，也并非看中了她的容貌，而是有更多的考量。

"慕大人过了年十九了吧。"邹奉斟酌着语句，缓缓试探道，"陈国律例，女子十六便可婚嫁，不知道家中长辈可为你安排？"

慕灼华扯了扯嘴角，颇有些无奈——这种话，她在春节已经听了不少了。

"陈国也有律例，女子为官，报国为先，婚嫁可自主。"慕灼华和气地笑着说，"我也是一心报国，无心婚嫁。"

邹奉只听她说没有婚约在身，便先松了一口气，至于她无心婚嫁，他觉得不过是一句虚话，哪有女人不嫁人的。

"既然如此，那我……我便直言了。"邹奉顿了顿，脸上有些泛红，"不知道慕大人觉得我……如何？"

慕灼华一惊，她原以为邹奉是来帮谁做媒的，没想到竟是为他自己！

她下意识地便又退了一步，干咳了一声，勉强笑道："邹大人做事勤勉，君子端方，在我心中便如师长一般让人敬重、爱戴。"

邹奉闻言，略皱了下眉，他感觉得到慕灼华有意与他拉开距离，但听慕灼华这话，应该是不讨厌他的。

"我只是略长你几岁，同朝为官，算不上你的师长，你不必对我如此恭敬。"邹奉笑了笑，"不瞒你说，我曾娶过妻子，只是内人不幸病逝，鳏居三年。家中长辈都催我续弦，为我相看了不少女子，却都不合我心意。"

慕灼华屏住呼吸，满脑子想着推拒之词。

邹奉是个鳏夫，她自然是知道的，只要是人多的地方便会有八卦流言。户部上下是什么情况，她早就摸清了十之八九，只是她万万没想到，邹奉会对她有意。

喜欢一个人的眼神是藏不住的，邹奉看她的眼神分明没什么男女之情啊。和一个人成亲，若不是因为感情，便是为了利益。

只这么一瞬，她便捋清了邹奉求娶的意图。

虽然她易容遮掩了容貌，但她如今与陛下走得近，是除沈惊鸿之外最得陛下信重的年轻官员。之前她与沈惊鸿传出过流言蜚语，不少人以为她心慕沈惊鸿，便是对她有好感也不至于不自量力与沈惊鸿相争。时日一久，确实见沈惊鸿和慕灼华没有任何暧昧，便能放下心来追求了。

"家中长辈都说女子无才便是德，但我更喜欢女子秀外慧中、知书达理。"邹奉看着慕灼华，露出满意的神色，"你我二人同朝为官，若能结为连理，便能共同进退，互相扶持。我看慕大人是极好的，不知道慕大人看我如何？"

慕灼华讪笑道："邹大人一表人才，承蒙错爱，只是在下确实无心婚嫁……"

邹奉眉头一皱，脸色便有些难看了："你若是觉得我哪里配不上你，便是直说也无妨，我若能改，便为你改了。"

话虽这么说，但从邹奉的语气听来他并未觉得自己哪里配不上慕灼华，而是慕灼华这么拒绝他有些不知好歹。

邹奉年纪不到三十，便已是户部侍郎，可以说是年轻有为。他出身于书香门第，祖上也出过三品高官，虽非世家，却可以说家境殷实。自三年前妻子病逝，就有不少人想给他续弦。既然是续弦，那豪门贵族的女儿自然是看不上他的，而普通的商贾富户，他又嫌人家粗鄙。

对慕灼华，他也是观察许久了，她的性格十分合他心意，虽然长相不够柔媚，但娶妻娶贤，纳妾才重色。最重要的是，他看重慕灼华的仕途前景，她为人处世周全，又得圣眷，未来恐怕不在他之下。邹奉以为，两人结合是互补互助，慕灼华没有理由拒绝。

慕灼华心里苦，紧紧抱着书，下意识地做出防备的姿态："邹大人哪里都好，是在下不敢高攀。"

邹奉微微笑道："我不嫌弃你就行了。"他见慕灼华躲得有些远，便上前一步，说道，"你手上书沉，我帮你拿吧。"

"不敢劳烦邹大人！"慕灼华又向后退了一步，心中十分郁闷。

邹奉的手伸向慕灼华怀里，便听到身后传来砰的一声巨响。

邹奉一惊，回头看去，只见户部大门被重力推开，一道暗紫色的身影站在门口，一双漆黑的眸子似笑非笑地看着纠缠在一起的两人。

"参见王爷！"邹奉吓了一跳，立刻俯身行礼。

慕灼华的心猛地顿了一下，又更加剧烈地跳动起来。她抱紧了书，压低了脑袋，跟着说道："参见王爷。"

"免礼吧。"那人迈过门槛，走向两人，"户部到了这个时辰还未落钥吗？"

邹奉身为侍郎，高慕灼华一阶，便答道："回禀王爷，我们俩正要离开。"

刘衍扫了他一眼，冷冷道："那你先走，本王还有要事找慕大人。"

慕灼华眼皮一跳，屏住了呼吸。

邹奉心虚，更觉得刘衍气势有点儿吓人，听到让他走，他便直接跑了。

院子里便只剩下慕灼华和刘衍二人。

"不知王爷找下官有什么事……"慕灼华声若蚊呐。

刘衍勾唇一笑，微微低下头，盯着慕灼华的眼睛，缓缓笑道："慕大人，区区一个侍郎，你便不高攀了？当初你可是跪在本王面前口口声声说喜欢我的，那时你心里可曾想过高攀不起？"

慕灼华被刘衍撞见了方才一幕，莫名有些心虚，见刘衍朝自己迫近，她不由自主便生出了退缩之意，往后退一步，两步……却忘了身后便是门槛，这一退，便绊在门槛上，整个身体失去重心向后倒去。刘衍一惊，伸手要去扶她，却只抓住一本迎面而来的书。慕灼华"哎哟"叫了一声，跌坐在地上，怀中的书掉了一地。

这一下摔得不轻，她十分狼狈地坐在地上，腿上地上都是书。她仰起头看向刘衍，一双乌黑的杏眼湿漉漉的，心里有些委屈，又有些埋怨。

　　刘衍哭笑不得，俯身下去握住她的胳膊，将她扶了起来，顺势将人抱在怀里。

　　"我有这么可怕吗？"他捏了捏她细细的胳膊，咬着她耳朵笑道。

　　慕灼华半真半假地叹了口气，道："是下官位卑言轻，谁都能欺负一下。"

　　"那可不成，只有我能欺负你。"

　　慕灼华心跳漏了一拍，忽然浑身一僵——她感觉到一只手落在她臀上，不轻不重地拍了几下，她的脸登时便烧了起来，整个人跟蒸熟的虾子似的红通通的。

　　"王……王爷……"慕灼华难以置信地瞪着他，一双眼睛水汪汪的。

　　他还真"欺负"她了？

　　刘衍一本正经道："帮你拍拍灰尘。"

　　胡说八道！她刚才虽然跌坐在地，可是户部的地板可干净了，怎么可能有灰尘？他分明是借机欺负她！

　　可怜她敢怒不敢言，只怕有人从门口经过看到，玩的都是心跳。

　　刘衍心里忍着笑，谁说慕大人庄重自持、处变不惊，不过是没看到她被他欺负的样子罢了。

　　慕灼华涨红了脸，推开刘衍，弯下腰去捡掉在地上的书。刘衍便也弯下腰去帮着她捡。慕灼华将书重新抱回怀中，眼眶还是红红的，不太敢抬头看刘衍。

　　"那个邹侍郎……我没有招惹他……"慕灼华闷声为自己辩解。

　　"我知道。"刘衍笑着揉了揉她的脑袋，"那个邹侍郎，不过是看中你前程似锦，想借着你的关系得陛下重用。本王倒有一个法子，能让他不再招惹你。"

　　慕灼华好奇问道："什么法子？"

　　刘衍勾唇一笑："你假装被本王训斥一番，若是你得罪了我这权倾天下的议政王，你说他还敢不敢娶你？"

　　慕灼华呆了半晌，才勉强挤出一丝笑容："王爷真是机智过人……"

　　"我可不是开玩笑。"刘衍忽地凑到她耳畔轻声道，"既然不能让别人知道你是我喜欢的人，那只能让别人知道你是得罪我的人了。"

　　慕灼华算是明白了，闷声道："王爷就是来寻下官开心的。"

　　刘衍笑道："确实开心。"见慕灼华真的快发火了，他才敛起笑意，正经道，"但确实有正事。"

　　刘衍说着，自袖中取出一张字条，放在慕灼华跟前："这是紫衣卫跟踪慕荣数日的调查结果，这名单上面的是他进京后走访过的所有人。"

慕灼华扫了一眼，便将上面的名字都记在心里了。

"公主府？"最让慕灼华惊讶的是这个地方，"是柔嘉公主府吗，他去找柔嘉公主做什么？不，他找公主自然是为了脱罪，倒是公主为什么见他？"

"我已让人调查过了，柔嘉公主在淮州筹建济善堂时，慕家出力不少，她欠慕家一个人情，曾经承诺过会帮慕家做一件事。慕荣想为慕家脱罪，但此事惊动了陛下，影响太大，往日与他交好的京中官员皆不敢为他出头。迫于无奈，他只好去向柔嘉公主求助。"

慕灼华恍然大悟。自从被刘衍教训，慕荣便不敢再登门找她麻烦了。但她也没有在家中闲坐着，暗中吩咐郭巨力去查探慕荣的行踪。到底是紫衣卫能力强，查出来的东西更翔实。

慕灼华思索时，刘衍收起了字条，缓缓说道："他见了谁如今倒不重要了，重要的是谁见了他。"

慕灼华眼神一动，看向刘衍："王爷的意思是，有人愿意帮他？"

"未必是在帮他，但必然另有所图。"刘衍沉声道，"我来见你，便是让你小心这个人。"

慕灼华问道："是谁？"

刘衍道："耶律真。"

慕灼华脑袋一歪，疑惑地皱起眉头："静安公主？"

"还记得当初你从柔嘉公主府上离开，被三个人追击吗？"刘衍道，"我让执剑追查那三人的来历，得到了一条线索——这三人曾在北凉使团进京时有过异动，可能与北凉人有接触。你去公主府时，耶律真也住在府中。我怀疑是她让人下手的，便让紫衣卫一直盯着她的动静。过去了半年，她倒是始终安分，直到慕荣登门求助柔嘉公主后，她忽然微服去了慕家。"

这件事，刘衍一直没有对慕灼华提起，因此慕灼华也不知道对她下手之人居然极有可能是耶律真。可是动机呢？这一点，她想不明白。

但无论动机是什么，耶律真秘密见慕荣，这件事是千真万确的。

"我怀疑她对你心存恶意，虽然没有直接证据证明雇凶杀人之事是她所为，但她密会慕荣必然有所图谋。"刘衍眼中流露出一丝担忧，"我不能时刻护着你，这件事必须让你知道。你自己多多小心，提防她对你不利。"

慕灼华感激地看着刘衍："多谢王爷提点，我会小心的。"

刘衍微笑看着她："你又该……如何谢我？"

第二日，不知怎的宫里就有了一个传言，说慕灼华做错事冲撞了议政王，被议政王训斥了一通。有人亲眼看到慕灼华眼睛红红、十分委屈地从户部跑了出来，显然是被骂得不轻。这慕大人可是出了名的胆大心细，连面对耶律璟的弓箭都没有露出怯色，居然被议政王给骂哭了，到底是做错了什么事？

众人背地里议论纷纷，但毕竟涉及议政王，因此也不敢太大声。原来的定王待人谦和，但自从昭明帝驾崩，他行事便越来越霸道了，气势慑人，令人心生畏惧，不敢直视。慕灼华在百官中口碑向来不错，原先看轻她是女子的，经过一段时间的相处和观察，大多对她心生认可。因此慕灼华被议政王训斥，多数人都觉得是慕灼华受了委屈，可是她得罪了议政王，也没有人敢为她抱不平。

邹奉本来对慕灼华有求娶之意，听了周围的议论声，那点儿心思就都消磨没了，非但没有凑到慕灼华跟前去，反而有些躲着她。

这声音自然也传到刘琛耳中，刘琛如今对慕灼华的观感极好，便忍不住为她辩解了几句。

"皇叔，你不是向来看重慕灼华的吗，怎么这回将她骂得这般厉害，可是她犯了什么错？"刘琛好奇问道。

刘衍好整以暇地沏着茶，微微笑道："年轻人有了点儿微末功劳便浮躁起来，行事马虎，不压一压不行。"

刘琛倒是觉得慕灼华有一种年轻人身上少见的谨慎和稳重，但刘衍会训斥她，定然也是因为她做错了事："想必也只是她无心之失，皇叔不必如此苛责，听说她都被骂哭了。"

刘衍笑而不语。

哭是哭了，却不是被骂哭的。但这种误会也挺好的。

刘琛知道看似温和的刘衍发起脾气来有多恐怖，连七尺男儿都忍不住要膝软下跪，更何况慕灼华年纪轻轻，再成熟稳重，也只是个初出茅庐的小姑娘。刘琛想到她跪在刘衍面前哭，不知怎的就有些心疼。

"皇叔对旁人都和和气气的，怎么就对她这么苛刻呢？"

刘衍若有所思地扫了刘琛一眼："原先对她偏见最重的难道不是陛下？"

刘琛脸上一红，支吾道："朕……朕那时确实是不了解她……但皇叔你一开始就很欣赏她的才华，为何如今却这么针对她？她对你如此敬重，你这么做她必然十分难过，甚至难堪。"

"臣也是为她好。"刘衍说着一顿，盯着刘琛看，"陛下对她，似乎也过分看重了一些。一个臣子而已，难道做错了事便骂不得了？"

刘琛一时哑然。

刘衍摩挲着微烫的茶杯，沉吟片刻，道："陛下今年已有二十，社稷无后，乃是大事。几日后上元节夜宴，太后开了恩德，会让全城的官家闺秀进宫赴宴。若陛下不中意世家贵女，小门小户的闺秀，只要身家清白，也无不可，只是婚事不可再迟了。"

刘琛心头一沉，咕哝道："皇叔，你不是也没有成婚吗？"

刘衍抿了抿茶，微笑道："臣不娶无后，对有些人来说才是件好事。"

上元佳节，不设宵禁，是一年之始，也是一年中最热闹的节日之一。

刘琛在城楼上率百官点燃烟火阵与民同乐，然后便在御花园设宴款待百官。今年与往年有些不同，太后宴请了城中所有官眷，家中十四至二十岁的未婚女都可以进宫赏花灯。太后此举用意明显，因此七品以上官员但凡家里有个长得还过得去的女儿，无不把闺女打扮得漂漂亮亮的送进宫。一时间，锦绣坊的布料都卖断了货。

宫中有条流波河，这夜宴以花灯为名，每个少女便都带上一盏自己亲手制作的花灯，在灯上写下心愿，放入流波河中许愿。自然人人写的都是"国泰民安""风调雨顺"这类官话，但心里祈求的又是另外一回事。

官眷们的宴席与百官的宴席分隔在两处，听得到另一方传来的说笑声，却看不见那边的情形。树梢廊下，到处挂满了形状各异的花灯，把御花园照得亮如白昼。

慕灼华自然是和户部的官员坐在一起，众人都穿着青衫常服，相互斟酒谈笑，气氛轻松、融洽。

慕灼华酒量一般，喝了两杯甜酒便停了下来，想到去年今日她还跟着平民百姓跪在城下仰视天颜，如今却坐在御花园里安享富贵，心里不禁一阵感慨。

"上元节的河灯与中元节的河灯有所不同，中元节的河灯是祭亡者，而上元节的河灯是向上苍祈福。"有人侃侃说道，"因此这上元节的河灯比中元节还要繁盛，尤其是女子，大多借此机会祈求姻缘，若是成了婚的，便会祈求早生贵子。"

另一人接着道："所以年年此时便会有男子去河边守着，专等那未婚求姻缘的妙龄少女，看能不能促成一段良缘。"

说罢，众人都笑了起来。

而今年城里最好的女子都进了宫，只等着陛下挑选。

一同僚转头看向慕灼华，笑着道："慕大人也是适婚女子，何不也去放河灯求姻缘？"

邹奉听到此言眉头一皱，有些心虚地别过头去，不敢看慕灼华的神色。

慕灼华笑道："河边都是妙龄少女，我去了恐怕会被人误会，再者，我也没有准备花灯。"

别人都是罗裙粉衫，她一身文士长袍，去了怕是要被当成男人了。再说，人家去河边都是奔着选秀,她堂堂正正一个朝廷命官,去凑什么热闹?

"慕大人多虑了,你这身形一看就是女子。"那人笑道,"没带花灯也不打紧,那边专门准备了材料,可以现做一盏,就当去河边散散心。再说,毕竟慕大人心怀家国,为人坦荡,没人会拿你做文章的。"

流波亭外又搭了一个亭子,竹篾、纸张、糨糊,一应俱全。

酒席上男人们觥筹交错,慕灼华自觉不胜酒力,想去河边透透气,便起身向众人拱了拱手,向流波亭走去。

慕灼华虽然从未做过灯笼,但她心思灵巧,看着宫女太监们做了一会儿便跟着做了起来。她先取了细细的竹篾编出一个框架,然后用染了色的薄纸贴在竹篾上,一盏桃花形状的花灯便做好了,虽然不是十分好看,但也算有模有样。

慕灼华在花心上放了蜡烛,小心点燃了烛芯,看着花灯缓缓亮起,一股成就感油然而生。

"慕大人真是心灵手巧。"

一个低沉的声音在身后响起,慕灼华回头一看,笑着点了点头,道:"沈大人怎么也有空过来?"

沈惊鸿俊脸上带着三分醉意,凤眼却是清明:"此处光彩夺目,便被吸引至此。"

慕灼华淡淡笑道:"沈大人这种话对小秦宫的姑娘说说倒可,在下却是不好糊弄的。"

沈惊鸿摸了摸鼻子,苦笑了一下:"慕大人非但不好糊弄,还相当不给沈某面子。看你手中捧着花灯,莫非是心有所属了?"

慕灼华看着手上的灯,心头极快地掠过一个名字,心跳也猛地快了几分。

"只是求个国泰民安、风调雨顺罢了。"慕灼华清了清嗓子,说道。

沈惊鸿笑容意味深长,却不就着这个话题多说。

"其实我今日找你是有另一件事要告诉你。淮州官商勾结一案,已经查明事实,送呈大理寺了。这件事,你可知晓?"

慕灼华心中一动,她自然知道这件事,却不好多言。

沈惊鸿看她的神色,便明白了十分,接着说道:"江南首富慕家,论罪首当其冲,虽然不至于灭族,但抄家是难免的。慕大人,那可是你的本家,我便想问问你的想法。"

慕灼华没有回答,明亮的双眸盯着沈惊鸿,反问道:"沈大人来问我,想必是你心中有了想法?"

沈惊鸿笑了笑:"慕家之罪,依照大陈律例,罚没百万两便已到了极致,但有人要灭了慕家，你可知道是谁？"

慕灼华勾了勾唇角，眼中没有一丝笑意，道："自然，是江左世家。"

沈惊鸿含笑点头："你亦出身淮州，对淮州的形势自然也是知道的。世家为何要对淮州富商下手？"

"'江南天下富，淮州江南仓'，淮州乃江南最重要的枢纽之地，两条运河交汇于此，坐拥辽阔平原，良田数十万亩，又有最大的入海港，天下财源汇聚于此，其富庶奢靡，尤胜定京。"慕灼华缓缓说道，"如今淮州三大势力：其一便是镇国大长公主所在的桃源山庄，堪称武林圣地；其二便是江左世家，都是百年不倒的顶级豪门；其三才是以慕家为首的淮商。三方势力掌控住了淮州的经济命脉，也掌控了国库几近一半的税赋。"

"不错，淮州是天下无人不垂涎的珍馐，人人都想咬一口，何况是世家，淮商受创，便也可趁机吞噬淮商的势力。"沈惊鸿看着水面上曳动的河灯，徐徐说道，"如今朝中，世家何止占据了半壁江山，以官身经商，与民争利，他们犹不满足，借着这个机会名正言顺地除掉淮商，他们便可将淮州吞入囊中。孙家为何要一力促成孙纭纭与议政王的婚事？淮州乃定王封地，如今定王身为议政王，便不会轻易回封地，孙家若与议政王结亲，淮州便成了他们的掌中之物，再无人能遏制孙家在淮州的扩张了，他们要借这个机会，吞掉淮商的份额。"

沈惊鸿所言，慕灼华心中也是清楚的。这事对孙家是百利，对刘衍亦是双赢，对以慕家为首的淮商来说却是灭顶之灾。早在两三个月前，慕灼华便察觉到了世家的动作，慕家此次遭难并非纯粹因为勾结行贿，最大的原因还是利益纠纷，世家在推波助澜。因此那日慕荣求助，慕灼华也非铁石心肠，而是力有不逮。她区区一个五品官，如何能与世家这等庞然大物抗争？

沈惊鸿冷冷一笑，道："世家贵女最重名声，但如今满定京都在传孙纭纭与议政王的婚事，恐怕背后也有孙家人在推波助澜，想以此逼迫议政王点头。不过，我看议政王似乎并无此意。"

慕灼华捏着自己的指尖嗯了一声，低声道："王爷向来有主见，不受人逼迫……"

"如今能制住世家的只有议政王了。"沈惊鸿若有所思地看着慕灼华，"淮商若被世家吞并，世家便更难对付了。慕大人，你要救慕家，何不围魏救赵？"

慕灼华一双清亮的眸子盯着沈惊鸿看，一个念头掠过脑海。

"沈大人这么说，必然是胸有良策。"

沈惊鸿凑近慕灼华，压低声音道："大理寺收到一封密信，有人匿名举报，工部尚书孙汝以权谋私，中饱私囊。"

慕灼华呼吸一窒，转头盯着沈惊鸿的眼睛，后者眼中流转着琉璃般的光泽，让人心惊。

"你想扳倒孙家？"慕灼华眉心微蹙，"此事干系重大，凭你我之力，不可能撼动孙家，更何况孙家与周家同气连枝……"

"若再加上议政王呢？"沈惊鸿微笑道，"陛下不愿让世家势大，你我为陛下心腹，难道不该为陛下分忧吗？议政王更是陛下最倚仗的人。只要你将修殿明细交给我，助我查证孙汝贪腐之事，便既可为陛下分忧，又能为慕家解围。"

慕灼华断然摇头："此事还须从长计议。沈大人，因废止恩荫制之事，你已经满朝皆敌了，王爷因此也与风华殿众大臣割裂。周、孙二家乃世家领袖，树大根深，不是你找到一项罪证就能将他们置于死地的。非但你我承受不起世家的反扑，就是陛下和王爷也会深受其害。"

沈惊鸿似笑非笑地盯着慕灼华，良久才道："你说得有道理，是我冒进了。"

第二十章·永以为好

> 醉了是你，梦里是你，醒来还是你。

乐声阵阵，灯光流转，园中一派盛世太平的景象。

只是刘琛的脸色并不好看，他被迫坐了许久，也认真看了许多名门闺秀，却始终没有一个人能留住他心神片刻。

刘衍的心神倒是始终在一个人身上，自从那人离席，他便心不在焉了许久。

他看到慕灼华走到了流波亭，之后又与沈惊鸿离开，也不知道两人去了何处，久久没有回来。刘衍虽然知道慕灼华对沈惊鸿无意，但她是自己喜欢的女子，便觉得天下男人都会觊觎她。他心中始终有些忐忑，坐了一会儿，便顾不上失礼，找了个借口离席去寻找慕灼华。

御花园极大，更何况是在夜里，纵然一盏盏灯笼挂起，到底还是有许多阴影角落难以看清。刘衍走了一阵子没看到人，正巧看到一个宫女走过，便拦住她问："可曾见到户部郎中慕大人？"

宫女垂头一想，指了个方向："方才好像见慕大人往那边去了。"

刘衍松了口气，循着宫女指的方向大步走去。

廊下一盏盏灯亮起，错落的雪松间静静伫立着一个淡青色的纤细身影，半身隐没在阴影里。刘衍加快脚步上前，一股清甜的桂花香被晚风吹散了，有些像她发上惯有的香味。刘衍走到她背后，一把将人搂进怀中。

"你许久没回来，我担心你出事了……"刘衍轻叹一声，饮了几杯薄酒，声音也沁着一丝醉意，低哑撩人。

怀中的身体轻轻一颤，却没有说话。

刘衍眉头一皱，只觉得哪里不对，他猛地松开双臂，后退了半步，眯着眼分辨眼前这个背影。

那人徐徐转过身来，却不是慕灼华，而是孙纭纭！

孙纭纭面上一片绯红，刘衍温暖有力的怀抱让她仿佛置身梦中，但回头之后，看到刘衍惊愕而冷漠的神情，她的梦骤然破碎了。

"王爷……"孙纭纭屈膝行礼。

刘衍冷声道："你为什么在这里？"

刘衍上下打量孙纭纭的装扮，她今日竟穿着一身和慕灼华极像的淡青色文士服，全然不似世家闺秀的打扮，就连发上也抹了和慕灼华气味相似的发油。刘衍本就三分醉意，一心想着慕灼华，先入为主，丝毫没有想过站在这里的会是旁人。受了这番惊吓，他的酒也醒了，头脑也冷静下来，对孙纭纭的心机也了然于胸。

孙纭纭低眉顺目，柔声道："我以为，王爷喜欢这样的女子。"

刘衍深吸一口气，冷然道："孙姑娘，本王已经与你说清楚了，我心有所属，绝不可能娶你。本王喜欢的是那个人，而不是什么样的女子。你如何学她，也不过是徒有其表，你有你的好，不必为了一个不喜欢你的人改变自己。"

孙纭纭平生从未受过这样的冷漠与屈辱，但眼前站着的是她放在心里七年的男人，她刚刚才感受过他的温柔，更加舍不得就此放弃。她拼上世家女子所有的尊严，想要挽回他的目光。

"王爷！"孙纭纭喊了一声，叫住意欲离去的刘衍，"王爷若是喜欢她，便娶她，我……我可以为妾！"

刘衍难以置信地回头看了她一眼。他从未仔细看过孙纭纭，隐约记得她是个端庄秀美的世家贵女，而所有的世家贵女都是骄傲的，断不可能为人侍妾。

孙纭纭恋慕他，这样的传言刘衍自然也有听闻，最初他以为这不过是孙家的计谋，想用这种方式逼迫他答应两家联姻，直到现在，看到眼前女子泪盈盈的模样，他才知道这件事或许是真的。

可是为什么呢？

刘衍迷惑不解，他与这位孙姑娘何曾见过几面，说过几句话？

"孙姑娘，何至于此？"刘衍并没有被感动，更多的是觉得麻烦和疑惑，"你可以有更好的姻缘。"

孙纭纭咬着唇低下头，眼泪落在地上，打湿了青石板。

"王爷不记得了，七年前，浮云山，我与家母上山礼佛，途中马车失控，是王爷救了我。"

那年他十九，正是鲜衣怒马的俊美青年。她于惊恐中看到他从天而降，勒住了狂奔的骏马，那双亮如繁星的眸子便深深地印在她心上。

自打那时起，她一颗心便都拴在他身上，明知道世家女子的婚姻不能自主，她还是想搏一搏。她推了家里安排的婚事，却不敢将自己的感情宣之于口，直到三年前得知他重伤的消息，她也一病不起，这才让母亲看出了端倪。

但孙家怎么可能把最看重的嫡女嫁给一个将死的定王冲喜，于是她被带回了江左，他回了定京。等再次相见，她怀揣着与他成亲的希望接近他，却听到他决绝果断地说他心有所属。

刘衍看着孙纭纭的眼泪,绞尽脑汁也想不起来七年前的事,他救过的人实在不少,顺手而为,又怎么会费心去记,更想不到会因此让一个少女对他念念不忘。

"孙姑娘,当年之事不过是举手之劳,你不必放在心上,本王也不求任何回报。"见孙纭纭确实没有什么坏心眼,刘衍也不好对一个哭泣的女子太过苛责,但此刻他心急地想去寻找慕灼华,不想在这里浪费时间,"本王还有要事,恕不奉陪了。"

孙纭纭凄然望着刘衍:"我有多不堪,竟连委屈做妾都不能让王爷点头吗?"

刘衍转身离去,只扔下一句冰冷的话砸在她心口。

"是本王不愿委屈了她。"

刘衍刚走两步,便看到地上躺着一盏桃花灯。他心中觉得诧异,走上前去拾起一看,只见上面的花瓣上写着两行字。

"投我以木桃,报之以琼瑶。"

后面两句没有写出来的是"匪报也,永以为好也"。

刘衍心中一动,定睛看着这熟悉的字迹——毫无疑问,这是慕灼华的字。

可是这花灯为何会掉在这里?

刘衍屈膝蹲下,仔细查探地上的脚印,心中猛地一沉——地上的脚印十分凌乱,有挣扎的痕迹。

是谁这么大胆,敢在宫里对慕灼华下手?

刘琛坐了许久,不堪其扰,面上神色渐渐冷沉,他身为九五之尊,不怒自威,更何况是心生不耐,更是让那些胆子稍小的少女不敢亲近。

太后见他如此,眉头皱了皱,便道:"既然陛下无心夜宴,那便早点儿回去休息吧。"

刘琛闻言松了口气,立刻起身向太后告辞,由总管太监引路回寝宫。

刘琛晚上喝了不少闷酒,不过他酒量好,因此只是微醺。他借着酒意对着总管太监发了几句牢骚:"朕有时候倒羡慕皇叔,不当皇帝,也不必受人摆布。"

总管太监险些腿软,唉声叹气道:"陛下,太后也是为您着想,为社稷着想啊。"

刘琛苦笑了一下,叹道:"是啊,人人都是识大体,就朕自私任性,不明事理……"

他不过是想找个合心意的人相守一生,如此简单的心愿,竟是难于登天。对百官来说,对太后来说,对宗室来说,最重要的便是他膝下能多几个皇子,至于他喜不喜欢，并不重要。慕灼华倒会怜惜那些女子，却不知道怜惜一下他。

刘琛稀里糊涂地在心里抱怨了一番，便走到了寝宫门口。总管太监推开了门，却不走进去，只站在门口伺候着。

刘琛微有醉意，并没有察觉到什么不妥，他走进内室，听到身后传来关门的声音。他踉跄着走向床边，隐约见到床上隆起了一团，他眯了眯眼，走上前去，才看清自己的床上躺着一个人。

"慕卿家？"刘琛看着身形和衣着，疑惑地喊了一句，不明白为什么慕灼华会躺在自己床上。

她便是喝醉了，也不会胆子大到这个地步吧。就算她胆子大到敢睡龙床，外面那些宫女和太监侍卫都死了吗，敢放她进来？

刘琛满腹疑惑，他坐到床头，推了推慕灼华的肩膀，喊了两声："慕卿家、慕卿家，起来！"

慕灼华却睡得死沉。刘琛用力推了两下，她的身子便转了过来。她的发冠不知被谁摘去了，青丝如烟罗一般散开，露出一张绯红的小脸。

刘琛低头看着她的脸，觉得这分明是慕灼华，却又哪里不太一样，处处动人，有着说不出的柔媚可爱。他之前怎么未发现她原来长得这么好看？

平日里端庄温和的模样此时被暖色的灯光笼上了一层朦胧的美感，卷翘的睫毛掩住了灵动的眸子，白净无瑕的肌肤晕染开两抹薄红，樱唇丰润微翘，仿佛等人采撷。

刘琛只觉得自己的心跳骤然乱了，莫名地口干舌燥，伸向慕灼华的手也微微颤抖起来。

"慕灼华……"他的声音有些低哑，"你醒醒……"

慕灼华睡得极沉，屡次被打扰，她不耐地皱了皱眉头，发出意味不明的嘤咛，抬起手挥了挥，翻了个身，抱住被子继续睡。

刘琛脑子有些发涨，他俯下身去凑到慕灼华跟前，一股淡淡的馨香自她身上传来，带着一丝花果的清甜，令人不由自主地想要啃一口——尤其是她这样毫无防备地睡在他面前。

他隐隐约约觉得这样下去有些危险，但醉酒之人的意志力总是薄弱许多。

就在这时，外面传来一阵喧嚣。

"王爷，陛下已经就寝了！"总管太监的声音传了进来，刘琛骤然清醒了几分。

"本王有要事面圣！"

刘衍的声音冷若冰霜，没有顾及旁人的阻挠，他大步走到寝宫门前，用力推开并没上锁的大门。

刘琛一惊，从床上坐了起来。

刘衍的脸色冷得像冰一样，他进了门，径自朝刘琛走去，也一眼看到了睡在龙床上的慕灼华。

身后一群下人追了上来，大呼小叫，刘琛大喝一声："全都退下！"

众人一怔，随即退得比来时还快，寝宫内只剩下刘衍和刘琛面面相觑——以及人事不省的慕灼华。

刘琛尚未意识到刘衍此举无礼，只有一种做错事被抓了现行的尴尬。

"皇叔，朕也不知道慕灼华为何睡在此处……"刘琛无力地辩解道。

"臣知道。"刘衍脸色冷沉，他走到刘琛身边，俯身去查探慕灼华的脸色和脉象，"她吸入了不少迷香，应该是被人捂住口鼻所致。"

刘琛闻言一惊："怎么会？谁敢在宫中行凶？"

刘衍冷笑一声，道："陛下不妨自己想想。"

刘琛垂眼一想，顿时冷汗滴落下来："是……太后？"

刘衍没有答话，俯身将慕灼华打横抱起，护在怀里。

"慕灼华，臣便带走了，今夜冒犯了陛下，还请陛下恕罪。"刘衍紧紧抱着慕灼华后退了三步，向刘琛行了个礼，转身便走。

"皇叔！"刘琛猛地喊了一声，叫住刘衍，"她……是你的人？"

刘衍脚步一顿，轻轻点头，离开了此地。

刘琛坐在床上，用力晃了晃脑袋，却觉得更晕了，但有些事情，他也骤然间都想通了。

原来，从一开始，自己就被蒙在鼓里了……

他们是何时相识的？

会试时，皇叔便为她说话，后来更将她调去了理番寺……

对了，那日在皇家别苑，皇叔的异常，恐怕也是因为慕灼华……

刘琛忽然笑了起来——自己还真是有点儿傻啊……

太后收到下人的回报，急匆匆地来到刘琛寝宫，便看到刘琛冷着张脸坐在床头。

"哀家听说，是议政王把人带走了？"太后怒不可遏，"他也太过猖狂了！竟敢在陛下宫里抢人！"

"够了！"刘琛怒喝一声，"母后为何要做这种事？！"

太后眯着眼打量刘琛的脸色，片刻后冷笑一声："陛下果然喜欢慕灼华。这个女子好深的心机，明明生了一副绝美的面容，偏偏易容遮掩，你说她是何居心？"

刘琛无言以对。

"她蓄意接近陛下，得陛下信重，却又暗地里勾搭定王。定王今夜敢从陛下寝宫抢人，定然是与她苟合已久，慕灼华欺君罔上，定王亦是目无君上，陛下难道就任由他们放肆吗？"太后怒道。

刘琛咬牙道："慕灼华乃朝廷命官，不是那些一心攀龙附凤的世家贵女，母后不该用这种手段折辱她。"

"无论是臣子还是臣女，都是陛下的人。"太后傲然道，"不管在前朝还是在后宫，一样都是尽忠，她若是真的对陛下忠心一片，就不该遮掩容貌，而应该对陛下毫无保留。陛下要是有心于她，便下令让她入宫，你若要封她为妃，哀家也不会反对。"

刘琛皱眉摇头："朕敬重她，但并非母后想的这般……"

太后冷冷一笑，道："陛下，知子莫若母，你心中对她只是敬重吗？她那样的容貌才情，便是哀家看了都要怜惜，更何况是陛下？"

刘琛脑海中闪过刚才的那幅海棠春睡图，心跳不由自主地乱了几拍。

太后看着刘琛的神色，轻轻叹息道："陛下贵为天子，想要什么样的女人，都是她的荣幸。她不能拒绝，定王也不能抢夺。"

夜宴散了，宫里的灯火暗淡下来。

河灯大多已经随水流出宫了，只有一人还立于河畔，手捧花灯。

柔嘉公主低头看着花灯，听到蔓儿说："……定王从寝宫抱走了慕灼华。"

柔嘉公主微微一笑："耶律真倒也不全然是个蠢货，她从慕家打听到慕灼华易容的秘密，就把这个消息送给了太后，不用自己出手，便既得了太后的信任，又达成了自己的目的。"

"难道陛下当真喜欢慕灼华？"蔓儿不解，"陛下对她，先是有偏见，后是信重，但他也不是容易被美色所误之人，难道见了慕灼华的真容就会喜欢上她？"

柔嘉公主摇头浅笑道："他早就喜欢上慕灼华了，只是自己不知道而已，这一眼真相只是让他明白了自己的心意。人的感情太过复杂，爱与恨也不过是一线之隔，更何况只是从信重到爱慕。"

忽然，一道低沉的男声从身后传来："那公主对我何时能跨过那条线？"

柔嘉公主一怔，随后被人自身后拥入怀中。

"沈惊鸿，放肆！"柔嘉公主脸色一变，想要挣脱他的怀抱。

"有蔓儿守着，不会有人过来的。"沈惊鸿没有松手，反而将她抱得更紧。

蔓儿早已悄声退下了。

闻到身后传来淡淡的酒气，柔嘉公主僵着身子，心跳加速："你……你喝酒了？"

沈惊鸿笑了笑："一两壶酒，并不足以使我动情忘形。"

能让他动情忘形的，唯有一人。

柔嘉公主抓着花灯的手紧了紧，没有再推拒沈惊鸿的拥抱。她收敛了外泄的情绪，用淡漠的声音说道："我叫你来是有要事。太后听了耶律真之言，迷晕了慕灼华，把她送到刘琛寝宫，刘衍将人救走了。"

沈惊鸿听后并不意外，淡淡一笑："慕家把慕灼华易容之事泄露出去，虽然未必是有心害慕灼华，却着实搅浑了这一池水。如今太后认定慕灼华是红颜祸水，又对定王生出了猜忌之心，而刘琛对定王有没有生出隔阂，暂且不能断言，但周家必然会对刘衍生出防备之意。"

今夜宫中发生之事尽落在柔嘉公主眼中，她从来不是兴风作浪之人，做事最重要的便是顺势。风浪都是别人兴起的，有时候她只需要递出一把扇子。

耶律真密会慕荣，她一清二楚，因为本就是她有意引耶律真知道慕荣的。那日慕荣登门求见，她故意让婢女在耶律真面前说起慕荣与慕灼华的关系。耶律真果然按捺不住好奇心，与慕荣有了接触。今晚太后对慕灼华下手，她虽然喜欢慕灼华，却没有出手相救。柔嘉公主常常觉得，自己似乎从来都只是一个看客，而不是戏子，而这台上的戏很难勾动她的心。

"周仪死了，太后便是周家的领头人。她被周仪压了这么多年，看似唯唯诺诺，其实心里何尝不怨恨、羡慕周仪？周家表面上与刘衍交好，实则心虚，他们始终担心刘衍有一天会发现过去的秘密，对他们展开报复。"柔嘉公主勾起唇角，缓缓说道，"沈惊鸿，是时候动手了。"

花灯快熄灭了，沈惊鸿接过柔嘉公主手里的灯，上面的花瓣上空无一字。

"公主偷偷拿了一盏花灯来此，难道不是心有所求？"

柔嘉公主静静看着花心摇曳的火苗，眼中掠过一丝冷淡的笑意："谁能无欲无求呢？只是我所求的不能写出来，况且我也不信神明。"

沈惊鸿笑了笑，屈膝蹲在河边，一手捧着花灯，另一只手伸进冰冷的河水中沾湿后，在花灯上写下一行字，然后将花灯放入水中。

花灯在水面荡漾着，缓缓向远方流去。

沈惊鸿维持着半跪的姿势没有起来，目光从远去的花灯上移了回来。他仰起头看向柔嘉公主，柔声说道："公主，以水为墨，须臾便干了，写出来又何妨？"

他执起她垂在身侧纤瘦柔软的手，仿佛捧着世上最为贵重的珍宝，然后在手背上落下轻轻一吻。

"我也不信神明，我只信公主。

"我毕生所求，也唯有公主。"

❖❖❖

夜已深了，刘衍房中的灯却始终亮着。

他的目光不时落在床上，慕灼华睡得极熟，睡相却不大好，不时就要踢被子，他便坐在旁边，一会儿给她掖一下被角。也不知道她梦到了什么，眉头紧锁，发出了几声意味不明的咕哝声，显然不是愉快的意思。

这也不是第一回了。第一回见她的睡相，还是会试之前，他强掳了她出城，却遇到伏击，她发烧病糊涂了，他便亲自照看她。那时他只当她是个半大孩子，不曾有过半丝邪念，如今却难以静下心来。他拿了本晦涩难懂的佛经坐在她床头守着，但经书又哪有红颜祸水好看，那一次次伸出被窝的不安分的小腿和藕臂让他又爱又恨。他心不在焉地想着，以后若是睡到了一块儿，自己恐怕得夜夜抱紧了她才行。

慕灼华这一觉睡到丑时末才醒来，被下迷药总是有后遗症的，她醒来时头有些钝痛，记忆也有瞬间的空白。她躺在床上睁开眼，怔怔地看着床帏，扭过头便看到坐在床沿微显倦意的刘衍。

她猛地从床上坐了起来，一双眼睛亮得可怕。

刘衍见她醒来，松了口气，问道："你现在觉得身体如何？我让府中大夫给你看过了，吸入的迷药多了一些，才会昏睡许久，可能头会有些涨痛，可还有其他地方不适？"

慕灼华用一种陌生的眼神瞪着刘衍，唇绷成直直一条线："多谢王爷关心，下官无恙，这就告辞。"她的声音有些沙哑，又十分冷漠。

慕灼华说着便掀开了被子，从床上下来，她的腿还有些软。刘衍要扶她，却被她一把推开了。

"不劳王爷费心，下官可以自己走。"

刘衍皱着眉头看她起身，问道："昨天晚上到底发生了什么事，是谁迷晕了你，你可看清楚了？"

慕灼华心口疼得难受，眼眶一阵涩意，却不肯在他面前露出软弱，但脑海中那一幕始终挥之不去——吓，终身不娶，说得好听，转身还不是抱了其他女人？

她好不容易下定决心，想要接纳他当个外室，转头便看到那样不堪的一幕。若非如此，她也不会大受刺激，让奸人得逞迷晕了自己，连在梦里也不得安生——她目睹着他娶妻生子，又对自己纠缠不休，那嘴脸与她父亲又有什么两样？天下果然没有白乌鸦，她梦里气得肺炸头疼，醒来再看到那张俊脸，更是火大，恨不得跟他一刀两断，割袍断义。

"下官自己的事，自己会处理。"慕灼华忍着怒火，冷漠地挣脱了刘衍的手，大步朝门外走去。

刘衍不名所以，长臂一伸钩住了慕灼华纤细的腰肢，将人拉进自己怀中。慕灼华想要挣扎起身，却被刘衍掐住了腰身，按在他膝上。她力气小他许多，用尽了力气，也只是徒劳无功地在他大腿上蹭着。

"我又做了什么事惹你生气了吗？"刘衍无奈地问道。

慕灼华冷着脸道："王爷怎么会做错事，是下官错了。"

女人生气的时候说的话得反着听，她这么说，分明就是认定他做了罪大恶极、十恶不赦之事。

刘衍余光扫过一旁桌上的那盏灯，瞬间明白她在气什么。

"你看到了，是吗？"刘衍扳过慕灼华的肩膀，让她面对自己，"晚上在御花园，孙姑娘有意模仿你，穿着和你一样的衣衫，又用了与你气味相似的发油。那处灯暗，我又听宫女说你在那个地方，便先入为主，只看了个背影，就将她当成了你。"

慕灼华仰起脸直视刘衍，冷笑了一声，道："原来王爷是看错了人，想必是人老眼花了，或者是与下官不熟，随便谁都能认错。"

以前说他年老色衰，现在更惨，变成"人老眼花"了。

刘衍哭笑不得，但此事确实是他有错在先，只能任她发脾气。

"是我喝了点儿酒，这才认错了人……"

慕灼华冷然道："这借口便更不新鲜了，男人喝了酒便容易犯错。不，喝醉酒犯的错能叫错吗？那都是缘分啊。王爷喝醉了将孙姑娘当成了我，那又会将下官当成谁？"

"你啊——"刘衍无奈低笑了一声，凑近到她耳边，"醉了是你，梦里是你，醒来还是你。"

湿热的气息撩拨着她敏感的耳垂，慕灼华脸上一烫，别过脸去，咬牙道："王爷刚刚哄了别人，现在又来哄下官。可惜下官不是孙姑娘，没有她对王爷的一片痴心，这些话，王爷留着跟别人说吧。"

刘衍看着她颈后的细嫩肌肤，恨不得在上面咬上一口，可到底舍不得，他既高兴看她吃醋，又气恼她这样不信任他，不听他一句解释。

"灼华，你我之间，没有别人，昨日之事是我错了。"刘衍先服了软，收紧了双臂。

慕灼华极其抗拒地想要挣脱他的怀抱，她不愿意在刘衍怀中闻到其他女人身上的脂粉香。但她的力气如何比得过刘衍，刘衍的手臂如铜墙铁壁一样将她锁在怀里。慕灼华气得眼红，仰起头一口咬在刘衍锁骨处。

刘衍一惊，下意识催动护体真气，又怕伤到了慕灼华，硬生生将真气压下。这一放一收太过突兀，真气反噬自身，剧痛如闪电一般掠过经络。刘衍脸色一变，浑身僵住，失去了力气，松开了抱着慕灼华的双臂。

慕灼华很快便察觉到了刘衍的异常，她立刻松了口，抬起头看到刘衍脸色发白，她这一口又没有咬出血，不至于让他脸色发白。慕灼华急忙按住刘衍的脉搏，感受到他体内真气混乱，顿时明白了是因何导致的。

"你……你……"慕灼华气急地瞪着他，结结巴巴道，"你这样会受伤的！"

刘衍浑不在意地笑了笑："我若不撤了真气，受伤的便是你了。"

慕灼华气呼呼地瞪着他，眼眶红红的，有泪珠在眼眶里打转，倔强地不肯流下来。

"你故意的。"她的声音沙哑颤抖，"你就是故意让自己受伤，骗我心疼，我才不理你呢！"

她又说反话了，看那神情，分明是气他恨他，又忍不住心疼他。

刘衍的手抚上她的脸颊，那样惊艳的容貌，一颦一笑都是画，他不忍心看她皱眉、流泪。

"你明知道，我是舍不得让你心疼的。"刘衍轻轻叹了口气，"你向来聪明，孙姑娘的那点儿心机并不能骗过你的眼睛，你只是害怕而已。灼华，无论你梦到什么，那都不是真的。我承诺过你的事，此生此世都不会变。"

慕灼华坐在他膝上，压低了脑袋。刘衍没听到自己想要的回应，只感受到她的肩膀一抽一抽地，嘴里发出委屈的抽泣声。

刘衍霎时愣住，只见慕灼华两眼泪盈盈，眼泪一滴滴地滑落，打湿了清丽绝伦的脸庞。

慕灼华越想越委屈，眼泪汹涌，情绪失控，不能自已。

"你……你……你骗我……还……还欺负我……"慕灼华抬起手，用手背抹了一把眼泪，像个孩子似的，哭得眼睛都红了，"我差点儿就信了……你们男人都一样……见一个爱一个……"

刘衍愣住了，他从未见过慕灼华哭得这般伤心，便是被慕荣责打那次，她也不过是无声落了几滴泪，此时却放声大哭起来。他无措地抬起手想要擦去她的眼泪，可这眼泪就像决了堤似的，怎么也流不完，似乎满腹的委屈、愤怒都涌了出来，她不管不顾地在他怀里发泄自己的情绪。

"乖，别哭了，我只喜欢你。"刘衍轻声哄道，"明日我便向孙家表明态度，让孙姑娘彻底死心。"

慕灼华抽抽噎噎道："没有孙姑娘，也会有王姑娘、李姑娘……"

刘衍被她哭得又心疼又无奈："你这是欲加之罪。"

慕灼华控诉道:"你……你还会去烟柳之地,逢场作戏……"

"我何时去了?"刘衍头痛不已,十分委屈。

"你去小秦宫了!"慕灼华抹着眼泪,带着哭腔哑声道,"你去了好几次,我都闻到你身上的脂粉味了!"

刘衍皱着眉头想了想,他这一年来总共也就去了两次,除了与慕灼华相遇那次,便是应酬耶律璟那次……

刘衍忽然想起那时慕灼华突如其来的转变,他当时还疑惑了许久,不知道慕灼华为什么突然疏远了他,还说不喜欢他了,现在才知道竟是因为这个。

刘衍顿觉啼笑皆非,解释道:"那一次我只是去小秦宫招待耶律璟,并未让人作陪。"

慕灼华泪汪汪的眼里写满了不信。

刘衍叹了口气,揉了揉她的脑袋,看她哭得满脸通红,自己心口便先酸软下来:"我是去过小秦宫,但只与一个女子有过肌肤之亲。"

慕灼华眼睛一瞪,哑声问道:"是谁?"

刘衍道:"是在小秦宫遇上的。"

慕灼华咬着唇,气得呼吸都急了。

刘衍抬手按住她咬得发白的下唇,含笑道:"第一次见面,她便让我脱了衣服。"

慕灼华冷笑一声,去小秦宫,脱衣服不是很正常吗?

刘衍的指腹摩挲着她温热的唇瓣,压低声音说:"然后她让我躺下——"

慕灼华抬手捂住耳朵,闭上眼睛,哑声道:"我才不听!"

刘衍拉开她的一只手,低笑一声:"慕大夫,自己做过的事,都听不下去了吗?"

慕灼华愣了一下,睁开眼呆呆地看着刘衍,一双濡湿乌亮的漂亮杏眼含着几许迷惑,映在刘衍笑意盈盈的瞳孔中,泪痕未干,便又有一抹漂亮的粉色自耳根处缓缓蔓延开来,如红霞铺满了白净清丽的小脸。

"我……我……"慕灼华颤声说了两个字,便觉得整个人都要烧起来了,脑子晕乎乎的,她笨拙地辩解道,"我……是在帮你治病……"

刘衍忍着笑,眼中却盛满了柔情:"我说不是了吗?"

他方才故意用暧昧的语气说那种话,哪里像是在说治病救人的事!

慕灼华知道自己被刘衍摆了一道,脸上发烫,心中却不那么气恼了,脾气过去了,反而不知道该如何面对刘衍了。她耷拉着脑袋,委委屈屈地哑声控诉道:"你不是好人。"

刘衍与她额头相抵,鼻尖相触,用近乎呢喃的语气轻声说道:"我知道你为什么哭。"

慕灼华濡湿的睫毛颤了一下,微抬起眼看他:"什……什么?"

刘衍唇角含笑:"'投我以木桃,报之以琼瑶。匪报也,永以为好也……'"他的双手穿过她垂落在肩头的长发,轻轻捧着她的脸颊,视若珍宝,"你好不容易违背了自己的初心,克服了恐惧,选择了相信我,要和我在一起,却目睹了那一幕……是我让你误会了、伤心了。"

慕灼华喉咙一紧,心口疼得厉害,却又在酸疼中缓缓渗出一丝甜意。

那双澄澈明亮的眼中盈着泪花委屈地看着他,看得刘衍心口如寒冰遇暖阳,融成了一片春水,既心软又心疼。

刘衍用指腹拭去她脸上的泪痕,轻声道:"我明白,于你而言,接纳我与你共度一生并不容易。看你哭了,我心里疼得很,却也有些高兴。我知你自小处境不易,很早便成熟懂事,你可以独当一面,可以伪装自己,可是在我面前,你不必如此。"他亲昵地轻吻她的长发,柔声说,"灼华,在我面前,我愿意你重新做回孩子,任性、放肆。"

慕灼华鼻尖一酸,将脸埋进刘衍温暖的怀里,双手抱紧他的腰。

这世上只有一个人,真正地懂她、欣赏她,也会怜惜她、纵容她。

她其实心里明白,那不过是一场误会,可是她太害怕了,害怕自己豁出全部去赌却赌输了。也是在那一刻,她才明白自己多么喜欢刘衍,那种可怕的独占欲几乎撕碎了她的理智,让她气得发狂、痛得心碎,她不再是那个淡定从容、处事不惊的慕灼华了。

刘衍将慕灼华紧紧抱在怀里,轻轻顺着她的后背,柔声笑道:"你曾说过,女子若是喜欢上一个人便会变笨。你看你如今笨头笨脑的,莫不是真的喜欢极了我?"

他本是一句戏言,没想到慕灼华自他怀中仰起头来,红着眼眶极为认真地看着他的眼睛,哑声道:"我是喜欢你,那又怎样,你就能欺负我了吗?"

突如其来的告白让刘衍瞬间失神,他低着头怔怔看着眼前一张一合的樱唇,耳中已经听不进去其他话了,俯身吻住了她的唇。

柔软的唇瓣被噙住,长舌顶开贝齿,属于男人的沉郁气息侵入口中,如攻城略地一般势不可当地掠夺她的一切。环抱住她的双臂箍紧了纤细的腰,一只手贴着她单薄的后背摩挲着,力气之大仿佛要将她揉进他的骨血中。她的身体不由自主地向他贴去,柔美的曲线完美地贴合着他灼热的身躯,纵然是厚厚的衣衫也阻隔不了对方身体的热度。

慕灼华觉得自己像一团要被烈阳烤化的雪,刘衍贪婪的撷取让她瑟瑟发抖,感到既害怕又莫名渴望,自己内心深处似乎也贪求这样的亲密无间。她笨拙地回应刘衍的唇舌，却不知道自己生涩地挑起了一团更猛烈的火。

刘衍喘息着松开她被吻得红肿的双唇，深深凝视着她绯红的双颊，还有濡湿的双眸。慕灼华伸出粉粉的舌尖舔了舔下唇刺痛的伤口，无意识的动作勾得刘衍下腹热意更甚，呼吸一窒。她坐在他膝上，两人的身躯紧紧贴着，他身体的反应，慕灼华立刻便察觉了，顿时身体一僵，想要往旁边移，却全身酥软，提不起劲，只是在他欲望汹涌之处蹭了蹭而已。

刘衍双手掐住她扭动的细腰，哑声道："再乱动，我可忍不住了。"

慕灼华顿时不敢动了，她怯怯地抬眼看向刘衍，又极快地垂下眼来，环在他腰上的手钩着他的腰封，指尖在上面来回摸索，用极低的声音咕哝了一句："那……那就不要忍了呀……"

刘衍心脏猛地缩了一下，目光掠过她红肿的樱唇、敞开的领口处细腻柔滑的肌肤，以及她不盈一握的纤细腰肢，平日里端庄自持的慕大人此时依旧一身文士长袍，脸上却是一片绯红娇媚之色，微颤的睫毛流露出她心中的忐忑，还有一丝期待。

刘衍深吸了一口气，忽地将人按倒在柔软的被褥里，半身压在她柔软的身躯上，双手撑在她身侧，俯身在她耳畔哑声道："你确定……你已经准备好了吗？"

慕灼华闭紧了双眼，一副又屃又刚的模样，颤声说道："当……当然！"

耳边传来一声低笑，湿热的触感扫过她敏感的耳郭，他甚至在她柔软的耳珠上轻轻咬了一下。

"好。"

一双手抚遍了她的身体，轻轻一钩，解开了腰封的束缚，又慢条斯理地摘除了她身上所有的遮挡物。看似清瘦纤细的身体，却无一处不柔软细腻。他用略显粗糙的掌心摩挲过她的每一寸肌肤，又用唇舌品尝她的滋味。

绵软细腻的身体如一朵含苞待放的桃花缓缓舒展开自己柔嫩的花瓣，每寸花瓣都染上了瑰丽的粉色，花瓣上滚落滴滴晨露，浓烈的芬芳比千年的醇酒还要让人沉醉，让人恨不得一饮而尽，再将那花瓣碾磨了、捣碎了，一丝不落地吞入腹中。

她像一团幼白的雪在他身下融化，纸上得来终觉浅，陌生的情欲比上次中毒更让人难以忍耐。她咬着唇想忍住要溢出口的低吟，一根手指撬开了她的唇齿，伸进口中，她听到男人用低沉喑哑的声音说："别咬伤了自己。"

她咬着他的手指，湿软的舌尖不经意地扫过他的指腹，便听到他呼吸一窒，随即在她敏感处轻轻咬了一口，呼吸更加粗重、急促。他是个极有耐心的人，既能一点点地打开她的心防，也能一点点地融化她的身体，让她发出细碎难耐的轻喘低吟，眼角渗出的既愉悦又痛苦的泪花被他的舌尖轻轻一扫。他在她身上尝到的所有滋味，又尽皆渡入口中还她。

慕灼华攀着他的肩膀，整个人沉沦于他给予的目眩神迷之中，恍惚地想着原来两情相悦的欢爱是这样让人欲仙欲死啊……可是下一刻，劈开身体般的疼痛便让她皱着眉头哭出了声。

"不……不要了……"慕灼华方才一片绯红的脸颊顿时变得惨白，她埋在他肩窝处啜泣着，既疼又委屈，"我疼……你出去……"

刘衍的手抚着她绷得紧紧的背脊，这一回却没有听她的话，他咬着她的耳朵，暗哑低沉的声音里充斥着情欲与掠夺的意味："迟了……"

他一点点地撑开她的身体，用极尽耐性的安抚减轻她的痛楚，直到她面上再次浮起红晕，发出甜软的低吟，然后在一次次的顶弄中化成一潭春水，最后却是喊得哑了。那个口口声声说疼她的男人，到了床上一边撷取，一边哄骗，直到榨干她的力气，才将睡着的人圈进怀里，轻轻亲吻她潮湿的眼角。

他生命中空缺了二十七年的地方，似乎此刻才真正被彻底填满。

上元节放了两日假，节后第一次早朝上，百官发现了一件奇怪的事：户部的慕大人好像变好看了，而且变得不是一星半点，所有人看到她的第一眼都不由自主地呆住，虽然还是一样的官袍装束，一样的低眉顺眼，却有着说不出的风流动人，他们不禁怀疑自己之前是不是瞎了，为什么觉得她相貌平平。

慕灼华被人暗中打量，心中唯有苦笑。被太后擦去易容膏，陛下也知道了此事，她若再易容掩饰，只会让陛下和太后认为她别有用心。她无可奈何，只能放弃易容，只是稍微将眉毛画得凌厉一点儿，少一些少女的柔媚姿态。然而初经人事的少女眉眼间自有一股妩媚风流之色，这三分春色便足以融化七尺寒冰。

众人暗中议论着，忽然见一袭暗紫色自门外大步走来。议政王面色冷沉，似有不虞，登时将众人的议论声压了下去。百官面面相觑，暗自揣测是谁得罪了议政王，且他今日似乎比往日迟到了半刻钟。

刘衍一进门便看到了人群中娇小的身影，她双手交叠于身前，面含微笑，举止与往常并无不同，但那艳若桃李的绝色容颜吸引了所有的目光，她不言不语，却俨然身处旋涡中心。

刘衍今晨本是等着她一同上朝的，马车等了好一会儿，却未见慕灼华踪影。他还以为慕灼华身体不适，差遣了执墨去问，才知道她早已进宫了，这明摆着是躲着他，避开他。刘衍哭笑不得，心口略微堵着，一路上沉着脸盘算着如何"教导"她。尚未进门便听到那些男人的议论声，他的火气便更旺了，但一看到她水汪汪的眼眸，再大的火气也瞬间被浇灭了，只余一声叹息。

慕灼华压低了脑袋不敢与他对视，只怕一张嘴一抬眼便外露了情绪。刘衍走到她身旁停下，没有人敢直视刘衍，他倒是借此方便，将她笼罩在自己的阴影里，又有广袖作为遮掩，悄悄握住她的手。

慕灼华顿时僵住，却又不敢动作太大，怕引来别人关注。

那人便坏心眼地捏着她的掌心，又麻又痒的感觉让她半边身子都酥了，呼吸也乱了。她情不自禁地咽了咽口水，压低了脑袋，生怕别人察觉出她的异样。

刘衍压低声音，用只有两人能听到的低沉声音说："散朝等我，一起回家。"

慕灼华沉默不语，袖中那只手便用力捏了一下，她身子一颤，只得无奈地点头。

终于到了上朝的时辰，刘衍只能松开手，与她分开。她站在队伍之末，待与他拉开距离，心跳才缓缓平复下来。

她现在真的不想见他！她的腰还酸着呢！

百官鱼贯进殿，山呼万岁。刘琛抬手免礼，便看到百官起身，分列两侧。

慕灼华站得太远，又压低了脑袋，被重重人影挡着，刘琛有意想看她一眼，却怎么也看不清。刘琛神思不属地收回目光，猛地与刘衍幽深的目光撞到了，他的心脏猛地跳了一下，莫名有种心虚的感觉，下意识地别过脸去，不敢与刘衍对视。

就在这时，刘衍上前一步，沉声道："陛下，臣有本要奏。"

众人惊讶地看了一眼刘衍的背影，议政王甚少进言，能让他开口的必然是大事，却不知他要说什么。

刘琛清了清嗓子，收敛了心神道："议政王请讲。"

刘衍道："慕灼华年纪尚轻，经验不足，难以堪当天子经筵之重任，臣奏请陛下撤去慕灼华经筵一职。"

此言一出，众人都惊了，若不是慕灼华站在最末尾，他们都想回头看看她的脸色了。他们不由得想起之前的传闻，说慕灼华得罪了议政王，被狠狠训斥了一番，眼睛都哭红了。他们有的以为是谣言，有的以为只是小事，没想到不但是真的，还这般严重。

慕灼华早先就身居讲师一职，因为皇子受伤之事便被撤去了官职。后来新帝登基，重新起复，如今又因为得罪了议政王而将再度被罢免，这起起落落的，也着实刺激了一些。

慕灼华只是一个没有背景后台的小官，众人虽然对她有些怜悯之情，却犯不上为她与议政王作对。因此刘衍这话说完，大殿上一片死寂，无一人开口，也无人在乎刘衍为何有此奏请。

刘琛看着刘衍的眼睛，骤然明白了他的意思。他不放心将她放在自己身

411

边，他既担心太后再次对付她，也更担心自己喜欢上她……

龙椅上的人一只拳头紧握着，骨节微微发白，刘琛忽然觉得嗓子干哑得有些难受，但还是开口说道："议政王此言有理，准奏。"

虽是撤职，慕灼华也只能恭恭敬敬地谢恩。

众人还未从这番变故中缓过神来，又见沈惊鸿站了出来。

"陛下，微臣有一要事上奏。"说话间沈惊鸿双手捧出一份奏章，立刻有太监将奏章转呈刘琛。

"大理寺收到匿名举报，举证工部尚书利用职权之便，借修建宫殿之事，大肆敛财，中饱私囊。臣经搜证核实，罪证确凿无误！"

沈惊鸿当真是语不惊人死不休，一言既出，满堂皆惊。工部尚书孙汝瞪大了眼睛，难以置信地看向沈惊鸿，半晌才反应过来，伸出手指着沈惊鸿的鼻子破口大骂："你……你这是诬告！"

孙汝转身向刘琛重重跪了下来，叩拜在地："请陛下明鉴！"

刘琛捏着奏章的双手微微颤抖，他脸色阴晦，显然暴怒至极。

沈惊鸿朗声道："宫殿翻修采买木料均由商号天兴号经手。天兴号乃定京首屈一指的商号，分号遍布陈国。经臣查实，天兴号经营米粮、布料、银楼，并无经营木料之资质，但从天兴号购入的木料价格远超市价三倍以上。"

孙汝冷然打断道："这就是沈大人无知了。朝廷翻修宫殿的木料无一不是万中挑一的良材，岂能与市面上的劣质木料相提并论？本官既然负责修殿之事，自然不能以次充好、蒙蔽陛下！"

沈惊鸿淡淡一笑："下官也是这么想，因此又特地去查了采买的金丝楠木，发现了一件更匪夷所思的事。孙大人，工部采买的一批金丝楠木里，有七成实则为黄心楠木！黄心楠木与金丝楠木相似，价格却是天差地别，这就是孙大人所说的以次充好、蒙蔽陛下！"

"你胡说八道！"孙汝勃然大怒，气得脸上一阵红一阵白，"本官岂会做出这种事，这是栽赃陷害！"

沈惊鸿并不理会他的指责，面色从容地将所查证之事当堂说出："大理寺查案，不敢马虎。微臣亦是担心孙大人受人蒙蔽，因此又去查了天兴号的背景，这才发现，原来天兴号背后最大的东家便是江左孙家！孙汝以权谋私，利用采买之权中饱私囊，致使朝廷损失数百万两。请陛下明察重罚，以儆效尤！"

孙汝跪着大呼："陛下，臣冤枉啊！"

奏章被狠狠扔到孙汝头上，将他的官帽打歪了。刘琛目光锐利地盯着他的头颅，冷笑道："朕亦相信大理寺不会冤枉好人，孙尚书若是问心无愧，便去大理寺说清楚吧！"

孙汝顿时面如死灰，大理寺的虎牢狱宛如阴曹地府，那庄自贤进去几天便把什么都招了，他若进去了，还能有命活着出来吗？

沈惊鸿在一旁微笑道："孙大人不必担心无人作陪，相关人等已经在虎牢狱中等候您的大驾了。"

户部尚书周次山与孙汝交好，见此情形，一颗心沉到了谷底。他也不愿意招惹是非，但若孙汝若被抓了，恐怕他也难辞其咎，因此他只能硬着头皮站了出来。

"陛下，孙尚书年高德劭，此事是否与他有关，抑或是他遭人陷害，犹未可知，岂能轻易折辱老臣？"

沈惊鸿瞥了他一眼，似笑非笑道："还请诸位大人放心，下官定然会好好招待孙大人，绝不用刑屈打成招。我们大理寺素来以理服人。"

"去你娘的以理服人。"周次山和孙汝在心中破口大骂。当初庄自贤出来后，整个人都傻了。大理寺经手的都是重案，从来没有人知道大理寺是怎么处置嫌犯的，但从大理寺虎牢狱出来的人中没有一个能把话说利索的，甚至可以说，就没几个能活着走出来。

看刘琛脸色知道求情无望，周次山想到孙家与刘衍有结亲之意，便将目光放在刘衍身上，开口道："兹事体大，请王爷明断！"

刘衍的目光淡淡扫过周次山与孙汝，最后落在沈惊鸿面上。沈惊鸿面上含笑，不卑不亢地回视刘衍的目光。所有人都在等待刘衍发话，半晌才听到刘衍沉声开口道："既是大事，便应遵从陛下旨意。"

此言，一锤定音。

沈惊鸿疯了。人人都在心里念着这句话。若不是疯了，他怎么敢在早朝上公然对孙汝宣战？

沈惊鸿收到密报，调查孙汝，这些事就是大理寺的人也不知道。按说他应该先将调查一事写成奏章，上呈风华殿众议，他却瞒过了所有人，暗中调查，直到今日早朝上才猛地放出这颗巨雷，炸得孙汝措手不及。证据确凿，其他人都不敢开口为孙汝说话，只有周次山身为世家之首，与孙家有利益勾连，不得不出面。刘琛本就对世家多有不满，周家与他尚有一层亲戚关系，他还会给周家几分薄面，而孙家仗着底蕴深厚，并不将皇室放在眼中，以权谋私，刘琛如何能忍？

不少人心中还隐隐有另一层猜测：陛下将沈惊鸿调至大理寺，是否本就有意对世家下手？是沈惊鸿疯了胆大妄为，还是背后有陛下主使撑腰？

慕灼华怀揣着心事出宫,被人近了身也没有察觉,只觉腰上一紧便被人圈在怀里,囫囵个儿卷进马车中。

她被扔进了层层铺叠的柔软皮毛里。下手之人显然极有分寸,未伤到她分毫。她被晃了一下,官帽掉在了一旁,身子一歪倒在软垫上,还没等她直起身子,便又被笼罩在阴影中。

刘衍将她整个人禁锢在身下,一手扣住她的后脑勺,不由分说便堵住了她丰润柔软的双唇,张口欲言的抱怨顿时化成细碎绵软的呜咽,被他吞入口中。热流自缠绵的唇齿蔓延至全身,沉郁的气息占据了全部的感官,那一夜凌乱不堪的回忆再度浮上脑海,腰间的酸软还提醒着自己所受过的折腾。她既是喜欢又是害怕,想要推拒,却浑身上下寸寸酥软,无力反抗。

直到她满面潮红,呼吸紊乱,他才不舍地松开她微肿的红唇,用磁性低沉的声音责问道:"让你今早等我,为何先走了?"

慕灼华脸都红了,支支吾吾道:"我……我腰酸……"

她说这话,仿佛是在提醒他似的,他一只手便按在她腰上揉捏,她整个人都软了。

"知道你腰酸,才让你等我的马车。"刘衍低笑了一声,那只手并没有安分地待在她腰上,只顾着在她身上点火。

马车嗒嗒动了起来,慕灼华心跳得又乱又快,想到外面还有人,她便臊得慌,抓住刘衍为非作歹的手,压低声音咬牙道:"你……你……你不要再弄我了……"这个"弄"字用得极好,让刘衍的心悸动一下,手上不由自主地加了三分力道,便听到慕灼华低吟了一声,气息不匀地说:"你……这是杀鸡取卵!"

刘衍怔了一下,便将人紧紧搂在怀里,埋在她肩窝处低低笑出声来。慕灼华清晰地感觉到来自对方胸腔的震动,她脸上红了又红,比云霞还好看十分。她郁闷地推了推他的胸膛。

"刘衍,你别欺负我呀……"她的声音又低又软,虽是求饶,却让人更想欺负她了。

刘衍忍着笑从她身上起来,将她扶起坐在自己腿上,好整以暇地玩着她白细的手指:"灼华,你是真不了解男人啊……"

这种不自知的引诱才更让人难以把持。她自以为是的了解,实在有限得很。不过,这种恰到好处的无知也是极好的。

他自然不会在这种地方要了她,只是小惩大诫而已,但看她这副勾人的模样,自己却不得纾解,似乎是自己受到的惩罚更重了……

慕灼华对刘衍的心态一无所知,乖乖地坐在刘衍腿上,任由他把玩自己的手指,见他没有更过分的动作,便悄悄松了口气。

"我若是太了解男人了，只怕会更嫌弃。"慕灼华皱了皱鼻子，眼珠子一转，拉了拉刘衍的袖子，"刘衍，我有件重要的事和你说。上元夜，沈惊鸿曾让我和他一起状告孙汝渎职、贪污。"

刘衍眉梢一动，似乎并不意外："哦，你拒绝了。"用的却是肯定的语气。

"他这做法不妥，虽然确有其事，但用如此激进的做法恐怕会遭遇反噬。恩荫制改革最终还是对世家让步了，他直接对孙家下手，这是拉着陛下一起下水。"慕灼华的眉宇间染上忧色，"他的那份奏章，你看过了吗？"

"看了。"刘衍脸色微沉，意味不明地笑了一声，"灼华，你离他远点儿。"

第二十一章·长命百岁

> 世人有错，我纵之任之，坐视其大，而后杀之。你以为，我是好人还是坏人？

孙汝入狱后，朝堂便日日笼罩在一种怪异的气氛中。每个人说话都压低了声音，也说不清楚自己在害怕什么。

孙家人暗中找到周次山商量对策，周次山也没想到，来的竟会是孙老太爷，也就是孙汝的父亲。

孙老太爷须发皆白，孙汝出事后，他在一夜之间憔悴了许多，更显得老态龙钟。周家虽然是百年世家，又接连出了两位太后，势力强过孙家，但周次山也不敢在孙老太爷面前摆谱，孙老太爷到底是三朝重臣，年高德劭。他扶着孙老太爷入了座，自己才坐下。

"周大人，你我两家相互扶持，难分彼此，理应同气连枝。"孙老太爷神色凝重，沉着声道，"如今孙家落难，老夫厚颜上门求助，还望周家伸出援手。"

周次山忙回礼道："孙老太爷言重了，孙兄遭小人陷害，本官断不会坐视不理。只是此事恐怕并不简单。"

孙老太爷道："周大人可是有什么发现？"

周次山垂下眼，把玩着手上的小叶紫檀，思虑重重地说道："不瞒您老，沈惊鸿弹劾孙兄的奏章，风华殿众大臣都看过了，其中有些私密资料是从户部流出去的。"

孙老太爷闻言一惊，挺直了背脊："周大人，这是——"

周次山抬手安抚住孙老太爷，道："您老稍安，这事绝非本官所为。本官已经查清楚了，经手这些机密资料的是户部郎中慕灼华。"

孙老太爷虽然不在朝中，却听闻过慕灼华的名声，毕竟是如此年轻的探花，还是一名女子。

周次山又道："慕灼华与沈惊鸿同年同榜，如今深得陛下信重。慕灼华身在户部，沈惊鸿之前在吏部，这两部乃六部最重要的部门，陛下是有意栽培二人。去年，沈惊鸿主持考功司事务，态度强硬地主张废止恩荫制，此举显然是有陛下在背后授意、支持，又有议政王从中斡旋，否则他一个小小的侍郎如何敢与满朝文武为敌？"

孙老太爷面上闪过一丝阴沉之色："周大人言下之意，此番沈惊鸿针对孙家之所为也是陛下的意思？"

周次山冷冷一笑，道："慕灼华私下将户部资料交与沈惊鸿，若没有陛下授意，她敢吗？沈惊鸿去年借考绩之事改革恩荫制，三品以下官员被断了后路，今年京察之事便不可能再交给他，陛下却将他调去了大理寺，这事恐怕不是巧合。先断枝丫，后断其干。沈惊鸿，不，应该是陛下，他心野了，想对世家下手了。"

孙老太爷一颗心沉了下来，如果是陛下有意对付孙家，那该怎么办？

"老夫听闻，议政王也是附议支持陛下的。"孙老太爷面色灰白，"陛下封定王为议政王，本就想利用他的威信来制约世家，难道才登基不到一年，陛下就按捺不住了？"

周次山瞥了孙老太爷一眼，状若无意地问道："孙家与议政王不是在议亲吗，难道有什么变故？"

孙老太爷眉心闪过忧色，想到了孙纭纭憔悴的面容，心里有些不忍。这个孙女自小聪明懂事，家族是花了大力气去栽培的，没想到她一心扑在定王身上。若是定王愿意，这倒是一门极好的亲事，但看孙纭纭的神色，似乎是在定王那里受了委屈，问她究竟是何事，她也闭口不谈，却还是一副不死心的模样。

联系到孙汝入狱之事，孙老太爷心里有了另一重猜测：莫非定王早知道孙家会有此劫难，所以故意不与孙家结亲？若真是如此，恐怕此事不能善了了……

孙老太爷暗自叹了口气，对周次山说道："孙家与议政王的亲事也不过是先帝一句戏言，没有旨意，便不能作数，比不上周家出了两位太后。孙家之事，还希望周大人施以援手，孙家感激不尽，必有回报。"

周次山眼中闪过精光，微笑着点了点头。

他固然是要出手的，毕竟他也牵涉其中，但他与当朝太后是有血缘关系的堂亲，陛下看着这层面子，也不会对他太过苛责。若是能从中再得利，咬下孙家一块肉来充实周家，那便再好不过了……

慕灼华明显感觉到了身边人对自己的疏远。

周次山看向她的目光晦暗，她手中的事务也被找了由头交给周次山的心腹，他明摆着不信任她了。这种态度自然也影响到了户部的其他人。

慕灼华没有多说什么，每日埋头做事，无事可做便拿着本书看，既不辩驳，也不抗争，一副安之若素的模样。只是以往她都是最后一个离开衙署，现在她却是第一个离开。她离开后，衙署里的议论声才大了起来。

"是她泄露了户部资料，和沈惊鸿勾结的吧……"

"周大人为什么不处置她？"

"如果她是得陛下授意呢……"

这些议论，慕灼华即便没有亲耳听到，也能猜到。

她眼神微动，脚下没有片刻停滞，径自出了宫门。

一顶青色软轿停在宫门外，轿子旁站着一个婢女装扮的女子。她举目张望了许久，看到慕灼华的身影步出大门，眼睛一亮，急忙小跑上前，拦住了慕灼华。

"慕大人，我们家小姐有请！"

慕灼华诧异地看向婢女，又看向不远处的轿子。轿帘被掀开了一角，露出孙纭纭略显憔悴的面容，她一脸恳求地望着慕灼华。慕灼华轻轻一叹，点头道："你引路吧。"

孙纭纭就近找了一家酒楼，之后两人进了一间包厢。

门一关上，孙纭纭便向慕灼华行了大礼。

慕灼华一惊，立刻抬手扶住她："孙姑娘，这是何意？"

孙纭纭抬起头来，泪眼盈盈地看着慕灼华："请慕大人放过我们孙家。"

慕灼华眉头皱了皱，松开扶着孙纭纭的手，觉得有些匪夷所思："孙姑娘何出此言，我不过一个五品官，有何本事为难孙家，又有何本事放过孙家？"

孙纭纭凄然一笑："慕大人何必隐瞒，我早已知道王爷对你一片深情，是我自不量力，想与你争。"

慕灼华气笑了："敢情孙姑娘真以为是我将户部资料外泄，陷害孙大人？"

孙纭纭含泪不语，分明是默认了。

"恐怕你还以为是我唆使了王爷，让他对孙家落井下石。"慕灼华声音冷了下来，"孙姑娘，你把自己看得太重了，也把我看得太重了。你是孙家嫡长女，应该明白，朝局为重，私情为末，无论王爷对你如何，他都不会因私废公，迁怒、陷害孙家。孙大人入狱，是他罪有应得，并非我或者王爷有意陷害。"

孙纭纭泫然欲泣，道："是，是我误会了慕大人和王爷。"孙纭纭说着跪了下来。慕灼华移开半步，却没有再俯身相扶。

孙纭纭垂泪道："今日我避开众人求见大人，是想请大人救救孙家。王爷对大人痴心一片，若是大人开口求情，王爷也能对孙家看顾几分，如此纭纭便感激不尽，发誓不再纠缠王爷。"

慕灼华深吸了一口气，叹道："孙姑娘，你喜欢王爷什么呢？"

孙纭纭闻言一怔，抬起头看向慕灼华。

慕灼华神色复杂地俯视她:"你是喜欢他位高权重,还是喜欢他俊美儒雅?你可知道他是个什么样的人?"

孙纭纭哑口无言。

"他既不会因为私情而针对无罪之人,便也不会因为私情就放过有罪之人。"慕灼华淡淡说道,"至于你要不要纠缠他,是你的事,与他无关,更与我无关。"

孙纭纭见慕灼华转身要走,立刻从地上爬了起来,喊道:"既然你不愿帮我,又为何要见我?"

慕灼华顿住脚步,回头看她:"听闻你对王爷倾心已久,非他不嫁,一个世家女子敢豁出自己的名声去追求所爱,总是让人佩服的,因此,我也想见见你。

"可惜,你让我失望了。"慕灼华眼中闪过一丝失望,"孙姑娘,你喜欢的并不是王爷,而是你年少时的幻想。"

慕灼华说完便开门离去,只留下孙纭纭一脸怔忪地留在原地。

慕灼华觉得自己真是浪费了生命中宝贵的一个时辰。她心里本来是有点儿敬佩、同情孙纭纭的,但见了面就觉得自己把孙纭纭想得太美好了,传闻中的世家大小姐格局也太小了,还比不上她那个对旁人狠、对自己更狠的明华妹妹。

慕灼华出了客栈,往朱雀街的方向走去,忽然听到前面传来一阵喧哗。她好奇地快走了几步,拦住一人问道:"前面发生什么事了?"

那人见慕灼华身着官袍,不敢怠慢,立刻躬身答道:"有人当街行刺朝廷命官,京兆府派人封锁了现场,正在捉拿刺客。"

慕灼华听得眼皮一跳,有种不祥的预感:"谁被刺杀了?"

"小人也没见到,听说……是沈惊鸿沈大人!"

沈惊鸿当街遇刺,这件事不到半日便传遍定京。与此同时,关于背后主使的猜测也众说纷纭,毫无疑问,嫌疑最大的就是孙家。酒楼、茶馆里的说书先生一脸煞有介事,把孙家以权谋私祸国、沈惊鸿铁面无私锄奸的事编成话本,说得百姓义愤填膺,恨不得去孙家门前扔石头。

除了孙家,还有谁会对沈惊鸿生出这么大的仇怨?

沈惊鸿受了伤,但第二日还是照常上朝,只是左臂缠着绷带吊在颈上,眼角还有一块瘀青,本该狼狈的模样在他身上反倒显出几分铁骨铮铮的雪松之姿,让人望之心生敬意。

他在寒门官员中极有威望,见他来了,便有一群年轻官员围了上去,关切地问他遇袭之事。沈惊鸿面上含笑,似乎对此事丝毫不畏惧,反倒安慰了为他担心的众人。

慕灼华的目光越过人群与他撞上,沈惊鸿朝慕灼华点头一笑,慕灼华眉头一皱,用审视的目光打量着他臂上的伤。

听说,他的手臂被利剑刺穿了。昨日慕灼华赶到事发之地,还看到了地面上的血迹,从出血情况来看,伤得不轻。

众人没说几句,便看到殿门打开。百官进殿叩拜,却没听到本该有的平身之声。

大殿上寂静无声,一股寒意沉沉地压在众人肩上。

只听刘琛用冰冷的声音说道:"给沈惊鸿赐座。"

侍卫抬着椅子上殿,沈惊鸿徐徐起身,向刘琛行礼谢恩,坐在椅子上。

刘琛目光扫过一片黑压压的头颅,冷笑道:"光天化日,皇城根下,居然有亡命徒胆敢刺杀朝廷命官,京兆尹何在?"

京兆尹颤颤巍巍地出声:"臣……臣罪该万死!"

"你是罪该万死。"刘琛扫了他一眼,"更该死的是行刺之人!朕给你三日时间,抓到行刺之人,找出幕后主使!"

京兆尹面上无一丝血色,只能苦着脸叩首:"臣遵旨!"

"孙汝案,大理寺务必加紧时间审理,朕要一个结果。"刘琛冷然道,"不计代价。"

这四个字如钢锥一般扎在众人心口,他们都意识到一件事——孙家完了。

沈惊鸿从大理寺出来时,天色已经黑了。他独行于庭中,有一只手扯住他的袖子,将他拉进一个无人的房间,反手关上了门。

沈惊鸿挑了下眉梢,看着眼前一脸严肃的慕灼华,微笑道:"你这是做什么?"

慕灼华后退了一步,上下审视沈惊鸿:"这句话该我问你才对。沈大人,你到底想做什么?人人都说我泄露了户部的机密,与你勾结,陷害孙汝。但我从未做过这事。几日前,我的书案有被人动过的痕迹,是你偷走了修殿专项明细,陷害我!"

沈惊鸿笑而不语,低头看着慕灼华。

慕灼华深吸了一口气,沉下脸来:"为什么?我那日已经拒绝过你了。"

沈惊鸿道:"大理寺收到密报举证,自然需要查案核实。孙汝所作所为,罪证确凿,难道慕大人觉得他不该认罪伏诛吗?还是你害怕自己受到牵连?"

慕灼华咬着唇,眼神晦暗地扫过沈惊鸿臂上的伤处:"你连死都不怕,我又怕什么受到牵连?但沈大人你不问自取,又是在怕什么?你怕我不同意你的做法吗?"

沈惊鸿自最初出现在众人眼前便一直是一副张狂不羁的模样,无所畏惧,大义凛然，慕灼华对他有一份敬重，但心中也隐隐觉得不妥。沈惊鸿聪明绝顶，为何要屡屡将自己陷于险境？上一次提出废止恩荫制也是，虽然最后他激流勇退，保全了性命又邀买了民心，但刚刚起复，他就玩得更大，直接把矛头指向工部尚书，他到底有什么图谋？

越是与他走得近，便越是看不清这个人。

"你会同意吗？"沈惊鸿笑着反问道。

慕灼华一双澄澈通透的眼睛直直盯着沈惊鸿，仿佛想看清他这个人。良久，她展颜一笑："我懂了。"

"嗯？"沈惊鸿好奇地挑了下眉梢。

慕灼华松开他的衣袖，冷冷说道："去年废止恩荫制一事，你便想拉我入局。我与庄文峰有仇在先，你料定我不会拒绝，没料到定王拿走了我的奏章，先我一步上奏，把我摘出来。

"今日你这么做也是一样的动机，我先前拒绝与你同谋，你便私自偷走了我手上的机密卷宗，让我不得不与你站到一处。"

慕灼华又后退了一步，与沈惊鸿拉开距离，似乎站得远一点儿才能将他看得更清楚。

"我与你有仇？"慕灼华不解地看着他，"你为什么要害我？"

沈惊鸿笑了笑："我以为慕大人也是一心为公之人。"

慕灼华轻轻笑了一声，道："我原也以为沈大人是一心为公之人，你谏言废止恩荫制，扩大科举取士名额，这确实是良策。你又弹劾孙汝渎职贪污、以权谋私，也确实是大义凛然，铁面无私。可是沈大人，别人不知道，我是知道的，当初，是你向陛下进言让陛下命孙汝主持修殿之事！"

沈惊鸿低头看着慕灼华的眼睛，她的眼睛太亮了，仿佛什么都瞒不过她。

"这件事，是孙汝自己求来的。"沈惊鸿微笑着纠正慕灼华的说法。

"陛下最初的旨意是令枢密院的文大人主持此事，若不是你向陛下进言，陛下断不可能接受孙汝和周次山的胁迫，以此为交易，让你主持外官考绩之事。"慕灼华有些咄咄逼人地盯着沈惊鸿，"陛下疾恶如仇，行事刚直，不会轻易向世家妥协。只有你，会向陛下如此献策。"

慕灼华记得，当时陛下要求翻修失火的宫殿，遭到周、孙二人百般推阻。陛下还向刘衍求助过，但未等刘衍出手，他便将此重任托付给了孙汝，同时任命沈惊鸿为考功司主持。当时慕灼华并未察觉有何不妥，如今回想，却处处可疑。

沈惊鸿凝视着慕灼华，忽地笑了出来："陛下倒是信任你，什么都和你说。"

"陛下也信任你，什么都听你的。"慕灼华沉声道，"陛下任你为大理寺卿不过数日，你是何时收到密报，何时开始调查孙汝，怎么可能短短几日就查明了证据？除非，你早有预谋。"慕灼华眸中闪过一丝锐意，"你举荐孙汝，就是为了今日扳倒他，你去年曾问我修殿耗费也是别有用心！"

沈惊鸿轻轻一笑，拍了拍手鼓掌："慕大人果然机智过人，瞒不过你。"

慕灼华不解地看着他："你为什么这么做？你与孙家有仇？"

"慕大人可还记得皇家别苑初见，你和我说过郑伯克段于鄢的典故？"沈惊鸿声音低沉，凤眸中波光流转，意味深长，"世人有错，我纵之任之，坐视其大，而后杀之。你以为，我是好人还是坏人？"

慕灼华看着沈惊鸿墨玉般的双眸，哑然无语，心中升起一股陌生的感觉，仿佛自己从未认识过眼前这个人。

沈惊鸿笑着拂了拂衣袖："慕大人，孙家乃国之蛀虫，我为国锄奸，问心无愧，你若是看不上我的做法，大可与我割袍断义。"

沈惊鸿说罢打开门，扬长而去。

慕灼华紧皱着眉头，看着他远去的背影。他们一人在屋内，一人在屋外，她站在廊下的阴影里，而他大步走在月光下，一道看不见的鸿沟横亘其间。慕灼华隐隐感觉到，沈惊鸿所图甚大，而她对他的了解实在太少。

"看够了吗？"一道低沉的声音自阴影中传出，打断了慕灼华的思绪。

慕灼华回过神来，看向缓缓走来的男人。

"刘衍！"她惊了一下，不知怎的有一丝心虚，下意识就想转身逃走，然而刚转过身便被人自身后钩住了腰封。

刘衍将她拉进怀中，抵着她的耳朵低声说："你不但瞒着我私会女子，还私会男子，是不是该给我一个解释？"

慕灼华耳朵红了起来，气恼地说："怎么，你难道气我欺负了孙姑娘吗？"

刘衍失笑道："你明知我不是这个意思。"

慕灼华冷哼一声，道："那你也明知我虽然私会，可没有私情。"

刘衍叹了口气，搂住她细软的腰肢："我劝过你，离沈惊鸿远一点儿。"

慕灼华脸上红扑扑的，气呼呼地推开了刘衍："他还比你安全点儿呢！"

那双眼睛水汪汪的，虽然一副气恼的样子，却丝毫没有威慑力，反而委屈巴巴的，招人疼。她咬了咬唇，面上掠过一丝羞恼的神色，嘟哝道："我可没有多余的官袍让你撕了……"

说起这事，她脸上还是烫得很。本来以为刘衍在那方面也是没什么经验，自己好歹是家学渊源、熟读春宫图的，不料男人在这方面似乎无师自通，天赋异禀，她实在是惹不起，便只能躲了。但躲也躲不起，瘦死的刘衍也比慕灼华大啊，区区门窗又哪里阻隔得了他，入了夜便闯进她的书房。说好的等她做完事再陪他，可做到一半，刘衍便从身后环住了她，殷勤教导她政务之事。她认真好学，没有提防，后来不知怎的就被他剥了官袍，按在书案上欺负。

这叫外室吗，这叫登堂入室了！

第二天郭巨力还问她官袍领口怎么破了，她绞尽脑汁编了一个自己都不信的故事，看郭巨力一副半信半疑的样子，恐怕也是不信的。

身心受创，颜面扫地，她想冷落他几日，却又被他逮住了。

刘衍好笑地揉了揉她的脸颊："别气恼了，我答应你下次不撕坏你的衣服。"

慕灼华拍开他的手，没好气道："又不只是衣服的事……"

慕灼华生着气，却不知道她生气的模样刘衍也喜欢，因为她这副生气时羞恼脸红的模样是只有他才能有幸看到的风景。

"我跟你说正事。"慕灼华扯了扯刘衍的袖子，压低声音道，"我总有些担心沈惊鸿要做什么。"

刘衍微微一笑，覆住她的手背，漫不经心地点了点头："除了你，我未曾对任何人放心过。"

"我是认真的！"慕灼华见他这副模样，不由得气恼地加重了语气，"我总觉得他行事太过激进，十分不妥。"

刘衍笑道："他所做之事利国利民，我助他一把，也无不可。"

明面上看，确实如此。沈惊鸿举着大义的旗帜，谁若说他的不是，谁便是乱臣贼子、贪官奸臣。可他行正义之事，用的却是不光明的手段。慕灼华也非迂腐之人，她可以理解沈惊鸿的手段，却不能理解他为何要以身涉险。君子不立危墙之下，以他之聪明，何至于此？

"上元夜，他便让我泄露户部机密给他，我没有答应。"慕灼华蹙眉忧心道，"要救慕家，我另有想法，本打算等慕家陷于绝境时再劝说父亲将慕家转为官营，如此一来，既可以向陛下效忠，也可以保全慕家，与世家抗衡。若在平时父亲一定不会同意，只有等抄家之祸临头，他才有可能答应。我认为沈惊鸿救慕家是借口，真正的意图只是对付孙家而已。"

刘衍好整以暇，淡淡一笑："孙家落了把柄在大理寺手中，命该有此一劫。"

"百足之虫死而不僵，孙家不是这么好对付的。"慕灼华心中总有一种担忧，却说不清是在担心什么，或许正是因为对沈惊鸿不了解，对局面无法掌控，才让她没有一丝安全感。

刘衍环住她的肩膀，轻笑道："担心什么，自有我在呢。"

过了两日，慕灼华就知道自己担忧的事情是什么了。

孙汝一案，不是结束，只是一个开始。

早朝上，沈惊鸿上呈大理寺获得的供词和罪证。孙汝一口咬出周家参与贪腐案，承认天兴号溢价数倍转售金丝楠木，撷取巨额利润，但金丝楠木变成黄心楠木之事，他却宁死不认，最后实在忍不住，才咬出了是周家挪用了金丝楠木。

沈惊鸿于风华殿朗声道："金丝楠木乃御用之木，非帝王之家不可擅用，重则以谋逆论处。周家胆敢挪用金丝楠木，其心可诛，十恶不赦！"

朝堂上，周家之人颇多，地位最高的便是户部尚书周次山和殿前司都指挥使周奎。周次山听了沈惊鸿所言，脸色都白了，周奎是武将，说话更冲，破口大骂道："放屁！我们周家何时用过金丝楠木了！"

周次山跪倒在地："陛下，周家忠心耿耿，天地可鉴，绝无不臣之心啊！此事定是有人栽赃陷害！"

周家人齐声喊冤，刘琛目光沉沉地看着下跪之人。

太后的话依稀又在耳边响起。

"陛下能坐上这个位子，离不开朝中大臣的支持。议政王虽是陛下的皇叔，但他有私心，对陛下毫无敬意。周家才是真正的忠臣，陛下千万要明辨是非，不要被小人蒙蔽了！"

刘琛心中冷笑，谁是忠臣、谁是小人，他心中自有算盘。

周家扶持他上位，不过是为了自身的利益，他们最希望看到的是一个傀儡皇帝，他偏偏不让他们如愿。

这些世家之人胆大妄为，目无尊上，当真忘了这陈国的天下姓什么了吗？

刘琛冷冷问道："大理寺可曾在周家找到金丝楠木？"

沈惊鸿答道："周家乃一品之家，周老太又是太后生母，臣等没有旨意，不敢搜查。"

刘琛道："传朕旨意，彻查周家，如有阻挠，格杀勿论！"

众人都在猜想，看在太后的面子上，刘琛不会将周奎和周次山下狱，但是底下人就未必了。

沈惊鸿得了命令，俯首领旨。

满朝文武，不敢吭一声。

刘衍抬眼看向沈惊鸿，忽地勾唇一笑。

沈惊鸿奉旨彻查周家。周家到底比孙家体面，沈惊鸿率人搜查，面上还是对周家家主恭恭敬敬，但周家人脸色实在好看不到哪里去。

周次山皮笑肉不笑道："想不到短短一年时间，沈大人便一飞冲天，位列九卿，真是让人叹为观止。"

沈惊鸿拱手一笑:"周大人过奖了,为陛下效劳,位卑位高又有什么分别,只在于有没有心。"

周次山目光一凛,垂下眼去。

周奎站在院中看着大理寺的人在府上进进出出,冷笑道:"我们周家是不可能有金丝楠木的,沈大人别白费心机了。"

沈惊鸿笑而不语。

半晌之后,大理寺终于将周家彻查完毕,果然是没有找到金丝楠木的踪迹。周奎望着沈惊鸿冷笑道:"沈大人还有什么话说?"

一名大理寺官员匆匆从外间跑了进来,手里抓着几封书信,神秘兮兮地交到沈惊鸿手中。

沈惊鸿拆开书信,目光一扫,脸色顿时沉了下来,冷然道:"周奎通敌卖国,立刻拿下!"

周奎脸色一变,数名侍卫近前,尽被他逼退,他瞪着沈惊鸿咬牙道:"你胡说什么?!"

沈惊鸿扬了扬手中的信纸:"周奎,这上面的书信可是北凉文所书,收信人是北凉三皇子耶律璟,这是从你书房里搜出来的,你若有话要说,就去大理寺的虎牢狱细说!"

周奎脸色大变。

周次山冷笑出声:"好啊,好啊!什么金丝楠木,原来是障眼法,沈大人的着儿,在这儿等着我们呢!"

沈惊鸿勾唇笑道:"周大人,暂无证据表明你与此事相关,但通敌卖国是株连九族的重罪,还望你好自珍重。至于嫌犯周奎,若敢拒捕,便不要怪我们下手没有轻重了。"

周奎目光阴鸷地盯着沈惊鸿,如一头雄狮一般蓄势待发。周次山的手落在他的肩膀上,将他的火气压了下去。周次山沉声道:"不要中了他的计,他想逼你坐实了罪名,你尽管随他去,我会想办法。"

听了周次山的话,周奎的面色缓缓平静下来,但眼中杀意更甚,他一步步走向沈惊鸿。沈惊鸿面上一片从容,微笑直视着周奎那双鹰视狼顾之眸。

"倒是我们小瞧你了。"周奎说话间隐隐有磨牙的声音,听得人心底发寒,"你给我等着!"

侍卫扑了上来,用沉重的镣铐锁住了周奎。

❖❖❖

太后双目通红坐在刘琛面前捶着胸口,她的嗓子都哑了,刘琛却一副无动于衷的模样。

"周家怎么可能有谋逆之心，怎么可能通敌叛国？陛下难道忘了吗，先帝驾崩，遗诏生变，是谁顶住压力扶持你登基的？"

这句话，刘琛已经数不清听了多少遍了，他听到耳朵长茧，心头冒火，实在克制不住了，将桌上的镇纸扫落在地，发出一声巨响。

"母后！"刘琛咬着牙，冷冷道，"后宫不得干政！"

镇纸掉在地上，碎成两块。太后惊愕地看着刘琛，不敢相信他竟会这样对自己厉声说话："你……你是鬼迷心窍了吗？"太后的手微微颤抖着，生平第一次，她有些害怕自己的儿子，不知何时他已经有了帝王的威仪，让人心生惧意，"母后都是为你好啊！"

"朕知道。"刘琛背过身去，不愿看太后的脸色，"母后自觉是为朕着想，但朕如何想的，母后可曾了解过？朕不是父皇，不愿意像父皇那样一辈子都在妥协、忍让。父皇体弱多病，有心无力，只能坐视世家壮大。朕不一样，朕还年轻，不甘心处处受世家掣肘，当他们的傀儡！"

刘琛深吸了一口气，抬起头看向悬挂在墙上的堪舆图，漆黑的眼中有一团火在燃烧。

"母后，你虽姓周，但你应记得自己首先是陈国的皇太后！"

太后看着刘琛的背影，那个记忆中绕于膝下的顽皮稚子已经不知不觉长大了，长成了一国之君，他虽然依旧喊她"母后"，但已经不是那个孝顺听话的孩子了。

战战兢兢地在周太后跟前服侍了这么多年，撑着她走到今日的便是一个信念——她想着有一天周太后死了，昭明帝驾崩了，她便能成为至高无上的太后，可以和周太后一样威慑前朝后宫，号令周家，甚至是天子。但是她错了，刘琛不是昭明帝，昭明帝性格温和，刘琛却是一团烈火、一把利剑，而她虽然姓周，却不是周太后，她唯唯诺诺一世，没有周太后的魄力与威仪，她做不了周家的主，更做不了刘琛的主。

太后凄惶一笑，跌坐在身后的花梨木椅上，仿佛浑身的力气都被抽走了。

"陛下大了，有主见了，哀家的话，是不管用了……"太后费力地抬起头来，看着刘琛的背影，"纵然陛下不愿意听，哀家也不得不说一句，陛下不愿被世家掣肘，难道就愿意被议政王架空吗？究竟谁才是陈国之患？"

刘琛的拳头骤然收紧，指节微微发白，他没有转过身来，也没有说出一句话。

太后扶着椅子缓缓站了起来，向门外走去。

"陛下身为一国之君，连喜欢的女子都要让出去，那这天下呢？若是他要，你让不让？"太后的手按在门上，长吐了一口浊气，低声道，"陛下可以信他，但也不可不防他。先帝驾崩，他便藏不住自己的锋芒了。陛下，人是会变的，那些锋芒，或许有一日也会刺伤你。"

周次山没有想到，刘琛的心这么硬，胆子这么大，竟然当真要与周家和孙家为敌。但他也没有想过，刘琛本就是至高无上的天子，世家势力再强，也不过是臣子，君臣之间谁为尊，世家强势太久，已然忘了。

周奎入狱不久，沈惊鸿趁势又抓捕了数名周家嫡系官员，一时间，人人自危。周次山三次请求面圣，都被刘琛拒之门外，别说是周次山了，就是太后，也被刘琛拒之门外。刘琛对周家的态度昭然若揭。

周次山想与太后通信，太后也不再回应，他便明白，这条路也断了。

夜深了，世家众家主齐聚周家大堂，在座之人无一不是三品以上的高官。

"是我们小瞧了陛下。"周次山冷笑道，"陛下年纪虽小，心性却是不小，自觉翅膀硬了，可以与我们相抗衡了。可是他忘了，这天下不是他一个人的天下，没有世家的辅佐，这皇位，他坐不稳，这陈国，也不得太平！"

众人闻言，纷纷点头附和。孙老太爷也在其中，他的背脊似乎佝偻了许多，原来仙风道骨的老人家如今显得苍老而瘦削。

"陛下先是改革了恩荫制，断了三品以下官员的后路，如今又对世家下手。先是我们孙家，接着又是周家。我们两家若是倒下了，其余世家便不成气候了。"

众人面面相觑，眼中流露出担忧之色。

"周大人，你的意思是，陛下令沈惊鸿栽赃陷害周奎？"一人问道。

周次山冷哼一声，道："难道诸位以为周奎有可能会通敌卖国？他贵为殿前司都指挥使，又是我们周家的实权人，他与耶律璟勾结图什么？"

孙老太爷也附和道："两位周大人都是忠心报国之士，我们自然不会怀疑。但是被打入了虎牢狱，便是无辜也会被屈打成招。我儿孙汝，也不知道还能熬得几日……"

周次山沉声道："到了这个时刻，诸位若不团结起来共同进退，只怕会被各个击破。我们世家之所以能屹立百年不倒，靠的便是这一股凝聚力。诸位若是信我，便听我一言……"

慕灼华发现，早朝上的人一下子少了一半，稀稀拉拉的不成队列。

总管太监将缺席之人的名字一一念了出来，慕灼华越听越是心惊。这些人无一例外都是世家子弟，就连周次山都告病不出，这意味着什么？

慕灼华不敢抬头去看刘琛的脸色，这明摆着就是威胁！

刘琛脸色铁青，却还是照常上朝，但因少了一半人，早朝便潦草结束了。

官员回到各自衙署后，才真正发现各部门空缺了这么多人，很多事都做不了。

慕灼华被变相停职了几日，今日也一样无所事事，本该最是忙碌的岗位上却少了关键之人。恰逢驻城守军申领俸禄，负责的人告病不在，那军爷便闹了起来，险些拆了户部的大门。慕灼华见状只得挺身而出，把俸禄算妥了，打发了来人。

同样的事也发生在其他部门，到处乱糟糟的，各种各样的弹劾便送到了御史台，送到了风华殿，也送到刘琛面前。

刘琛气得拍桌："他们这是在威胁朕！"

沈惊鸿站在刘琛面前，捡起他扔在地上的奏章，扫了一眼，又放在桌上。

"陛下，臣听闻，昨夜众大臣齐聚周家，此事便是周家牵头，想以此方式胁迫陛下妥协。"

刘琛冷笑一声，道："他们总以为朕离了他们，便治理不好这个国家了。"

沈惊鸿道："他们以为，法不责众，况且陛下总要顾惜名声，陛下若是惩治了他们，便会在史书上落下一个昏君暴君的骂名。"

刘琛心里堵得慌，他知道那些人出的是什么损招，但他偏偏不能发泄胸中这股火气。

"周奎在狱中审问得如何了？"刘琛问道。

沈惊鸿道："周奎口风很紧，但是另外抓捕的几个人是周奎的心腹，已经快熬不住了。"

"好，你把证据审出来，铁证如山，朕倒要看看他们到时候还怎么威胁朕！"

大理寺的夜晚总是瘆人，深埋在地下的虎牢狱本该透不出半点儿声音，但路过的宫女、太监说，他们分明听到了一声声凄厉的哀号。

有刘琛的吩咐、太医的殷勤照料，沈惊鸿臂上的伤已经好了许多，并拆去了绷带，日常生活中小心一些，很快便能慢慢恢复。

这本不是什么致命伤，更何况对于男人来说，伤疤才是最好的勋章。

沈惊鸿自大理寺走出的时候，白皙修长的双手还带着一丝淡淡的水光。那双手真是漂亮极了，骨节分明，修长有力，定京多少女子都暗自羡慕他手中的笔，能被他紧紧握着、捏着。那样一双手无论是握笔抚琴还是拉弓执剑，都是一幅极美的画面，若能被他轻揉慢拈，更是难以想象的滋味。

可是，这双手方才洗了许久，才将血污彻底洗干净，指间还有淡淡的皂角香气，掩盖了那丝若有若无的血腥气。

沈惊鸿自黑暗中走出，月光温柔地落在他肩上，他不徐不疾地走过长长的巷道，影子在身后被拉得很长。

一个婢女打扮的女子提着一盏灯笼，站在巷子中间看着他，正正挡住他的去路。
　　见沈惊鸿走到跟前，她才屈膝行礼："见过沈大人。"
　　沈惊鸿稍显冷漠的目光扫过她的脸："你是何人？"
　　婢女柔声道："公主命奴婢在此等候沈大人，请沈大人随奴婢一行。"
　　沈惊鸿目光一凛："我从未见过你。"
　　婢女抬起头来，看着沈惊鸿俊美如仙却又冷漠无情的脸，心中轻轻一颤，声音低了三分："公主说，您看到这灯便明白了。"
　　沈惊鸿目光扫过她手中的灯笼，瞳孔骤然一缩。
　　那是盏莲花灯——上元夜柔嘉公主的莲花灯。
　　他从婢女手中接过花灯，淡淡道："走吧"

　　木门打开，月光照亮了房间一角。
　　沈惊鸿捧着花灯，看向背对着自己的身影。
　　女子穿着一身紧身的黑裙，勾勒出了曼妙妖娆的身形，那线条就如壁画上飞天的神女一样，让人不敢直视又难以抑制冲动。她只露出一截细长白嫩的手臂，却比月光更引人遐思。
　　沈惊鸿的目光并没有丝毫变化，也丝毫没有被诱惑得失神，只是薄唇勾起一丝极浅的弧度，用低沉磁性的声音道破对方的身份："静安公主。"
　　那个身影徐徐转过来，一双与陈国女子截然不同的冰蓝色水眸静静凝视着沈惊鸿。
　　静安公主耶律真，她是天生的尤物，北凉多少男人视她如神祇，又有多少男人爱她如痴如狂。可她到了陈国就不一样了，虽然也有不少男人对她垂涎三尺，但那些她看得上的男人一个个心如铁石。
　　耶律真向沈惊鸿走近了几步，她的双唇比陈国女子略厚，却显得十分丰盈、性感，尤其当她有意去勾引一个男人的时候，那两瓣红唇便如妖冶的花蕊散发出幽香，让人心神迷乱。
　　耶律真微微翘起唇角，冰蓝色的双眸如有波光闪烁，柔情万种。她的声音有一种微妙的颗粒感，并不婉转糯软，却如午夜低吟一般沙哑撩人。
　　"沈大人，久仰了。"
　　耶律真与沈惊鸿离得极尽，不到一臂的距离，足以让她闻到男人身上淡淡的墨香和一丝诡异的血腥气，她不由自主地酥软了半边身子。
　　真好。她原以为沈大人光风霁月、高洁傲岸，是自己不敢奢望的人物，原来他和自己并无不同。行走在黑暗中的沈大人比白日里更加让人心动。

耶律真脑海中浮现出他跪在柔嘉公主面前亲吻她手背的那一幕，呼吸不由得急促起来。

耶律真低笑了一声，指尖抚上沈惊鸿的胸膛："谁能想到啊，圣洁如柔嘉公主，高洁如沈大人，原来私底下是那样的关系，此事若是传出去，沈大人以为会如何呢？"

沈惊鸿一把捏住耶律真的手腕，将她的手扯离自己的胸膛。他的手劲极大，这一下也没有留情，直接在耶律真雪白的肌肤上留下了瘀青。他低下头，冰冷的目光中折射出毫不掩饰的杀意，看着耶律真的眼神仿佛在看一个死人。

耶律真咬紧了牙关才抑制住呻吟，她回视沈惊鸿，发出一声冷笑："沈大人以为能在此处杀了我？或者，以为杀了我就真的灭了口了？"

沈惊鸿将耶律真推离自己，耶律真踉跄了两步才站稳身子，眼神阴晴不定地盯着沈惊鸿。

沈惊鸿淡淡道："柔嘉公主贤德温婉，天下谁人不敬重、仰慕？你说出去，又有何妨？是我心慕公主，公主不愿意下嫁，你若是公之于众，让陛下为我们指婚，我感激还来不及，又何必杀你灭口？"

耶律真笑了一声，目光幽幽地看着沈惊鸿："事情若真如你所言，你又何必这么忌惮？你这样虚张声势，无非是为了保护柔嘉公主而已。对了，沈大人还曾经扬言，未成一品，不谈婚娶之事，你以此借口挡住了满定京招婿的权贵，现在想来，你不过是心有所属，却不敢言明吧？"

沈惊鸿望着耶律真，双眸平静无波："那又如何？"

"我原是不懂的，这几天暗中打听才明白了一些事。"耶律真笑着说道，"陈国驸马不可有实权，你既爱慕柔嘉公主，却又舍不得放弃功名利禄，所以就算你们两情相悦，你也不能娶她，只能暗中偷情。柔嘉公主与沈大人偷情，真是惊世骇俗啊……"

"哦，"沈惊鸿挑了挑眉，不以为意地一笑，"所以你想毁了我与公主的名声？"

"不。"耶律真轻轻摇头，笑盈盈地望着沈惊鸿，"沈大人，我不想毁了你，我只想帮你，当然，前提是你也帮帮我。"

"你这是威胁？"

耶律真笑道："你可以这么理解，但我更愿意将这当成交换。"

沈惊鸿垂下眼，沉默片刻后，问道："你想要我做什么？"

耶律真的目光含情脉脉，便是最铁石心肠的男人也会为之心软情动，偏偏她眼前这个男人无动于衷，甚至想杀她。

如果可以，她也想毁了他，将他带回北凉，成为自己的禁脔，但她也知道,这不可能。她只能先把私人感情放在一边,想到耶律璟在信中的嘱托,她收敛心神,缓缓说道:"我,要定王的命。"

沈惊鸿眼中掠过一丝诧异,随即了然。

"他是权倾天下的定王,你认为我有办法?"

耶律真款款笑道:"你自然会有办法,也必须有办法。"

春雨的到来并未彻底驱散冬日的寒意,正所谓春寒料峭,乍暖还寒,让人防不胜防。

慕灼华立在窗前,眉心紧锁地望着窗外的雨幕,一袭斗篷落在自己肩上,带着一丝熨帖的暖意。

刘衍今日进宫面圣,回来后没有先回王府,而是来到这间有她在的小屋。

含着笑意的声音在耳畔响起:"看你愁眉不展,难不成是在为周家和孙家操心?"

刘衍自身后环住她的身躯,男人身上的暖意远胜斗篷,慕灼华顺势靠在他怀里,轻轻叹了口气,道:"不,我是为陛下担忧。"

刘衍眉梢一挑,低头看向慕灼华。

慕灼华道:"世家同仇敌忾,罢朝罢工,如今六部已然乱了套,定京百姓也人心惶惶,陛下撑不住的。世家势大,甚至曾有世家把持朝政、废立国君的历史。"

"有我在,便不会有这种事发生。"刘衍笑道,"世家再势大,这天下终究还是要靠兵力说话。"

"可若真到了那一步,便会有更多的人卷入其中,受苦受难,颠沛流离。"慕灼华摇了摇头,"这是最坏的一步。"

刘衍收紧了抱着她的双臂,下巴轻轻地蹭她的发髻,幽深的目光看向窗外那被雨滴打出万点坑的水面:"没有哪种大业是不需要牺牲的,我们只是从中选择牺牲最小的那一条路。"

"有的人有选择,而有的人只能被选择。"慕灼华叹道,"我能力有限,也不甘愿成为被牺牲的那一枚棋子。"

刘衍唇角微翘,轻声道:"我不会让你出事。"

"那你呢?"慕灼华仰起头,看着他温润且温柔的双眼,"我也不希望你出事。事态若真的难以挽回,你必然会身陷其中……"

"我若出事,不幸牺牲了,你又当如何?"刘衍凝视她的眼眸,含笑问道,似乎对自己的生死浑不在意。

慕灼华沉下脸,道:"你若是出了什么意外,我便另外招赘一个年轻英俊的，逢年过节给你上香，让你看看别的男人是怎么疼我的。"

刘衍哈哈大笑，抬手揉了揉她鼓鼓的腮帮子，忍不住在她的红唇上轻咬了一下，才用低哑的声音说："那样也好，我原也不希望你爱我太多，只要你愿意接受我的感情，让我时时陪在你左右，余愿便足矣。"

慕灼华听得一阵心慌，掐了他一把道："你胡说什么呢？"

刘衍轻笑道："你知道，我体内毒素相冲，能活几日并无定数，也许长命百岁，也许三年五载……我不希望若那一日到来，你会因为我的离开而痛不欲生。我宁愿你大哭一场，然后彻底忘了我，去过自己的生活。"他的手指穿过慕灼华柔顺的长发，轻轻托住她的后脑勺，仿佛捧着最珍视的瑰宝，"身中奇毒，我本打算孑然一身，不拖累他人。可是遇到了你，我便自私了许多，既怕伤了你的心，又舍不得放你走。好在我知道你能永远保持一份清醒和理智，在你的心里，我永远不会是最重要的，没有了我，你还有你的人生、你的理想，有你视如亲人的郭巨力，你能活得很好，那样，我便放心了。"

慕灼华怔怔地看着刘衍，心口忽然涌上一阵酸楚和疼痛，眼眶登时发红，嗓子发紧："原来……你是这么想的？"

刘衍的眼睛告诉她，他确实是这么想的，并且因此感到安心。

慕灼华低下头，苦笑了一声，道："我是很不容易喜欢上一个人的，也许没有了你，我也可以活得不错，但是这世间再不会有一个人像你这样包容我，也不再会有一个人让我这样喜欢了。所以……就算是为了我，你也该珍惜自己。"

刘衍的指尖拭去她眼角的泪花，带着淡淡温度的湿意极快地消逝在指尖，却在心头挥之不去。轻轻的一滴泪，砸在心口便是一个深深的印记，难以磨灭，难以承受。

刘衍俯下身去，不舍地亲吻她潮湿的眼睑，沿着翘挺的鼻梁而下，噙住她柔软的唇瓣。

"我会的。"

轻声的呢喃在唇间响起，比春雨更缠绵多情的吻细细密密地落在她的唇上、脸上、颈间。慕灼华的双手紧紧环着他的腰身，将头埋在他的肩窝处，像遨游四海的凤凰寻到天地间唯一一棵梧桐，她停在了这里，依偎在这里，哪儿也不想去了。

周奎入狱后第五日，沈惊鸿连夜进宫面圣。没有人知道他说了什么，但宫中流传，那夜御书房被砸得一塌糊涂，陛下大怒。他们猜测，周家必然是犯了十恶不赦的大罪，才让陛下动怒至此。

丑时一刻，大批御林军集结完毕，全副武装奔向朱雀街。

丑时三刻，慕灼华从睡梦中被惊醒，听到外面传来喧哗声。

火把的光透过窗纸照了进来，她揉了揉眼睛，穿着寝衣便奔到了窗前，她顾不得夜深露重，猛地打开了窗户。一阵冷风灌了进来，同时映入眼帘的是定王府的火光，还有包围定王府的御林军。

慕灼华一惊，匆匆忙忙穿上衣服，奔下楼去。郭巨力睡得正沉，却被慕灼华下楼的声音吵醒了，她穿衣出来，便看到慕灼华开门跑出去的背影，愣了一下，也跟着追了上去。

慕灼华站在自家门口，看到的便是定王府的后门。数十名御林军在后门把守，严阵以待，而朱雀街后巷里还站着不少和她一样被惊醒的民众。

火光映得慕灼华的脸色晦暗莫名，她攥紧了拳头，心脏跳得极快，却不敢露出端倪。

郭巨力跑到她身后，看到眼前一幕也是呆了一下，问道："小姐，这是发生什么事了？"

慕灼华压低声音道："御林军包围了定王府，却不知是为何。巨力，你向邻居打探一下，我去前门看看。"

慕灼华说完便撇下郭巨力，绕了一圈跑到定王府的前门。

定王府的下人、侍卫全部被落了枷锁，跪在王府门外，被重兵看守着。慕灼华焦急地在人群中寻找刘衍的身影，却遍寻不见。

这时御林军全部从王府退了出来，关上大门，贴上了封条，押着所有戴着枷锁的王府下人离开。

刘衍被捕了？

为什么？

谁下令的？

慕灼华脑海中闪过一堆疑惑，心中焦虑更甚。

御林军走后，周围的议论声才大了起来。慕灼华回到家门口，便看到郭巨力迎了上来，喘着气焦急道："小姐，我听他们说，王爷密谋造反，在府中找到了证据，所有人都被抓走了。王爷半夜被召进了宫，然后就没有回来！"

慕灼华呼吸一窒："他怎么可能造反？半夜宣召进宫，陛下是故意引他进宫，在宫中埋伏他！"

"你不是说陛下最信任王爷的吗？他为什么这么做？"郭巨力急得毫无头绪，她知道慕灼华与刘衍的关系，既担心刘衍获罪，更担心慕灼华受到牵连。

"陛下不会这么对王爷的，王爷也不可能谋反，府中能有什么证据？"慕灼华脸色苍白，自言自语道，"大理寺……是沈惊鸿？他又为什么这么做？陛下怎么会信呢？"

郭巨力苦着张脸，眼眶都红了："执墨哥哥也被抓走了。小姐，王爷为什么不反抗？"

"他不能反抗，无论如何，这是圣旨，若是反抗，这谋逆的罪名便坐实了。"慕灼华深吸一口气，眼中逐渐恢复了清明，"这个时候不能自乱阵脚。我要进宫去见陛下。"

慕灼华刚要走，就被郭巨力拉住了胳膊："小姐，陛下会下令抓王爷，一定是很生气的，你这时候去见他，会不会被迁怒啊？"

慕灼华脚步一顿："对，现在不能见陛下，我去见沈惊鸿！"

沈惊鸿自然是在大理寺。

黎明前最黑暗，但大理寺亮如白昼，人声鼎沸。

寻常犯人自然没有被关押在此的荣幸，能被关在此处的无一不是高官重犯。今日大理寺又多了一名要犯，虽然只是一个人，却让整个大理寺都严阵以待，让御林军重兵把守。

虎牢狱建造在大理寺的地下，从大理寺的牢狱下行，走过数十级台阶，下到地下两丈深，便是虎牢狱所在。

虎牢狱中不见天日，阴气森森，墙上挂着几把火炬，也只能照亮方寸之地。狱中的牢房并不多，因为能被打入虎牢狱的人也不多。一共六间牢房，都用精钢四面围住，只在门上开了一扇小窗，那扇窗子也只有在送饭的时候才会打开片刻，因此牢中的人看不见一丝光亮，在无边的黑暗中不知时日，不见自我，人还活着，却又仿佛死了，在这里唯一能听到的就是那若有若无的惨叫声，幽幽地在无人的牢房中回荡着。这也许是上一个人犯的惨叫，也许是更久以前的，阴魂不散，被留在了这里，让人仿佛置身阿鼻地狱，生不如死，甚至比酷刑更加恐怖。总有犯人受不住这种恐惧，拼命地自残，用疼痛来提醒自己还活着，最终惨死在狱中。

不久前光临此处的孙汝已经是半个死人了，周奎也奄奄一息，重度昏迷。还有几个，早就被拖出去扔了。

漆黑中，忽然传来了清晰的脚步声，有个人走下阶梯，朝着狱中最后一间牢房走去。

脚步声最终停在门口，一阵金属碰撞摩擦的冷硬之声后，门开了。

火光照了进来，照亮了这窄窄的牢房，也照亮了坐在地上的男人。他端坐在地上，闭着眼，脸上一片淡定从容。即便是在这种阴曹地府一般的地方，他的风度和仪容也未损丝毫。

"王爷真是气度不凡，纵是身为阶下囚，也能泰然自若。"一个低沉磁性的男声轻笑着说道。

刘衍缓缓睁开眼，勾起了唇角，微微笑着看向说话之人。

来人身着玄色官袍，面容俊美，正是大理寺卿沈惊鸿。

沈惊鸿手中提着一盏灯，噙着笑看着刘衍："王爷果真不惊不怒、不疑不恨吗？"

刘衍道："沈大人会这么问，必然是深信本王无辜，能如此坚信本王无辜的只有真正的元凶。"

沈惊鸿一怔，随即低低笑了起来："呵呵——王爷虽然身处黑暗，却是心眼通明，本官一句话便露了馅，真是佩服。"

刘衍闭着眼微笑道："沈大人敢这么说话，便是不怕在本王面前暴露了身份，不怕本王在陛下面前告状了。本王却不知道，沈大人设了多少局、捏造了多少伪证来蒙蔽陛下。"

沈惊鸿道："王爷迟早会知道的，只是陛下对王爷太过失望，不愿来见王爷，只能让下官来招呼王爷。"

"沈大人为了陛下，还真是殚精竭虑。"刘衍目光幽幽地盯着沈惊鸿，"你改革恩荫制，为陛下培植势力，对付周、孙二家，削弱世家之力，如今又想除掉本王，当真全无私心。"

沈惊鸿轻轻一笑："本官若说没有，王爷信吗？"

刘衍凝视着他的面容，没发现一丝破绽。

"王爷也是一代人杰，为陈国立下过汗马功劳，本官也不忍心折辱你。陛下有旨意，证据确凿，无须再审讯王爷，你在此处等着罪名宣判之日即可。"

沈惊鸿说罢转身离去，关上了门，门内重新恢复了黑暗。

沈惊鸿天亮时才走出大理寺，慕灼华已在外面等了许久。

这一日是旬休日，不用上朝，但估计百官恨不得赶紧上朝打探一下消息，想知道深得陛下倚重的议政王为何会入狱、在定王府搜出的罪证又是什么。

慕灼华知道，不可能有罪证，有也一定是栽赃陷害。

沈惊鸿一出来便看到了慕灼华沉静的双眼，她站在初晨的春风里，看似柔弱，却有一股难以言喻的蓬勃之力。

"慕大人。"沈惊鸿神态自若地走到她面前。

"这是怎么回事？"慕灼华不与他客套，开门见山问道，"定王忠君爱国，不可能谋逆。"

沈惊鸿微微一笑："证据确凿，本官不得不信。"

"什么证据？"慕灼华问道。

沈惊鸿摇了摇头:"慕大人,此乃机密,暂时不便告知。相信过不了几日,你就会知道他的全部罪名。"

"全部,罪名……"慕灼华重复了他说的这几个字,眼中闪过锐利之色,"你还想构陷其他罪名?"

沈惊鸿笑而不语。

慕灼华看着他淡定自若的模样,心头越发沉重。沈惊鸿到底对陛下说了什么,为什么陛下对此深信不疑,连自己最敬爱的皇叔都不信任了,甚至要置他于死地?

慕灼华知道在沈惊鸿这里问不出答案,但沈惊鸿的态度对她来说就是答案。她没有再与沈惊鸿多说什么,转身大步离去。

郭巨力在家里焦急地等着慕灼华,她帮不上什么忙,只能好好做一顿早饭等她回家。

慕灼华回来的时候,灶上的馒头刚好熟了。郭巨力端着馒头出来,慕灼华却无心用饭。

"巨力,我要去见镇国大长公主。"

郭巨力吓了一跳:"大长公主?"

"对,王爷不可能谋逆,我怀疑是沈惊鸿构陷中伤,只是不明白为什么陛下会信了他的话。陛下生性固执,能劝住他的唯有大长公主。"

郭巨力见慕灼华刚进家门就又要离开,立刻拉住她的袖子,一脸坚定地看着她:"小姐,我知道你想定了的事情不会更改,既然小姐要去,我一定要跟着你!"不等慕灼华拒绝的话说出口,她又道,"我已经跟执墨哥哥学了功夫,我能保护小姐的!前两次小姐出事,我都没能保护好你……我说什么也不会离开小姐的!"

慕灼华眼眶一热,叹了口气,揉了揉她的脑袋:"笨丫头……"

第二十二章·言而无信

刘衍……我梦到你回来了……

慕灼华带上郭巨力，雇了一乘马车疾奔皇家别苑。她们到了别苑，却听守门侍卫说，镇国大长公主和柔嘉公主去了皇陵，昨日刚刚出发，还有好几日才会回来。

慕灼华闻言一惊，没有多说，立刻让车夫掉转方向，往皇陵方向而去。

大殿上，群臣俱寂。

沈惊鸿刚刚宣读了定王的七大罪状：横征暴敛、滥杀无辜、违背军令……最致命的一条便是谋逆。

沈惊鸿说完，皇帝没说话，也没人敢开口。

御座上的年轻皇帝没了过去的骄矜、傲慢，更多的是阴沉与阴鸷，无形中给人越来越沉重的压力。

让人屏息的压抑气氛在殿中蔓延，只有沈惊鸿缓缓开口说道："陛下，居凉关传来消息，刘衍亲信率众掀起暴乱，图谋不轨，可见狼子野心，还请陛下速速定夺！"

刘琛猛地攥紧了拳头，深呼吸后，沉声说道："将刘衍的罪行公告天下，责令定京守军加强防备，居凉关若有异动，武力镇压！"

沈惊鸿俯首道："微臣遵旨！"

有关定王刘衍的罪行很快就贴遍了全城，与此同时快马飞驰出京，将消息传遍全国。

百姓并不么了解定王其人，唯一知道的不过是定王善战，打了北凉八年，将北凉驱逐千里。这样功勋卓著的王爷，可以说是权倾朝野，几近只手遮天，背负这么些罪状似乎也是理所当然。百姓总是不惮以最险恶之心来揣度权贵，无论是出于仇富还是出于仇官的心态，总觉得上位者无好人，为富者必不仁，因此听说此事的百姓大多义愤填膺，恨不得杀定王而后快。纵然有极少数清醒理智者，觉得此事疑点重重，那微弱的声音也很快被淹没于浪潮中。

真正会为定王鸣不平的便是那些跟他南征北战过的士兵，他们深知定王的为人，不少人深受定王大恩，根本不相信这些罪行。刘琛本以为公告了刘衍的罪行能让居凉关的士兵放弃抵抗，没想到罪状贴在居凉关，竟被士兵们一张张撕了下来。无数人在关下大声为定王鸣不平，高喊着："定王无罪，奸臣栽赃，昏君无道！"

刘琛听说此事，在御书房摔碎了镇纸。

沈惊鸿道："陛下，定王在军中威望太高，若公开处刑，只怕会激起兵变。此时世家之人虎视眈眈，切不可再生动荡，否则陛下两面交困，处境会更加艰难。"

刘琛沉声道："沈卿家认为该如何扭转局面？"

沈惊鸿俯首道："让刘衍认罪！"

"他会认吗？"刘琛冷笑一声，"他敢认吗？"

沈惊鸿道："陛下还是不愿意见他吗？或许陛下开口，他会认。"

刘琛浑身僵住，呼吸一窒。

虎牢狱的门再次打开了。

牢门打开的时候，刘衍依然是那日的坐姿，闭着眼，从容淡定，似乎他从来不曾变过。

"陛下，你终于来了。"他闭着眼微微一笑，率先开了口，"你的脚步声有些变了，迟疑了。"

刘琛提着灯笼，独自一人站在牢房门口，他的面孔一半被幽幽灯光照着，另一半隐没在黑暗中。他死死盯着刘衍，喉头一阵阵发紧，有许多话想说，却都卡在喉头。

刘衍的双眼长久处于黑暗中，不能睁眼见光，他面朝着刘琛的方向，能感受到火光映在眼睑上。刘琛没有说话，呼吸声却出卖了他心中所想。

刘衍轻轻一叹，道："沈惊鸿还是把那件事告诉你了，而你我之间也不得不走到这一步。"

"皇叔这么说，就是都承认了。"刘琛的声音冷硬、干哑，带着满满的失望和怨恨，"是你杀了父皇，杀了皇祖母！"

"这就是沈惊鸿查到的真相吗？"刘衍淡淡一笑，没有意外之色，也没有惊怒之情，他用极为平淡的语气为自己伸冤，"陛下，先帝不是我杀的，周太后之死，更与我无关。"

"朕知道，朕都查得明明白白的。"刘琛打断了他的话，"那日宫中走水，朕心中早有疑惑，只是怎么也想不到会是你做的。这一年来，朕让沈惊鸿明察暗访，终于查到了真凶，也查到了你的动机。

"皇叔，朕知道你过去三年从未放弃过追查当年兵败的真相。你始终怀疑是父皇忌惮你才暗中策划了这些阴谋，让你险些丧命，让你最在意的那些亲卫战死沙场，你想为他们问一个真相、讨一个公道，朕都知道！"

刘衍打断了刘琛，道："不是先帝所为。"

刘琛冷笑一声，道："朕知道，沈惊鸿查出真相了，这一切是周家所为。周家联络所有世家意图与朕对抗，朕让沈惊鸿彻查周家，没想到，严刑拷打之下却得到意外之喜。周家说出了一个秘密，当年兵败乃周家协同薛笑棠所为。"

刘衍叹了口气，道："不错，是先太后一手策划，真正忌惮我的是周家。"

"知道此事后，沈惊鸿顺藤摸瓜，找到了事发当夜的宫门记录，上面写着当夜皇叔的出入宫时辰。可是当日皇叔欺骗了朕，你说你在府中养伤，毫不知情！"刘琛森然道，"皇叔为了灭口，火烧宫殿，杀死了所有知情的宫女，可是知道此事的人不仅仅是皇宫里的人，从定王府的下人口中，沈惊鸿也问出了你当夜的行踪！

"皇叔，皇祖母纵然害过你，但她对你有养育之恩，父皇为她掩饰罪行，但父皇对你甚至比对我们这些儿子还要亲！你为那些士兵鸣冤，追查真相，难道他们就比我们重要吗？难道在你眼里，我们这些血肉至亲就比不上那些士兵吗？"刘琛激动地责问刘衍，他双目赤红，迸射出仇恨的怒火，"朕不愿意相信，朕一直以来这么敬仰爱戴的皇叔原来根本没有将我们当成亲人！"

"不！琛儿，我没有杀他们！"刘衍霍然睁开了眼，火光刺痛了双眼，他却依然直视刘琛，胸膛微微起伏。他深呼吸着试图平复自己的情绪，哑声道，"那一夜，是先太后意图下毒杀我，皇兄知道后匆匆从行宫赶回，他……为了救我，为了化解我与周家的仇怨，自己喝下了那杯毒酒。"

"你以为朕还会信吗……"刘琛用失望而冰冷的眼神看着刘衍，"父皇是自己喝下毒酒还是被你灌下毒酒，又有什么区别？终究是你害死了他，害死了你的兄长、我的父亲。"

刘衍低下头，他没有办法反驳。不错，皇兄是因他而死，每想到这一点，他都会感到椎心之痛。

刘琛浑身止不住地轻颤，他看着刘衍低下去的头颅，一颗心冷到了极点，也硬到了极点。他缓缓闭上眼，仰起了脸，感觉到泪意在眼中酝酿，他实在不想再流一滴泪了……

"这样的皇室丑闻，朕不愿公之于众，皇叔，难道你想让天下百姓都知道吗？"刘琛淡漠地说，"你自己认罪吧。居凉关的士兵因你而暴乱，朕知道，你最关心的就是自己的部下，如果不想引起无谓的牺牲，那你自己去平息这场暴乱，朕……念在叔侄一场，赐你全尸。"

刘琛说完这句话，似乎再也不愿意留在这阴暗冰冷的牢房中，更不愿意再看刘衍一眼。他大步离开，带走了黑暗中唯一的光。

许久，另一个脚步声缓缓来到门口。

刘衍目光冰冷地看着出现在门口的沈惊鸿。沈惊鸿举着灯笼，唇角含笑，眼中却是一样的漠然与冷酷。

"定王殿下，哦，不，应该是罪臣刘衍，你想见陛下，我带来了，满意了吗？"沈惊鸿噙着笑，看着刘衍，"你说我蒙蔽圣听，你错了，我只是说了一些实话，让陛下知道了他应该知道的真相。虽然有些残忍，但成长总是需要经历这样的痛彻心扉，不是吗？"

刘衍冷冷地看着沈惊鸿："难怪你有恃无恐，你知道陛下不会再信我了。"

沈惊鸿掸了掸袖子，不徐不疾道："这也是你咎由自取，留下这么大的把柄，怨不得别人。今日陛下来此，就是要你认罪，你为了死去的士兵，可以逼死自己的兄长，想必为了活着的士兵，也能坦然赴死。"

刘衍冷笑道："这两日我在狱中想了许久，你处心积虑除掉我又是为了什么。"

"自然是因为你有罪。"沈惊鸿笑道。

"不，你在一步步剪除陛下的臂膀。你推动恩荫制的改革，明着是为陛下培植势力，实则是为自己结党营私，树立威望。你利用陛下对世家的不满，引诱孙家入彀，栽赃周家，对世家几欲斩尽杀绝，看似是你大义无私，不畏权贵，然而你以陛下的名义下手，真正的怨恨都落到陛下头上。看似是你为陛下锄奸，实则是你在利用陛下杀人！周家虽与我有仇，却与陛下有亲，你既离间了陛下与周家的关系，又设计让陛下杀我，既除掉了陛下的左膀右臂，又让他树敌无数，若到山崩之日，又有谁能护住他？"

刘衍紧紧盯着沈惊鸿，厉声斥责。

沈惊鸿静静地听完刘衍的指控，轻轻鼓掌，微笑点头："真不愧是定王殿下，真令人佩服，不过此刻明白有些晚了，这倒是让我庆幸及时把你的罪状公布出来了。如今天下人骂你是国贼，而我是寒门领袖、陛下心腹，你说的这些，又有谁会相信？"

刘衍闭上眼睛，冷冷道："我不会认罪，我若死了，便没有人能护住陛下了。"

沈惊鸿眼中闪过杀意："你以为不认罪便不用死了吗？在我的虎牢狱里，想要一个人死，方式有很多种，更何况我手中可还有很多人质。在定王府抓到的两个青年，是你的心腹吧，似乎是叫执剑、执墨……你说，若我砍了他们的双手，以后还能执剑、执墨吗？"

刘衍睁开眼怒视沈惊鸿，冷声道："卑鄙小人。"

沈惊鸿哈哈大笑："多谢夸奖，在这朝廷之上，如定王这样的正人君子是活不长久的。心肠太软，便是硬伤。陛下要杀你，你还百般为他着想，真不知该笑你傻还是敬你忠。

"此地安静，定王还是仔细考虑考虑吧。明日我会把执剑、执墨带来，是留下他们的手，还是王爷去居凉关认罪，到时候希望能给我一个满意的答复。"

沈惊鸿说完，关门离开。

刘衍没有闭上眼，虽然在这伸手不见五指的黑暗中什么也看不清，但他还是睁大了眼睛凝视着无边的黑暗。

灼华……

黑暗中，他轻轻地念出她的名字——灼华……

只是念着她的名字，他就会忍不住扬起嘴角，然而最终还是黯然闭眼。

她应该知道自己入狱的消息了，此刻她又在哪里？

素来军纪森严的居凉关守军又一次闹开了。

自从定王的罪行被公布，居凉关守军就无一日安定过，每日都有上万人聚众闹事。一开始守将重打了带头之人，但并没有把闹事者压下去，反而激起了更大的矛盾，更多的人加入这场暴乱。法不责众，守将只有几个亲信下属，没办法与几万人乃至二十万人相抗。

守将头痛地看着城墙下站得密密麻麻喊口号的士兵，震耳欲聋的喊声如山崩海啸，传出数十里。

"定王无罪，奸臣栽赃，昏君无道！"

"定王无罪，奸臣栽赃，昏君无道！"

守将气得来回踱步："真是反了，反了，竟敢当众辱骂陛下！真以为人多就杀不得了吗？"

然而真的杀不得，居凉关若是开了，只怕北凉就要趁机攻来了。这几年来两国虽然休战，但也不得不防。居凉关这二十万守军都是跟着定王打了八年北凉的老兵，一个个骁勇善战，都是精兵猛将。定王将这些士兵留在居凉关把守要塞，一旦居凉关兵变，定京就危险了。

"大人，这些士兵就随便喊喊，不要紧的。"一个士兵说道。

然而话音刚落，便响起了撞城门的声音。

"咱们杀回定京，救出王爷！"

"杀回定京，救出王爷！"

众人口令一换，群情顿时更加激奋，斗志更盛，摧枯拉朽一般撞上了紧闭的城门。

守将大惊失色:"他们干什么,这真的要造反了吗?"

"大人,咱们还是快逃吧,先回定京去禀告陛下!"

守将刚想逃,便看到楼梯处一个熟悉的身影走了上来。

"沈……沈大人!"守将顿时连滚带爬地跑过去跪下行礼,"大人,那群士兵要造反啊!"

沈惊鸿沉着脸,拂袖道:"没用的东西,滚!"

守将滚到了一边,这才看到,站在沈惊鸿身后的居然是定王刘衍!

刘衍因为数日不见天日,面色有些苍白,即便看起来病弱,依旧仪表不凡,俊美儒雅。他神色复杂地看着城楼下的骚乱,沈惊鸿在他身旁说道:"你也看到了,这是你愿意看到的景象吗?难道让旁人为你流血,你能忍心?难道让敌国趁虚而入,你不愧疚?你本就是罪人,又何必畏死?"

城楼下很快就有人发现了定王,一时间众人此起彼伏地喊着"定王",停下了撞城门的举动。

"定王殿下!定王殿下出来了!"众人欢呼着,朝着城楼上的刘衍大喊,"定王无罪!定王无罪!"

刘衍做了军中的收声手势,所有人瞬间闭上了嘴,只有余音未绝。

"众将士听令,收兵!"刘衍直到周围安静下来,才大声下令。

众人虽然不明所以,但一听到军令还是下意识地跟着军令行动,一时间所有刀枪落地,发出整齐的闷响。

刘衍深呼吸着,静静地看着眼前整齐的队列,还有一个个士兵崇敬信任的眼神。

"你们这是在做什么,逼宫吗?造反吗?

"你们是什么身份?是敌寇,还是内奸?

"你们的职责又是什么?是内斗,还是守城?"

刘衍一连三问,让不少人低下了头,也还有人扬着脸看着刘衍,一脸的愤怒和不服,却不敢说话。

"我知道你们是为了救我,但你们是陈国的士兵,不是我的士兵!供养你们的是陈国的百姓,不是我!你们只能为百姓而战,不能为我而战,更不能为了我而内战,陷家国于危难之中!你们守卫着的是陈国的门户,你们要是散了,陈国就会乱了!

"站在这里的,有跟了我三年的、五年的,甚至有从我从军第一日起便与我并肩作战的同袍兄弟,难道这么多年来,你们还不明白自己的天职吗?你们不是我刘衍的私军,你们是陛下的军队,是百姓的军队,你们要时刻牢记这一点,忠君、爱民,不可叛国叛军,不可侵扰百姓,至于我——

"不值得你们这么做。

"我有罪，自当认罪伏诛。你们抗旨闹事，同样是罪人，不但自己犯了大罪，更会祸及家人！"

刘衍长长叹了口气，听着风声在耳边呜咽着，良久说道："都回去吧，你们若是念着旧情，就帮我守着……陈国的大好河山。"

刘衍闭上了眼，什么也看不到，但那些压抑着的抽泣声分外清晰地传入耳中。他决绝地转过头，背对着那些忠于他的士兵，一步步地走出众人的视线。

沈惊鸿让人将刘衍送回虎牢狱，之后回皇宫复命。

刘琛阴沉着脸问道："居凉关的暴乱压下来了吗？"

沈惊鸿回道："回陛下，罪犯刘衍已经认罪，被押送回虎牢狱，居凉关的暴乱也已经平息了。陛下打算如何处置刘衍？"

刘琛闭上眼，深呼吸着，艰难道："他于陈国有功……赐他毒酒吧，父皇也是喝下毒酒而死，便让他以同样的方式为父皇偿命。"

沈惊鸿躬身接旨。

沈惊鸿刚离开不久，刘琛就听到太监们急切地上报："陛下，镇国大长公主进宫了！"

刘琛霍然起身。

沈惊鸿领着太监，手捧着毒酒快速走向虎牢狱。

他当然知道镇国大长公主进宫了。从慕灼华离京的那一日起，他就知道她会把镇国大长公主请回来。正是因为担心镇国大长公主在定京会导致事情发生变故，柔嘉公主才以祭扫皇陵的名义将镇国大长公主带离定京。没想到，慕灼华还是借口抱恙，易容离京去追镇国大长公主的马车。京官擅离职守，此事可大可小，但刘琛对慕灼华大抵还是舍不得重罚的。沈惊鸿真正的目标是刘衍，至于慕灼华如何，并不重要。

他早几日就让居凉关的眼线盯紧了，一旦镇国大长公主的马车进京，即刻飞鸽传书。他知道镇国大长公主必然会救刘衍，而他必须赶在镇国大长公主出手之前杀了刘衍，届时就算镇国大长公主震怒，也自有刘琛去和她说明原因。

沈惊鸿算计着时间，镇国大长公主进宫后，应该会先去见刘琛，只要他动作快一点儿，镇国大长公主便赶不及来阻止他。

沈惊鸿快步来到大理寺，只见大理寺众人面色古怪地站在虎牢狱的入口。他面色一寒，厉声问道："你们在这儿做什么？"

一名官员急忙上前回话："大人，慕灼华……她手持镇国大长公主的令牌，下到虎牢狱要见刘衍。"

沈惊鸿一惊："她没有和镇国大长公主去见陛下？"

"我们也不知道啊……"众人低声嗫嚅。

沈惊鸿面若寒霜地走入虎牢狱。

刘衍最初听到的是一阵急切的脚步声，那人的脚步声沉重而急切，不知为何让他想起了慕灼华，转念便又苦笑——是思念过甚，产生幻觉了吗？

然而很快便听到了牢门被打开的声音，他猛地抬起头来，看向门口。

"王爷！"熟悉的声音发出带着轻颤的呼唤，一个娇软的身躯扑进他怀里，刘衍伸手接住了她，将她搂住。

"灼华——"刘衍眯着眼，火光有些刺痛他的眼睛，他却舍不得闭上眼，贪恋地看向怀里颤抖的姑娘。她的双手紧紧抱着他的肩膀，把脸埋在他的颈间。

"还好，还好……我终于赶上了。"慕灼华心有余悸地喘息着，她抬起头来，小心翼翼地抚摸他的脸庞，仔细凝视他的脸庞，"你有没有受伤，他们对你严刑拷打了吗？"

刘衍温柔地看着她，察觉到她面容憔悴，风尘仆仆。

"没有，我没受伤，倒是你瘦了。"刘衍有些心疼地看着她消瘦了许多的脸颊，"这几日你在外面做了什么？"

"我一听说你出事了就跑去皇家别苑求镇国大长公主出面救你，没想到镇国大长公主去了皇陵，我便易容追去，一路上不敢停下休息，只怕赶不及救你。好在镇国大长公主听了我的陈词，便立刻掉转回京，刚才赶到居凉关，看到守城士兵都眼眶发红的样子，我还以为你已经……"

"我没事。"刘衍温声安慰道。

"陛下都把你的七大罪状昭告天下了，这叫没事？陛下到底是什么意思，他不是最信任你吗？"

"灼华，"刘衍打断了她，"陛下知道宫殿失火那夜发生的事了。"

慕灼华闻言瞳孔一缩，僵住了，半晌才支吾道："可……可……那也不是你的错啊？"

"他不这么想，他越是信任我，此事对他的伤害便越大……"刘衍轻叹一声，"灼华，此事干系重大，你不插手，陛下便不会迁怒于你。"

"你现在不用关心我，还是想想怎么脱罪吧！"慕灼华咬着牙，眼中精光流转，脑海中无数个念头如风暴一般轮转。她告诉自己，越是危急，越不能慌乱。

"我要先把你从这里救出去。"

一个低沉的声音骤然响起："恐怕不能让你如愿了。"

慕灼华一惊，转头看向门口。

沈惊鸿走了进来，身后跟着手捧酒盏的太监。他的笑容毫无温度："刘衍罪大恶极，陛下下旨，赐毒酒，即刻行刑。"

慕灼华急道："我有镇国大长公主的令牌，你敢！"

沈惊鸿微笑道："镇国大长公主固然尊贵，但镇国大长公主的令牌和陛下的圣旨比起来，自然是圣旨为尊。你能凭借令牌走进来，却不能凭借令牌将他带出去。"

沈惊鸿后退一步，对太监说道："送刘衍上路吧。"

太监闻言，低着头上前。

慕灼华看着那个酒盏，一咬牙，将背在身后的东西猛地卸在地上。那东西极重，砸在地上发出一声巨响，众人都吓了一跳。

慕灼华拉开盖在上面的绸布，露出里面的剑匣。她打开剑匣，双手并用才举起里面的玄铁重剑，她双手颤抖着，目光却坚毅地直视沈惊鸿："镇国大长公主的令牌不够分量，那镇国大长公主的诛邪剑呢？是圣旨为尊，还是诛邪剑为尊？"

沈惊鸿和那太监看到剑身上的"诛邪"二字，顿时脸色一变，跪了下来。

刘衍亦是惊愕不已："灼华，诛邪剑怎么会在你身上？"

慕灼华一笑："镇国大长公主要去见陛下，我担心有人对你不利，就向大长公主求了护身符，兵分两头，先来虎牢狱救你。"

沈惊鸿面沉如水，他知道此时此刻是没有机会再杀刘衍了。

千算万算，竟然漏算了诛邪剑！

镇国大长公主居然将诛邪剑交给慕灼华救人，而慕灼华也敢开口要？

镇国大长公主在柔嘉公主的随同下来到御书房。刘琛敛去怒容，恭敬地迎上前去，问候道："请皇姑祖安。"

"不必废话了，陛下知道，我不喜欢那些客套虚礼。"镇国大长公主脸上难掩倦色，双目却炯炯有神，她目光犀利地看着刘琛，"我在路上都听到那些传言了。陛下，你为何这样对定王？难道你与他相处多年，还不知道他的为人吗？他不可能谋反，你一定是受了奸臣蒙蔽！"

刘琛闻言，冷冷一笑，道："皇姑祖，朕确实是受人蒙蔽，不过是受皇叔蒙蔽，相处多年难道就能看清一个人的真心吗？朕有必须杀他的理由！"

"那我倒要听听，是什么理由能让你斩断血肉至亲！"

沈惊鸿看着瘦弱的慕灼华不堪重负地举着重剑，双手抖个不停，不禁嗤笑一声,道:"把剑收起来吧,我此刻不能杀刘衍,不过你也休想把他带走。"

慕灼华终于承受不住诛邪剑的重量,把诛邪剑放回剑匣中,双手仍然微微发抖。

"镇国大长公主已经去向陛下说情了,你等着圣旨吧!"慕灼华虽然心知希望渺茫,却还是嘴硬地说道。

沈惊鸿冷笑一声,并不回她。

慕灼华回到刘衍身旁,依偎着他,一双眼睛却死死盯着沈惊鸿。

沈惊鸿冷眼看着两人,就在这时,虎牢狱外传来急促的脚步声,众人都屏息朝外看去。

刘琛身边的太监前来传旨道:"陛下口谕,暂缓行刑,继续关押人犯,不得放出虎牢狱!"

沈惊鸿和慕灼华俱是松了口气,又提了一口气上来。

刘衍不死,对沈惊鸿来说是坏事,对慕灼华来说是好事。

刘衍坐牢,对沈惊鸿来说是好事,对慕灼华来说是坏事。

这道旨意对两人来说都是好坏参半,但慕灼华和刘衍心里都清楚,镇国大长公主没能劝说刘琛收回成命,必然是刘琛把刘衍逼死昭明帝的事说了出来,动摇了镇国大长公主心中的天平。她心中并不完全相信刘琛说的,但是也没有底气去过分干涉他的决定。如今暂缓刘衍的死刑,只是想留时间自己去探查真相。

慕灼华抓住了这一丝希望,用力地抱住刘衍,哑声道:"我会想办法的!"

"灼华——"刘衍轻轻叹息,如今他连回抱她也做不到,"好好保重自己。"

❖ ❖ ❖

镇国大长公主持诛邪剑进宫的消息震动朝野,毕竟这位大长公主是天下唯一可以威胁皇帝权柄的人,她虽有此权柄,却从来低调行事,不问朝政。诛邪剑骤然出世,自然引起了许多人的猜测,大多数人都猜测和定王谋逆之事有关,只是不知道这诛邪剑是想杀定王,还是想救定王。

柔嘉公主陪着镇国大长公主回到皇家别苑,眼看着她的鬓角因此事染上了霜雪色,心中有些不忍。她屈膝半跪在镇国大长公主面前,柔声道:"皇姑祖,您别难过了⋯⋯"

镇国大长公主轻抚着她的鬓角,眉宇间尽是怅惘,她轻轻一叹:"皎皎,你知道我为何不想回定京吗⋯⋯这座皇城,总能把人逼成鬼⋯⋯"

柔嘉公主垂下眼,叹息道:"没想到皇叔会做出那样的事来,但周家谋害皇叔在先,皇叔也是逼不得已⋯⋯"

镇国大长公主仿佛一夕之间衰老了许多,奔波多日的疲倦此刻都涌了上来:"我只能让陛下暂缓一天,明天……"镇国大长公主不忍再说,闭上了眼睛,深呼吸后,才抱住柔嘉公主,颤声道,"皎皎,你随皇姑祖回桃源山庄吧,皇姑祖会一辈子护着你。"

柔嘉公主柔顺地枕在镇国大长公主的臂弯里,仿佛自己依然是二十年前那个柔弱无依、失去了父母的小女孩。

"皇姑祖,让皎皎来保护您……"

一夜时间,在很多人看来并不能改变什么。刘衍死刑暂缓,不过是皇上给了镇国大长公主一个面子。其实镇国大长公主何尝不知道,那个王座本来就血淋淋,她就是不愿意看到太多的尔虞我诈、同室操戈,才不愿意回到定京。

看着门外的滂沱大雨,柔嘉公主劝镇国大长公主,让她不要再进宫了。

"皇姑祖,太医说您奔波多日,心神受创,需要好好休息。外面下这么大的雨,您不要再进宫了,如果生病了该如何是好啊。"柔嘉公主柔声劝阻想要进宫面圣的镇国大长公主。

"可是今日衍儿……便会被执行死刑……"镇国大长公主痛惜地闭上眼,那可是她兄长最疼爱的孩子啊……她也不知道刘衍做的这些是对是错,是周仪伤了刘衍在先不错,可是刘衍终究害死了周仪和刘俱,她没办法阻止刘琛报仇,冤冤相报,永无休止……

"皇姑祖,您无法让陛下回心转意,就算进宫也无济于事。陛下已经答应了,会让皇叔走得体面一点儿。"

镇国大长公主无神地看着窗外的大雨,许久才发出一声沉重的叹息。

柔嘉公主服侍镇国大长公主喝了药歇下,才轻轻带上门出来。

柔嘉公主长裙曳地,缓缓走过一道阴深的长廊。蔓儿跟在她身后,压低了脑袋低声道:"公主,沈大人进宫了。"

柔嘉公主的步子没有丝毫停滞,只是眼波流转,看向不远处厚厚的云层,没有一丝光能穿透那重重的阻碍。

察觉到蔓儿欲言又止的神态,柔嘉公主淡淡问道:"有何问题?"

"慕灼华她……"蔓儿眉头紧皱,"她也进宫了。"

"昨日不是派人盯着了吗?她没有出过家门,在家中一日又能找到什么解救刘衍的方法?"柔嘉公主不以为意。

蔓儿沉声道:"公主……慕灼华,是从城外回来,直接进宫的。"

柔嘉公主的脚步倏地顿住,疑惑蹙眉:"从城外……回来?"

"她昨日回到家中后,易容出府,竟然瞒过了我们的眼线。"蔓儿不安地绞着袖子,"公主,她是不是查到什么了?"

柔嘉公主心一沉，沉吟片刻后，道："传信给沈惊鸿，让他见机行事。"

刘琛阴沉着脸看着廊下的疾风骤雨，低声问道："什么时辰了？"
身旁的小太监恭敬地答道："回陛下，巳时五刻了。"
巳时……
他已经下令，午时行刑，只剩下不到一个时辰了……
"沈惊鸿呢？"
小太监道："沈大人刚刚入宫，正在大理寺等待行刑的时辰。"
"很好。"刘琛深呼吸一口气，背着手走回桌边。
刘琛一夜无眠，眼下的乌青越来越严重了。半睡半醒之际，刘衍笑着唤他的名字。刘衍看到个子只及自己腰间的刘琛挥着特制的短剑，耐心地指点他的动作，他崇拜地仰起脸看着自己的皇叔。
"皇叔，我长大了，也要和你一样，上阵杀敌，扬名立万！"
那时的皇叔还是个意气风发的少年，他的眼中还有锋芒与傲气，起手挥剑，气势如虹。他灿然笑道："好，皇叔等着你！"
他继续拿起剑，更加用力地挥砍着，眼前刘衍的笑脸却又模糊起来，四周的春光化为一片火海。他惊恐地环视四周，喊着皇叔，却看到火海深处，一把剑刺进了父皇的胸膛。他瞪大了眼睛，看着血从剑尖滑落，看着握剑的人缓缓地转过身来——是一脸冷漠的刘衍。
刘琛猛地从桌上抬起头来，满头的冷汗，喘息不止。
他看到墙上挂着的那把短剑，那是刘衍送给他的生辰贺礼，是刘衍亲自为他打磨的。刘琛脸色苍白，浑身颤抖着看着那把剑，眼中暗流汹涌。他痛苦地闭上眼，垂在身侧的拳头攥得紧紧的，指节发白，青筋暴起。
屋外雨下得极大，砸在屋檐上发出噼噼啪啪的声音，震耳欲聋。
一个太监行色匆匆地跑到门外通禀："陛下，慕大人求见！"
刘琛眉头一皱，睁开晦暗的双眼，道："她来做什么？"
问出口的瞬间，他心里已经有了答案，他知道她来这里肯定只有一个目的。昨日她在大理寺高举诛邪剑逼退了沈惊鸿，这件事他也一清二楚，甚至更早之前，她假借抱恙不朝，他也知道……他都知道，只是不愿意去细想罢了。从刘衍在他的寝宫抱走她的那一夜起，他就骤然明白了许多事。
没有等太监回答，刘琛就背过身去，冷然道："让她回去，不见。"
太监战战兢兢说道："陛下……慕大人已经在门外候着了。"
刘琛一惊，问道："没有召见，她怎么进得了宫门？是谁放她进宫门的……是大长公主吗？"

太监道："回陛下，慕大人手中拿着的是太后宫中的令牌。"

刘琛莫名道："她何时从太后手中拿到了令牌？"

刘琛此刻心中的太后是自己的母后。虽然同出周家，但他的母后在先太后面前唯唯诺诺忍气吞声了二十年，即便想在刘琛面前摆太后的架子，也不能如愿。自不久前被刘琛驳斥回去，她便深居简出，不敢再与周家有所联系，更何况是其他人。

刘琛并不记得慕灼华与她有任何来往。

太监也不明所以，只能就自己知道的说道："陛下，慕大人说，她有重要的事情要向陛下禀告。她说……定王是冤枉的，她有重要证据要面呈陛下。"

刘琛对外隐瞒了自己杀刘衍的真实原因，不愿意让世人知道刘衍弑君杀害手足之事，因此这些太监也不知道内情。慕灼华不敢把话挑明了说，但刘琛听到这句话，自然知道她的意思。

然而刘琛闭了闭眼，硬下心肠道："不过又是找借口来拖延死刑，让她回去，否则就别怪朕不顾念镇国大长公主的情面了。"

这件事，他也不想让她卷入其中。

慕灼华打着伞在庭中等着，然而疾风骤雨不是一把伞能够遮挡的，她的身上还是被雨淋湿了大半，湿发贴着脸颊，一张小脸冻得苍白，她却浑然未觉，死死盯着御书房的大门。

太监从书房内出来，对慕灼华喊道："慕大人，陛下不见你，让你速速离去，否则便是镇国大长公主也保不住你。"

慕灼华大惊，急切喊道："我有证据要面呈陛下！定王是冤枉的！"

太监不耐烦地摆摆手："陛下让你们别想方设法拖延行刑了，没用的。"

慕灼华一咬牙："今日我必须见到陛下！"

说着忽然往里冲去，左右之人想不到她如此胆大妄为，都吓了一跳，竟来不及阻止她，让她一连跑过了两道门。慕灼华见太监上前抓她，她挥舞起手中的雨伞逼退了他们，看着近在咫尺的书房大门，大声喊道："陛下！那夜真凶另有其人，请陛下看一眼证据，看一眼就好！"

书房大门依然紧闭。

大雨模糊了慕灼华的视线，她执着地盯着那扇门喊道："难道陛下要让微臣在世人面前公开真相吗？"

这时，书房的大门才被人狠狠地从里面打开。刘琛目光晦暗莫名，落在慕灼华脸上，比这场雨还要让人心寒。慕灼华丝毫不惧，她扔掉雨伞，任由大雨拍打着自己的脸庞，猛地跪在刘琛身前，大声道："微臣不想陛下杀错了人，后悔终生，求陛下听微臣一言！"

慕灼华趴在地上，用力地磕着头，一抹淡红色被雨水冲散，在她身下晕开。

慕灼华的肩膀止不住地轻颤，仿佛过了许久，才听到头上传来刘琛低沉的声音。

"进来。"

慕灼华大喜，急忙从地上爬了起来，踉跄着跟在刘琛身后进了书房，从里面关上了门。

刘琛背着手，冷冷地看着跪在自己身前的慕灼华。慕灼华穿着一身与她身份不符的粗布衣裳，浑身湿透，鬓发凌乱地贴着额面，脸色苍白，方才因为用力地磕头，此时额上一片触目惊心的红。她抬起袖子胡乱地擦了一把脸，擦掉了脸上的血水。

慕灼华跪在刘琛身前，双唇发白，声音里却透着一往无前的坚定："陛下，微臣冒死直言，皇宫失火之夜，手持先太后令牌去行宫请回先帝的，正是微臣！"

刘琛闻言瞳孔一缩，攥紧了拳头看着慕灼华："你知不知道你在说什么？"

慕灼华抬起头，无畏地直视刘琛："微臣知道，先帝之死，微臣难逃其罪，陛下要杀要剐，微臣毫无怨言，只望陛下相信，微臣豁出性命所言句句属实！"

慕灼华盯着刘琛晦暗的眼神，深吸了一口气，从怀中取出一块令牌："这是先太后宫里的令牌。当日，微臣便是凭借此物，假借先太后的名义，畅通无阻地出城，进入行宫见到先帝。"

刘琛从慕灼华手中接过那块冰冷沉重的令牌，摩挲着上面的阴刻古字，用沙哑的声音问道："你从何处得到此物？"

慕灼华答道："微臣在薛笑棠的书房中意外发现了一个暗格，里面藏着这块令牌。陛下……想必是知道薛笑棠与周家勾结。"

刘琛沉默不答，便是默认了此事。

"微臣不知道陛下知道多少，今日面圣，愿将所知一切告诉陛下。"慕灼华冷得浑身打战，她从怀里取出另一样证据，"这是一份药方，还有一份遗书。这种药名为还阳散，先帝便是死于此药。这种药，是微臣的外祖父、元徵朝太医院院首傅圣儒研制，他本意是研制出能让人起死回生的神药，终究还是失败了。这种药药性极其霸道、猛烈，控制不好分量，便会杀人于无形。外祖父失败后便将此药方藏起，却被人盗走。后来云妃难产至死，便是此药导致。这份遗书上，微臣的外祖父将所知的一切都写了下来，请陛下御览。"

刘琛从慕灼华手中接过被淋湿的羊皮纸，好在并不影响阅读，他一目十行地看完傅圣儒的遗书，面色阴晴不定，呼吸陡然急促起来："云妃的死……不是意外？"

慕灼华深吸一口气，道："陛下，盗走还阳散的就是周家人，杀死云妃的是先太后！"

刘琛失神地看着纸上的字，喃喃道："他只告诉朕三年前之事，却从未提及云妃之死……"

慕灼华隐约觉得这话有些不对劲，却来不及细思。她膝行两步上前，恳切地望着刘琛，哑声道："陛下，周家于王爷确有深仇大恨，先帝沉疴日久，先太后忌惮王爷的威望，因此趁先帝与陛下离京，设局要杀王爷。是微臣救人心切，将先帝请回宫，没想到先帝为化解他们之间的仇恨，自己喝下了那杯毒酒。王爷也因为先帝的死而毒发攻心，是微臣将他救了回来。之后遗诏生变，他强撑病体稳住朝局，每一日都是靠药物吊着。王爷若真有不轨之心，若真的要报复周家，他何以迟迟不动手？那是因为他感念先帝之恩，放弃了复仇，他只想尽心辅佐陛下，绝无二心！"

刘琛的手微微颤抖，他垂下眼沉默地望着慕灼华膝前的水渍，泛白的指节透露出他内心的挣扎。

慕灼华继续道："陛下，当夜所有的出入宫记录都被大火烧光了，但是您可以调查其他出入口，便知道当夜王爷没有调动任何兵力，他是独自一人进宫的，甚至把心腹侍卫都留在宫门外。他若有心向先太后复仇，怎么会只身入宫赴宴？"

慕灼华说的这些人证确实都可以查证，她不可能在这种事情上欺君……

"微臣昨日查过当日的进城记录，先帝入城时间是酉时二刻，入宫时亦有记录，微臣记得是酉时三刻。先帝入了太后宫中不久，便让所有人远远退下，不愿意让旁人知道里面发生的事。微臣也是在宫门口等着，直到戌时将近才看到王爷走出，身上沾染了鲜血。微臣见定王心脉受创，便刺了他的穴位让他陷入昏睡，将他带回了定王府。当时，微臣也不知道太后宫里到底发生了什么事，直到半夜才知道后宫起了大火，火势不可阻挡，烧了大半的宫殿，也烧死了无数宫人。"

慕灼华哑声道："微臣昨夜查过记录，后宫起火，最早发现是在亥时二刻，而那时候定王早已昏迷，微臣让执墨、执剑去抓药，药房先生那里也有记录！陛下，火不可能是他放的，人也不可能是他杀的！

"微臣知道陛下此刻心中依然存疑，既然有疑惑，便不能草率杀人啊！"慕灼华哀切恳求道，"陛下，那是您的皇叔啊！您与他相处二十年，难道还不知道他的为人吗？他征战北凉，报的是幼年时先帝的救命之恩，放下仇恨、辅佐陛下，也是受先帝临终所托。居凉关兵变，他出面拦阻，当众认罪，难道是因为他真的有罪吗？难道他真的只是为了保护自己的下属而视至亲于不顾吗？您听到他说的话了吗？他是怕兵变祸国，怕他们伤害到陛下啊！之前薛笑棠叛国，置王爷于危难中，是陛下拼死救出了王爷。王爷始终铭记在心，他至死也要保护陛下，又怎么可能会杀了先帝啊？！"

刘琛仿佛被抽去了三魂六魄，喃喃道："是啊……他不会……可是……"刘琛似乎犹豫不决，他闭上眼，不敢去看慕灼华的眼神，"先帝终究因他而死，他必须死。"

"陛下！"慕灼华声音嘶哑，如杜鹃泣血，哀戚地喊了一声。

她难以置信地看着眼前的皇帝，这还是她认识的那个刘琛吗？难道这个位置、这身衣服真的会改变一个人吗？

慕灼华弯折了自己的脊梁，额头重重磕在地上，发出一声闷响。她伸出一只手，颤抖地攥住刘琛的衣角，声音破碎呜咽："陛下可还记得……您曾经给过微臣一个许诺。"

刘琛一怔，目光落在慕灼华单薄颤抖的肩膀上。

"陛下曾说过，微臣……若有所求，无有不允。"慕灼华的声音微弱而卑微，"陛下一言九鼎……微臣斗胆，请陛下免王爷死罪！"

刘琛静静地看着慕灼华，忽然，周围的一切都寂静无声了。

"朕以为，你永远不会用到这个承诺。"刘琛的声音里带着一丝疲倦的沙哑，"若朕不答应，你会如何？"

慕灼华的背脊骤然一僵，没有说话，匍匐于地的身躯低到了尘埃里，让人目不忍视。她双手紧握成拳，克制着难以自抑的颤抖，指甲陷进了掌心，却麻木得感觉不到一丝疼痛。

刘琛低下头，笑了一下："朕明白了……"一块腰牌扔在地上，"取朕的腰牌，让沈惊鸿放了他。"

慕灼华猛地抓住那块腰牌，紧紧捏在手中，被泪水洗过的双眼清明澄澈。她怔怔地看了刘琛一眼，随即回过神来，用力磕了一下头，哽咽着说了一句："谢陛下！"然后，踉跄着从地上爬起，一刻不停地夺门而出。

外面雨下得很大，几乎迷住了慕灼华的眼睛，她拼尽全力往大理寺的方向飞奔。这一刻，她深深觉得皇宫太大了，这条路太长了。

积水的石板路分外湿滑，慕灼华跑得太快，一个不慎便在石梯上滑倒，滚落下来，手臂磕到了石棱，粗布衣服被划开了一道口子，似乎皮肉也被划伤了。她顾不得疼痛，赶紧爬起来又朝着前方飞奔。

"来得及的……一定来得及的……"

慕灼华在心里告诉自己，还有一刻钟，她全力奔跑，在午时之前一定能赶到大理寺。

她早已浑身湿透，寒意深入骨髓，嘴唇毫无血色，两条腿犹如灌了铅，但此刻胸腔仿佛有一团火在熊熊燃烧，催着她向前跑。

终于看到了大理寺的大门，她估算着时间，应该还未到午时，她稍稍松了口气，一把推开大理寺紧闭的门扉。她喘着粗气，颤抖着环视四周，看到了站在旁边正在净手的沈惊鸿。

"陛下……陛下有旨……"慕灼华举起刘琛给予的腰牌，死死盯着沈惊鸿，"放了定王！"

沈惊鸿诧异地挑漏眉，却没有慕灼华预想中的恼怒。他勾了勾薄唇，道："好，本官已经让人打开虎牢狱了，你可以将他领回去了。"

"什么？"慕灼华怔了一下，心底忽然涌上了强烈的不安。

沈惊鸿缓缓道："今日滴漏坏了，外面又大雨滂沱，本官只能估摸着时间差不多就行刑了，已经让定王喝下毒酒了。"

沈惊鸿看着慕灼华瞬间失了焦距的瞳孔，微微笑道："你可以领走他的尸身。"

慕灼华手一松，白玉令牌落在地上，发出清脆的碎裂声。

她身子一晃，几乎无力站立，只得扶了一下墙，然后转身朝虎牢狱的入口冲去。

虎牢狱里只有数个火把散发着幽魅的火光，慕灼华踉跄着朝最后一间牢房奔去。牢房的门大开着，露出一个漆黑的洞口，仿佛能吞噬一切。

慕灼华喘着气跑到门口，借着门外幽幽的火光，看到坐在地上闭着双眼的刘衍。他神态从容，不见伤痛，仿佛入定一般静坐着。

慕灼华不由自主地放慢了脚步，缓缓走到他面前，跪了下来，伸出颤抖的手碰触他冰冷而瘦削的脸颊。

"刘衍——"

他的睫毛轻轻一颤，似乎用了极大的力气才睁开双眼，眼中映出她狼狈的模样。他艰难地抬起手，想要抱抱她，却提不起一丝力气，他想问她额上的伤口疼不疼，然而刚张嘴，热血便无法自抑地从喉间涌出。

"刘衍！刘衍！"慕灼华慌乱地抱住他软倒的身躯，哭着喊道，"陛下赦免你了，你不用死了，我……我带你回家……"

刘衍的双眸温柔地凝视着她哭泣的脸，他的小姑娘，聪明伶俐，又那么勇敢、坚强，可是此刻她浑身湿透，遍体鳞伤，这一路，她一定走得很难，很难……

他想护着她一辈子，却也是自己让她承受了最大的伤害。

刘衍用尽毕生的力气环住她颤抖的身躯，有那么多话想说，却被鲜血堵在喉间，每一次试图开口，都只是让更多的鲜血染红她的衣裳。

"刘衍，你振作一点儿，我带你回去，我能治好你的！"慕灼华苍白的脸上满是倔强，她想要把刘衍背起来，然而她的力气太小了，只能眼睁睁地看着他的鲜血越流越多，在她的怀里渐渐冰冷。

慕灼华终于抑制不住地放声大哭起来："你不要死，刘衍，你说过要疼我一辈子的，你说过一生一世一双人，你答应我的事，不可以言而无信！刘衍，我答应你，只要你好好活着，我就嫁给你，我要穿凤冠霞帔当你的新娘。只要你好好的，只要你好好的……"

刘衍漆黑的双眸宛如黑夜中划过一点流星，瞬间亮起，却又瞬间暗淡。

原来她这么喜欢他，比他奢望的还要多……

慕灼华紧紧地抱着他冰冷的身体，感觉到他的身体沉了下去，断绝了所有生机。

她身子一僵，把脸埋在他的胸前，仿佛那里还有一丝微弱的温度。

寂静而黑暗的牢笼里，他们紧紧拥有彼此。

她听到自己绝望而冰凉的声音在黑暗中回荡。

"刘衍……

"刘衍……

"刘衍……

"我们……

"回家……"

那是一个让人醒不来的梦。

她看到自己站在一片花田里，春风拂面，风中有让人安心而眷恋的气息。那香味仿佛来自四面八方，让她找不到来的方向。

她拨开花丛，不知道跑了多久，身上无一处不酸痛，然而最疼的是心口。

她生气了，站在原地，红着眼眶一遍遍喊他的名字。

"刘衍，你再不出来，我就不理你了！"

"我……我不要你了！"

声音在花海里回荡着，余音不绝，可是没有得到一丝回应。

她低下头，委屈又不甘地发出一丝哽咽："你说好要一辈子护着我的……"

肩膀轻轻抽搐着，她蹲了下去，无助地环抱着自己的膝盖，将脸埋在两膝之间。这天地那么大，而她只是小小的一团，没有人疼，没有人要，他捡了她，又扔掉了她。

她连哭都是乖乖的，压抑、隐忍，因为只有一个人能纵容她放肆，让她恃宠而骄。

那个人在哪里呢？……

忽然一件斗篷落在肩上，她猛地抬起头，看到那张心心念念的面孔含着隽永与温煦的微笑，宠溺地看着她。

"乖，别哭了。"

他的话没说完，她就扑进他怀里，倒在花丛中。

她将泪湿的脸庞埋在他颈间，闻到了独属于他的气息。她双手紧紧抱着他，害怕他再次消失不见。

"我梦到你不要我了……"她用哭哑的声音委屈地控诉着，"刘衍，我心里疼。"

背上有一只温暖的手轻轻拍着她，哄着她。

"灼华……"轻轻的吻伴随着叹息与爱怜，落在她的秀发上。

"怎么办……原来我这么爱你啊……"

然后，她睁开眼睛，看到自己怀里抱着他的衣服。

那日被他在药池抓了个正着，她浑身湿透，他便让她换上他的衣服。

她跪在他膝前说："下官喜欢王爷。"

慕灼华忽然笑了一下，原来谎话说多了会变成真的。

她眼里的星星都暗了下来，她用沙哑的声音梦呓般地说了一句："刘衍……我梦到你回来了……"

那一日，慕灼华浑身湿透地被人送回来后就陷入了高烧昏迷。太医来了几趟，开了药让郭巨力给她灌下去，烧退了又起，折腾了整整三日，始终不见好。郭巨力听她迷迷糊糊地喊着刘衍的名字，急得直掉眼泪，最后终于想到个办法——她找到那日慕灼华从药池别院带回来的那件衣服给她。她抓着衣服便好像溺水之人抓住了浮木，骤然安定下来，身体也逐渐好转起来。

第四日清晨，她终于从梦中醒转，对郭巨力喊了声"饿"。郭巨力一边哭一边笑，抹着眼泪说："小姐，你等等，厨房里粥还温着，我这就去给你端来。"

这三日三夜来，厨房里的粥总是煮好了又倒掉，但永远有一锅粥热着，等慕灼华醒来随时可以吃。郭巨力急匆匆倒好热粥和汤药，回到房间的时候便看到执墨正站在床头和慕灼华说话。两人不知道说了什么，慕灼华苍白的脸上有了一丝生气，抓着衣服的手在颤抖。

听到郭巨力进来的脚步声，执墨不再说话，转头看向她。

"执墨哥哥？"郭巨力有些惊讶他在这里，随即又拉下脸来，有些不高兴，

"你怎么来了？"

她怕执墨的出现会再度刺激慕灼华的情绪。

执墨抿了抿唇，犹豫着说道："我奉王爷之命，留在这里保护慕大人。"

"保护？"慕灼华勾了勾唇角，没有血色的脸上露出一抹嘲讽之意，"他人都走了，后事倒是安排得挺好的。巨力，"她转头看向郭巨力，"王爷的尸身如今何在？"

郭巨力愣了一下，才回道："王爷是戴罪之身，没有任何丧仪。三日前，陛下便让人将王爷的尸身埋在浮云山下的墓园里……小姐，你是想去祭拜王爷吗？"

"巨力，人总要向前看的，把粥和药给我吧。"慕灼华闭了闭眼，虚弱沙哑的声音重新找回了力量，"我还有其他更重要的事要做。"

执墨来到书房的时候，慕灼华已经穿戴整齐坐在桌前了。青衫挂在身上，因连着几日发高烧，整个人瘦了一圈，身子单薄得仿佛不堪一折，被刘衍好不容易养出来的好气色几日内便被雨打风吹去了。

执墨心里叹了口气，垂下眼走到她跟前。

"大人有什么吩咐？"执墨问道。

慕灼华看着执墨面无表情的脸，想起自己第一次看到他的情形。这个青年武艺高强，忠心耿耿，虽然沉默寡言，心眼却通透。执剑的武功在执墨之上，但更冲动鲁莽一些，不易管教，或许刘衍也是明白这一点，才把执墨留在她身边。

慕灼华忍着心头的酸痛，淡淡问道："执墨，你知道我找你来是为了什么吗？"

执墨看了慕灼华一眼，低头道："大人有大人的想法，执墨不敢揣测，只听凭命令行事。"

慕灼华笑了一下："你听的，是谁的命令？"

"王爷不在，自然听的是您的命令。"执墨恭敬答道。

慕灼华捏着一张薄薄的纸，苍白的唇角微翘："那好，我要替王爷翻案。"

执墨一惊，抬眼看向慕灼华。

慕灼华冷然道："沈惊鸿构陷七宗罪名，陷王爷于不义。他清白一世，没有对不起任何人，我不能让他背着骂名遗臭万年。"

"沈惊鸿深不可测，大人此举，恐怕会与他正面为敌……"

慕灼华道："我与沈惊鸿早已是敌非友了。"她深吸一口气，压下心头的怒火，"他敢动王爷，这笔账，我必须和他算清楚！"

她慕灼华向来以德报德，以直报怨，欠了她的，不管是谁，她都要他加倍偿还！

第二十三章 · 战神临世

> 男人身披戎装，手持天子御赐之剑，居高临下，宛如战神临世，令人望而生畏。

慕灼华因病告假七日，刘琛把大理寺发生的事情都掩住了，没有让人知道慕灼华与刘衍的牵连。众人见慕灼华确实消瘦了许多，脸上还带着病容，因此也都没有多想。

大殿上原本属于刘衍的位子空了，仿佛那里从来没有存在过这个人，他成了百官之间的禁忌，没有人敢过多提及。有几个与慕灼华关系较为亲近的偷偷替她高兴，只道是慕灼华得罪了刘衍，如今刘衍死了，对她反倒是一件好事。

慕灼华听旁人这么说，没有反驳，却也没有笑。身边人隐隐觉得慕灼华有了一丝不同，她似乎不像过去那样亲切爱笑了，面上仿佛覆着一层无形的冰霜，让人感觉到莫名的冷意。

宋濂锡散朝后特地去见了慕灼华，看到她从户籍室出来。

"濂锡兄，"慕灼华见到是他，点头微微一笑，"你怎么来了？"

宋濂锡走到近前，温声道："前几日听说你病了我还不信，今日见你形容憔悴，才不得不信。你若是遇上什么难处，尽管和我说，若有能用得上我的地方，我必不推辞。"

慕灼华感激地笑道："多谢濂锡兄了，我只是小病，如今痊愈了，有劳你挂心了。"

宋濂锡为人沉稳、敦厚，虽然平日话少，心思却通透。他家中有妻有儿，生活美满，便也希望身边朋友过得顺心。

"今日早朝之前，我……我见你和沈大人似乎有些不愉快，可是有什么误会？"宋濂锡迟疑了片刻，还是说出了心里话，"他如今圣眷正浓，如日中天，你何必与他针锋相对？"

慕灼华淡淡一笑："濂锡兄，我知道你是为我好，只是我与沈大人之间，并非'误会'二字可以解释。"

宋濂锡听慕灼华这么说，便知道自己多说无益，他轻轻叹了口气，说道："你们二人都是年少英杰、麒麟之才，就当我多事了。"

慕灼华道："濂锡兄言重了，这朝中百官里，你的为人，我最为敬重。"此言倒是真心实意，宋濂锡看似不显山露水，实则沉稳可靠，"今日你来得也是正好，我正有一事想向你打听。你与沈大人走得更近，可曾听他说过家中事？"

宋濂锡摇了摇头，道："只听说沈大人父母双亡，出身贫苦，他孤身一人，也没有什么好说的。"

沈惊鸿身世凄惨，自然不会有什么人不懂事地去追根问底，触人伤口。

慕灼华敛眸沉思："那他可有其他知交好友？"

宋濂锡笑了笑："寒门士子皆以他为首，若论知交好友，恕我说一句实话，沈大人并非容易交心之人。我原还以为……你们二人才是天作之合。"

慕灼华失笑，想起小秦宫的误会，摇头道："我原先确实敬重他不畏权贵、刚正不阿，除此之外，也没有多余想法。那日小秦宫之事纯属误会，众人见我与沈大人私下相处，以为我和他有些什么，实则是我醉酒找了个地方休息，无意中撞见沈大人和云芝姑娘欢好，云芝姑娘害羞之下就逃之夭夭，留下我和沈大人在原地，被来寻人的同僚撞见了，大家才这么胡说。"

慕灼华身在朝中，身边都是男子，她素来知道与旁人保持距离，免得招惹是非，唯独对一人不庄重，招惹了他……

宋濂锡确实不曾见过慕灼华和沈惊鸿有任何越线的亲密行为，但听慕灼华澄清小秦宫之事，却是一脸的不信："慕大人说笑了吧？那日你离开得早，所以不知道，你走后不久，云芝姑娘便被太常寺一位高官叫走了。见沈大人没有要留她的意思，她便哀哀切切地离开了，沈大人怎么可能又去后院与她亲热？"

慕灼华闻言怔了一下，脑海中又回忆起当日的画面。

那日她睡得迷迷糊糊的，确实是不曾见过那个女子的面容，只听到沈惊鸿低哑的声音，听着似乎与那女子颇有一些情意……

"难道沈大人在小秦宫还有其他相好？"

宋濂锡道："绝无可能，沈大人素来洁身自好，他早已扬言，不成一品，绝不成家。虽然有时候与同僚去小秦宫听曲，但他也从不让女子近身。"

慕灼华垂下眼，若有所思地笑道："看来，是我误会了。"

柔嘉公主伺候镇国大长公主睡下后，已经是戌时了。

或许是因为刘俱、刘衍的死使镇国大长公主大受打击，她明显苍老了许多，身体状况大不如前。柔嘉公主本是想送她回桃源山庄，偏偏她又病了，太医认为这时不宜奔波劳累，便让她等养好了身体再动身。

看着自己的子侄一个个走在自己前面，她的心真的伤透了。柔嘉公主每日陪着她说话，只盼能逗她开心一点儿。镇国大长公主总是劝说她离开定京，跟自己回桃源山庄。

"皎皎，你在定京，我不放心，跟皇姑祖回桃源山庄吧。皇姑祖给你找一个好夫婿，只有看着你平安喜乐，我才能走得安心啊。"

柔嘉公主急忙打住她的话头，柔声道："皇姑祖，您长命百岁，不要说这种丧气的话。"

镇国大长公主苦笑摇头，握紧她的手道："老了，真的是老了……一次次地，白发人送黑发人，昨夜里皇姑祖竟梦见你也……"她打了个寒战，"皎皎，皇姑祖再也承受不起这样的事了，你知道皇姑祖最疼你的，你就听话吧……"

柔嘉公主为难地垂下眼，好不容易才将镇国大长公主哄睡着了。烛光下，她的白发似乎多了不少。

柔嘉公主才想起，皇姑祖已经是花甲之年了，只是过去她总是精神矍铄的样子，容光照人，竟让人忘了她的年纪。如果有一天，她知道自己一心疼爱的小公主是个满心阴谋诡计的恶毒女子……

柔嘉公主深吸了一口气，让自己摇摆的心重新坚定起来。

不，她不会知道的。

蔓儿将一封信交到她手中，她低头扫了一眼，淡淡道："可以动手了。"

没过几日，执墨便依照慕灼华的指示，将搜寻到的所有证据都呈交到她面前。

慕灼华没想到事情比自己预想的容易这么多，或许是事出匆忙，或许本就是欲加之罪，对刘衍的那些栽赃并不难找到反驳的证据。比如横征暴敛这一条，说他在封地苛捐重税，以致民不聊生。但刘衍多年未回过封地，封地的赋税也没有进过他的口袋，庄文峰之流假借朝廷的名义横征暴敛，并非刘衍之过。

还有一条指称刘衍纵奴行凶，定王府的下人骄横跋扈。执墨查过，那个死者本是个恶霸衙内，强占良田，逼奸民女，苦主走投无路，恰被刘衍撞见。刘衍查明了真相，令手下侍卫斩杀恶霸。如今那个苦主受到沈惊鸿的威逼利诱，忘恩负义地指称是刘衍纵奴行凶。

慕灼华一页页翻看证据，得到了她所想要的一切，她的眉头却越皱越紧。

执墨见慕灼华神色有异，好奇问道："有什么问题吗？"

"问题太多了。"慕灼华放下手头卷宗，神情凝重，"也太明显了……"

她本以为，沈惊鸿为人小心谨慎，纵然是构陷，也会把证据做得天衣无缝，但现在看来，错漏百出。

为什么？

沈惊鸿是料定了刘琛对刘衍恨之入骨，才连这表面功夫也不屑去做了吗？

慕灼华终究还是按住这些证据，没有急于给刘衍平反。但她这么想，有人不这么想。

第二日早朝上，世家联名上奏，弹劾大理寺卿沈惊鸿罗织罪名残害忠良，而蒙受冤屈的正是为国尽忠一世的定王刘衍。

慕灼华惊愕地看着眼前一幕，而沈惊鸿身处旋涡中，面对众人的口诛笔伐，气定神闲，容色不变。

脑中一个荒谬的念头一闪而过，慕灼华呼吸一窒。

之前沈惊鸿为了给刘衍罗织罪名，威逼利诱了不少人做伪证，如今这些人竟纷纷倒戈。刑部尚书押着一众诬陷诽谤定王的官员上朝，让他们当着群臣的面指证沈惊鸿。

刑部尚书愤然道："沈惊鸿诬告定王滥杀无辜，但经微臣查证核实，被杀之人乃罪有应得。此人为强占他人数百亩良田，竟将一家人活活烧死，将其妻女掳掠为奴，此事有一村之人可以做证。定王除暴安良，何罪之有？沈惊鸿却无视村民供词，只听那贼人家人的一面之词，就以此判定王大罪！"

跪在殿下瑟瑟发抖的正是被定王杀了儿子的前户部员外郎，此刻他已经面无血色，伏倒在地。

刑部尚书怒道："陛下面前，你还不从实招来，你那儿子肆意妄为、滥杀无辜，罪有应得！"

员外郎趴在地上大哭："陛下饶命，陛下饶命啊，是沈大人逼小人这么说的啊！"

周次山出列，放声怒道："沈惊鸿状告定王横征暴敛，众所周知，定王十年不曾回封地，甚至未曾取过封地一分税银！江南府苛捐重税，乃地方官员贪墨渎职，盘剥百姓，监管不利，这是吏部失职！沈惊鸿曾任考功司主持考绩之事，对此事应最为清楚，却置事实于不顾，构陷忠良，意图为何？"

兵部尚书亦道："若说定王违背军令，更是从未有过之事。沈惊鸿以雁城之战定王私纵北凉大将忽尔塔一事告定王违背军令，经查实，此事乃定王与当时的主将徐老将军共同商议后定下的计策，只是为了让北凉上当。之后北凉君臣离心，陈军大破北凉皇城，足以证明定王谋略过人，有功无过！陛下，此事亦可以召徐老将军上殿对峙！"

刘琛阴沉着脸，看着六部尚书轮番上前指证沈惊鸿。

这些事，他何尝不知道，本就是他让沈惊鸿罗织罪名，皇城失火的真相不宜流传于世，这才罗织了种种虚假的罪名治刘衍的罪。若是刘衍平反了，那沈惊鸿诬告的罪名就坐实了，沈惊鸿诬告刘衍这样的忠臣良将，唯一的下场就是死。

世家之人对沈惊鸿恨之入骨，便是对刘琛也早已生不臣之心。之前落在沈惊鸿手上，被沈惊鸿查得底朝天，罪证在别人手上，他们无话可说，如今他们抓到了沈惊鸿的痛处，还不痛打一番？

　　一时间，数十人跪了下来，用极其强硬的态度逼迫刘琛："陛下，沈惊鸿残害忠良，天理不容，请陛下严惩不贷！"

　　"请陛下严惩不贷！"

　　刘琛屏息看着眼前百官，目光又缓缓移到沈惊鸿面上。

　　沈惊鸿一撩衣摆，跪了下来："臣，认罪。"

　　沈惊鸿被关进了虎牢狱，但这不是结束，只是一个开始。

　　慕灼华下朝回家路上，隔着马车便听到外面议论纷纷。

　　"听说沈大人被下狱了，六部尚书联名奏他诬陷定王，定王是无辜的！"

　　"不是，我听说沈大人也是被陛下指使的，是陛下惧怕定王功高盖主，才让沈惊鸿构陷罪名，治他死罪！"

　　"也是，不然沈惊鸿和定王无冤无仇，害他做什么？"

　　慕灼华沉着脸听着。回到府中，执墨问道："大人，是你把证据交给他们的吗？"

　　慕灼华摇了摇头："不是我，我还没有决定交出证据，此事影响太大了……"

　　想到外面百姓的议论，她的脸色更加难看了："不到一日工夫，几乎传遍了全城，连朝堂上的每个细节都说得清清楚楚，这分明是有心之人在推波助澜，想必是世家在幕后煽动。"

　　更让慕灼华不安的是，这些流言慢慢地都把矛头指向一个人，就是刘琛。

　　"世家坐不住了……他们终于等到了机会反将陛下，这次不可能善罢甘休。"

　　慕灼华说着看向执墨："如此一来，王爷的仇也算是报了，你可开心？"

　　执墨神情有些复杂，想了片刻，才道："属下以为，王爷不过是被人利用了。"

　　慕灼华欣赏地看着他，点头道："不错，你也看出来了，那些人根本不是为王爷平反，他们只是想利用这件事威胁陛下妥协，甚至……不只是妥协。"

　　慕灼华的猜测第二天便得到了证实，不知是谁带头组织，有数以千计的百姓上街游行，怒斥"昏君无道，残害忠良"，声音震耳欲聋，就是在皇宫之内，也隐隐可以听到。

　　几日前人人称颂的沈惊鸿也被蒙上了一层阴影，信他与疑他的人参半，有的人认为他是迫于无奈才沦为昏君的爪牙，也有人坚定地认为定王跋扈，沈惊鸿依旧是那个不畏权贵、为民请命的沈惊鸿。

早朝上，半数高官摘冠下跪，要求刘琛刑讯沈惊鸿，问出背后指使之人。这些人面相凶恶，看向刘琛的目光里已经没有了敬意和畏惧。

手握重兵的议政王死了，而且是含冤而死，没有人能再护着刘琛了。居凉关的二十万守军得知刘衍被赐死的真相，险些发生兵变。不过刘衍临死前的那番话还是起了作用，军营中虽然群情激愤，却依旧按捺不动，但刘琛已经失去军心。

何止是军心，就是民心与臣心，他也尽皆失去了。

刘琛脸色铁青地看着一班老臣，如今沈惊鸿被关了起来，世家尽与他为敌。他虽然贵为天子，却无可用可信之人，只能高高在上地被人逼迫。

早朝的最终结果就是刘琛拂袖而去，不给百官答复，然而没有答复本身就是一种答复。

这件事很快传到宫外，百姓便知道，皇帝默认了弑叔夺权、残害忠良的事实。百姓讴歌定王的英雄事迹，将他捧上了神坛。对比之下，新帝连亲叔叔这样的大功臣都构陷、杀害，简直是昏庸残暴，不配为君！

游行示威的人更多了，本该维持秩序的士兵却置若罔闻，任由全城百姓大闹，甚至连最为肃穆安静的北城也沦陷了。无数百姓挤到宫门口，大骂刘琛无功无德、无情无义，不配为君，应立即逊位。

然而，这还未到最坏的地步。

就在沈惊鸿入狱后民愤到达顶点的第五日，北凉三皇子耶律璟惺惺作态地发表了一篇悼文，为刘衍鸣不平，斥责刘琛昏庸无道。接着，三十万北凉军挥师南下，攻破了边境第一城。

慕灼华再一次踏进大理寺。

她一步步走下台阶，来到沈惊鸿面前。

"昔日高高在上，今朝为阶下之囚，大理寺就是这么一个奇妙的地方。"慕灼华的声音响起，目光沉沉地看着被铁链绑住的沈惊鸿。他身上带着伤，白色衣服渗出了血迹，容貌依旧昳丽俊秀，不似凡俗之人。

他听到了慕灼华的声音，睫毛微颤，缓缓抬起眼看向眼前之人，漆黑幽深的凤眸映着微弱的火光。

"是你。"他勾唇一笑，似乎并不意外。

慕灼华将灯笼放在一旁的桌上，也看到了桌上的刑具。

"沈大人纵然身处无间地狱，也是这样气定神闲的模样，真是令人佩服。"慕灼华轻轻一笑，"是不是因为这一切都在你的预料之中？"

沈惊鸿眼神一动，幽幽地看着慕灼华，没有说话。

"我就觉得奇怪，行事谨慎的沈大人，构陷定王的证据怎么做得如此错漏百出。原来，你从来没想过隐瞒。"慕灼华走到沈惊鸿跟前，紧紧盯着那双高深莫测又冰冷幽深的眼睛，"那些伪证是你有意留下的把柄。你的目标，从来不是定王，而是陛下。你利用陛下的信任，离间了陛下与世家的关系，斩断了陛下的臂膀，引起陈国内乱，如今北凉犯境，你，可满意了？"

沈惊鸿低笑了两声，咳出一口血沫，殷红的血渍染红了唇角。

"慕大人，可真是天纵英才……"低沉喑哑的声音在阴暗的牢狱中回响。

"为什么？"慕灼华皱起眉头，每次她以为自己看清了沈惊鸿，便又会被他的另一副面具惊到，"耶律璟此举宛若效仿当年雁城之战，他想以牙还牙、羞辱陈国……你是北凉探子？"

沈惊鸿笑了一下："你已经不信我了，我说是或者不是又有什么区别？"

"你会死的。"慕灼华沉声说，"你为了今天，不惜以身涉险，纵然如你所愿，陈国乱了，陛下退位，你也逃不过千刀万剐之刑。"

沈惊鸿似乎全然不在意加在自己身上的种种酷刑，他的眼中幽深如旋涡，吸进了一切的光，似墨玉琉璃，美得令人心惊。

"虽死……犹荣。"

北凉三十万大军势如破竹，几乎没遇到什么阻碍，便一举攻破了两座关隘。守关士兵抵抗了一日一夜，兵力悬殊，最终落败。

朝堂上闹哄哄的，世家之人主张弃城逃跑，迁都淮州。淮州乃最富庶之地，也是他们的大本营，迁都淮州对世家而言最为有利。寒门士子倒是大多主战，他们没有退路，国破君亡，他们的仕途梦也会灰飞烟灭。

一片吵嚷中，外间忽然传来一个尖锐的声音："报——"

一个侍卫狼狈地跑进大殿，跪倒在地："陛下，北凉大军来到居凉关下了！"

众皆哗然！

居凉关一破，定京便会如同剥了壳的蜗牛，失去屏障，任人宰割。

大殿如同一锅滚水一般吵吵嚷嚷，也有人不失理智地喊道："居凉关还有二十万精兵呢！"

另一人冷笑道："没有了定王，怎么可能打得过耶律璟的三十万精兵？"

众人这才想起来，定王已被这位陛下陷害赐死。

大殿上骤然静了一瞬，不善的目光看向御座上阴沉不语的年轻帝王。

刘琛在众人的瞩目下缓缓站了起来："朕，是一国之君，绝不扔下自己的百姓，弃城逃跑！

"传朕旨意，封锁九门，任何人不得进出！若有弃城逃亡者，视同叛国，杀无赦！"

众人汗毛一凛，心中大惊，抬起头正要说话，便看到了刘琛杀意森森的双眼。

"朕御驾亲征，北凉不退，朕亦不退！尔等，谁愿随朕前去？"

殿下一片寂静，一颗颗戴着官帽的头颅压得低低的，生怕自己被刘琛点到。

刘琛心中冷笑，却在这时听到了一个清脆悦耳的声音。

"微臣愿追随陛下左右！"

刘琛一惊，抬起眼，越过无数的人，才看到站在最远处的那个人，身材娇小，眼神却澄澈坚定。

居凉关历来是中原最坚固的屏障，居凉关一破，也就意味着富庶丰饶的中原地区将彻底地暴露在北凉的铁骑之下。

驻守居凉关的二十万将士大多是刘衍带了五年以上的兵，骁勇善战，训练有素，是陈国所有军队中最精锐的一支，也是耶律璟最忌惮的一支。可是现在，他眺望居凉关高大的城墙，银灰色的瞳孔中闪烁着的是志在必得的光芒。

他率北凉军到此已有一日一夜，但他并没有急于出兵，一是长途奔驰，北凉军已有疲态，二是他另有计策。这十二个时辰，有一队人马无时无刻不在对居凉关的方向放声宣读耶律璟的文书，哀悼刘衍忠君爱国却不得善终，斥责陈国国君昏庸无道、陷害忠良，以招抚二十万陈国士兵开城投降，为刘衍复仇。

"殿下，这样做真的有用吗？"副将怀疑地看着前方的居凉关。

耶律璟身披战甲，面容俊美，却显得阴柔、残忍。他勾唇一笑，道："这些士兵对刘衍奉若神明，也对陈国忠心耿耿，想让他们投降不可能。只要他们军心一乱，迟疑犹豫了，我们便能以最小的代价拿下居凉关！"

副将若有所思地点点头："那我们还要等多久进攻？"

耶律璟拔出弯刀，烈日照在锋利的刀锋上，一道亮光照亮了他的眉眼。

"就在今日！"

刘琛出城迎战，定京九门封锁，城中人心惶惶，他们不知道居凉关战事如何，但大多数人心中只剩下绝望。

世家早已暗中收拾好了贵重之物，随时准备弃城逃跑。

"守城士兵被抽调一半去了前线，我们若要突围南下，全力以赴，并非难事。"众人议论纷纷，"居凉关有陛下率二十余万守军挡着，虽然挡不住北凉铁骑，但还是能拖上几日，为我们赢得逃亡的时间。"

有人疑虑道："陛下在前线厮杀，我们却弃城逃亡，诸位不怕百年之后史书口诛笔伐吗？"

"呵，大人错了，何为弃城逃亡？"周次山淡淡一笑，"我们是战略转移，留存有生力量。此次北凉南下攻城，盖因陛下刚愎自用、残害忠良，导致君臣离心、民怨丛生。此战难逃一败，难道我们要跟着陪葬吗？"

周次山此言让众人沉默下来，他又道："在座诸位都是各世家门阀的家主，我们世家经历了一个又一个朝代的洗礼，之所以能历经数个朝代屹立不倒，便是因为守得住、知进退。我们若是殉国，大陈才真正没了指望，不如退居江南，凭借大江天堑，与北凉分庭抗礼，待重整力量，再伺机报仇，夺回定京。"

这话说得委实动听，也给了众人一个台阶，引得在座之人纷纷点头。

孙老太爷对刘琛恨之入骨，巴不得他战死沙场，但这江山名义上还是陈国的江山，他们还需要一个领头之君："周大人言之有理，我等为国尽忠，便是被人误解，也不得不为之。陛下此去凶多吉少，我们应该另立国君，带领我等南下，延续大陈基业，不知诸位有何见解？"

众人面面相觑，沉吟许久，才有人开口道："历代皇室子息不繁，先帝的两位王爷都远在千里之外，如今定京唯有柔嘉公主名正言顺，可以接替王位。"

"柔嘉公主……虽是女子，却素有贤名。我陈国皇室血统为尊，其次才论男女，若无皇子继位，便由皇女继承，迎柔嘉公主为女帝实乃名正言顺。"

此言得到众人的附议，拥立柔嘉公主为帝的建议竟得到了一致认可。

周次山垂眸冷笑——女子柔弱，总是比较好掌控的。

九门封锁，定京宛如一座孤岛，外面的人进不来，里面的人却想着出去。

世家的举动落在有心人眼里，便有人奔走相告。知道世家打算弃城南下，本就惶恐不安的百姓顿时陷入了绝望和恐惧。有的人抱头痛哭，有的人趁乱生事，守城士兵奉命维持治安，疲于奔命，却无法顾及全城。

皇宫内的宫女、太监们自觉难逃一死，个个抱膝痛哭，不知何去何从。侍卫们奉命看守皇宫，却疏忽了对某些地方的把守。

耶律真便是在这个时候带人杀了进来。

一进地牢，她便看到了被铁链绑着、遍体鳞伤的沈惊鸿。他气息虽弱，一双凤眸依旧灿若繁星，清亮有神。

被那样的眼睛看着，耶律真不由得心口一悸，她深吸一口气，回过神来，上前砍断了锁着沈惊鸿的铁链。

"你做什么？"沈惊鸿的声音仿佛沁着薄冰，冰冷、凉薄。

耶律真苦涩一笑："我来救你。"

沈惊鸿轻笑了一声，并无感激之色，反而有些嘲讽之意："静安公主以为，逃出了大理寺，便能逃出定京吗？"

"我不是静安公主！"耶律真忽然失控地喊了一声，冰蓝色的瞳孔如同石子投进了湖面，泛起涟漪，"我……我是耶律真，我是北凉人！"耶律真握着利剑盯着沈惊鸿，一字一句地说，"我们北凉大军马上就要攻进城了，世家已经做好弃城南逃的准备，你得罪了世家，此刻便有世家的人要来杀你。你跟我走，你是北凉的功臣，我能保你不死。"

沈惊鸿不屑地冷笑："我是陈国人。"

耶律真冷然道："北凉马上就要攻破定京，你只有成为北凉人才能不死。"

沈惊鸿似笑非笑地看着耶律真，没有掩饰眼底的嘲弄："耶律真，你只是北凉的一枚棋子，你做不了主。"

耶律真眼中涌现出浓烈的爱恋与妒恨："你不信我吗？我对你如何，难道你感受不到？你一心保护她，但你被打入牢中，受尽折磨，她可曾出来救你？你心里对她就没有一点儿怨恨吗？"

沈惊鸿冷冷道："是我求仁得仁，又有何怨恨？"

耶律真踉跄倒退了两步，狠狠地盯着沈惊鸿，良久冷笑了一声："你就一心求死吗？恐怕由不得你。"

耶律真说着举剑横在沈惊鸿颈间，冷冷道："你若想死，就往剑上撞，若不想死，就跟我走。"

沈惊鸿感受到了脖子上的凉意，却没有露出一丝惧色。

这时外面响起了打斗声，耶律真脸色一变，道："世家的人来了！"

耶律真面上露出焦灼之色，她放下剑，一把拉住沈惊鸿的手腕向外走去。沈惊鸿眸光一闪，任着她拉扯自己。

两人自虎牢狱中出来，便看到外面打成了一团。世家派来的杀手并不多，与耶律真带来的两名高手打在一起。那些杀手没料到这个时候会在大理寺遇到这样的抵抗，因此派出来的人身手并非绝顶，不多时便被两名北凉高手杀尽，但两名北凉高手也受了不轻的伤。

耶律真让两名高手开路，自己拉着沈惊鸿企图逃出去。

这一路并不太平，遇上了一拨又一拨的人，但大多是文官或者下人，看到两个北凉人凶神恶煞，剑上带血，便吓得落荒而逃。耶律真也无暇去追杀这些小卒。那些人看到耶律真拉着沈惊鸿，猜测是耶律真带人从大理寺救出了沈惊鸿，便高呼沈惊鸿被北凉人救走了，沈惊鸿是北凉细作。

这些话正中耶律真的下怀，她得意地回头看了沈惊鸿一眼："很快全城人都知道你是北凉细作了。沈惊鸿，你不愿归顺北凉，也只能归顺北凉。"

沈惊鸿脸色苍白，眼神晦暗幽深，让人看不透他心中所想。

❖❖❖

定京城门下人头攒动，平日里难得一见的达官贵人聚集于此，叫嚣着打开城门。围观百姓一脸惊愕、恐惧，议论纷纷却又不敢上前。

"贵人们这是要弃城逃跑了啊！"

"居凉关兵败了吗？"

"听说北凉人凶狠残暴，一旦进城，我们就完了啊！"

守城士兵面面相觑，一人硬着头皮上前道："陛下有令，不得开城门，若有出城者，杀无赦！"

当先之人乃周次山，他冷冷道："陛下不仁，残害忠良，招致大祸。我等顺应天命，拥立柔嘉公主为帝，护送新君出城，保全陈刘皇室血脉！"

士兵大惊，看向周次山身后的马车。

一只素手撩起车帘，露出一张皎若明月的柔美脸庞，让人只看一眼便心生敬意。

"参见公主！"士兵跪了下来。

今日的柔嘉公主罕见地穿着一身金色华服，威仪更胜平时，让人不敢直视。她从马车上下来，徐徐走到众人面前，手中托着一方玉玺。

"此乃传国玉玺，见玉玺如天子亲临！"

柔嘉公主说完，所有人都跪了下来，乌压压的一片头颅，只有她一人昂然立于前方。

"吾皇万岁万岁万万岁！"

"北凉攻城，定京危在旦夕，本宫临危受命，号令群臣。"柔嘉公主一开口，众人便都安静下来，聆听她训示，因此她的声音虽然不大，却清晰地传入众人耳中。

下跪百姓心怀惶恐与不安。天子御驾亲征，凶多吉少，柔嘉公主执掌传国玉玺，如今又带着世家大臣来到这城门下，其意图昭然若揭——柔嘉公主要和世家贵族一起南逃渡江，抛下他们了！

这个念头浮上心头，便有不少百姓因恐惧和无助哭出声来。

周次山等人面带微笑，只等柔嘉公主发号施令打开城门，他们便可以带上金银珠宝离开定京。反正他们世家的根基在江左，有天堑阻隔，并不担心北凉的铁蹄南下。

柔嘉公主的目光冷冷地扫过眼前锦衣官袍的世家贵族，缓缓说道："传朕旨意，封锁九门，任何人不得弃城逃亡，否则立斩不赦！"

周次山猛地抬起头，难以置信地瞪着柔嘉公主。

不只是他，所有人都愣住了。那些下跪的百姓眼中还含着泪，此时都呆呆地看着柔嘉公主，以为自己听错了。

"公主殿下！"周次山咬牙道，"北凉人马上就会攻破居凉关，半日内便会杀到定京。您若不走，落在北凉人手中，必会生不如死！"

柔嘉公主云淡风轻道："若有那一日，本宫便站在城墙上，以身殉国！"

柔嘉公主站在月光下，清冷的月辉给她蒙上了皎洁神圣的光晕。她的声音不徐不疾，却深深钻入每个人心中。

"陈刘皇室，受命于天，今日若抛下我们的子民弃城逃亡，这天便塌了，民心散了，陈国也就亡了。若与子民一起守着这座城，只要民心在，陈国便在，纵然失了一座城，天下有志之士也必会蜂拥而至，驱逐鞑虏，夺回定京！"她的声音柔和却充满了力量，并激励着那些彷徨的人心，"请百姓相信，朕，必与子民同在，与陈国共存亡，绝不抛下任何一人！"

柔嘉公主话音落下，城墙下陷入了许久的沉默，也不知是谁先发出一声轻轻的啜泣，便如一簇火苗落入油锅，引爆了惊天的动静，无数百姓放声大哭，在寒门官员的引领下高呼"陛下万岁"，他们发自内心地拥戴这位仁慈贤明的新国君。

万岁之声从南城传开，几乎遍布全城，也深入了民心。

周次山等人脸色铁青地看着柔嘉公主，没想到事情会演变成这个样子，这与他们说好的并不一样。另立新君，弃城南逃，有新君旨意，便能号令守城军护送他们南下，减少路上的风险，这件事是柔嘉公主先向他们提出来的！此事对世家与公主来说是双赢，他稍一思索便答应了，与几位大臣一起入宫迎出了传国玉玺，拥立柔嘉公主，然而到了城门下，在百姓面前，她变卦了……

他看着柔嘉公主那女神般雍容高贵的脸庞，忽然意识到自己被利用了！

她从来没想过弃城逃跑，但她想要玉玺和帝位是真的！她利用他们的求生欲得到了百官的支持，又在百姓面前邀买了民心。他们纵然身为世家贵族，也不能与山崩海啸般的民心抗衡啊！

周次山悔恨不已，是自己看轻了柔嘉公主，但是他也不明白，柔嘉公主为什么不南逃，难道她就当真不怕北凉军破城而入吗？若是陈国兵败，北凉入侵，她这女帝又能当得了几天，又会有什么好下场？

九门封锁，迟迟没有战报传来。在他们看来，这就是最坏的消息，难道真的要死在城里吗？

哭声未绝，地面忽然一阵震动，那是千军万马奔驰才会有的动静，所有的哭声戛然而止，人们一脸惊恐地看向城门。城墙上的士兵往外一看，顿时脸色大变。

"报——有大批军队向此处奔袭而来！"守城士兵面无血色，牙齿打战，"夜色太暗，看……看不清是陈国军队，还是……还是北凉军……"

众人登时乱作一团，哭天抢地。

柔嘉公主面色不改，她扬起声音对士兵道："速速探清再报！"

然而不等士兵领命，众人便听到外面传来熟悉的歌声——那是陈国的战歌！

所有人脸上都还挂着泪，便露出惊喜若狂的笑："是我们的军队，是我们陈国的军队！这是凯旋的战歌，我们赢了！我们赢了吗？"

柔嘉公主脸上露出淡淡的笑意，似乎并不意外，她转身下令道："所有人分散开来，让出大道，恭迎我们陈国的英雄！"

这句话说完，人群便从中散开，所有人分立两旁，紧张而激动地望着城门的方向。

马蹄声来到门外，城门缓缓打开。陈国士兵们身上带伤，面上却含笑，齐齐高举手中兵器，发出威武的呼喝声："陈国，万胜！陈国，万胜！"

有节奏的呼声带动全城的百姓狂呼，所有人脸上都洋溢着劫后余生的庆幸和狂喜。

柔嘉公主眼中的笑意高深莫测，她望着被人群拱卫的刘琛，似乎丝毫没有新君见旧帝的尴尬。

队伍进了城，又缓缓停了下来。

刘琛策马上前，与柔嘉公主对视。

刘琛微微笑道："朕不在京中，有劳长姐守城了。"

柔嘉公主方要点头，便看到了刘琛身后不远处的那个人。黑夜遮掩了他的身影，但火把照亮了他俊美的脸庞。柔嘉公主瞳孔一缩，惊愕地看着那个身影，喃喃念道："皇……叔……"

他……没死？

这场仗持续了三天三夜，但在第一天便已经决出了胜负。

耶律璟率军冲杀而出的时候，刘琛正在城墙上眺望敌情，只见远方旌旗招展，尘烟滚滚，惊天动地的战鼓声骤然响起，脚下的土地似乎也为之一震。

"陛下，北凉人杀过来了！"有人在他耳边喊了一句。

刘琛冷下脸："朕看到了！"

他拔出天子剑，向着北凉军来的方向，眼中熊熊燃烧着战意与杀意，放声道："众将士听令，随我出城杀敌，杀尽北凉贼寇，护我陈国山河！朕，陈国天子刘琛，与尔等同生共死，绝不退缩！"

刘琛的话如同一簇火苗，落地的瞬间点燃了漫山遍野的火油。一场战火席卷了原野，战意冲霄而起，二十万人齐声呼喊："驱逐鞑虏，护我河山！"

北凉的兵马呼啸而来，兵器反射出烈日的光芒，转眼便来到城下两里之地,迫在眼前。

就在这时变故突生,只见北凉先锋军经过之地骤然崩裂下陷,露出一道布满獠牙的深深沟壑,无数北凉骑兵猝不及防,便坠入了深坑。坑里插着数不清的利器,跌入其中的士兵和战马无一幸免,都被穿了个通透,刹那间深坑被血肉填满,成为人间炼狱。

耶律璟瞳孔一缩,想要让前方停下,但已然来不及,后面的士兵不知道前面发生了什么事,后方推挤着前方,撞在一起,纷纷跌入深坑。成千上万的骑兵、战马葬身其中,成为后来者的肉垫,无数北凉骑兵踏着自己同袍的尸体,跨过那道长十丈的恐怖深沟。

耶律璟银灰色的瞳孔泛出红色的血丝,他死死盯着那道鸿沟,喃喃道:"这么大的陷阱——"

没等他说完,居凉关外三个方向忽然同时响起了战鼓声。伴随着雄浑有力的鼓声,一根根燃烧着烈焰的巨木从高处滚落下来,速度越来越快,将无数北凉士兵从马上撞了下来,又从他们身上碾压过去。风助火势,数不清的北凉军陷入火海,发出不绝于耳的惨叫声。

与此同时,陈国士兵高举战旗,居高临下冲杀出来。三面列成三个方阵,一列列士兵手持弓弩,轮番上前放箭,训练有素的配合将箭阵的威力发挥到了极致。那些踏着尸体越过鸿沟的北凉骑兵惊魂未定便要面对三个方向的箭阵,一面盾牌如何挡得住漫天箭雨,登时又有无数士兵死于弓弩下。

耶律璟与刘衍对战多年,一眼便看出这是刘衍训练出来的箭阵,可是刘衍已经死了,是谁在带兵?

北凉士兵遭受重创,士气大减。这时居凉关城门大开,训练有素、战意十足的陈国士兵冲了出来。耶律璟从瞭望镜中看到,冲在前列的竟然是陈国的那个青年天子——刘琛!

耶律璟勾起一丝嗜杀的笑意:"是他,好,好极了!"

只要擒住陈国的皇帝,这场仗他们就赢定了!

这么大的诱惑就在眼前,耶律璟当下不再犹疑,一夹马腹,身下战马便如利箭一般,离弦而出。

天子御驾亲征,身先士卒,没有什么比这更能鼓舞士气了。以逸待劳的陈国精兵面对长途奔驰又中了陷阱的北凉士兵,以绝对的优势占据了上风。

刘琛手握长剑杀红了眼,不被龙袍束缚,他找回了当年的自己,纵横沙场,杀尽敌寇,快意恩仇,保家卫国。

这才是男儿该有的样子!

即便是对他心存怨恨的士兵,看到这样的天子,也不禁备受鼓舞,心生敬意。

乱军中，一支利箭穿过人海，向刘琛射去。刘琛高度警觉，反手挑落弓箭，抬眼看到了一双注视着自己的鹰眼。

"耶律璟！"刘琛眯着眼看向对方，横剑于胸前。

耶律璟听不见刘琛说了什么，却能看到对方和自己一样，眼中燃烧着战意和仇恨。

耶律璟放声大笑，眼中凶光一闪，策马向刘琛疾驰而去。

长剑与弯刀相碰，迸射出刺目的火花。

耶律璟盯着刘琛的眼睛，咧嘴笑道："陈国天子的头颅，今日我便笑纳了！"

刘琛冷冷一笑："北凉三十万大军，朕也笑纳了！"

耶律璟武艺高强，刘琛同样不弱。耶律璟没见过这么不惜命的皇帝，刘琛招招几乎是拼着两败俱伤的打法与他换伤。耶律璟是个疯子，不是傻子，他惜命，一个惜命的遇上一个不要命的，便是输了。

耶律璟没想到自己竟会落下风，眼中闪过一丝焦灼的恨意。他突然想起刘琛是刘衍最喜欢的侄子，也是刘衍亲自教导多年的，怎么可能会是个简单的人物？是他轻敌大意了。

耶律璟战而不胜，便生了退意，就在此时，北凉军后方发出熊熊火光，比烈日还要耀眼，空气的温度骤然高了许多。浓烟被风吹了过来，北凉军几乎都愣了一瞬，随后便爆发出哭喊声。

耶律璟很快便反应过来，眼中迸射出强烈的恨意——他们的后勤部队被烧了！这样大的火光，那必然是全部烧毁了。

是谁在那里？

耶律璟脑中乱哄哄的，想不明白，也无暇去想。被断了后路的耶律璟爆发出更加可怕的战意与杀意，顿时将刘琛压制住，弯刀划过刘琛的右臂，留下了一道刻骨的伤。

刘琛险些握不住剑，涌出的热血很快湿透了战袍。他奋力撑着与耶律璟厮杀，英俊锐气的脸庞因失血而苍白，却因为战意而焕发光彩。

两柄利器相抵，刘琛望着耶律璟的双眼中折射出得意的光芒："耶律璟，你以为，只有你想决一死战吗？"

耶律璟目光一凛，那种强烈的不安又涌上心头："你什么意思？"

"你回头看看，不就知道了？"刘琛发自内心地笑了起来。

耶律璟害怕刘琛在骗他，但他还是忍不住回头了。

北凉军的后方有一支陈国部队奔袭而来，当先那一人，他看不清面孔，但那身形轮廓，莫名地熟悉。

不等他辨明对方的身份，二十万陈国士兵便已喊出了他的名号，响亮的声音回荡在战场上。

"定王！定王！定王！"

男人身披戎装，手持天子御赐之剑，居高临下，宛如战神临世，令人望而生畏。这一幕落在北凉人眼中，却人人惊骇——定王分明死了，为什么会突然出现在这里？他身后的士兵又是从何而来，难道真是神兵天降吗？

北凉士兵的军心彻底散了，被陈国士兵压着打，毫无还手之力。

刘衍高举长剑，在空中划过一道银色的弧线，下一刻，数不清的精锐骑兵自高地冲杀下来，加入战团，收割生命。

耶律璟忽然全都明白了。

那道深沟，不可能是几日工夫就能挖成的，他们早在之前就有了准备。

在边境两座关隘他们遇到了陷阱，却没有遭到太激烈的抵抗，那些假意弃关逃跑的士兵此刻都在刘衍身后！

刘琛看到刘衍的出现毫不意外，刘衍手中握着的是天子御赐之剑，这一切是他们叔侄二人联手布下的局！而这居凉关就是他们为北凉三十万大军定下的埋骨之地！

刘琛的长剑斜刺入耶律璟的肩胛，耶律璟脸色惨白，赤红的眼睛瞪着刘琛。

"耶律璟，皇叔用过的伎俩，你以为能够用来对付他吗？"刘琛冷笑一声，手上一用力，压迫着耶律璟跪倒在地，"你蠢，不要把别人想得和你一样蠢！"

耶律璟仰起头颅，银灰色的瞳孔中涌动出强烈的不甘和怨恨。他看向逆光而来的那个身影，那人骑在骏马上，身形颀长高大，居高临下看着自己的手下败将，纵然身披战甲，手执长剑浴血而来，也丝毫无损他雍容雅正的风姿。

这战场，原来才是他的天下。

他不是出战，而是归来。

一如往昔。

"刘——衍！"耶律璟咬着牙，两个带着颤音的字自喉间溢出。

铁蹄来到身前，阴影笼罩着耶律璟。刘衍俯视着狼狈不堪的耶律璟，眼中却没有一丝得意或喜悦。那双眼睛温润、沉静，却有着将一切都算计其中的从容与霸道。耶律璟忽然意识到，他将刘衍视为一生之敌，而在刘衍眼中，自己什么都不是。

那双眼睛淡淡地从他面上扫过，便不再多看他一眼，而将目光落在刘琛受伤流血的右臂上。他眉头微皱："陛下不该以身涉险。"

刘琛一笑："皇叔，这是朕登基以来最高兴的一天。"

刘衍无奈地摇了摇头，随后抬起头，看向远方高处的城墙。

高墙后还有一个小姑娘，在等着他回去。

天色已黑，城中一片混乱，几人眼看就快逃出去了，却在这时听到外面传来惊天动地的欢呼声，那呼声飞跃高墙传了进来，震耳欲聋，十分清晰。

"陛下凯旋！陈国万胜！"

"陛下万岁！定王千岁！"

耶律真猛地顿足，脸色瞬间变得惨白，嘴唇轻颤，喃喃道："陈国……胜了？"

沈惊鸿听到陈国大胜，似乎并不意外，但听到"定王千岁"时浑身一僵，瞳孔一缩。

"定王……"沈惊鸿脸色沉了下来，眼中闪过震惊与疑惑，"他没死？"

耶律真这才反应过来，注意到"定王千岁"的呼声。她难以置信地看向沈惊鸿："你不是说定王死了，不是你亲眼看他喝下毒酒的吗？"

沈惊鸿缓缓握住了拳头，唇角勾起一抹冷笑："原来如此……是我上当了。"

耶律真仓皇失措，眼中一片茫然："北凉居然败了，我该怎么办……"

沈惊鸿抬眼看向耶律真，嘲讽道："自然是只能死了。"

"不！我不想死！"耶律真面上浮现出惧色，"我是静安公主！"

她似乎忘了，自己先前刚刚否认了自己静安公主的身份。

沈惊鸿淡漠道："刘琛很快就会回来，他一定会杀了你，除非——"

耶律真猛地攥住沈惊鸿的手腕，求助地看着他："你是不是有什么办法？"

沈惊鸿勾唇一笑："不错，耶律公主若不想死于刘琛之手，还有一个选择。"沈惊鸿说着话，忽然从身后拥住耶律真，动作如情人般温柔，他伸手握住耶律真执剑的手。耶律真心中一悸，没想到会在此刻得到奢望已久的拥抱，然而下一刻沈惊鸿便握着她的手，动作干脆利落地举起利剑，在她纤细的脖颈上重重划过，鲜血顿时喷溅出来，洒落一地。

耶律真至死也不能瞑目，她软倒在地，鲜血不断涌出，很快湿透了她的衣服，脸上的红晕还未褪去，一双冰蓝色的眼睛死死盯着沈惊鸿冷漠无情的脸，眼中的恐惧、不甘、愤恨、痴恋都如流星一般，转瞬而逝，化为一片死寂。

"不想死于刘琛之手，便自杀殉国吧。"沈惊鸿看了一眼耶律真的尸体，转头看向呆住的两名北凉剑客，淡淡一笑，"你们说，是吗？"

那两个北凉高手此刻才反应过来，但他们仍然沉浸于北凉战败带来的绝望和茫然中，一时竟没有想到杀沈惊鸿报仇。更何况沈惊鸿说的那句话也有几分道理。

不错，与其死在陈国皇帝手中，还不如自尽保全北凉王室的尊严。

"你们两个呢？"沈惊鸿看着他们问道，"自尽，还是我帮你们？"

两名北凉剑客一时心悸，一股杀意当面扑来。沈惊鸿手中长剑划过，一道银光迅如雷霆，割破了两人喉间的血管。两名剑客尚未来得及动手，便已经殒命剑下。他们至死不敢相信自己竟会死于一介书生之手。

沈惊鸿冷冷地将剑扔在地上——世人只知道他允文允武，但从未有人知道他武艺如何。

无数御林军拥了过来，将沈惊鸿团团包围。沈惊鸿遍体鳞伤，却不卑不亢，火把照亮了他俊美的容颜，剑眉斜飞入鬓，鼻梁高挺，那双墨玉般的凤眸如幽魅一般蛊惑人心，令人捉摸不透。

"捉拿叛贼沈惊鸿！"

铁链加身，沈惊鸿并没有任何反抗的意图，任由侍卫将他押往风华殿。

风华殿灯火尽燃，宫室内亮如白昼，将每个人脸上阴暗的神色照得一览无遗。

刘琛挥退了百官，此刻殿内只有他和刘衍以及柔嘉公主三人，当沈惊鸿被押进来的时候，三人相顾沉默，气氛诡异而压抑。

刘琛冷漠地看向被迫跪在地上的沈惊鸿，柔嘉公主面容娴静而从容，对此视而不见。

"启禀陛下，静安公主率北凉细作企图营救沈惊鸿，臣等赶到之时，静安公主与北凉细作均已死亡。"说话的是枢密使文孝礼，也是刘琛信重之人。

"死了……"刘琛眉头一皱，"怎么死的？"

"臣查看过伤势，两名细作和静安公主都死在剑下。"文孝礼道。

"你退下，朕要亲自审问他。"

文孝礼领旨退下，风华殿大门紧闭，偌大的宫室只剩下各怀心思的四人。

刘琛紧紧盯着沈惊鸿的眼睛，一字字问道："沈惊鸿，你果真是北凉细作？你接近朕，从一开始就是个骗局！"

沈惊鸿没有否认，他的声音平静得近乎冷酷："是，我接近你，博取你的信任，就是为了引起陈国内乱，给北凉可乘之机。"

得到预想中的答案，刘琛以为自己会怒不可遏，但他没有，他死死盯着沈惊鸿冷漠的眼睛，心中忽然涌上一阵莫名的悲凉。

他曾经视他为知音、知己、良师、益友，两人也曾把酒言欢，秉烛夜谈，一起挥斥方遒，指点江山。他以为沈惊鸿是懂他的人，原来这一点没有错，是他不懂沈惊鸿。自己赤诚相待的，不过是别人用心编织的一个圈套！

"为什么是我，不是刘瑜、刘瑾……"刘琛无力问道。

沈惊鸿的回答坦白得扎心："因为你出身高贵，有世家与定王支持，是最接近帝位的人，而且……"他顿了一顿，又道，"你心思单纯，待人赤诚，只要投其所好，便最易接近。"

刘琛呼吸一窒，他最引以为傲的优点却成了对方眼中最大的弱点。

"你为我得罪百官，改革恩荫制，清除世家——"

沈惊鸿抢在他说完之前答道："只是为了离间你与世家，引起朝廷内乱。"

刘琛闭了闭眼，心头一片苦涩："所以……火烧皇宫、偷换遗诏，也是你所为。"

"不错，我想让刘瑜与你相斗，只是没想到定王使出雷霆手段，镇压了刘瑜一派，让战火消弭于无形。"

刘琛问道："你手上明明握着皇叔入宫的记录，为何不一早拿出来，指证他谋害先帝？"

沈惊鸿道："他手握重兵，一旦被置于死地，我担心他会起兵造反，自己称帝。定王雄才大略，他若为帝，北凉便没有了机会，只有立一个单纯易摆布的皇帝，才对北凉最有利。"

沈惊鸿的回答字字诛心，与刘琛的猜测相差无几，之前哪怕刘衍与他说了沈惊鸿与耶律真勾结，他仍然半信半疑，不断地在心中为沈惊鸿的所作所为找借口开脱。今日回城看到耶律真营救沈惊鸿，听到皇城中无数人亲眼见到沈惊鸿与耶律真勾结，再到此刻沈惊鸿亲口坦白了一切，他终于不得不信。

征战沙场凯旋的骄傲被真心信任之人的背叛打碎了，年轻的天子颓然一笑，是自嘲也是灰心："原来在这个位置上，人人都想利用朕……"

沈惊鸿眼神一暗，似有一丝极淡的歉意掠过，但只是一瞬而已。他缓缓移开眼，看向站在刘琛身侧的刘衍。刘衍微敛双眸，右手按在剑柄上，似乎对眼前发生的一切漠不关心，也似乎一切早在他意料之中，因此他从容、淡定。

"我也有问题想问定王。"沈惊鸿盯着刘衍问道，"定王既然没死，那墓中埋着的想必是您早已备好的尸体。"沈惊鸿笑了一声，"不知定王是从何时开始怀疑我的？"

刘衍微抬起眼，看向沈惊鸿："我从未信过你。"

沈惊鸿眉头一皱。

刘衍淡淡笑道："埋没于庸俗的千里马才会感念伯乐的赏识，你初入定京便名满京华，天纵之才，无人不知，如何会稀罕陛下的知遇之恩？陛下身处其中而不自知，他以为是自己发现了你的才华，我却知道，是你故意想引起他的注意，不是他看中了你，而是你看中了他。"

刘琛闻言一惊，他愕然看向刘衍："原来皇叔你早就知道他的用心，难怪你多次提醒我慎用沈惊鸿……"

刘衍轻轻摇头："不，当时我只知道他有意依附你，但有心攀附皇子的又何止他一人？我原以为他心机深沉，所求的只不过是荣华富贵、位极人臣，只要不伤到你，不危及江山社稷，我不会与他为难。变革恩荫制，有利于社稷，我也愿意为他助力。"

沈惊鸿问道："那你是何时发现我的真实身份的？"

刘衍看向沈惊鸿："你本掩饰得极好，我暗中留意你许久，你也未曾露出过破绽。"

沈惊鸿恍然皱眉，自嘲地一笑："是耶律真。"

刘衍点头道："我让人跟踪的是耶律真，是她暴露了你。"

沈惊鸿讥诮地一笑："原来如此……你发现了她与我见面，自然就会怀疑我做过的所有事情、是否另有动机。"

"不错。"刘衍道，"耶律璟报复心极强，对陈国虎视眈眈，却又忌惮我，我若不死，他便不敢南下。你对孙家和周家下手，我便猜测，下一个就是我。而我最大的把柄大概就是皇宫失火、先帝驾崩之事。当初陛下把这件事交由你追查，但那场火烧光了对我不利的证据，如果还有证据留存，那必然在你手中。"

沈惊鸿道："所以你主动向陛下说出了那一夜的真相。"

刘衍淡淡一笑："由我来解释，自然好过由你矫饰。"

沈惊鸿看向刘琛："定王是怎么说的，你信他所言吗？你真的相信，昭明帝的死与他无关？"

刘琛面色冷沉，没有回视沈惊鸿的目光："他是朕的亲人，朕自然愿意信他。"

沈惊鸿冷笑三声："你轻信我，又何尝不是轻信了他？"

刘衍脸色微沉，冷然道："到了这一刻，你还不放弃离间我与陛下。"

"他也曾真心待我，我不过最后送他一句忠告。"沈惊鸿唇角微翘，眼底的笑意却显得薄凉，"九五之尊注定孤家寡人，谁也不能信，谁也不能爱。"

刘琛闻言，下意识地握紧了拳头，心脏仿佛被人紧紧攥了一下，又痛又麻。

"陛下打算如何处置沈惊鸿？"刘衍问道。

刘琛眼中闪过一丝茫然与痛苦，咬牙道："沈惊鸿，你……若是交出北凉安插在定京的谍报组织，朕可免你一死。"

沈惊鸿垂下眸子，低笑出声："走上这条路，原就没有想过活着离开，你要杀便杀吧。"

刘衍冷冷地扫了他一眼："沈惊鸿之罪，按大陈律例，当凌迟处死。"说着看向刘琛，"陛下以为如何？"

刘琛心头一跳，看向刘衍幽深的双眸，他认知里的皇叔虽对敌人心狠，却并非残忍之人，为何会提出这种酷刑？

刘琛迟疑不答，刘衍便将目光投向沉默许久的柔嘉公主，微笑问道："公主以为如何？"

柔嘉公主双手拢于袖中，仪态端庄雍容，似乎方才听闻的一切都不曾在她心中投下半点儿波澜。听了刘衍的问话，她微微颔首，道："国有国法，按律处置，方能服众。"

刘琛一惊，柔嘉公主所言更是出乎他的意料。世人皆知，柔嘉公主慈悲善良，怎么连她也同意了凌迟酷刑？

沈惊鸿平静地听着三人对自己的审判，似乎"凌迟处死"这四个字对他毫无震慑之力，只在柔嘉公主开口时，那双深不见底的凤眸才有了一丝难以察觉的波动。

刘衍笑了笑："既然公主也开口了，陛下还有何可犹豫的？"

刘琛闭了闭眼，终于下定决心，哑声道："那便将沈惊鸿打入死牢，三日后凌迟处死。"

刘衍看着刘琛纠结不忍的眉眼，又看向柔嘉公主平静柔和的脸庞，忍不住轻叹了一声。

"陛下对背叛自己的人尚且心软，公主对忠心不贰的人却如此心狠。"

刘琛闻言微怔，不解地看向刘衍："皇叔此言何意？"

刘衍没有回答，他一步步走向柔嘉公主，在她面前三步处停下了脚步，用审视的目光重新认识这位誉满天下的公主。

"事到如今，沈惊鸿宁可认下北凉细作的罪名，受千刀万剐而死，也不愿出卖你，而你真的忍心见他惨死于刀下吗？"刘衍凝视着柔嘉公主，缓缓说道，"公主的城府，出人意料；公主的狠毒，更是令人匪夷所思。"

第二十四章·笑纳余生

你可愿意与我一同前往北凉，彻底将它驯服，完成这不世功业？

刘琛瞪大了眼睛，仿佛空气忽然变得稀薄起来，让他难以呼吸，心如刀割。

"皇姐——"

柔嘉公主含笑回视刘衍，温声道："皇叔怕是误会了，柔嘉不是这样的人。"

"是啊，皇叔，你是不是误会了？"刘琛哑着声道，"皇姐仁慈善良，是不会做出这样的事的，刚才沈惊鸿不都交代清楚了吗——"

"沈惊鸿说的十句里有九句是真话，却有一句是假话。"刘衍打断了刘琛无力的辩驳，声音冰冷而残酷，"皇宫失火、偷换遗诏、与耶律真勾结，都是事实，只有一件事是假的。他不是北凉细作，一直以来，能让他听命的只有一个人，那就是柔嘉公主。"

"沈惊鸿引起陈国内乱，是为了给北凉可乘之机，他若是效命于皇姐，又是为了什么？"刘琛一脸茫然，喃喃自语，忽然他肩膀一震，眼中闪过一丝惊愕，恍然道，"玉玺……"

刘衍一笑："让陛下与臣民离心，引起陈国内乱，为的是什么？自然是为了至高无上的权力、九五至尊之位，我说得对吗，公主？"

柔嘉公主微笑不语。

"不——"刘琛向柔嘉公主走近两步，又顿住了，他看着自己向来最是敬重的长姐，忽然觉得她脸上的微笑熟悉而又陌生。他曾以为，自己的长姐最是仁慈善良，温柔明理，无论遇到什么事，她都能面含微笑，从容面对。此刻，她的微笑却不如他记忆中那样温暖，反而透着一股让人心寒的凉意。

"皇姐……执掌玉玺，不过是权宜之计……如今局势稳定，她自会归还于朕。"

柔嘉公主听到刘琛苍白无力的话语，竟是轻笑出声，她自广袖中取出一只明黄色的绸布袋子，打开后，露出了代表至尊权力的传国玉玺。

刘琛眼睛一亮，以为柔嘉公主是要将玉玺归还于他，不想柔嘉公主那温柔的双眼中缓缓浮现出一丝嘲讽的笑意："我的傻弟弟，时至今日，你依然如此天真，皇叔将真相告诉你了，你还是愿意相信我……你这样的孩子，不适合帝位。"

仿佛被一只无形的手扼住了喉咙,刘琛怔怔地看着柔嘉公主,微张着嘴,说不出一句话。

沈惊鸿平静的眉眼到这时才有了一丝波动,他眉头微皱,轻叹一声,无奈地看向柔嘉公主:"我既然担下了所有罪名,公主又何必承认?他们手中没有任何证据可以指证公主。"

柔嘉公主摩挲着手中冰凉的玉玺,道:"证据?无权无势之人才讲证据,有权有势之人只讲顺心意,所谓的证据,都可以捏造。看到皇叔凯旋,我就知道之前的一切谋划都功亏一篑了。"

刘琛攥紧了拳头,哑声质问道:"所以你做的这一切都只是为了谋夺帝位……难道权力对你而言就如此重要,比骨肉之情还重要?"

柔嘉公主眼中浮现冰冷的杀意:"不错,若没有权力,又凭什么保住骨肉亲情?你的母亲是周家贵女、太子正妃,你生来金尊玉贵,如何能明白卑贱之人命如草芥?没有权力,我的生母便只能无声无息地死在周仪的毒酒之下;没有权力,我便只能任人指婚,沦为棋子;没有权力,纵然位极人臣,依旧是蝼蚁。"柔嘉公主紧紧握住了玉玺,秀美纤细的手背上青筋浮现,清晰可见血管的搏动,"刘琛,你生来便拥有了一切,你是父皇最看重的长子,背后有周家与皇叔的支持,而我,什么都没有,你现在告诉我,骨肉之情比权力重要?呵呵呵——"柔嘉公主用嘲讽又怜悯的眼神看着刘琛,"如果今天你处在我的位置上,你还说得出这句话吗?"

刘琛哑口无言,浑身冰凉。

战场上与敌军厮杀,他只觉热血沸腾,越战越勇,但来自背后的冷枪暗箭、阴谋背叛让他无所适从,只觉冰寒彻骨。

"所以……是你杀了皇祖母,为你母亲报仇;通敌叛国,引北凉入侵,逼朕于绝境……"刘琛声音沙哑地说道,"那你为何要留在定京,不和世家弃城南下?"

"因为她知道北凉人杀不进定京。"说话的是刘衍,"她既然放任沈惊鸿与耶律真勾结,怎么会对耶律璟的入侵毫无防备?在居凉关和定京中间有道关隘,她早已让人在那里埋下了无数炸药,北凉军纵使攻破了居凉关,也会折损过半的军马,等他们毫无防备地到达柔嘉公主的埋伏之地,万吨炸药便会被引爆,到时候,她就是神机妙算挽救陈国于危亡的救世主。我说得对吗?"

柔嘉公主脸色微变:"你发现了……"

"不然公主以为,我为何让陛下封锁九门,限制消息的进出?"刘衍淡淡一笑,"这批炸药,已被我尽数收缴了。"

柔嘉公主沉默片刻，叹息了一声："我本希望用最体面的方式登基，但若迫不得已，便只能血染皇城了。"

刘琛闻言大惊，猛然发现外间传来异常的动静。

"你想做什么？"刘衍抽出长剑，剑尖直指柔嘉公主，一脸防备地质问。

刘衍早在外面传来异动时便有了警觉，剑气如虹，直逼柔嘉公主，他想擒贼先擒王，然而沉默许久的沈惊鸿忽然起身挡在柔嘉公主身前。他目光冰冷，杀意翻腾，让人心生寒意。沈惊鸿受多日刑讯，身受重伤，但与刘衍对峙丝毫不落下风，出剑凌厉，剑法高超而狠辣。刘琛立刻意识到，沈惊鸿一直以书生面貌示人，实则掩饰了自己的功夫，他的武功绝不在自己和刘衍之下，哪怕以一敌二，护住柔嘉公主，也绰绰有余。

刘琛惊讶的不仅是沈惊鸿对自身剑法的隐藏，更是刘衍的武功似乎比之前强上不少。之前因为身中剧毒，经脉瘀滞，他的武功十不存一，如今竟是恢复了四五成的模样，如果多给他一些时间，或许能够突破沈惊鸿的剑网。

然而此时外面传来纷杳的脚步声，大批士兵重重包围风华殿，门上传来一声巨响，有人用力撞开了风华殿的大门。门外火把林立，兵器反射的火光照了进来。

无数箭镞对准了殿内，刘衍退回刘琛身前，举剑做出防备姿势。

"你竟能驱动殿前司。"刘琛看了一眼外面刀剑相向的侍卫，冷笑一声，对柔嘉公主说道，"看来，你早就做了万全的准备。"

柔嘉公主道："多亏了你的配合，沈惊鸿才能将我们的人安插在最好的位置。除掉周奎，殿前司禁军便成了我的人。你们匆匆回京，只带了数千人。居凉关二十万守军被北凉军牵制，在这城里，你们没有兵力与我抗衡，何不束手就擒？"

"你妄想！"刘琛咬牙道。

柔嘉公主叹息道："刘琛，我比你更适合这个位置，只不过我没有你那样强大的母族，又生为女儿身罢了。父皇看重你赤诚善良，但对帝王来说，这并非优点，而是弱点。更何况，方才进城时你没听到吗？我，才是百姓心目中最合适的国君。刘琛，你若自愿禅位，我会将最好的封地赐给你。"

柔嘉公主的话仿佛有魔力一般，让刘琛的眼神中有了动摇和怀疑。他恍惚地看着门外举剑向着自己的侍卫，似乎又看到了百姓对着柔嘉公主顶礼膜拜的热忱与虔诚……

他自登基以来并不开心，百官不支持他，百姓不理解他，信任的人背叛他，是不是真的如皇姐所言，这个位置并不适合他……

刘琛的思绪迷失在黑暗的汪洋中，却在此时听到了一声低笑，将他的神思自沉沦中拉回。刘琛扭头看向刘衍，后者唇角微翘，似笑非笑地看着柔嘉公主，用低沉有力的声音说道："公主果然善于玩弄人心，难怪能在幕后操纵一切，让人为你卖命。"

柔嘉公主见刘琛动摇的意志被刘衍的话拉回，眉头微皱，警惕地看着刘衍："皇叔，我并不愿意同室操戈，你不要逼我真的动手。"

刘衍失笑道："是谁在逼迫谁？公主难道就如此胜券在握吗？"

柔嘉公主看着刘衍镇定自若的神色，心中忽然掠过一丝不安——难道刘衍还有后手？可是他的兵马尽在居凉关，城中守军据守九门，能调动的唯有殿前司，哪里还有多余的兵力？

柔嘉公主审视的目光在刘衍与刘琛之间游移，忽然，她意识到了自己唯一的疏漏。她瞳孔一缩，开口问道："慕灼华呢？她为何没有和你们在一起？"

那日大殿上，慕灼华亲口请命随军出征，刘琛答应了，为何今日她没有跟着刘琛回来？她和刘衍两情相悦，刘衍不可能不将她带在身边。

刘衍微微一笑："公主也是一心望着高处，忽视了眼下，此时才发现异常，确实是迟了。"

刘衍说完，抬起眼看向大殿之外。

一阵喊杀声远远传来，空气中忽然飘来一股血腥味。柔嘉公主脸色一变，皱眉喃喃道："不可能……就算是她，也不可能变出一支军队来……"

那声音来得极快，似乎并没有遇到太大的阻力，转眼间便来到殿外。只见门口的侍卫尽皆转过身去面向来者，只是一个照面，所有人便放弃了抵抗，散开让出一条道，将武器扔在脚下，跪下低头。

柔嘉公主怔怔地看着朝自己走来的那个身影，身子猛地一颤，嘴唇动了动，没发出声来。

火光照亮了那张并不年轻却依旧威严而美丽的脸庞，她鬓角的银发似乎更多了，眼中布满沧桑与悲凉的愁绪。她右手拄着诛邪剑，缓缓地向柔嘉公主走去，压抑着心痛与失望，喊了一声："皎皎，真的是你……"

柔嘉公主忽然浑身轻颤，脸色发白，想要上前扶住她，但脚尖刚动便又停了下来。

"皇姑祖——"她的声音低低的，带着一丝颤抖与恐惧，"你怎么会来……"

镇国大长公主静静地凝视着她柔美的脸庞，她在自己面前，一如既往地柔顺乖巧，即便是到了兵戎相见这一刻。

"我为什么不能来？"镇国大长公主笑了一下，有些苦涩，"因为你在我的药中下了安眠散，是吗？"

柔嘉公主嗓子一紧，当她看到站在镇国大长公主身后的慕灼华时，忽然就明白了。

"是你唤醒了皇姑祖？"柔嘉公主神色复杂地看着慕灼华，她曾经看重她的聪明，如今却恨她太过聪明。

慕灼华微低着头，平静说道："镇国大长公主并没有喝下那碗药。"

镇国大长公主看着柔嘉公主惊愕的神情，说道："三日前，慕灼华把搜集到的关于你的罪证偷偷交给了我，我本是不信的，但不得不疑。"

柔嘉公主自认行事从来不留痕迹，她甚至从未亲自动过手，不知慕灼华能找到什么证据。她疑惑地看向慕灼华，慕灼华便道："公主确实小心，可但凡走过，必留下痕迹。"

慕灼华翻出一块令牌，上面是一个古体字"懿"。

"公主是否觉得眼熟？"慕灼华笑了笑，"这是在薛笑棠书房中找到的令牌，也是他和先太后勾结的证据。这事在我心里一直有种违和感，我原先没有想明白，直到周奎入狱，沈惊鸿从他口中问出了通敌叛国之事。我便也去问了问。周奎告诉我一件事，指使薛笑棠出卖王爷，虽是先太后的意思，但一直都是周奎与薛笑棠联系。薛笑棠一个外男，太后怎么可能给他令牌，让他进入后宫密议？如果这令牌不是太后给的，又会是谁给的？这事，我心中存疑许久，却从来不愿意怀疑最善良宽容的公主。"

柔嘉公主目光沉沉地看着那块令牌，忽地笑了一下："我难得发了一次善心，想让你们知道谁是幕后主使，没想到最后成了破绽。"

"还有一个疑点，便是沈惊鸿的身份。"随着慕灼华的话，众人把目光投向了沈惊鸿。他浑身是伤，却站得笔直，如一柄锋利无比的剑护在柔嘉公主身前，没有丝毫犹豫和退意。"沈惊鸿的所作所为引人侧目，我很难不怀疑他，可是他无父无母，无从查起。于是，我便去查了他的党羽。"慕灼华目光一转，似笑非笑道，"多巧，那些被沈惊鸿安插在重要职位上的寒门士子，几乎都是和他一样的出身。哪来这么多无父无母的才子，莫不是有心人特意栽培？我记得对公主忠心不贰的薛笑棠也是个孤儿，而且，受过济善堂大恩，那么沈惊鸿和他的党羽是否也是济善堂的人？

"既然对济善堂有了怀疑，我便又去了慕家，向我那父亲打探济善堂的消息。他既然敢为慕家之事向公主求情，必然与公主有过利益瓜葛。"慕灼华徐徐说道，"他倒是嘴硬，不过还是被逼问出来了。济善堂做假账，贪污善款，收富商十万两善款，仅有一万两用在接济孤寡上，那其他的钱用在了何处？这不该是仁慈善良的柔嘉公主会做的事。"

"这一切不过是你的推测和怀疑而已。"柔嘉公主冷然说道。

"杀人需要证据，但防备只要怀疑就够了。"慕灼华有些失望地叹息道，"在我心中，公主高洁、贤明，我不愿意怀疑你，却不得不怀疑，也不得不防备。"

柔嘉公主看向镇国大长公主，眼睫轻颤，声音低落："所以，皇姑祖，你信了她的话，也疑心我了。"她看向门外那些武林人士，个个都是以一敌百的绝顶高手，她自嘲地一笑，"你用诛邪剑召集了天下高手，要来对付我……我在皇姑祖心里成了邪魔外道。"

镇国大长公主沉痛地垂下眼，颤声道："皎皎，你怎么会变成这样……"

柔嘉公主眼中盈着泪光，凄然笑出了声："我怎么样了呢？我没能成为皇姑祖心目中温婉善良的皎皎，是吗？可是皇姑祖，这才是本来的我啊……从我目睹母亲被毒死那一刻，我这辈子就注定了只能走这条路！不杀了周仪，我这辈子都不能逃出那个噩梦！"

她想起童年无数个在噩梦中醒来的夜晚，她在梦里一遍遍地看着母亲在自己面前倒下，那双眼睛里的生机一点点地暗淡，流出了血泪，她却只能死死咬着自己的手臂，怕自己发出声来被人发现，眼泪打在手背上，像热油一样滚烫。

"我以为这么多年过去了，你早已忘了……"镇国大长公主疼惜地看着她。

"我怎么敢忘啊……"柔嘉公主低声喃喃，仿佛失了魂，"我只是学会了伪装而已……"

"周家为一己私利通敌叛国，死不足惜，但是皎皎，你大仇已报，为何还要执迷不悟？"镇国大长公主痛心疾首道，"你跟我回桃源山庄，那里才是你的家，我会一辈子护着你的！"

柔嘉公主傲然一笑，抬手抹去掉落的眼泪："我为什么要皇姑祖护着？我为什么不能当女帝？就因为我母亲出身卑贱，就因为我是个女子吗？除此之外，我哪里不如刘琛、刘瑜了？父皇说疼我，却从未想过将皇位传给我。陈国是有女帝，但除非没有皇子，否则便轮不到皇女。我身为长女，生母卑下，纵然才能在三个弟弟之上，但要坐上这个位置还是要比别人难百倍千倍！我以为皇姑祖你和别人不一样，你会明白我的。"柔嘉公主看向慕灼华："至少，你该明白的，我对你维护有加，就是因为你和我最是相似，我们同样出身艰难，却同样不甘于任人摆布。"

慕灼华无奈地叹息，摇头道："我能理解公主所为，但不能认同。"

"因为皇叔，是吗？"柔嘉公主看到慕灼华眼中的波澜，不禁自嘲地一笑，"你我想法一致，可惜立场不同，当初若不是我把皇叔引去小秦宫，促成你与他相遇，或许先认识你的会是我，我们定能成为真正的知心好友。"

慕灼华的目光越过数人与刘衍相遇，他那双温柔深情的眼似乎能包容万物，却只能装下一个小小的她。她忽然涌起一股强烈的冲动，想要奔进他的怀中，诉说自己的委屈，但众目睽睽之下，她只能按捺住自己的情绪，强迫自己

483

移开眼。

她虽没有动,刘衍却动了。他抬脚向她走来,站在她身旁,旁若无人地握住她的手,昭示他与她的关系。

"公主错了。"刘衍低着头含笑看着慕灼华惊讶的杏眼,口中却是对着柔嘉公主说道,"你本无心,又如何与人交心?灼华与你不一样,这世间虽未曾厚待过她,但她仍怜惜每一株草木,她才是真正慈悲温柔之人。你的懂她,是你的一厢情愿、自以为是,真正懂她爱她的只有我一人。"

刘衍的举动和话语让殿中之人都惊住了,柔嘉公主脸色苍白,摇摇欲坠,失神道:"无心……无心又如何?有情皆孽,无心不苦。"

慕灼华的眼眶忽地涌起一股酸涩之意,她低下头去掩饰自己汹涌而至的泪意,却克制不住手心轻微地颤抖,握着自己的掌心温暖有力,仿佛有暖流从掌心源源不断地涌入她的身体,让她内心获得了宁静与坚定。

镇国大长公主不忍地看着柔嘉公主失魂落魄的模样,纵然她亲眼看到、亲耳听到了她的所作所为,但终究还是不忍心啊!这是她看着长大的孩子,她抱着她度过了无数个惊醒哭泣的夜晚,看着她从一点点大的小丫头长成了亭亭玉立的大姑娘,无论是那个奶声奶气在她怀里撒娇的小丫头,还是今天这个城府深沉、机关算尽的公主,在她眼里都是一样的。她颤抖着向柔嘉公主走去,伸手握住她冰凉的手,柔声说道:"皎皎,别哭了,跟皇姑祖回家……"

柔嘉公主冲她笑了笑,眼泪却滑落下来:"皇姑祖,我一败涂地,没有家了……我无愧于心……可我还是伤了你的心。"她缓缓在镇国大长公主面前跪了下来,湿冷的脸颊贴着她的手背,就像往日在她面前撒娇一样,"我没能活成皇姑祖想要的……善良磊落的模样,让皇姑祖失望了……我给你下药,并不是想伤害你,你是我在这世上唯一至亲至爱之人,如果没有你,我早就死了……我只是不想让你看到我丑恶的一面……"

"不,是皇姑祖不好,没照顾好你,让你受了委屈。"镇国大长公主颤抖着轻拍她的肩膀,忍不住跟着她落泪,"皎皎,我不该让你回定京的,我不该啊……你的错,皇姑祖陪你一起受罚……"

柔嘉公主抬起头,瞪大眼睛看着镇国大长公主泪流满面的样子,心脏仿佛窒息一般难受。她眼中的热泪不断涌出:"皇姑祖,你别哭了……是皎皎做错了……"她小心翼翼地给她擦眼泪,"我没想过害死父皇让你伤心。"

镇国大长公主点头,哑声道:"我知道,我知道皎皎是有心有情的,你还爱你的父皇。"

"可是,我确实害死了很多人,甚至把陈国置于险境。"柔嘉公主泪湿的脸庞露出凄楚而绝美的笑容,"我论罪当诛。"

镇国大长公主拄着诛邪剑，大喝一声："有我在，谁敢动你！我舍了镇国大长公主的名头不要，也不让人伤你分毫！"

柔嘉公主仰头望着镇国大长公主，眼中泪花闪烁着动人的光芒，她用沙哑的声音说道："皇姑祖，谢谢你，看到了我的真面目还愿意这样爱我、包容我……可是，我要再次让你失望了……"

柔嘉公主话音一落，便出手握住镇国大长公主手中的诛邪剑，镇国大长公主没有防备，竟被她夺去长剑。众人大惊，以为她要对镇国大长公主不利，正要出手拦她，只见镇国大长公主下意识地护在她身前，挡住了所有人的兵器。

柔嘉公主握紧了诛邪剑，却反手横在颈间，将要落下时，被一把长剑格开。诛邪剑的剑锋之锐利举世无双，那把长剑登时断为两截，诛邪剑也脱离了柔嘉公主的掌控，被沈惊鸿及时握在手中。柔嘉公主膝弯一软，向后跌进一个微凉的怀抱。

沈惊鸿一手握着诛邪剑，另一只手自身后环住了柔嘉公主颤抖的身体，他低下头看着她苍白的脸，长睫掩盖了凤眸中的怜惜与悲痛。

"公主——"他的声音沙哑低沉，含着一丝不易察觉的颤音，唯有柔嘉公主可以从他的拥抱中感受到他的恐惧，"这一切的罪过，由我一人承担。"

说罢，他便将柔嘉公主自怀中推离到镇国大长公主身旁，下一刻便反手将锋利的剑尖刺入自己的胸膛。

所有人茫然看着眼前的变故，看着那个曾经惊艳定京的俊美青年含笑赴死，他的脸上没有丝毫痛苦的神情，那双仿佛揉碎漫天星辰的漂亮凤眸流淌着众人从未见过的缱绻柔情。他心甘情愿为她而死，仿佛这才是他追求一生的归宿。

他忍着剧痛缓缓说道："以我之血，向天下人谢罪。"

刘琛瞪大了眼睛，看着曾经的挚交好友跪倒在地，鲜血自他胸口涌出，抽空了他的力气和灵魂。

柔嘉公主失神地看着眼前一幕，她颤抖着走向沈惊鸿，没有人拦她。她跪在他面前，伸出双臂将他的身体拥入怀中。自他们相识以来，她第一次主动拥抱他，给了他逐渐冰冷的身体最后一丝温度。

"沈惊鸿——"她的一只手按在他胸口的伤处，感受到鲜血的温度，还有那颗曾经因她而跳动的心缓缓归于死寂，"你说过永远不会离开我……"

沈惊鸿含笑望着她，漂亮的凤眸里燃烧着此生最后的爱意与光彩，他感受到生命在流逝，却得到了此生最大的欢愉。他用尽力气执起她的手，在手背上印下轻轻一吻，气若游丝地说出四个无声的字："我的……公主……"

那只手终于还是松开了她，无力地垂落在地，手背上的吻已经凉了，却仿佛一直都在。

柔嘉公主笑了一下，眼泪却簌簌落了下来。

——"沈惊鸿，如果你没有遇见我，那该多好……"

——"我可以独自守着我的无边黑夜，而你终会遇见属于自己的明月。"

——"有情皆孽，无心不苦……"

众人被这变故惊呆，尚未来得及反应，便见柔嘉公主抓起地上的半截断剑，毫不犹豫地刺入心口。半截剑身没入身体，鲜血立刻染红了重衣，涌了出来，落在沈惊鸿的怀中，与他的鲜血融于一处。

"皎皎——"镇国大长公主心神俱碎，跌坐在地，向柔嘉公主爬去，"皎皎，皎皎，你不要做傻事，不要离开皇姑祖……"

柔嘉公主凄然望着镇国大长公主，眼中有浓浓的依恋和愧疚，却一句话也说不出来。她不知道该说什么，才能对得起她的养育之恩，她欠了她太多，还不起，也不能再欠更多了。

——"皇姑祖，你是手执诛邪剑、刚正不阿的镇国大长公主，不能为我一人，践踏诛邪剑的威信。"

——"我输了，无怨无悔……"

——"沈惊鸿，你答应过永远不会离开我……"

——"等等我……"

空旷的风华殿里，只有一个老人悲凉痛苦的哭声在回响，她彻底失去了她最疼爱的孩子。

慕灼华怔怔地看着血泊中相拥的柔嘉公主和沈惊鸿，忍不住湿了眼眶，哑声道："刘衍，你也错了……"

刘衍低头看她，听她说道："公主是有心的……"

只是她自己明白得太迟了。

刘琛缓缓红了眼眶，喃喃喊道："皇姐——"

他缓缓走了过去，脚上踢到了一样东西，低头一看，只见一方玉玺滚落在地，被鲜血染红了一角。

他俯身拾起，只觉重逾千斤，让他忍不住轻颤。

鲜血自玉玺上滑落，弄脏了他的手。刘琛忽然觉得那些重量都压在了自己肩上，他忍不住要跪下去，却又强撑着立住。

他尚未真正明白何为成熟，便已感受到了苍老，胸膛中的热血在哭声中缓缓凉了，他胜了，却一点儿也不高兴。

他忽然想起很小的时候父皇对他说过一句话——只有不想当皇帝的人，才能当好一个皇帝。

那时候他不明白，如今终于顿悟。

延熹二年，柔嘉公主与沈惊鸿勾结北凉，通敌叛国，谋朝篡位，证据确凿，认罪伏诛。耶律璟被斩首示众，和耶律真的尸首一同送回北凉。

北凉三十万大军被歼灭过半，余者缴械投降。北凉遣使臣前往陈国定京，投降议和。

以周家为首的世家贵族企图弃城叛逃，被削爵降职，严惩不贷。

定王罪名得到平反，延熹帝刘琛英明神武，重获民望。

慕灼华平乱有功，晋升为礼部侍郎，参与北凉和谈之事。

夕阳没入山下，半遮着羞红的脸庞，漫山遍野的鲜花也染上了一层暧昧的光晕，在春末温暖的微风里轻轻摇曳。

浮云山下，踏青游玩的人踩着自己的影子回家了。在不远的荒野里，一个娇小的身影似乎站了许久也没有离开的打算。

墓前的金纸已经烧完了，纸灰被晚风卷起，飞向了远方。慕灼华怅然看着墓碑上的两个名字，他们生前从未在一起过，只有死后才能在地下紧紧相依。

她的思绪似乎也跟着纸灰一起被吹向了远方，没有留意到身后脚步声接近，直到被一双手臂从身后抱住，撞进一个坚实温暖的怀抱。

慕灼华愣了愣，知觉似乎复苏，周围的世界也慢慢鲜明起来，那股让她安心眷恋的香味将她紧紧环绕。

"今日是他们的头七，听礼部的人说你告假了，我便想，你一定是来了这里。"

刘衍的声音温润低沉，仿佛带着一丝温度，让让冰冷的血液缓缓热了起来。

"你这几日一直躲着我，是还在怪我没有将诈死的计划告诉你吗？"

慕灼华微微低下头，沉默了许久，才用有些沙哑的声音说："本来是埋怨你的，可是刚刚看着他们，我忽然不这么想了……"她反握住刘衍的双手，十指相扣，"你能活着回来，我便很高兴了。"

刘衍听到她的话怔了一下，扳过她的身子，看到她有些红肿的眼睛，柔声道："你方才哭过了？"

慕灼华垂着眸子，没有否认："公主对我，还是很好的。"

无论柔嘉公主出于什么心思，她确实是帮过她几次，护着她，她能从公主眼中看到同病相怜的爱惜。

但是她做的那些事确实也让她难逃一死……

即便镇国大长公主舍了名声护住她的性命，也护不住沈惊鸿的性命。

她对这世界没有一丝的喜爱，唯有镇国大长公主是她不敢伤害的存在，也唯有沈惊鸿拥有了她全部的真实，走进了她的心里。

"灼华，我们和他们不一样。"刘衍将她拥进怀中，让她倚靠在自己胸前，"我们有一辈子的时间相守。"

"刘衍，那日我以为你死了，也曾有一瞬间想过与你同生共死。"慕灼华靠着他的颈窝，低声说道。

她听到他心口的搏动骤然顿了一拍，然后头顶上方传来他沙哑的声音："对不起……"

他想起那日她以为自己死了，哭得那么伤心，而自己却无法开口告诉她真相，心中强烈的悔恨与自责再度涌了上来："我并没想一直瞒着你，只是当时并无十成把握，只想事情成定局后再让执墨把这件事告诉你。"

她高烧昏迷了三日，醒来后便看到执墨站在自己床前，他把刘衍没死之事告诉了她。她已然想不起当时的心情了，似乎以为自己还在梦中，这又是一个不真实的真相。但她还是很快恢复了冷静和理智，想通了许多事情。

刘衍出事后，她关心则乱，没看出刘琛那么明显的异常，后来回想他说过的话，还有当时的神色，才明白他的意思。难怪刘琛说刘衍必须死，还说他没有告诉自己云妃之死的真相，原来先帝与先太后的死因，早在沈惊鸿告诉刘琛之前，刘衍就对他和盘托出了。

慕灼华叹了口气，道："你让陛下知道先帝的真正死因，就不怕他真的动怒，杀了你吗？"

刘衍低叹一声："陛下他……确实真的动怒了。"

那一日，他查清了耶律真与沈惊鸿的勾结，知道耶律兄妹想对他不利，便做了那个决定，联合刘琛做戏，设计北凉入局。此事步步凶险，人人皆不可测，但若成功，便可换得陈国江山百年安宁。于是，他把失火那夜的事乃至当年战事失利的真正原因都告诉了刘琛。一时间，刘琛不能接受先帝死亡的真相，也不愿面对沈惊鸿出卖他这个事实。刘琛赤红的双眼含恨瞪着他，双手紧紧攥着他的领口，逼问他为什么要害死他的父皇，是不是那些士兵比他们这些血缘至亲更加重要。刘琛是真的对他生了怨恨……

刘衍任由他发泄了情绪，才把那封写下所有计谋与步骤的密信交给刘琛，信封里，还有一服假死药。

刘衍对慕灼华说道："我给他时间考虑是否要执行这个计划。我没有告诉你，是因为我也不能保证，陛下最后是否会用那服药，那一日送到虎牢狱的也有可能是真正的毒药。"

"那你怎么敢赌！"虽然时过境迁，慕灼华还是为此揪心，焦灼地攥着刘衍的衣襟，"万一陛下再次信了沈惊鸿，又或者因为先帝的死迁怒于你而动了杀心呢?"

刘衍安抚地拍了拍她的手,柔声道:"他是我看大的孩子,他虽然有时候骄纵任性,却赤诚善良,我愿意信他,我更担心的是,沈惊鸿识破陛下的演技而出现意外。"

然而沈惊鸿没有识破,那自然是因为……刘琛的愤怒和怨恨都是真的。

"既然那是假死药,那陛下又为何给了我令牌,让我救你?"慕灼华费解地皱眉,惊疑不定地说道,"难道……那酒中并没有假死药?"

然而刘衍并没有回答她,他眉头一皱,脸色忽然变得煞白,仿佛浑身的力气一瞬间被抽空。他呼吸一窒,合眼倒在慕灼华身上。

慕灼华惊惧地扶住刘衍的身体,大声喊着他的名字:"刘衍!刘衍——"

定王府中。

万神医给刘衍施过针后,又让执墨和执剑轮流给刘衍输入内力,推动他经络中的内力畅通,只是这样的治疗似乎极其难受,刘衍昏迷中依然皱紧了眉头,沁出冷汗。

烛光映着万神医凝重的神色,执剑为刘衍输内力,慕灼华和执墨站在一旁,担忧地看着他。

执墨问道:"万神医,王爷的身体到底如何了?这几日他不时出现经络阵痛,轻则剧痛,重则昏迷。"

万神医问道:"频率大概多久一次?"

执墨道:"并不一定,最短一次间隔六个时辰,最长大概两天。"

万神医抚须半晌,沉吟不语。

慕灼华担忧地看着刘衍的面色,想起刘琛那日给了自己那块令牌……

"万神医,难道那日王爷服下的并不是假死药?"慕灼华看向万神医,心事重重地问道。

执墨也说道:"万神医,你说过那种龟息散只能让人屏息十二个时辰,对身体害处极小,也不会引发渊罗花异动,但王爷当日喝下毒酒后便吐血不止,之后昏迷了三日三夜,气息全无,若不是身体还有一丝余温,真与死人无异。"

万神医听了执墨所言,似乎并不讶异,反而有了一丝明悟,他说道:"那日王爷服下的毒药,确实不是我给的龟息散。"

慕灼华心头猛地一坠:"陛下在酒里下毒了?"

"不是他。"说话的声音沙哑而虚弱,却是从床上传来。

刘衍不知何时醒了,他睁开眼,定定地看向慕灼华。

慕灼华急忙走到他身旁坐下,和执剑一起将他扶起,背靠着枕头坐好,一只手趁机按住他的脉搏，察觉到他的脉搏跳动有力，一颗悬着的心才放下。

"你何以笃定陛下没有下毒？"慕灼华攥着他的手腕，只觉得自己掌心发凉，似乎他身上比她温热几分。

刘衍安抚地拍拍她的手，微笑道："我没事了，你不必担心。"

万神医看向刘衍说道："是谁在酒中做了手脚，我无法断言。但据我观察，王爷当日定然是服食了另一种假死药。这种药药性霸道、凶猛，会让人真的陷入濒死状态，全身麻痹，气息全绝，无知无觉，至少一个月才能从假死状态中苏醒，因此苏醒之人必然身受重创，十分虚弱。此药名为离魂散。"

当日刘衍"死"后，执剑奉命把早已准备好的一具尸体放入棺材。那具尸体是一名死囚的，经过万神医一双妙手的处理和易容，他不但五官与刘衍一模一样，就连身上的每一处伤疤都与刘衍极为相似，即便有人有心查看，也不会发现异常。

执墨道："可是王爷服药后，我便将他带到隐蔽处，王爷昏迷了三日就醒转过来，远远未到一个月，身体也未受到重创。"

万神医听他这么说，竟露出一个微笑："那是因为王爷身体里有两种奇毒奇药。王爷可还记得，我曾经说过，渊罗花以生机为食，与宿主相伴相生，不死不绝。"

刘衍眼中掠过一丝亮色："神医的意思是，我生机断绝之后，渊罗花的毒素便会减弱？"

"不错，置之死地而后生。"万神医感慨道，"可又有谁敢拿性命去赌？我也是担心王爷体内毒素复杂，才给你药效最轻的龟息散。龟息散并不会导致真正的死亡状态，离魂散却不同。服食离魂散对常人来说不过是大病一场，但王爷体内毒素复杂，下药之人不精通药理和毒性，既不知道离魂散会让王爷的身体遭受重创，更不知道会阴错阳差解了渊罗花之毒。假死之下，生机断绝，渊罗花的毒性便会消解，雪尘丹则会趁机吞噬渊罗花的毒素。这种疼痛常人不能忍，但'死'人感受不到。王爷昏迷的那三日，渊罗花的毒素被雪尘丹消解过半，离魂散药性不敌雪尘丹，也被消解，因此未到一个月，王爷便苏醒过来，身体受到的创伤乃两种毒素在体内角逐导致。王爷近日来的每一次发病剧痛，都是因为毒素消退，瘀滞的经络在重新恢复。王爷因祸得福，如今体内的渊罗花毒素已经被清除殆尽了。"

屋内众人闻言，难以置信地瞪大了眼睛，片刻后，眼中才浮现出惊喜之色。

只有刘衍似乎并不感到意外，却也有些欣喜。自己的身体，自然自己最清楚，自那三日昏迷醒来后，他便感觉到自己体内瘀滞多年的地方似乎在一点点打通。每一次犯病昏迷，执剑都惊恐万分，他却分明感到自己每一次犯病过后，身体便会再强上几分，到如今已恢复他全盛时的六成功力了。

执剑咧着嘴笑着问道："万神医，你的意思是，王爷的毒都解了，以后不会有事了？"

万神医含笑点头："离魂散和渊罗花的毒素都解了，只是经络瘀滞了四年，若要彻底恢复，还需要悉心调养一年半载。"

渊罗花之毒始终是悬在刘衍颈上的刀，不知何时会落下，万神医虽说小心调养也有可能活得长久，但这一生难免因之束手束脚，不能收放由心，唯有此刻听他说毒素全解，那颗悬了多年的心才终于放了下来。

执墨素来沉稳，此刻也忍不住展颜笑道："王爷千岁，一年半载算得了什么？"

慕灼华只觉得自己心跳既急促又轻盈，她紧紧握着刘衍的手，眼中盈满了欢喜的泪光。刘衍笑着回握住她的手，一个眼神、一个动作，便胜却语言无数。

但这份欢喜很快又被另一个疑惑冲淡了。

执墨问道："万神医，这离魂散又是从何而来？"

万神医道："我恰好知道，离魂散乃稀世奇药，桃源山庄便有此药。"

执墨惊道："是镇国大长公主？"

慕灼华垂眸思索，淡笑着摇头："不，是柔嘉公主。"

执剑执墨惊讶地看向慕灼华："柔嘉公主？怎么可能是她，她不是和沈惊鸿处心积虑要除掉我们王爷吗？"

刘衍没有说话，含笑看着慕灼华。慕灼华轻叹了口气，道："公主她……想除掉的是定王，而不是刘衍。一个月，足够她登上皇位，坐稳江山了。而定王之死，盖棺定论，纵然活过来，只要她对外宣称是假的，又有谁会怀疑她的话？"

执剑不解道："那她为何不索性杀了王爷？"

慕灼华看向灯台上的火光，那火光看起来微弱，却也有一丝光芒和温暖。

"因为……她不愿杀害镇国大长公主在意的亲人……"慕灼华怅然一叹，"她并非无心之人，只是在意的人太少，总是显得凉薄。她宁可负了天下人，也不愿伤害她唯一在意的亲人。权力与亲情，她只能这般取舍，这是她最后的善念。"

慕灼华甚至有种感觉，那日风华殿上刀剑相向，她也不愿意杀害刘琛和刘衍。

执墨和执剑亲眼见到柔嘉公主叛变，仍然对她心存怀疑，直到刘衍也开了口。

"是她做的。"他轻轻叹道，"今日，我在浮云山下看到了一座合葬墓，上面写着两个名字，一个是杏儿，另一个是刘元寿。"

见众人一脸莫名，他才解释道："元寿，是皇兄的乳名。杏儿，是柔嘉生母的名字。"

皇兄自幼体弱，父皇便为他取了这个乳名，盼他康健长寿。

"那日火场中的尸体果然不是皇兄的。"刘衍苦笑一声道，"我曾有过怀疑，却没有任何证据。柔嘉对皇兄的一片孝心并无作假，她对我也确实没有真正的杀意。"

她的一丝善念，竟给了他一次新生。

他才发现，自己从未真正看清过柔嘉公主。

人活于世，都有三副面具：传闻所言，亲眼所见，背后所为。

他看到了她背后所为的阴谋诡计，却不知道她冰冷的城府深处亦有一丝温情。

"没想到，最终是她救了我一命。"刘衍轻声感慨，除了有一丝意外，更多的是感伤。她终究是镇国大长公主抚养长大的孩子，坚硬的外壳下依旧是一颗柔软的心。她虽非有意救他，却因为不杀之心，留给他一丝生机。她自己却无法幸免，于她而言，死亡又何尝不是一种解脱？

"刘衍……"慕灼华的声音微颤，她不由自主地握住刘衍的手，微凉的掌心泄露出她的不安，"沈惊鸿调换了毒酒，在酒中下了离魂散，那原来那杯酒中下的究竟是毒药还是龟息散？他当时给我令牌救你……"

慕灼华没有把话说完，但每个人都明白她的担忧。

刘衍使了个眼色，让万神医和执墨、执剑离开了房间，才对慕灼华说道："我信他。"

慕灼华一怔，不解地看着刘衍，杏眼被泪意浸润，眼神柔软而懵懂。

"我知道，你无法全然相信他。但于我而言，他是亲人，于你而言，他是君王，他从未怀疑过你，你便不能怀疑他。"

刘衍的声音温和，却有一股不容置疑的力量，动摇了慕灼华对刘琛的疑心。

"可是我做不到……"她咬了咬下唇，眉心微蹙，"刘衍，人心是会变的，尤其是在那个位置上——"

"那我们一起离开。"刘衍忽然打断了她，说出让她意想不到的话。

"离……开？"慕灼华呼吸一窒，眼神闪烁，"你的意思是，辞官归隐？"

刘衍轻笑一声，掩饰自己心中的涩意："不，我知道你有宰执天下之志、匡时济世之才，让你归隐田园便是埋没了你多年的努力。我说的离开，是指离开定京。"

"离开定京，又可以去哪里呢？"慕灼华不解地问道。

"还记得当年会试时你做了一篇策问，被说为养蛮策。"刘衍笑道，"如今北凉已平，北凉国主认输投降，不日便会派遣使臣进京求和，乞求归顺陈国。

北凉是只饿狼，如今被打残，也不过忍辱偷生，你可愿意与我一同前往北凉，彻底将它驯服，完成这不世功业？"

慕灼华清丽的小脸随着刘衍的话焕发出不一样的光彩，如花瓣上滚动的晨露受到旭日的照耀，折射出璀璨动人的晶莹。

刘衍含笑看着她眼中逐渐亮起的光，等着她欣然应允，没防备她突然撞进他怀里，脑袋埋在他的肩窝，双手紧紧环抱着他的身躯，哽咽道："好，我跟你一起去。"

愕然转瞬即逝，更多的喜悦和满足涌上心头。他抱了满怀的香软，低下头闻到她发间幽幽的芬芳，享受她难得的投怀送抱。他曾经徘徊在生死边缘，离魂三日，迷失了方向，似乎一只脚踏上了奈何桥，却始终有一股熟悉的幽香萦绕在周围，让他留恋不舍。他听到她的声音含着哭腔在远方呼唤着他的名字，声声如杜鹃泣血，刺痛了他的灵魂。于是他回头去寻找她的声音，在茫茫天地间、无边花海中，他不知道奔走了多远的路，终于看到那个抱着自己缩成一团哭泣的小小身影。

他俯身去拥抱她，他舍不得她受一点儿伤害，却还是他让她受了最深的伤。他欠了她太多的情，只能用尽余生来偿还。

梦境与现实重叠，怀中的温软变得真实起来，刘衍轻吻她的眉心，轻声道："灼华，我的余生，还望你笑纳。"

回应他的是落在唇上温柔到了极致的亲吻。再多情话，又怎及得上情人间的耳鬓厮磨、唇舌纠缠？他想知道的一切，心跳会告诉他答案。

延熹二年这场仗彻底打残了北凉，在议和之事上，他们没有丝毫还嘴的余地，便被迫签下了所有条约。

北凉使臣原以为此行割地赔款、俯首称臣在所难免，但最后的结果比他们预想的还要好一些。北凉同意向陈国称臣、每岁纳贡，但陈国对北凉索取的不多。议和的长官慕大人一脸嫌弃地说北凉荒瘠、贫穷，榨不出三两肉来，赔不起陈国的损失，一番叨叨说得北凉人无地自容，脑袋快压到肚子里去了。末了，慕大人说什么要扶持北凉经济，共建边贸市场，援助北凉教育，听得他们一头雾水，又一脸狂喜地点头——这就是要给他们送东西啊！

北凉人确实读书人少，而且大多仰慕陈国的文化，但是只有贵族、皇族才有机会学习陈国文化，普通人没有这个机会。慕大人说要给北凉盖学宫，教化北凉百姓，这是极好的事，宛如天上掉馅饼，怎么可能有人会拒绝？

倒是听说陈国朝中争议极大，似乎有些人不愿意。陈国人不愿意，这就说明这对北凉来说是件好事。慕大人虽然说话不太好听，但还真是对北凉尽心尽力，也不知道收了他们北凉王多少贿赂……

此事争议虽大，但最后有定王和延熹帝的支持，还是拍板定了下来。

延熹二年九月，一切尘埃落定，北凉正式归顺陈国，并入陈国版图，改名朔北都护府，陈国派长官与北凉王族共理政事。北凉得了一大堆好处，使臣笑容满面地回王都复命了。

与他们同行的，便是那两位陈国长官。

一个是定王，也是即将上任的朔北都护府大都护。

另一个是礼部侍郎慕灼华，也是即将上任的朔北都护府副都护。

两人带着浩浩荡荡的一批陈国巧匠、书生、士兵前往朔北，这一路便走得不快。早有朔北的使臣先行回去准备接待的礼仪，因此陈国的人还未到，名声便传到了朔北。几个使臣都狠狠夸了慕灼华一番，说这个慕大人心善能干，还长得好看。

因此慕灼华和刘衍的车队到达朔北的时候，并没有如他们预想的那样被仇视、排挤。一则，大都护刘衍本就是能止小儿夜啼的恐怖魔神，自然没有人敢在他面前摆谱做坏；二则，慕灼华有原先的北凉使臣背书，朔北都护府的官员们也都默认她是自己人，对她更是态度亲切。刘衍和慕灼华两个人一个唱白脸，一个唱红脸，如此搭配之下，行事效率竟是出乎意料地高。

只是还有件事是他们也没想到的，不知怎么回事，刘衍与慕灼华不和的谣言竟从定京传到了朔北，而且每个人都说得有眉有眼，煞有介事。

传言，慕大人在朝中得罪了王爷，还被撤去了讲学一职。朔北副都护也不是美差，定京官员避之犹恐不及，定是得罪了定王，才会被指派过来吃苦。而且这一路上慕大人日日在定王马车里待着，跟他学北凉话，每回下车眼睛都是湿湿红红的，明摆着是受了委屈。

慕大人待人和善，没什么架子，眉眼时时含笑，因此人缘极好，而定王威严太重，难掩杀伐之气，众人心里虽为她鸣不平，却也不敢说定王的是非。

倒是执剑听了一耳朵闲言碎语，愤愤不平地来跟刘衍告状。刘衍听了置之一笑，道："旁人喜欢她，我高兴还来不及，怎么会生气？至于说欺负她……倒也不是谣传。"

执剑觉得刘衍这是在包庇慕灼华，分明是慕灼华欺负王爷更多。他如今虽然认可了慕灼华，但心到底还是向着刘衍的，看不得自家王爷夫纲不振。执墨见他这样，哭笑不得，道："执剑，你可知道何为夫妻情趣？"

执剑斜了他一眼："你便知道了吗？"

执墨摸了摸鼻子，笑道："就是任打任骂、任劳任怨。"说完便听到身后传来一声呼唤："执墨哥哥，练武的时间到啦！"

执剑看着执墨沉重又愉悦的背影，感觉自己好像抓住了点儿什么。

朔北的冬天比定京更加冷冽、干燥，但也没有慕灼华想象的那么难熬。后来她想，大约是身边有人把她照顾得太好了。他知道她怕冷，便时时烧着地龙；下雪了，他也会及时为她添上外衣；她想念江南的瓜果，没有说出口，他便让人不远千里地送来。他做这一切都悄无声息，如春雨一样润物无声，让她不知不觉中习惯了他的无微不至。他就像一个极具耐心的猎人，编织了一张铺天盖地的网，让她深陷其中，甘之如饴。

在到达朔北后第一个月里，她便糊里糊涂地睡进了刘衍的房里，似乎是因为他说了这么一句——"反正你每天都会在我床上醒来，那何不直接搬过来睡？"

白天两个人都忙得脚不沾地。刘衍要整顿朔北军防，慕灼华要操心边贸市场与各部学堂的筹备，常常到了深夜两人才能见面说几句话，说的也多是公事，当然也经常话没说完，人便到了床上。

慕灼华觉得这句话也有些道理，便在刘衍的那张大床上又添置了一床被褥，虽然经常用不上——她总是窝在他怀里睡着的。

没有慕灼华相伴，郭巨力独守着大院子，哀怨地叹道："小姐，你怎么那么容易被王爷糊弄啊，就这样搬去和他睡了吗？"

慕灼华一双眼珠滴溜溜转着，闪着精明的光，她低声喃喃道："自然是因为我也馋他的身子啊……"

她自然不总是被欺负的那个，到底是聪明伶俐的慕灼华，什么事都要做到最好，就是在床上也不甘心任人摆布，过不了多久便能反客为主，在刘衍身上找回场子。只是她终究是个文弱书生，比不上恢复到武力鼎盛时期的刘衍，每回的逆袭都像昙花一现，最后还是得乖乖窝在刘衍怀里求饶。有几次被他欺负得特别狠，是因为她被人当街拦下来告白了。

北凉人的性子就是这么直爽，喜欢就说，也不怕被拒绝，只要把自己的心意传达到了，他们也就满足了。

陈国人的性子却隐忍、克制，明明爱极了却总有这样那样的顾虑，不敢说出来，不敢公之于众。

慕灼华自有温和的法子打发示爱者，若被刘衍撞上了，方法则会冷酷许多。没有人不怕发怒的大都护，在他面前唯有恐惧与腿软，能做的只有求饶和滚蛋。末了只留下慕灼华一个人，讪笑着面对刘衍的妒火。

他把她摁在怀里，惩罚性地强吻她的双唇，用低哑的声音埋怨她太招人喜欢。

慕灼华靠在他怀里，笑着说："你也招我喜欢呀。"

刘衍微怔，心头那股怨气便被她这轻轻软软的一句话吹散了。

慕灼华含笑看着他:"我想到了一个法子,可以一劳永逸地摆脱这些烦恼。"

刘衍好奇问道:"什么方法?"

慕灼华凑到他耳边,吹着气轻声说:"刘衍,我们成亲吧。"

她以为刘衍会欣喜若狂,但他只是有些疑惑地望着她,仿佛没听清她的话,但他其实听清了,只是不敢相信而已。

"你——"扶在慕灼华腰间的手无意识地收紧了,向来温润的声音蓦地变得沙哑,"可是认真的?"

慕灼华乌黑湿润的杏眼中盈满了笑意,眉眼弯弯,漫天星光不及她眸中璀璨,她笑着问道:"你不高兴吗?你不愿意吗?你害怕了吗?"

高兴?何止是高兴……

愿意?又何止是愿意……

害怕……

刘衍垂眸一笑,温热的双唇印在她光洁的额上:"灼华,我无所畏惧,只怕你受委屈。"

这个吻轻轻的,落在心上却是沉甸甸的,按在她心尖最柔软的地方,让她酸痛且甜蜜,忍不住红了眼眶。

她紧紧环抱住他,低声呢喃:"我也舍不得你受委屈……"

投我以木桃,报之以琼瑶,匪报也,永以为好也。

她的心是个空空的坛子,有人耐心地一点点注入温暖的水,直至溢出来。

他曾攀过最险峻的山峰,见过最炫目的风光,也曾跌落最黑暗的深渊,身陷最绝望的泥淖。他看淡了浮华,仍然愿意陪她再走一遭这人世,看她冉冉升起、光芒四射,成为他的骄傲。

他从不说委屈,却让她心疼了。

她握住他的手,将自己柔软的手掌放进他的掌心,十指相扣,不分彼此。

"我昨晚做了一个梦。"她低头含笑,面上现出一抹羞涩的胭脂色,"梦到我穿着鲜艳的嫁衣等着你来娶我,可是等了很久也没有等到你。"

刘衍呼吸一窒,忍不住用力握紧她的手,哑声唤道:"灼华——"

"可我为什么要等呢?"她微微仰起头来,目光灼灼,艳如芳菲,"一直以来,都是你在迁就我、包容我,你走了很远的路,而我始终在等你走向我。现在我不想等了,最后这一步让我走向你,好不好?"

在那个梦里,她掀开了盖头,打开了门,才看到他就在门外。

原来他也在等着她,等着她打开最后这扇门。

或许是北凉人的热情、勇敢感染了她,让她也想在这辈子有一次不顾一切的告白,让他知道,自己很爱很爱他。

她早已决意孤独终老，若不是与他相遇。

这一生自诩聪明，算无遗策，唯独算错了自己对他的感情。

她害怕失去，唯有在他怀里，无所畏惧。

回应她的，是覆在唇上那个温柔到极致的吻，还有唇齿间沙哑深情的呢喃。

——"好。"

他知道她的心被小小的门扉紧闭，但他从未想过放弃。

一年、两年、十年、二十年，他愿意以任何形式或关系和她在一起。

世人敬他、畏他、恨他，唯有她看到他的温柔与脆弱。她说他在包容她的任性，却不知道自己也是他的救赎。开在悬崖边的那朵桃花，灼灼其华，是他在黑暗里看到的唯一色彩，给了他离魂三日，徘徊在生死边缘时眷恋求生的欲望。

何其有幸，那年那夜，是她首先推开那扇门，走进了他的世界，让他的人生从此有了不一样的光。

（全文完）

番外一·后来的事

满目山河空念远，落花风雨更伤春，不如怜取眼前人。

1

刘琛是延熹三年大婚的。出乎所有人的意料，他迎娶了一名小门小户的秀女，许她以皇后之位。那个女子没有倾城之貌，也没有显赫家世，朝臣与太后皆有非议，但此时的刘琛做什么决定已不是他人能轻易阻挠的了。居凉关外，他彻底收获了军心，并在粉碎柔嘉公主的阴谋后，雷厉风行地对世家问责，重罚了企图弃城南逃的一众官员，迅速重建自己的威望。这一次他没有依靠定王的力量，在经历重重背叛后，他终于真正成长起来，有了一国之君的模样。

他始终清晰地记得刘衍向他请辞那一日，他们叔侄俩在书房里谈了许久，茶越喝越清醒，然而越清醒也就越痛苦。

"经此一事，陛下已然能独当一面，朝中再无人能威胁到陛下。臣也是时候功成身退，辞去议政王之职，还政于陛下了。"

"皇叔这是要走？"他大惊失色。

"臣自有更该去的地方。"

刘衍说了许多离开的理由，刘琛也知道他说的都是对的。北凉虽然俯首称臣，归顺陈国，但贼心不会死，始终是个不安定因素，只有他坐镇朔北，才能让北凉真正安定下来。而要让北凉真正地归心，则需要三年五载甚至更长时间的经营，最合适的人选便是慕灼华。

刘琛恍惚想起那年会试，他看到慕灼华的养蛮策，气得失了理智，在很长的一段时间内都对她心存偏见，抱有敌意。而真正与北凉征战多年的刘衍却将那篇文章看进去了。大概是从那时起，她就走到了刘衍身边。

刘琛忽然觉得茶有些苦涩，苦得难以下咽，涩得他说不出话。

刘衍静静地看了他许久，书房里寂静无声，唯有烛泪滴落。

忽然，刘衍开口道："有一日，灼华问我，既然酒中无毒，为什么陛下还要给她令牌让她救人。"

刘琛心头一紧，低下头去，不敢看刘衍的眼睛。刘琛自认无所畏惧，却在这一刻因为心虚而闪避。

刘衍道:"我知道原因,却不能告诉她。"

刘琛攥紧了拳头,他知道,自己是瞒不过刘衍的。

"陛下,自然是要当明君的。"刘衍笑了一声,为他斟满了茶,"明君,总是容易心软的。"

后来他已不记得刘衍是何时离开的,只看着杯中的茶没了一丝热气,他喝下了那杯凉透的茶,恍惚中想起许多事。

想起狩猎那日,她认真为他疗伤,想起在皇家别苑,她散落在自己掌心的秀发,想起她哀伤而坚决地跪在自己身前,向来清明的双眼盈着泪,求他放了定王……

他不知道慕灼华是何时走进自己心里的,他只当她是意气相投的知己、聪慧体贴的臣子,但细细一想,她和旁人又是不一样的,当她流泪的时候,他的心脏也会抽痛。于是那一刻,感情冲没了理智,他害怕看到她因刘衍之死而悲痛、愤恨,不忍心看她跪地磕头。他想把真相告诉她,但最终什么都没说出口,只是抛出了那块令牌,放弃了那个假死计划。

她永远不会明白他的心思,因为连他自己都明白得太迟。

他是当局者迷,而刘衍是旁观者清。

至于慕灼华……

呵,只是因为她从未真正在他身上用过心思,她的眼睛只看得到一个人。

他终究只能独自饮下这杯沁凉的茶,任由苦涩浸润了心腔。

一夜未眠。初晨之时,刘琛提着沉重的朱笔,在刘衍请辞的奏章上写下一个"准"字,撤去了他议政王之职,封他为朔北都护府的大都护、慕灼华为副都护,令二人前往朔北。

太后说,陛下贵为天子,坐拥四海,想要一个女人,又何必委屈自己?

可刘琛并不觉得委屈……

他不愿意为了一段不属于自己的感情,毁了他最珍视的亲情与友情。他也不愿意折断她的翅膀,将她囚在笼中听她悲鸣。他失去的只是一段缥缈的单相思,获得的却是两份真挚忠诚的感情。

到这时,他才真正明白为何父皇会将皇位传给他。因为父皇相信,他一定能够做出正确的选择。

延熹三年,他迎娶了一名秀女为后。她和慕灼华一点儿都不像,虽不是十分貌美,望着他的时候却整个人都会发光,他一说话,她便会红了脸庞,笨拙得连话也不会说了。她出身寒微，本没有想过会被选为皇后，大婚之日晕乎乎地将自己的手放进他的掌心，直到洞房花烛夜，他挑落她的喜帕，她仍是一脸如坠梦中的茫然和不安。

她不聪明，尤其是在他面前，她也没有绝顶的美貌和出众的家世，只有一颗真挚而炽热的心，望着他的双眼溢满了柔情和崇拜，没有一丝伪装和敷衍。

他从没有想过在其他女人身上寻找慕灼华的影子，因为那对慕灼华是一种玷污，对旁人也是一种侮辱。

延熹五年，他有了第一个皇子，初为人父，他欢喜地大赦天下。两年后，皇后又有了身孕，不少声音逼着他广开后宫，多纳几个妃子，就连皇后也感受到了压力，她含着泪攥着他的衣袖求他选秀纳妃。

他握着她冰凉的手问："朕娶了其他女子，皇后会伤心吗？"

她犹豫地看了他一眼，压低了脑袋，极轻地说了一句："臣妾不能伤心的。"

她虽出身普通，却也从小被教育过，为人正妻该大度贤惠，不能善妒，更何况皇后要有母仪天下的气度。

他笑了笑，温声道："你可以伤心，可以妒忌，只是朕不愿意让你伤心。"

她怔怔地看着他英俊温柔的脸庞，心头一片酸软和甜蜜，却忍不住红了眼眶，掉下泪来。

年轻的天子擦去她温热的眼泪，温声道："只是没有了妃子，便要辛苦你了……"

她红着脸支支吾吾："才……才不辛苦……"

服侍自己的夫君怎么会辛苦呢？她那样真心地爱慕并崇拜他，一丝一毫也不愿意假手于人。他却常会怜惜她事事躬亲，担心她累坏了身子。

她笑着说："原来在闺中听人说伴君如伴虎，如今才知道，陛下是天底下最温柔的人。"

他不禁失笑，似乎陷入了回忆，沉默了许久才淡笑道："朕本也骄纵、傲慢，看轻天下女子，只是曾经有个人教会了朕仁慈……"

她说，这世间女子大多不易，让他多给她们一些怜惜。

而这样的怜惜，她却不需要。

年少时的心动终究只是一场梦，未曾抓住过，又何谈放手？能与她一世君臣，便已是幸事。

满目山河空念远，落花风雨更伤春，不如怜取眼前人。

2

刘衍与慕灼华也是在延熹三年的春末成婚的，只是这桩婚事受到的阻力着实不小。朔北百姓听说此事，皆大惊失色，认定是大都护好色无道，欺辱朝廷命官，慕大人舍身饲虎，受足了委屈。

定京的官员则是认为慕灼华成了定王妃便不适合再为官任职，尤其是副都护一职：一则抛头露面，有损皇室尊严，二则夫妻议政，有失公允，这朔北让他们二人治理，岂不是成了他们的天下？

这些话，刘琛听了不少，他微微笑着说："既然如此，不如把定王召回京中？"

群臣闻言色变，想到被定王支配的恐怖岁月，觉得还是算了吧，死慕灼华不死本官，管别人家家事干什么。如今的陛下已经够可怕的了，再加上一个定王，还要不要活了？

因此不管外界有多少流言蜚语，最终还是没能阻止这场婚事。

大婚之日，延熹帝不能到场，却送来了许多贺礼，护送的队伍一眼望不到头，惊呆了朔北的百姓。

这对夫妻也与旁人不一样，婚宴上，两人一同出来向宾客敬酒，慕大人也丝毫没有新娘子的娇羞。但她华丽明艳的打扮和让人移不开眼的娇媚容颜，让见惯了慕大人穿官袍、穿男装的众人心里纷纷闪过一个念头——难怪大都护见色起意，逼良为妻……

朔北的酒都是烈酒，不比江南的桃花醉那般清甜，几杯入腹，新娘子的脸便红通通的，眼神也迷离了。刘衍见状，便不与宾客虚套了，直接揽着新娘子的肩膀往洞房走。

她醉起来什么样，他可是知道的。

新娘子却迷糊了，推拒着他的胸膛不满地咕哝道："你怎么这么失礼啊，抛下宾客不太好，座上还有朔北王族呢。"

刘衍捏了捏她又红又烫的脸蛋，低笑道："你现在还有心思去想别人？"

那双雾蒙蒙的杏眼有些迟钝地凝视着他："不……不然呢？"

刘衍轻叹了一声，见她脚步蹒跚又不配合，索性将她打横抱了起来，大步朝婚房走去。

这是他期待已久的大日子，万万不能让人打扰了。不过，在朔北地界上，也没有不长眼的人敢打扰他，除了怀里这个喝了酒就缺心眼的。

他不禁想到第一次见到她喝醉酒的媚态，勾得他古井无波的心都荡漾起来，偏偏她温软的小手握着他的手，一脸真挚又迷糊地说，他比她爹还好……

一脚踢开了门，又反脚一钩，门便关得严实了。刘衍走到床前，将人轻轻放在铺叠了好几层的柔软床榻上。

她乌云似的鬓发散在红色的鸳鸯被上，一双灵动的杏眼染上了雾蒙蒙的醉意，霞飞双颊，比桃李更艳几分。他双手撑在她的两侧，下半身压住她，缓缓俯身想要吻那柔软丰润的红唇，却听她后知后觉地说："等……等下，还要喝合卺酒呢……"

刘衍失笑道："方才还没喝够吗，再喝，怕你便起不来了。"

醉鬼是经不起激将的，他越是这么说，她便越要喝，她在他身下扭动着，半是耍赖半是撒娇："我就要喝，我还能喝一壶！"

刘衍倒吸了口气，狠狠按住她不安分的双腿，咬牙道："我去拿！"

朔北的合卺酒是分别倒进一只葫芦的两瓢里，这一瓢的酒量着实不少。刘衍给慕灼华的那一半里兑了些温水，这才回到床头给她。

慕灼华早已坐了起来，只是鬓发散乱，两眼迷蒙，衣衫也凌乱了。她接过刘衍递来的酒，两瓢中间还用一根线连着。两人并坐在床沿上，共饮合卺酒。刘衍的目光始终凝聚在她的脸上，只见她手不受控制地轻颤，那一瓢酒竟有半数泼洒出来，打湿了她的下巴，又顺着细长的天鹅颈没入艳红的婚服中，前襟也湿成了深红色。

刘衍失笑摇头，手上一拉，慕灼华手中那空了的葫芦瓢便落在他手中，她未反应过来，便又被男人扑倒在锦褥上。湿热的唇舌在她纤细的颈上游走，稀释后的烈酒少了酒味，却因沾染了她细嫩的肌肤又平添了几分诱人的甜香。他耐心地用唇舌汲取她颈间残余的酒液，听到她发出难耐的轻喘。

"别……痒……"慕灼华无力地推着他的身体，却适得其反，只让两个人的身躯贴得更紧了，更能够清晰地感受到对方每一丝情动和身体的变化。

灵巧的舌头挑开了她本已松开的领口，修长的食指解开她的束腰，男人掌心的薄茧毫无阻隔地贴上不盈一握的细腰，摩挲着她敏感的肌肤，白皙玲珑的身躯在爱抚下不自觉地拱起，肌肤呈现出淡粉的色泽，体香似乎更加浓郁，勾起他下腹汹涌的燥热和欲望。

这本就不该是一个克制的夜晚，他也没有再隐忍。

这是他第一次真正以夫妻的名义拥有她，但他们早已熟悉彼此的身体，这一次只有欢愉，没有疼痛。

她攀着他结实的肩背，发出沙哑的呻吟，细腻的肌肤上留下了欢爱的痕迹，不知过了多久才在他怀中睡去，任由他摆弄擦洗她的身体。

刘衍修长的指尖梳理她汗湿的鬓发，含着笑看她侧躺在自己怀中安睡，一个轻吻落在她的眉心。

她的狡猾、她的娇憨、她的端庄、她的妩媚，自己何其有幸，能拥有她的一切。

这一年，她二十，他二十八，都是最好的年华。

这一世，还很长，长到他们可以携手一起看遍这世间繁华。

其实他早已到过巅峰，但只有与她在一起才能看到真正美好的风光。

他俯身在她耳畔，轻轻唤了一声："娘子。"

梦里的她，是否能够听见？

听不见也不要紧，等她醒来，他有一辈子的时间，和她慢慢说。

延熹十年，刘衍与慕灼华彻底平定了朔北的局势，一文治一武功，抚平了朔北所有不安定的因素，架起了东西沟通的桥梁，开通商路，扩建边贸市场，又大兴文教，让朔北子民接受陈国的儒教思想，从内而外地征服了这片桀骜的荒蛮之地。在陈国的统治下，朔北人过上了比之前更安定富足的生活。早在延熹六年，陈国朝廷下发了一份公文，允许朔北人参与科举，入朝为官。此举更是让朔北百姓大受鼓舞，渐渐地也将自己当成陈国的一分子。

这时定京里许多官员才意识到，当年慕灼华那篇养蛮策里所言的并非一纸空谈，那座空中楼阁竟成了真。刘衍与慕灼华在朔北的威望空前高涨，两人深受朔北百姓爱戴。定京甚至有言，朔北人只知都护，不知国君。

延熹十年冬，刘衍与慕灼华离开朔北，回定京。数万百姓出城相送百里，痛哭不舍。

延熹十一年，慕灼华受封礼部尚书，入内阁，其子刘臻天资卓绝，被选为太子伴读。

朝中为王妃参政之事议论纷纷，定王刘衍舍身护妻，自请撤去定王之衔，以成全慕灼华之才能。朝野分为两派，争论半月不休。朔北百姓送来万民书，为慕灼华请命，恳求皇帝放刘衍与慕灼华回朔北。群臣无言，终于服软，让慕灼华以王妃之身参政，终官居一品，乃至首辅。

慕灼华与延熹帝一世君臣两不疑。延熹帝执政三十载，大兴文教，推广女学，扶持经济，百业俱兴，共创太平盛世，四海归心。

番外二·元微旧事

> 她只盼着他能记住对她的亏欠，如果有来世……

　　周仪出自累世公卿之家，是定京最有名的贵女，知书达理，端庄贤惠，才貌兼备。她及笄那日，连崇光女帝都亲临府上，夸她一句——有母仪天下之风采。

　　崇光女帝膝下仅有一子一女，太子名为刘熙，镇国大长公主随父姓，取名裴悦，便与大位无缘了。周仪在人群中瞧见了太子刘熙，他长她几岁，继承了父母绝美的容貌，却有着世家子弟望尘莫及的气度与性情。他在世家子弟的簇拥下谦逊温和地微微笑着，如芝兰玉树一般，散发着温润清和的光彩，让所有的男子都黯然失色。

　　多少贵女偷偷地爱慕着他，他却从头到尾没有看任何人一眼，便是这样的一个人，还有女帝那样一句话，深深地凿进了周仪心底，成了她夜夜梦中的妄念。自此以后，她更加以太子妃乃至皇后的礼仪规范自己，努力地学习着，期盼有朝一日能成为配得上他的女子。

　　终于，在十八岁这年，她等到了崇光帝宣召入宫。崇光帝透露了一个消息给她，自己有意让刘熙迎娶她为太子妃，问她是否愿意。周仪脸红了，绞着帕子没有回答。崇光帝便笑着点点头，让她回府。

　　她仿佛是踩在云端回到家中，三年的美梦终于成为现实，她狂喜着，却又按捺着，这样的女儿心思不能让人看出来，否则便失了气度。周家上下一团喜气，母亲带着她上浮云寺烧香。她跪在菩萨面前，诚心诚意地感激菩萨的恩典，让她嫁给自己心心念念的那个人。

　　敬香之后，母亲听大师讲道，她领着丫鬟们在流云亭小憩，看到了自己梦中的那个人。他和她记忆中的一样——不，是更加高大，也更加俊美了，比她原本想象的更好。

　　"周姑娘，我有话对你说。"

　　他的声音清润柔和，让周仪心中微烫，她羞怯地低下头，挥退了众人。孤男寡女私会，这样的事有违她所受的教诲，然而她早就盼着能与他单独相处。

　　"周姑娘，能否请你拒绝这桩婚事？"

刘熙的话，登时让她心中所有的旖旎烟消云散。她脸色苍白地抬起头看他，颤声问道："太子殿下……为什么……"

刘熙温润的双眸里含着歉意："周姑娘，我心里有一个人，我答应了她，要娶她为妻，只是此事母亲并不知情，才想着撮合你我。你是定京最好的姑娘，我不愿让你受了委屈，我若出言退婚，会害了你的名声，所以退婚之事由你开口。"

周仪心上仿佛被狠狠扎了一刀，他有了喜欢的姑娘……什么样的姑娘，竟有这样的福气得到他的喜欢，让他念念不忘……即便有了喜欢的姑娘，他也不忍心伤害她，宁愿自己来承担这被退婚的污名。

她面无血色地说道："殿下既然有了喜欢的人，为什么不让陛下为您指婚？她……她是哪家的贵女？"

刘熙怅然看着山巅之上那流动不羁的云烟，说："我找不到她了……也许……这辈子都找不到了……可是我答应过她……"

"能与我说说吗？"周仪心里存着一丝希望，如果他这辈子都找不到她，如果她已经死了，他终究还是要娶妻的啊……

刘熙淡淡一笑，与她说起了他们的故事。

刘熙十七岁那年，襄阳大旱，一伙流寇趁机作乱，占山为王，扰乱了一方安宁。凤君裴铮领兵出征，决意平乱除暴，诛杀贪官，救济百姓。刘熙恳请随父出征。裴铮见他已然成年，也是时候担当大任了，便带着他去了襄阳。

到了襄阳，裴铮领兵平乱。贼寇十分阴险，抓了不少无辜百姓要挟官兵，战局陷入了僵持阶段。刘熙得了裴铮的指示，带着官兵与粮草救济百姓。不料贼寇混进难民中，趁机作乱，场面顿时失控。刘熙为了躲避贼寇的追杀，脱去官袍，换上难民的衣服，抹黑脸颊与难民一起逃窜，却被贼寇所擒，关在一处营地。刘熙不敢暴露自己的身份，昔日尊贵优雅的太子只能硬着头皮与臭难民挤在一起。那些贼寇想留着难民的命作为肉盾要挟朝廷官兵，因此并没有杀他们，每两日才发一个干硬的馒头，吊着他们的性命。

到了第四日，一伙蒙面高手杀进营地，试图解救被困住的难民。一个蒙面的姑娘打开刘熙所在的牢笼，抓住他的衣服把他拽了出来。被饿得头昏眼花的刘熙软倒在地，无力起身。其他难民相继拥了出来，混乱中刘熙被人踩伤了脚，疼得眼前发黑。一只带着薄茧的手抓住他的手腕，想把他拉起来，他左脚剧痛，软倒在对方身上。

"哎呀，你这坏蛋给我起来！"姑娘怒气冲冲地甩开他。刘熙登时摔倒在地，姑娘这才看到他受伤的脚踝。贼寇的喊杀声近了，她硬着头皮冲过来，抓起刘熙扛在肩上,施展轻功往外逃去。

刘熙昏死前听到她咬牙切齿地说:"你的手脚放干净点儿,别碰到本姑娘的身子!"

等刘熙醒过来,已经是第二天中午了,他躺在一个山洞里,那个姑娘却不见了人影。刘熙挣扎着起来,想要逃离此地,然而稍微移动,脚上的伤就钻心地疼。一个穿红衣服的姑娘蹦蹦跳跳地哼着歌进来了,手里还拿着一个包袱。

刘熙抬眼看去,却是昨晚救他的那个姑娘。她穿着一身利落的红色衣裙,头发全部束在脑后,发髻上插着一根颜色鲜亮的翎毛。只是现在她摘下了蒙面,露出一张充满活力的俏脸,她肤色略黑,眼睛却亮极了,笑起来露出两颗尖尖的虎牙。

"你醒啦,别动啊,你脚伤到骨头了,万一移位,没接好,以后就变成瘸子啦。"姑娘在刘熙跟前蹲了下来,解开包袱,一阵食物的香味扑面而来,他忍不住咽了咽口水。

"这是我找附近的农家买的,现在粮食太贵啦。还有干净的纱布,我会点儿治跌打损伤的医术,一会儿给你接上骨头。"姑娘说着,拿出两个素菜包子递给刘熙。

刘熙摇摇头说:"我手脏。"

姑娘翻了个白眼:"什么矫情的毛病,不干不净,吃了没病!你不吃,我可吃完了!"

刘熙犹豫了一下,搓了搓手,接过包子,尽管饿得浑身发颤,他还是吃得慢条斯理。

姑娘大口大口咬着包子,斜睨刘熙:"你这吃相挺特别的啊……你不饿吗?"

刘熙嚼着包子,待咽下去了,才说:"饿。"

姑娘扑哧一笑,露出两颗小虎牙,她把喝了一半的水递给刘熙:"喝点儿水吧,水不要钱。"

刘熙看她方才对着水壶喝过,心中又有些犹豫。姑娘不耐烦地催促道:"小瘸子,你磨叽什么呢?不喝我喝完了!"

刘熙咬咬牙,接过水壶喝起水来,灼痛的嗓子得到了泉水的滋润,这才舒服了一些。

姑娘边吃边说:"昨天晚上为了救你,我和队里的人走散了,那些贼寇到处找我们呢。小瘸子,你是哪里人,要不跟我回我们队里吧?"

刘熙道:"你们是什么人?"

姑娘说:"我叫十七,我们都是民间义军。朝廷没派人来前,就是我们在跟贼寇周旋。"姑娘见刘熙污黑的脸上有些不安,便拍拍他的肩膀安慰道,"你别怕,我不是坏人!"

刘熙笑了笑,温声道:"你能把我送回襄阳城吗?……我的亲人在襄阳。"

"不行。"姑娘皱着眉头拒绝了,"现在贼寇主力正在襄阳跟朝廷打着,我们要去襄阳,得经过贼寇的营地,太危险了。"

刘熙道:"我家里有钱,可以给你酬金。"

十七姑娘眼睛一亮,随即又摇摇头:"不行,就怕有钱没命花。你先跟我回去,等贼寇被剿灭了,我再送你回去不迟。"

刘熙知道,自己失踪,裴铮一定会心急如焚,自己却没有办法报平安……

"人活下来,比什么都重要啊。"十七感触颇深地叹了口气,"现在朝廷大军出动,贼寇也蹦跶不了多久。你等伤好了、贼寇退了再回去,平平安安才是最重要的。"

刘熙被十七的话打动了,轻轻点了点头:"好,我听你的。"

"真乖。"十七笑眯眯地说,"我现在给你正骨,你忍着点儿疼啊。"

十七话说着,手上已经动了起来。刘熙还没反应过来,就感觉到脚上一股剧痛,顿时又疼晕过去。

十七看着晕过去的刘熙,叹息着摇摇头:"现在的男人真没用,不知道是哪个地主家的傻儿子哟……"

刘熙再次醒来时,却是在一条河边。他被十七背在身上,感受到这副身体柔软却有力,带着一股少女的馨香。

"你醒啦。"十七说着把他放了下来,"你这个小瘸子,看着瘦瘦弱弱的,怎么这么重,可累死我了!"

十七毫无仪态地坐在地上,挥着手扇风,又擦了擦额角的汗,取出水壶来大口喝水。

"辛苦你了。"刘熙哑着声音道谢。

"唉,你要是知恩图报,来日便多给我一些酬金吧。"十七说了一句,顿了顿,又补充道,"你可别以为我是为了钱才救你的,我是个好人,施恩不图报。不过我看你应该也是个好人吧,知恩要图报的。"

刘熙忍不住笑了笑,轻声说:"不会忘了的。"

十七这才高兴了,把水壶递给刘熙道:"算你上道。来,喝水。"

刘熙小口小口地喝了点儿水,把水壶还给了十七,然后侧身伏在河边,掬起一些水来,清洗自己乌黑汗湿的脸,又洗了洗手。

十七斜着眼看着,只觉这人浑身邋遢,举止却说不出的优雅好看。她见过县太爷家的公子，也见过秀才、举人，那些人都没这人矫情……

刘熙很快便洗干净了脸和手，一张清俊儒雅的脸庞沾着水珠，在阳光下散发出熠熠光辉。十七怔怔看着，竟说不出话来。

刘熙扭头，看到十七一脸痴傻的模样，疑惑问道："你怎么了？"

十七这才猛地回过神来，双眼炯炯有神地上下打量刘熙："你……这么好看啊……"

刘熙知道自己长得不错，但从小到大他身边都是端庄守礼之人，从来没有一个人像十七这样直白地夸他长得好看，目光还如此炽烈。刘熙不禁低下头，躲避对方的眼神。

十七却凑了上来，一点儿不知道害羞地盯着刘熙的脸看，甚至伸出手摸了摸他的脸："你的脸怎么这么白这么嫩，睫毛这么长，一看就是没吃过苦的脸。你家里很有钱吧，你是襄阳哪户人家的公子？"

刘熙左右闪避着，被十七摸得又羞又恼，忍不住低叱一声："十七姑娘，放手！"

十七手一抖，莫名感觉到一股威压。她冷哼一声，收回手，双手抱胸道："男人也这么小气，摸一摸又不会少块肉。我不但摸了你，还抱过你，还背过你呢！"

刘熙想起对方的救命之恩，不禁又低下头去："多谢姑娘救命之恩……我……我不是襄阳人，只是随父亲来襄阳做客。"

"哦。"十七还有些生气，她冷睨着刘熙，"那你叫什么名字，我总不能一直叫你小瘸子吧？"

刘熙不敢告诉她自己的真实身份，便说："我叫……裴熙……"

"裴熙……"十七念叨着他的名字。

刘熙问道："十七是姑娘的真名吗？"

十七摇了摇头："我是个孤儿，是大嫂把我养大的，我是她捡来的第十七个孩子，就取名叫十七了。不过我大概知道我姓什么，大嫂捡到我的时候，我身上有个玉佩，上面刻了一个字，先生说是'元'。所以，我叫元十七。"

元十七是个话多的姑娘，倒豆子似的就把他们的情况都说给刘熙了。刘熙这才知道，他们这个组织里的人都是些孤儿，大哥叫陈虎，大嫂叫叶灵，大哥大嫂都是英雄豪杰，平时行走江湖卖艺，见襄阳贼寇残害百姓，就自告奋勇来救济难民。十七的武功平平，轻功却不错，她虽然识字不多，却也是一副侠义心肠。

"我最讨厌为富不仁的。"元十七斜睨刘熙，"你是不是啊，可别让我救了个坏人。"

刘熙失笑，摇摇头道："我不是坏人。"

元十七哼哼两声，道："看你细皮嫩肉的，应该也不像。那些有钱公子惯会看不起人，你这人倒是性子软软的，让人忍不住想欺负你。"

刘熙顿时红了脸，他心想，这不是形势所迫嘛，自己受了伤，这姑娘又一副野蛮凶横的模样……

元十七休息了片刻，又过来要背刘熙，刘熙推托道："不必了，我自己走可以的。"

"不可以！"元十七皱着眉头，"你这脚要是瘸了，我不是白救你了？你长这么好看，瘸了多可惜啊！"

刘熙根本推不过她，只能被迫让她背了起来。

"大哥给我留了记号，咱们跟着记号走，相信没多久就能找到他们了。"元十七信心满满地说。

然而十七姑娘似乎是路痴，竟是走了许久也找不到方向。天黑前，他们找了一户人家借住。这是一对淳朴善良的老人，他们房子小，只多出一间柴房让他们暂住，老人以为两人是夫妻，倒也没多想。柴房里只有一张硬邦邦的床，元十七把床让给了刘熙，自己拿了些稻草打地铺。

"十七姑娘，你睡床吧。"刘熙说道，"你是姑娘家……"

"不用了！"十七摆了摆手，"你一个细皮嫩肉的公子哥儿没吃过苦，我经常打地铺的，习惯了。"

正说着，老人敲了门，送了套干净的粗布衣服给刘熙，刘熙感激地收下了。元十七又出去打水来给刘熙擦身子。

元十七打了温水来，见刘熙一脸局促地坐着，不解道："你干吗不脱衣服啊？我帮你擦擦后背。"

刘熙连连摆手："不必了……"

元十七皱眉道："你身上臭烘烘的，我背着你也难受呀！"说着上前，自己动手扒刘熙的衣服。刘熙哪里是她的对手，没两下破烂衣服就被她扯光了。

元十七拧了拧帕子，给刘熙擦洗后背，感叹道："你身上也白着呢，我也想白一些好看，不过我们跑江湖的，哪有不晒黑的？"

刘熙红着脸低头，对这生平仅见的女"流氓"毫无办法。

"十七姑娘，前面我还是自己擦吧……"刘熙艰难地守着自己的底线。

元十七流氓地吹了下口哨，调笑道："瞧你害羞的，跟小姑娘似的。给给给，你自己擦，不擦干净了，我可不背你了。"

元十七说着把帕子扔给他，自己往旁边的稻草垛上一躺，背过身去假寐。

刘熙艰难地擦洗完身子，换上了干净的衣服，整个人也舒服多了。而那边,元十七不知何时已睡着了,做着梦吧唧着嘴,含混不清地说:"吃……吃饱了……"

刘熙忍不住低头一笑,她虽然有些蛮横无礼,却是个十足好心的姑娘。他想,回去以后一定要好好报答她。

过了两日,两人终于找到了组织,刘熙的脚伤也好多了,不再疼痛。元十七的朋友们躲在一个无人的村落里,据说村里的人都被贼寇杀光了。刘熙听他们谈论襄阳的局势,听说朝廷增派了大军,贼寇压力更大了。大军正到处搜查,似乎在找些什么。

刘熙知道他们在找他,却不敢说出来。

元十七带回来一个长得十分好看的年轻男子,这引起了组织里其他人的好奇和敌意。组织里总归是男人多女人少,刘熙看得出来,有几个男子喜欢十七,便敌视十七背回来的漂亮男人。

"十七,这人不像好人,你干吗把他带回来?"

"十七,你忘了吗,为富不仁,有钱人不是好东西!"

"十七,你是不是看中这个小白脸了?"

元十七气呼呼地赶跑了众人:"这可是我千辛万苦救回来的,他还要报答我呢,你们别欺负他!"

刘熙被独自安置在一个无人的小院里,他腿脚不便,每日便有人给他送饭菜。有时送饭来的人是十七的爱慕者,那些人对刘熙抱有敌意,明里暗里地欺负他,威胁他不要对十七心存妄想。

刘熙一开始不明白为什么那么多人喜欢十七。他见多了定京里温柔美貌、饱读诗书的女子,十七只是有点儿可爱而已,他怎么可能会喜欢她?那些人越是这么说,他就越是好奇十七哪里好,便忍不住偷偷地看她,越是看着,他便越是明白其他男人的想法。

十七不是有点儿可爱,她是非常可爱,她就像一朵肆意生长、无拘无束的野花,毫不掩饰的热情和灿烂的笑容能感染身边每一个人,只是看着,也让人心生欢喜。而刘熙见多了名贵柔弱的富贵花,情不自禁地被这样充满生命力的花儿吸引。

元十七发现其他人暗中欺负刘熙后,生气地将刘熙带回她的住所,决定亲自照看他。她虽然看着粗鲁,却很会照顾人,并且乐在其中。

"他们说我喜欢你,我就是喜欢你啊!"元十七快乐地哼着歌,"你长得好看,性子也好,还会写好看的字。如果你不是有钱人家的公子,我就把你留下来当夫君了。"

被这样直截了当地告白，刘熙顿时心如擂鼓，他微红着脸说："十七姑娘……"

"你放心，我说笑的。"十七抬起头一笑，眉眼弯弯，牙齿发亮，"你们这样的人家，是看不上我们这种行走江湖的女子的。不知道外头那些臭师兄瞎担心什么。"

刘熙的表情有些尴尬，十七却仿佛已经忘了自己说过的话，她取来纸笔说："你今天再教我认几个字吧。"

她半身趴在桌上，支着脸颊一脸仰慕地看着他写字："你写的字，和你的人一样好看。"

刘熙白皙的脸上微红，不禁写岔了一画。他用余光偷偷看着十七的侧脸，她正认真而笨拙地描摹着他的字。

"翎——是羽毛的意思。"她发上的翎羽发出漂亮的光泽，她也是个爱美的小姑娘，没有多余的钱买首饰，好在轻功好，她总能抓到漂亮的鸟儿，拔下一根羽毛做装饰。

刘熙想着以后送她好看的珠翠，可是又觉得这样的姑娘，珠翠配她也显得俗气，似乎她天生就适合这样灵动而灿烂的翎羽，就像一只自由自在、无拘无束的鸟儿。

待刘熙能下地走路后，元十七带着他上山，站在山岗上，远远地可以看见襄阳城。

"贼寇已经没有抵抗之力了，相信过两天就会被彻底打败。"元十七笑着说，"到时候，我就送你回襄阳。"

元十七笑着笑着，又垂下嘴角，有些难过地说："以后就见不到你了。"

刘熙心上一紧，哑着声音道："十七……"

他竟舍不得看她难过……

元十七抬起眼来，小鹿一般濡湿乌黑的眼睛灼灼地盯着他，忽地她踮起脚，押长脖子轻轻在刘熙唇上啄了一下。温热柔软的触感稍纵即逝，只有蜜色的肌肤微微发红着，她用颤抖又有些难过的声音说："你不要忘了我啊……"

刘熙只觉得自己的心脏被狠狠撞了一下，他下意识地伸出手抓住她的手腕，轻轻一拉，把她拥进怀中。

"跟我回去吧……"刘熙不舍地拥着她，"我……我娶你……"

十七愣了半晌，却轻轻推开他，摇摇头："不要，你们有钱公子都三妻四妾，我虽然喜欢你，却不能看着你喜欢其他人。我想找一个夫婿，就像大哥对大嫂那样，对我一心一意。所以……我宁可你离开我却记得我，也不要娶了我却忘了我。"

刘熙道："我也可以对你一心一意。我的父亲和母亲便是一生一世一夫一妻，没有其他人能插足他们之间。"

十七眼睛一亮："你也只娶我一个、只喜欢我一个吗？"

刘熙郑重地点点头。

十七忽然扑上来紧紧抱住他的腰："我救过你，你不可以骗我，你只可以喜欢我一个人，只娶我一个人！"

周仪听到这里，心头仿佛已经遭受到千刀万剐的凌迟。眼前温润如玉的男子回忆着十七岁那年爱上的少女，眼里满是柔情，没有一丝余地给别人。

"后来呢？殿下带她回来了吗？"

刘熙眼中的神采骤然暗淡："后来，贼寇被朝廷大军打败，追击到了山里，与我们相遇。十七和她的朋友与贼寇展开了殊死搏斗。她把我藏了起来，我被赶来的军队发现并救走，后来……后来我去找她，却只看到了一些尸体，没有找到她。"

刘熙从袖中抽出一根颜色已经暗淡的翎羽："这是她最喜欢的装饰，她丢下了它……"

周仪哑着声道："殿下，兴许她已经死了呢？"

刘熙不是没想过……他派了很多人去找，找了很久很久，始终找不到他心上的那个人。可是没看到她的尸体，他便始终存着念想：也许她还在某个地方活着，也许她……已经找到了另一个对她一心一意、可以托付终身的人。

周仪看着刘熙怅然忧郁的侧脸，沉下心来，鼓起勇气道："殿下，我不会退婚的！"

刘熙愕然看她。

"我也喜欢殿下！"周仪的声音微微颤着，"难道殿下要为一个可能已经死去的人枯等一生吗？陛下只有您一个皇子，您为他们想过吗？"

刘熙垂下眼，许久才道："我知道……我想，再等一年——"

"好！再等一年！"周仪打断了他。她本该是个矜持守礼的大家闺秀，但这一回，她勇敢地袒露自己的内心，争取自己的幸福，"殿下，如果这一年您还是找不到她，就放弃吧。"

"可是，如果她有一天回来了——"

周仪说："我就退出！"

刘熙沉默地看着山里的流云，那流云聚了又散，不知从何处来、又往何处去，飘飘荡荡，无所依着，就如他的心。

许久之后，他哑声道："好……"

周仪终于如愿以偿地嫁给了刘熙，她知道自己是在赌，她赌他找不到他的十七，赌他终究会爱上她，她会对他很好很好，让他忘了其他女人。

新婚之夜，他挑起了她的盖头，那样的俊美温柔，便如她想象的那样美好。她在他怀里轻声呢喃着，整个人化为春水。婚后，他对她很好，不会多看别的女人一眼，哪怕是登基之后，后宫也只有她一个皇后。她还为他生下了皇子——刘俱。这一切美好得像一场梦。可是她心里隐隐有种失落，仿佛这一切真的只是梦，刘熙对她太好了，他从来不会对她生气，不会对她大声说话，他对她温文有礼，便是房事时也极少见他动情。侍女说她是世上最幸福的女人，可她知道不是，她没有真正得到他的心，这样举案齐眉、相敬如宾，到底意难平。

不知道是不是她的贪心戳破了美梦，为了参加镇国大长公主之子的十岁生辰宴，刘熙微服前往桃源山庄，而他回来时带回了一个女子，他对周仪说："她是襄翎，我和你说过的……十七……"

周仪面上微笑着，心里却有一片天轰然倒塌。

周仪听刘熙说了他们的重逢。

原来当年十七受了重伤，被人救走，她的记忆失了大半，因为她依然喜欢翎羽，又是在襄阳被救起，便取名襄翎。她的武功越发好了，行走江湖，行侠仗义，有不少侠士向她献殷勤，她却拒人于千里之外。她虽然忘了些事，却记得一个人——一个长得很好看很好看的少年，那个人说要娶她，她忘了他的名字，满江湖地找，怎么也找不到。

直到那日在桃源山庄，她看到了梦中的那张脸，才知道自己为何找不到——原来那人是九五至尊啊……

襄翎想起了他们相遇相爱的点点滴滴，却只能苦笑着挣脱他的手。一别多年，他英俊儒雅，更添成熟稳重，帝王的雍容气度使他的魅力更胜从前，可她喜欢的还是记忆中那个会脸红的少年。

"我忘了许多事，却没有忘记你，可你已经忘了我。"襄翎难过地摇摇头，"你已经伤害过我，便不能再伤害另一个喜欢你的姑娘。皇后……她为你生下了皇子。"她骄傲地扬起下巴，"早知道你是皇子，我便不会喜欢你了。我是无拘无束的侠女，不会拘束在深宫中，我们还是相忘于江湖吧。"

她走得潇洒，转身后却躲在无人之处哭晕了过去。等她醒来，已经在一辆摇晃着的马车上了。

刘熙怜惜地轻抚她的脸，紧紧握着她的手："十七，这一回，朕不会放手了。"

"放我走吧。"襄翎深吸一口气，轻轻摇头，"你我终究是有缘无分，何必强求呢？"

她想挣脱他的手，却被他拉进怀里，紧紧箍住。

"朕乃天子！"记忆中温文俊秀的少年霸道地禁锢着她，"朕想要的一切便该属于朕！十七，跟朕回宫……朕会补偿你……"

话末，他又放柔了语气，轻声哀求。

襄翎呆呆地看着他："你不是裴熙……你是刘熙……不是我喜欢的那个少年了……"

刘熙是皇帝，登基多年，他养成了帝王的雍容气度，也有了帝王的威严与霸道。他封她为云妃，她却想着逃跑，他只好让暗卫牢牢看着她。他想办法讨好她，她却总是看着窗外的天空发呆。他送了她世上最珍贵的珠翠宝石，她却只喜欢那活泼鲜亮的翎羽。

她渐渐地不那么爱笑了，就像那根翎羽失去了颜色。

有一回她躺在他怀里，钩着他脖子，细细描绘他英俊的眉眼，忽然喃喃地喊着："裴熙……"

他睁开眼，将她看进了心底。

襄翎亲了亲他的眼睑："我那么喜欢你……却又好像……不那么喜欢你了……"

周仪还是宫里最尊贵的女人，她如此贤惠，微笑着掩饰自己心里的千疮百孔。她赌输了，还是输了……她看得出来，云妃心里爱着的是少年裴熙，她痛苦地挣扎在裴熙与刘熙之间，既不舍得伤害记忆中腼腆文秀的少年，也无法拒绝帝王刘熙的宠爱。而刘熙则一日日地，为她喜，为她怒，为她痛，哪怕他仍然口口声声温和地称呼周仪一声"皇后"，周仪也知道，自己只是皇后而已……

后来云妃怀孕了，刘熙大喜，他想着，有了孩子，十七总会把心收回来的。

刘熙对云妃的宠爱让周家心生戒备。刘俱年幼，体弱多病，并不十分得刘熙的喜爱，万一云妃生下皇子，那刘俱的地位就会受到严重威胁。周家几番暗示周仪，让她对云妃下手。

周仪手上拿着还阳散，心却止不住地发抖。刘熙那么爱她，万一她死了……不不不……不会的……当年他找不到元十七，不也没事吗？……

周仪决定赌一把，她要把刘熙抢回来，那是她的丈夫，她不愿意看着他为另一个女人发狂，更何况那个女人已经不爱他了！

周仪终究还是下了药，云妃难产血崩，命悬一线。

刘熙在产房外大怒，颤声说："保大……保住云妃！朕要她活着！"

产房内传来一声凄厉的尖叫，刘熙震惊地回过身去。接生嬷嬷吓得魂不附体，爬了出来："娘娘……娘娘拿刀剖开了自己的肚子……"

刘熙身子一晃，立刻冲了进去，太医们也拥进产房，顿时被眼前的场景吓得脸色发白。

云妃拿着短刀，竟生生剖开了自己的肚子

"取出来……"她面上无一丝血色，"我的孩子……"

"十七！"刘熙心神俱碎地跪在床前，紧紧抓着她的手，"你为什么？！为什么？！"

"我不是十七……"她气若游丝地说，"我是……襄翎……十七喜欢的裴熙不见了……陛下喜欢的十七……也死了……"

她带着血的手抚上刘熙的脸庞，眼泪落了下来，哽咽着："如果……不曾相遇……如果……不曾重逢……"

他知道，她是自由的鸟儿，却被折断了翅膀。

他知道，她是天上的云儿，却被困在珍贵的瓶中。

他知道，她只愿一生一世一双人，更不愿伤害旁人，她想成全他，而他却不能成全她……

与其活着，三人难过，不如死了，一起解脱。

她想起十五岁那年遇见他，她鼓起勇气轻轻亲了他的唇，害羞地说——"不要忘了我"……

可这回，她只能无力松开他的手，无声地说——"忘了我……"

云妃死了，刘熙一病不起。

听说天鹅是世上最坚贞的鸟儿，一生一世，生死相随，另一半若死了，剩下的那只也不能独活。

刘熙的父母便是这样忠贞至死。周仪怕了，她怕自己也失去刘熙，于是她抱着刘衍跪在刘熙床前，恳请他睁开眼看看孩子，恳请他活下来，如果不能为了她，就当是为了云妃的孩子吧。

那个女人竟对他这么重要吗？他们这些活着的人加起来，都比不过她吗？

她忍受着屈辱求他回头，终于，他听到了她的声音，伸手抱过云妃的孩子。

只要他愿意活下来，她可以忍着，只要她还能看着他、守着他……

她忍着自己的恨，尽心尽力地抚养刘衍，只盼刘熙能好好活着。她成全他们的父子情深，用贤惠伪装自己，几乎连自己都要骗过去了。刘熙对她心存敬重、感激,却把所有的爱都给了那个死去的人。后来刘熙立刘俱为太子,她偷听到他对镇国大长公主说:"衍儿性情更似十七,至情至性,认定的事情,便不会轻易更改。朕只盼他能平安喜乐,觅得一心人,不要……不要步我们俩后尘……"

他把帝位给了刘俱,心里挂念的却始终是刘衍。

刘熙终究还是先她一步离去。他临终时,她握着他的手,泪如雨下,听着他嘱托她照顾好刘衍,她终于笑了。

"陛下……臣妾也有心啊……臣妾的心也会痛啊……陛下,您看过吗……"周仪看着他错愕的眼睛,自嘲地一笑,"您的眼中,只有一个人……不错,是臣妾强求着要嫁给您。臣妾以为,您没有那么喜欢那个女子,您终究会忘了她。臣妾也以为,臣妾没有那么喜欢您,能够平静地看着您坐拥三宫六院。原来是臣妾错了,您做不到,臣妾也做不到,一个云妃,臣妾也忍受不了。"

她轻轻地将脸贴在他的掌心,热泪灼烫了他掌心的肌肤,她柔声说:"我那么爱你啊,你感受到了吗?"

刘熙哑声说:"是朕负了你……"

"我不恨你爱上别人,只恨你不爱惜自己,终究还是要离我而去。"周仪苦笑着,泪如雨下,"你抛下我们母子,却要我好好活着,照顾你和云妃的孩子,你对我,是不是太狠心了?"

"陛下,如果人死之后有知,你能不能也记着我……"

她握着的那双手无力地垂落,他最后是否听到了自己的那句恳求?她将脸埋在他逐渐冰冷的掌心里,她以为自己会歇斯底里地痛哭,然而到了最后,只是一声无力的呜咽与痛入心肺的悲鸣。

她的贤良淑德不是他喜欢的样子,直到他临死,她也不敢让他知道她心狠手辣的那一面。她只盼着他能记住对她的亏欠,如果有来世……

如果有来世……

如果有来世……

番外三·惊鸿一梦

无论你如何选，我始终会在你身旁。

沈惊鸿从梦中醒来时，天还未亮。冷风挟着雨拍开了窗户，依稀有一些落在了面上。沈惊鸿恍神许久，抬手抹了一把脸，才知道那不是雨，是泪。

真有意思，便是最穷困潦倒的那些年，他也不曾流过泪，今夜竟为一场梦落了泪。

沈惊鸿自嘲一笑，起身，关上了窗户，却又在窗边驻足良久。

那场梦太过真实了。梦里他与皎皎发起了兵变，最终还是失败了。刘衍精心设下圈套，带兵回朝，杀了他们一个措手不及。

穿心而过的疼痛让他醒来之时犹自心慌，然而让他泪流满面的，却是目睹皎皎的死⋯⋯

沈惊鸿猛地一惊，推开门，喊来了侍从。

他在起居处从来不喜欢有人伺候，因此等了一阵，才有门外守夜的侍从跑进来。

"现在是什么时候？"沈惊鸿忙问道。

侍从听出沈惊鸿的惊慌，不禁有些不解，但还是立即道："回大人，刚三更天，离早朝还有些时辰呢。"

他以为沈惊鸿是担心误了上朝的时辰。

沈惊鸿却又问道："我问你是哪一年！"

侍从更加迷茫，支吾着答道："泽光五年⋯⋯"

沈惊鸿一听，顿时长舒一口气。

那果然是个梦⋯⋯

五年前，赢的人是柔嘉公主。她从刘琛手中夺过皇位，得到了镇国大长公主的支持，登基为帝，改年号为泽光。

——皇姑祖，历来继承皇位者，又有几个真正清白无辜？刘琛能手不沾血继承皇位，不是因为他比我高洁良善，而是因为他运气比我好。他有高贵的生母，又生为男子，储君之位，他唾手可得，而我？呵呵⋯⋯光是为了活着，便要竭尽全力。他要皇位，便是理所应当；我要皇位，便是贪婪野望？

——我生不如人，而他技不如人。皇姑祖，您胸怀天下，也同为女子，您该知道，谁才最适合当这个天下的主人。您看着吧，若刘皎不能带来一个盛世江山，那您随时可以提着诛邪剑来取我头颅！

那一日，刘皎赢了，沈惊鸿赢了，而这五年来，她没有一日不殚精竭虑、勤于朝政，为了实现自己的一番雄心壮志，也为了兑现那一日对镇国大长公主许下的诺言。

沈惊鸿幽幽一叹，再无睡意，令人备了热水洗漱，又喝了一盏茶，便早早地出门等候上朝。

雨已经停了，晨光未起，只有东方露出了一点儿鱼肚白。冰冷的湿意浸润了空气，让秋意更浓了几分。

沈惊鸿是第一个到宫门外的，等了一会儿，第二个来的却是慕灼华。

两个人看到对方都愣了一下。慕灼华神色古怪地上下打量沈惊鸿："沈大人……这是从家里过来，还是从宫里出来的？"

沈惊鸿冷笑了一声："慕大人管得真宽，这个时辰见您也是不容易呢，莫不是和定王殿下争吵了吧？"

慕灼华听出沈惊鸿话中的嘲讽，也不羞恼，回以同样的冷笑道："沈大人管得也不少啊。"

两个人互相冷哼一声，便各自别过脸，抬头看天。

刚到此地的诸位官员看到的便是这针锋相对、令人如坐针毡的一幕——泽光陛下最信赖的两位大臣又吵起来了……

这两位大人是出了名的政敌，虽说是一心为国毫无私心，但经常因为政见不同而在朝上争得面红耳赤、寸步不让。

慕灼华的嘴是出了名的厉害，当年还未入朝，在一场诗会上便把同年的贡士骂了个遍。进了理番寺，又把耶律璟气得险些吐血。沈惊鸿虽说满腹经纶，但论口舌之利，竟还是比不上慕灼华。

慕灼华在朝上争赢了，私底下还扬扬得意："何止辩论，就连最擅长的诗赋，沈大人都输给我了呢！"

沈惊鸿身子一晃，体会到耶律璟的悲愤了——你那诗会会首怎么来的，心里没点儿数啊！

也有人劝慕灼华不要和沈惊鸿针锋相对，和气生财，毕竟……沈惊鸿与陛下关系非比寻常，也许哪一天就成了凤君呢……

慕灼华听了这话，笑得更开心了："他若不是凤君，我还敬他一声沈大人，他若成了凤君，就该叫我一声皇婶婶！"

沈惊鸿："……"

听了这句话，沈惊鸿饶是有极好的涵养，也是七天没和慕灼华打过一声招呼，但是朝堂上该争的还是得争。

这几日，泽光帝组建内阁。众人心里有数，能入内阁的必有慕灼华和沈惊鸿，一个左相一个右相。其他人，进吧，怕被这两人的唾沫淹死，夹在中间难做人；不进吧……内阁也还行……

还好，这都不是他们这些月俸六十两的小官该考虑的事。

今日早朝照样是硝烟滚滚，关于边贸细则六条便争了一个时辰，之后就是否将女学纳入官员政绩考核又争了半个时辰。还有该派谁负责运河开凿，是否应该削减冗官开支……

泽光帝贴心地让太监们备了茶水给两位爱卿润喉。等到他们吵得声音沙哑了，外头地面都晒干了，这早朝才算罢休。

众人长舒一口气，退出大殿，急急忙忙地溜走，怕触了两个大人的霉头。

沈惊鸿没离开，他在廊下站了片刻，便等到内侍长赔着笑来到身旁，恭恭敬敬地对他说道："沈大人，陛下让您书房觐见。"

沈惊鸿熟门熟路地来到御书房，便看到刘皎正在批阅奏章。一旁的桌上放着一碗药茶，散发出微微苦涩的药香。

沈惊鸿来御书房向来无须通传，下人们心知肚明，关上门便远远走开了。

听到脚步声和关门声，刘皎也没有抬头，只是噙着笑道："说了一上午的话，润润嗓子吧。"

沈惊鸿走上前，捧起茶碗，抿了一口。温度正好，苦味在口中散开，又缓缓回甘生津。

"这药茶是独独臣有，还是'旁人'也有？"沈惊鸿有些拈酸地说了一句。

听了这话，刘皎忍不住笑出声，抬起头看向沈惊鸿："你和灼华置什么气？"

沈惊鸿怒气未平："臣不过因病休息了几日，她便把手伸到臣的地盘上来了，陛下对她未免太过宠信。"

说到这儿，沈惊鸿不禁想起那个梦：刘琛执政，慕灼华官运亨通；刘皎执政，她更是蹬鼻子上脸。怎么好事都有她一份呢，她是天道之女吗？

刘皎笑意淡了淡："沈惊鸿，你放肆了。"

沈惊鸿猛然回过神，低下头，沉声道："臣，不敢。"

"你有什么不敢的。"刘皎起身离案,走向沈惊鸿,"你说朕宠信灼华,可是灼华在朕面前,可不敢有怨望。你方才说那些话,是在埋怨朕了?"

刘皎是心有不满,才会在他面前自称"朕"。

伴君如伴虎,她如今是陛下,不是公主殿下了……

沈惊鸿压下舌尖与心头的苦涩,低声道:"请陛下责罚。"

刘皎轻叹一声,倒也没有当真怪他。她抬起头,凝视沈惊鸿俊美而清瘦的脸庞,温声道:"你消瘦了许多……这几日你病了,我没去探望你,还召了灼华进宫弈棋,你心里是不是有不快?"

刘皎看着沈惊鸿的眼睛,总觉得今日他的眼睛里藏着一份哀痛,虽不知缘何而起,却让她忍不住心软了几分。

这么多年来,始终是他陪在自己身边。她原先将他当成棋子,后来将他视为臂膀。天长日久,这臂膀也成了依靠。她知道沈惊鸿烈火一般的深情,而她心中却放着太多的人和事,能给他的似乎不多。每每想起这些,她总会生出一丝歉意与怜意。

只有坐上帝王宝座,才会真正明白何为高处不胜寒,然而这一切都是她求来的,是她愿意承受的。只不过,对于当年许诺给沈惊鸿的,她却食言了。

"臣无此意。"沈惊鸿垂眸回道,"恐过了病气给陛下,陛下安康便好。"

"惊鸿……"刘皎叹息着,忽地主动投入他怀中,"我知道外界对你的非议,这对你不公。"

无论他多么惊才绝艳、鞠躬尽瘁,总会有人称他是入幕之臣、佞臣奸相,以色侍君。

刘皎的柔情并不常见,沈惊鸿有些受宠若惊,心中那点儿幽怨与哀愁也被轻易地抹去了。他伸手拥住她单薄的身子,淡淡笑道:"那些话,倒也不是无中生有的诽谤。"

"我原想,你有济世之才,生当为名臣流芳百世,若让你以凤君之名名留史书,对你才是不公。"刘皎黯然摇头,苦笑道,"还是我想错了,女子为帝,男子为臣,终究难逃非议,无论你有多少才华,终究会为这段关系所累,留个奸佞之名。"

沈惊鸿讶然,低头凝视刘皎,感到难以置信。随后,一股狂喜涌上心头,不是因为刘皎愿以凤君之位相许,而是因为她真心地为他筹谋、为他考虑、为他担忧,哪怕她在乎的其实并不是他想要的,但这至少证明了一点:皎皎对他的感情,比他奢望的还要多。

"我不在乎世人如何看我、史书如何评价我。"沈惊鸿声音轻颤,却不改坚定与执着,"你希望我如何,我便如何。我的命,始终都在你手中。"

刘皎从桌上拿起了两份文书。

"这是两份草拟的诏书，一份是内阁首辅，一份是凤君。"刘皎郑重地将诏书放在沈惊鸿的掌心上，"惊鸿，这一次，我想让你自己来选，不为我，而是为你自己选一次，好吗？"

沈惊鸿感觉手中沉逾千斤。刘皎含着笑看着他，眼中闪着轻浅的光，如月生辉，温柔皎洁。

"无论你如何选，我始终会在你身旁。"

慕灼华从梦中惊醒，猛地从床上坐起来，把身旁的人弄醒了。

刘衍长臂一捞，将她按回了温暖的被窝之中。软玉温香抱满怀，带着睡意的声音低沉暗哑，有几分撩人："慕大人，天还未亮呢，不必急着上朝。"

慕灼华瞪着一双圆圆的眼睛，没有半点儿睡意："我刚才做了个梦。"

刘衍懒懒"嗯"了一声，配合着问道："梦到什么了？"

"梦到和你吵架了。"梦里她和刘衍因为公事争吵，把刘衍赶去书房睡，自己却也彻夜难眠。慕灼华怒气未消，掐了刘衍一把，只是他臂上肌肉坚实，她这一掐不痛不痒，倒是惹得刘衍发笑。

"那你再睡一会儿，回梦里揍那个刘衍。"刘衍闷笑一声，蹭了蹭她柔软的头发，"这个刘衍是无辜的。"

"又有什么区别，都一样可恶。"慕灼华冷哼道，"你们这些臭男人，根本就不会设身处地为女子着想，这世上就该多几个女官！"

"夫人教训得极是，下次我帮你一起教训那些臭男人。"刘衍轻抚着她的后背顺气。

慕灼华沉默片刻，又道："我还梦到了沈惊鸿……和公主。"

刘衍的手一顿，他有些好奇："怎么会梦到他们？"

"可能因为昨天是公主和沈惊鸿的忌日吧……"慕灼华眼神暗了暗。

她曾真心地将柔嘉公主视为知己，她们有着极其相似的境遇，又有同样的雄心壮志，只是公主输给了这个世道……

"我梦到公主登基了，沈惊鸿也在朝为官。公主问我，应该以凤君待他，还是以首辅待他。她未曾那样用心地对待一个人，不知该如何是好。"慕灼华想起那个梦，眼眶不禁有些发酸，"其实公主从未伤害过我……"

她忍不住想，梦里的那个世界也挺好的，公主如果登基，或许也会是一个好皇帝。可是帝王之争，成王败寇，没有第二种结局。

刘衍轻轻一叹，将慕灼华搂进怀中，抬手轻抚她的脸庞，果然在眼角感受到了些许湿意。

都说孕妇忧思重，原来是真的……

"经书上说，世有八千界，一念一世界。也许在八千大世界中，会有那样的一世存在。"刘衍温声轻哄，"而我们，便在这个世界过好这一世，不留遗憾，足慰平生。"

慕灼华晨起洗漱的时候，郭巨力见她精神不振，便关心地问她怎么了。

慕灼华把自己的梦说了一遍，又把刘衍的解释附上。

郭巨力一脸吃惊："原来还有这么多世界呢，那在小姐的梦里，有我吗？"

"当然有啊。"慕灼华笑着道，"嗯……你还成亲了。"

郭巨力瞪大了眼睛："和谁？"

慕灼华看到走过来的执墨和执剑，刚要说出口，便被水呛到，立刻干咳了几声。

郭巨力急忙轻轻给慕灼华拍背："小姐，你怎么这么不小心，你现在有身子呢……"

慕灼华平复了呼吸，转移话题："也是时候该上朝了哈。"

她可不能乱说啊，万一弄乱了这一世的姻缘呢？

慕灼华大步朝外走去，留下一脸迷茫的郭巨力。

执墨疑惑地看着慕灼华的背影，低声道："慕大人刚才好像一脸心虚地看了看我们。"

执剑沉下脸："她是不是跟王爷说我们坏话了？"

执剑说完就大步走向郭巨力，后者正摸着下巴想事情，被执剑突然的出现吓了一跳。

"刚才慕大人和你说什么呢？"执剑板着脸质问。

执墨急忙上前，拉开执剑："执剑，别吓到她。"

郭巨力茫然地看着兄弟俩，想起执剑的问题，便老实答道："刚才小姐说她做了一个梦。"

执墨、执剑神色古怪地看着郭巨力，异口同声道："做了什么梦？"

郭巨力觉得那个梦太长了，就捡了最后一句说："小姐梦到我成亲了。"

两人又异口同声地问道："和谁？"

郭巨力揉了揉自己的小脸，一脸烦恼地说："小姐刚想说呢，就被水呛到了，没回答我就跑了……晚上回来再问问她……"

郭巨力一边说着，一边转身朝屋内走去，口中喃喃道："真是一场噩梦啊……"

执墨执剑相视一眼："为什么成亲是噩梦？"

"是成亲对象的问题吧……"
——那应该不是我。
兄弟俩很有默契地想。

图书在版编目（CIP）数据

灼灼风流：全二册 / 随宇而安著. -- 北京：北京联合出版公司, 2023.8

ISBN 978-7-5596-7036-6

Ⅰ.①灼… Ⅱ.①随… Ⅲ.①长篇小说—中国—当代 Ⅳ.①I247.5

中国国家版本馆CIP数据核字(2023)第117968号

灼灼风流：全二册

作　　者：随宇而安	出版监制：辛海峰　陈　江
出 品 人：赵红仕	特约监制：穆　晨　殷　希
责任编辑：周　杨	特约编辑：陈　曦
产品经理：张梦璇　陈隽萱　谢佳卿	美术编辑：任尚洁
封面设计：吴思龙@4666啊	插画授权：秃颓颓

北京联合出版公司出版
（北京市西城区德外大街83号楼9层　100088）
北京联合天畅文化传播公司发行
天津中印联印务有限公司印刷　新华书店经销
字数 609 千字　710毫米×1000毫米　1/16　33.25 印张
2023年8月第1版　2023年8月第1次印刷
ISBN 978-7-5596-7036-6
定价：79.80元

版权所有，侵权必究
未经书面许可，不得以任何方式转载、复制、翻印本书部分或全部内容。
如发现图书质量问题，可联系调换。质量投诉电话：010-88843286/64258472-800

绿 宝 石

Fall into your light